Miguel Sáez Carral (Madrid, 1968) es periodista, guionista y escritor. Ha sido redactor de la agencia EFE y de otros periódicos y revistas. Como guionista ha participado en media docena de programas de entretenimiento y ha sido jefe de guion de *Al salir de clase*, ganadora del Premio Ondas a la mejor serie de televisión (2001). Ha sido creador de las series de ficción *Sin tetas no hay paraíso*, *Homicidios* y *Apaches*, de esta última también fue productor ejecutivo. En su carrera como novelista ha publicado *El tiempo de las arañas*, *Apaches* y *Una mujer infiel*. *Ni una más* es su última obra.

Papel certificado por el Forest Stewardship Council®

Primera edición en B de Bolsillo: mayo de 2024

Travessera de Gràcia, 47-49. 08021 Barcelona
Diseño de la cubierta: Penguin Random House Grupo Editorial / Carme Alcoverro
Imagen de la cubierta: © David de las Heras

Printed in Spain – Impreso en España

ISBN: 978-84-1314-772-7
Depósito legal: B-7.107-2024

Compuesto en Comptex&Ass., S. L.

Impreso en Black Print CPI Ibérica
Sant Andreu de la Barca (Barcelona)

BB 4 7 7 2 7

Ni una más

MIGUEL SÁEZ CARRAL

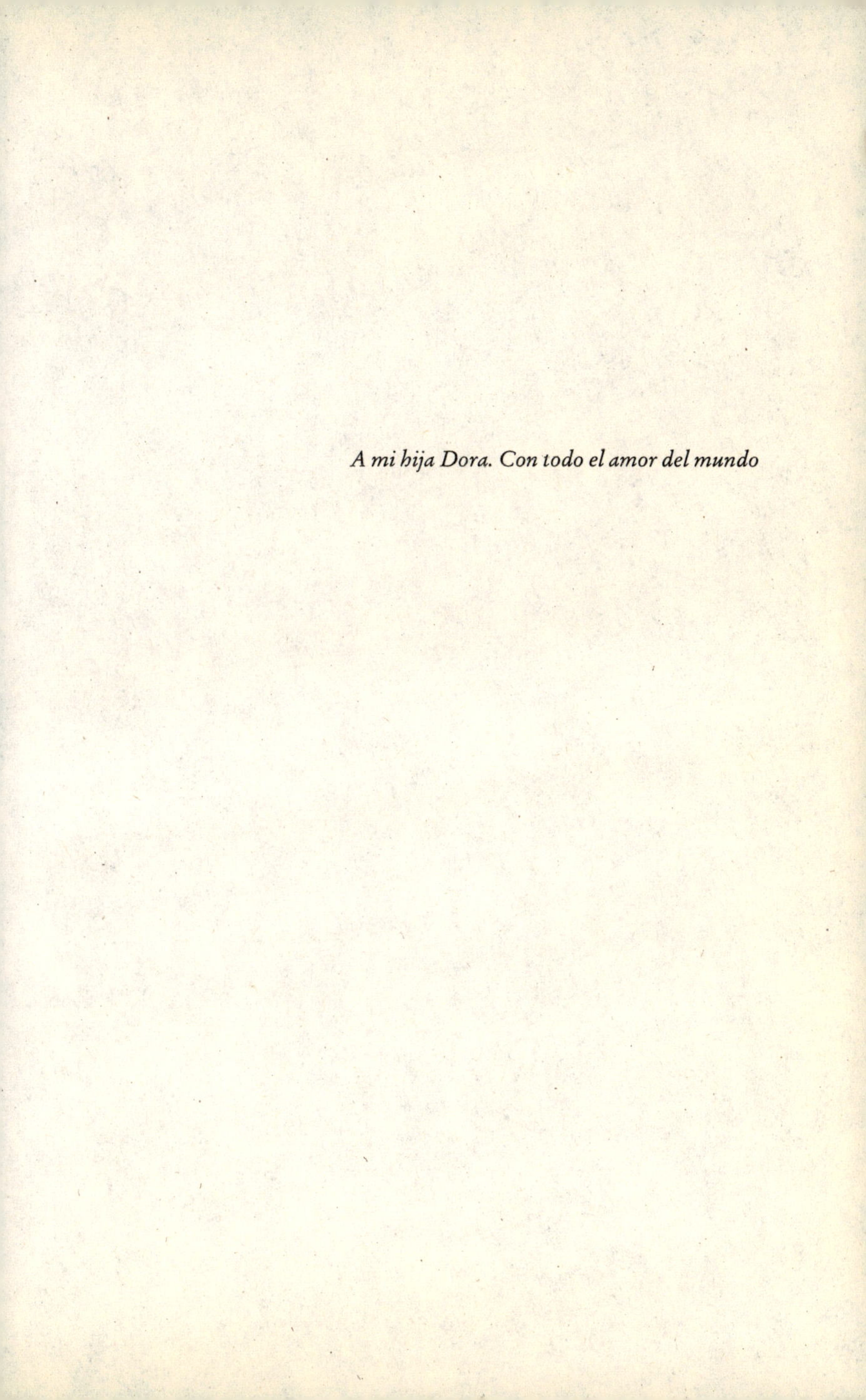

A mi hija Dora. Con todo el amor del mundo

Hay un muro de silencio en torno a la violencia contra las mujeres y las niñas y cada vez que una mujer habla, crea una pequeña grieta en ese muro.

Marai Larasi

Lo que Alma tiene

Alma tiene diecisiete años, el pelo castaño oscuro, ojos del mismo color, la boca un poco grande, los labios finos, algunas marcas que le dejó un ataque de varicela a los diez años. Dos aritos de metal taladrándole el cartílago de una oreja y la palabra «*Feminist*» tatuada en un costado del pecho.

Un armario lleno de ropa deportiva, camisetas, pantalones, sudaderas y varios pares de zapatillas. Un móvil de un modelo que ya se ha quedado un poco antiguo. Un himno trap como tono de llamada. Cuenta en Instagram. AlmaG18. 97 publicaciones, 2.156 seguidores, 1.546 seguidos.

Alma tiene alergia al polen, una atracción irresistible por las patatas fritas sabor a vinagre, dolor durante los primeros días del período, un par de trofeos de gimnasia rítmica sobre la estantería de su dormitorio y el recuerdo de una noche de fiesta que le gustaría olvidar.

Alma tiene un padre que se llama Pablo, una madre que se llama Verónica, un hermano siete años más pequeño que se llama Pablo como su padre y un perro de raza corgi llamado Cooper. Alma tiene dos amigas íntimas, Greta y Nata, un puñado de gente conocida con la que sale los fines de semana o se va de fiesta, un medio rollo nada serio y algunas experiencias sexuales que tampoco son como para tirar cohetes.

Pero de todo lo que Alma tiene, lo más importante es lo que hay dentro de la mochila escolar de color negro que lleva a la espalda. Es algo que va a cambiar su vida en un instante.

Lo que Alma hace

Estamos a finales de mayo. Son las diez y cuarto de la mañana y ya hace calor. O quizá no tanto. Pero Alma suda. Siente el sudor en las axilas. Nota cómo moja su camiseta Adidas de color azul y gris. Debería haberse puesto desodorante antes de salir de casa, piensa. Se le olvidó. Estaba muy nerviosa.

Ha dormido poco. Se despertó muy temprano. Aún era de noche. Se sentó en la cama y miró por la ventana abierta de su dormitorio. La débil luz de una farola a través de las hojas recién brotadas de un castaño y sombras. Aún estás a tiempo, se dijo a sí misma, en voz baja. Puedes quedarte en casa, Alma, y nadie sabrá jamás lo que está a punto de ocurrir. El verano llegará en unos días. El final de las clases. Del curso. Del ciclo escolar. El final. Lo que ocurrió se olvidará. No fue tan importante. La mitad de la gente ni se enteró. Quizá, dentro de un tiempo, cuando alguien te reconozca por la calle hará algún comentario a tus espaldas, pero te dará lo mismo. Ya tendrás otra vida. La que sea. Con un poco de suerte dentro de unos años la gente será incapaz de recordar tu cara y tu historia quedará como una de esas anécdotas que se cuentan en las fiestas o en el trabajo junto a la máquina del café cuando alguien dice: «En mi instituto, una chica, ya no recuerdo su nombre...». Eso, quizá hasta se olviden de tu nombre. Quédate en casa.

Habría sido lo más fácil.

Camina con paso decidido y la respiración agitada hacia la entrada del instituto privado donde estudia segundo de bachillerato. Ha calculado con precisión su llegada. Justo cinco minutos antes del cambio de clases, de primera a segunda hora, cuando suene el timbre y profesores y alumnos cierren los libros y apuntes de la materia, hagan el primer descanso, salgan al pasillo. Ese será el momento.

El instituto es un edificio de cuatro plantas, cubierta plana, fachada de paneles blancos, grandes ventanales, el nombre escrito con grandes letras en la fachada principal junto a un escudo que pretende darle antigüedad y tradición. El edificio principal, el de Administración y Dirección, la cocina y el comedor, los jardines, las instalaciones deportivas y los barracones de mantenimiento están rodeados por una alta verja metálica. Alma cruza la puerta de acceso de la entrada y se detiene. De la mochila negra saca una tela blanca del tamaño de una sábana. Anuda los extremos a la verja metálica. La extiende. Una ligera brisa hincha el algodón como la vela de un barco. Se aparta unos pasos y comprueba que el mensaje que escribió la noche anterior con pintura roja se lee perfectamente.

El timbre da por finalizada la primera hora de clase. Unos segundos después algunos rostros aparecen tras los cristales de las ventanas. Expresiones de aburrimiento y sueño se transforman en sorpresa y desconcierto. Inmediatamente esas mismas cabezas se giran hacia el interior. Se escuchan voces agudas.

—Tenéis que ver esto.

Carreras y empujones por hacerse con un poco de espacio en el alféizar. Bocas abiertas. Bráquets brillando al sol de la mañana. Alguien graba a Alma con la cámara del móvil. Otros muchos imitan el movimiento. Decenas de móviles salen de los bolsillos traseros de pantalones de todo tipo.

—Está como una puta cabra —dice alguien en voz baja.

—Antes por lo menos era divertida.

—De esta la expulsan.

—Que se joda.

¿A quién acusa el mensaje escrito con letras rojas sobre la sábana blanca? Las pintadas que han aparecido en las paredes y las puertas de los baños tendrían entonces otro sentido.

Se apartan de la ventana. Su lugar lo ocupan otros. Nuevas cámaras de móvil graban a Alma. Nuevos comentarios indignados, cargados de furia, de desprecio o burla. Las paredes de los pasillos y de las aulas amplifican el sonido de las voces como las de un coro en el interior de una gran catedral. Pronto el ruido es ensordecedor.

La jefa de estudios de bachillerato observa a Alma desde la ventana del despacho del director del centro.

—¿Llamo a sus padres? —pregunta.

—No —le contesta el director—. Esto ya es demasiado. Voy a avisar a la Guardia Civil.

CUIDADO. AHÍ DENTRO SE ESCONDE UN VIOLADOR.

Eso es lo que Alma ha escrito con grandes letras color sangre.

Alma eleva la barbilla en una actitud desafiante. Su mirada es retadora. Espera que nadie se dé cuenta de que está temblando.

Lo que dicen que Alma es

En el expediente escolar de Alma están anotados enfrentamientos y faltas de respeto con uno o varios profesores y profesoras en cada curso, destrozos de material, peleas, un asalto al despacho de secretaría, comportamiento inapropiado con otro alumno en las instalaciones del colegio...

—No es cierto. Es mentira. Exageran. —Se muerde los labios—. No fue así.

Lo que no puede negar, ni matizar, ni eludir, es que quemó el uniforme, falda tableada de color verde, jersey del mismo color y camisa blanca, el último día de secundaria. Dicen que lo hizo frente a la entrada del instituto con cientos de alumnos observándola, gritando y aplaudiendo. Solo conservó los zapatos y la ropa interior.

—¿De verdad hizo eso?

Alma no lo confirma, pero tampoco lo desmiente. Eso alimenta la leyenda. Lo cierto es que no fue en la entrada del instituto y que no estaba desnuda. Antes se había cambiado de ropa en los baños. Conserva una foto, vestida con una camiseta demasiado grande y unos vaqueros rotos, sonriente, con el dedo corazón erguido, sosteniendo un palo y su falda tableada de color verde devorada por las llamas.

En teoría era una acción de grupo. Había quedado con otros

compañeros. Quemarían sus uniformes todos juntos al mismo tiempo, pero el resto se echó atrás en el último momento. Ella siguió adelante. Es posible que ese fuera el instante en el que vio con total transparencia que no era igual que ellos. Aquel paso atrás. Aquella traición. La rabia que sintió superó a la vergüenza de quedarse sola. Le abrió los ojos.

—Juro que lo intenté —confesó una vez— con todas mis ganas.

Hasta ese momento había luchado por integrarse en el grupo. Nunca tuvo las mismas aspiraciones, deseos ni ambiciones. Pero lo había intentado. Durante el siguiente curso se hizo evidente que nunca sería como ellos. Alma siguió sonriendo y mantuvo una relación políticamente correcta con la mayoría. Pero se apartó conscientemente, buscó la soledad del patio a la hora del descanso, fumar en el exterior del instituto le dio la posibilidad de alejarse, le sirvió para recortar los espacios comunes. Entendieron el mensaje. Dejó de recibir invitaciones para quedar después de las clases o los fines de semana. Su relación se ciñó a lo estrictamente necesario. Y nadie hizo nada para cambiar esa situación. Lo negará durante el resto de su vida con esa insolencia que la caracteriza, pero su corazón sabe lo que deseó un gesto.

En el expediente escolar hay una omisión. Quizá aún no les ha dado tiempo a anotar lo que pasó o quizá es un acto de olvido consciente, algo que prefieren que no conste.

—¿Lo que ha publicado en Instagram es verdad?

—Una basura.

—Todos saben que es mentira.

Instagram 01

Descripción de la imagen: La sonrisa fresca y joven de una adolescente. Unos dientes blancos perfectamente alineados. Unos labios finos de color de rosa. De anuncio.

Texto: «Esta soy yo antes de que me violara».

#MeToo #superviviente #prohibidoolvidar #niunamás #noesno

1

La casa donde Alma vive se encuentra en una urbanización situada en un pequeño pueblo de la periferia de la ciudad. Su calle lleva el nombre de un compositor de música clásica. El resto de las calles de su urbanización tienen también nombres de compositores de música clásica. Las calles de otras urbanizaciones que rodean ese pequeño pueblo llevan nombres de mitos griegos, ríos de Asturias, grandes genios de la pintura o accidentes geográficos de la península ibérica. Poca imaginación.

Las casas son independientes, pareadas o adosadas. Rodeadas de muros o setos recortados de pináceas o aligustre. Jardines con pequeñas praderas y alguna encina. Aspersores automáticos a primera hora de la mañana y a última de la tarde.

En los garajes hay espacio para dos coches. Una berlina o un cupé de color azul o gris metalizado para ir al trabajo o a la ciudad alguna noche en fin de semana y otro modelo familiar necesario para llevar a los niños a clases extraescolares y al médico, con un gran maletero para transportar la compra semanal desde el hipermercado o ir a esquiar a la montaña. Un tercer coche, un modelo antiguo con quince o veinte años, aparcado en la puerta delata la presencia de una empleada del hogar por horas. Aunque la mayoría de ellas utilizan el autobús. Varias líneas de interurbanos y locales unen las urbanizaciones con el pueblo y la ciudad con relativa frecuencia. Se puede descargar una app para consultar los horarios.

A las siete y media de la mañana las berlinas y los cupés recorren las calles. Media hora después son los familiares y las rutas escolares los que pisan el asfalto. Después hay un flujo discontinuo de furgonetas de reparto, de jardineros, de empresas de pequeñas reformas y seguridad privada. A las seis de la tarde vuelven los modelos familiares y a las nueve las berlinas y los cupés están aparcados de nuevo en los garajes. A las diez de la noche, de vez en cuando, rompe la oscuridad el color azul de las luces de balizamiento de un todoterreno de la Guardia Civil que hace la ronda por las calles solitarias.

Aunque nunca pasa nada.

El padre de Alma, Pablo, observa desde la ventana de la cocina el césped recién cortado y abonada en una mañana soleada, aunque fría del mes de enero. Tiene una botella de cerveza en la mano, los brazos cruzados sobre el pecho, la cabeza un poco ladeada sobre su hombro derecho. Y, aunque físicamente está ahí en ese momento, su memoria le ha trasladado a unos años atrás. A una tarde de verano. En ese mismo jardín. Alma tiene siete años. Corre descalza sobre el césped y ríe de esa forma inimitable que tienen los niños de reírse cuando son muy felices. Una risa explosiva, contagiosa, loca. Alma se abraza al cuello de Vero, embarazada de tres meses, y le dice que la quiere. Es uno de esos momentos en los que una madre o un padre podría morir de amor, le podría explotar el pecho de felicidad, podría... Y después Alma se separa de ella y corre hasta él, sentado sobre el césped. Se lanza en el aire con la seguridad de que él la sostendrá y tras el impacto ruedan los dos por la pradera. Ella queda a su lado, su mirada fija en la suya, con una expresión despierta, una sonrisa aparece en sus labios, una luz centellea en sus ojos.

—¿Peleamos? —le susurra al oído.

La voz de Vero, su mujer, le saca de ese recuerdo.

—Esto ya está. Apago el horno —dice—. Llama a Alma.

—Yo pongo la mesa —contesta él.

Vero sabe lo que esa negativa oculta significa. Está enfadado con Alma. En esta ocasión el enfado está motivado por un par de desencuentros directos que han tenido esa semana. Alma coge a las nueve menos cuarto de la mañana un autobús interurbano en una parada a unos cien metros de su casa. Si lo pierde no llega a su primera hora de clase. El siguiente autobús es a las nueve y cuarto.

—¿Podrías llevarme?

—¿Otra vez has perdido el autobús?

—Estaba saliendo cuando lo he visto pasar. Aunque hubiera corrido no habría podido cogerlo. Nunca llega a la misma hora. Es una mierda.

Llevarla hasta el instituto supone tomar un camino que hará que Pablo llegue entre veinte minutos y media hora tarde a su trabajo. Pero no es eso lo que realmente le pone de mal humor. Alma se ha levantado tarde. Ha dejado un rastro de café instantáneo sobre la encimera. La toalla mojada se ha quedado en el suelo después de darse una ducha. Unos minutos antes de perder el autobús se estaba maquillando al mismo tiempo que enviaba wasaps a sus amigas. Vero le ha gritado varias veces que llegaría tarde.

—Llegaré tarde si no dejas de ponerme nerviosa —le ha contestado.

Nerviosa o no, ha perdido el autobús.

—¿Podrías llevarme?

El coche de Pablo es un utilitario pequeño, un Mini, motor de ciento cincuenta caballos, color negro con dos franjas rojas cruzándole el capó y el techo. Muy molón. Tiene un golpe en un lateral que debería llevar a arreglar, el techo solar no se abre y algo hace que, a partir de cierta velocidad, las molduras interiores de plástico vibren y hagan un ruido de mil demonios. Está un poco como él. Guapo, pero tocado. Hace frío y pone los asientos calefactables. Eso funciona. Por un segundo esa agradable sensación de confort hace que se olvide de que tardará media hora más en llegar a su trabajo. Alma se sienta a su lado. La mochila negra en el suelo entre las piernas. Hay pelos blancos pegados a la tapicería. Él es el encargado de llevar a Cooper al veterinario cada tres meses.

—Supongo que entiendes que me estás haciendo una putada. Me voy a comer media hora más de atasco por tu culpa.

—Si me comprarais una moto no tendría que pedirte que me llevaras al instituto.

¿Una moto? Odia que le hable con esa insolencia. La odia cuando es así de impertinente. ¿Por qué no puede cerrar la boca? Callarse. O decir que lo siente, que ha calculado mal el tiempo, que no debió cambiarse de ropa tres veces antes de salir de su habitación, que le agradece mucho que altere su trayecto al trabajo para dejarla a ella en la puerta del instituto a tiempo para no perder la primera clase de Historia del Arte o Literatura o lo que ella tiene a primera hora. Pablo aprieta con fuerza el volante, le gritaría, abriría la puerta y la echaría del coche de una patada en el culo. Guarda silencio y se concentra en la conducción.

Detiene el coche a unos pasos de la puerta del instituto. Ella se despide con una sonrisa, un gracias y un adiós. La ve atravesar la puerta entre otras decenas de adolescentes de su misma edad que siguen el mismo camino que ella. Y a pesar de eso le parece que hay un espacio vacío entre ella y los otros alumnos como uno de esos árboles que no roza su copa con las de los demás en mitad de la selva, y durante un segundo percibe una imagen de extraña soledad, algo que desde luego no asocia a su hija. Durante un momento siente como si esa escena llevara una bandera roja que le avisara de que existe otra realidad en un mundo paralelo que él desconoce. Suena un claxon. Mira por el espejo retrovisor. Se disculpa con un movimiento de su brazo por estar impidiendo el paso a otro coche. Levanta el pie del pedal del freno y deja caer el Mini suavemente por la calle con pendiente que le llevará hasta la vía de servicio de la autovía.

Dos días después, a las 8.47, Alma ha vuelto a perder el autobús que la lleva al instituto. Esta vez se ha quedado dormida.

—¿Puedes llevarme?

—No —le contesta Pablo—. Cógete el siguiente.

—Tengo examen a primera hora.

—Me da igual.

—Luego quieres que apruebe todo.

Vuelve a dejarla en la puerta del instituto un par de minutos antes de que comiencen las clases. Ella no sonríe, no da las gracias, no dice adiós. Él no le dirige una mirada. Arranca en cuanto cierra la puerta.

Alma está en su dormitorio. Dentro de la cama. Vestida con un pantalón del pijama y una sudadera con capucha Puma. Tiene un portátil sobre las rodillas. Está viendo una serie de Netflix. Y al mismo tiempo intercambiando wasaps con sus amigas Nata y Greta. Vero llama a la puerta y asoma la cabeza.

—Es hora de comer.

—No tengo hambre.

—Es sábado. Quiero que comamos juntos. Somos una familia. Por favor.

Alma pone una expresión mezcla de cansancio y desinterés.

Un minuto después salta de la cama y camina arrastrando los calcetines sobre el suelo de madera hasta la cocina. Alrededor de una mesa redonda, su padre, su madre y su hermano Pablo, de nueve años, ya están sentados cuando Alma se derrumba sobre la silla que queda libre. Macarrones con chorizo, tomate y queso parmesano gratinados al horno. Era, ¿o todavía es? No está segura, uno de sus platos favoritos.

—¿Qué tal el examen del otro día? —le pregunta su padre.

—Bien —contesta Alma y clava la punta del tenedor sobre unos cuantos macarrones envueltos en queso fundido.

—¿Crees que lo aprobarás?

—No lo sé, papá. Aún no me han dado las notas. Era difícil.

—¿Y el resto de los exámenes?

¿Cuántas veces en los últimos meses ha repetido esas mismas frases? ¿Cuántas veces las ha escuchado ella? Alma se pregunta qué es lo que él pretende. Tiene malas calificaciones, no le interesa ninguna de sus asignaturas, no le gusta el instituto, no siente ninguna vocación, no quiere ir a la universidad. Ambos lo saben, y su madre y su hermano Pablo, que guardan silencio, también lo saben. Pero él insiste. Así comienza todo. Es una película que se repone demasiadas veces en los últimos dos o quizá tres años. El final está escrito.

—¿Podemos hablar de otra cosa? —pide Alma.

Su padre no quiere soltar el tema. Está preocupado por ella. Por su futuro. Está seguro de que su hija está malgastando el tiempo para formarse adecuadamente y tiene miedo de que no esté preparada para el mundo que la espera. Es legítimo.

—No veo que estudies.

—Lo hago.

—No te lo estás tomando en serio.

—Sí que lo hago.

—Has suspendido cinco asignaturas en la última evaluación y no veo que estés haciendo ningún esfuerzo para que no vuelva a ocurrir. Vas a repetir.

—Siempre dices lo mismo, pero nunca he repetido.

Es cierto. Pablo deja su tenedor sobre el plato. Observa a su hija. Odia que tenga razón. Es inteligente y eso le ha valido para aprobar todos los cursos de secundaria y el primero de bachillerato. Lo ha conseguido aplicando la ley del mínimo esfuerzo. Sus notas son una galería monocromática de cincos y seises. Algún siete —muy pocos— si consiguió encandilar al profesor o a la profesora o perfeccionó algún método para dar el cambiazo o copiar en el examen final. Y, sin embargo, las cosas han cambiado en este último curso, algo le ha pasado, es como si ya ni tan siquiera estuviera dispuesta a hacer ese esfuerzo. Y eso le da mucho miedo.

—Yo creo que has decidido que vas a repetir segundo de bachillerato. Te vas a dejar tres o cuatro para el año que viene y así no tener que estudiar tanto y disfrutar de mucho más tiempo para... ¿Para qué Alma?

Alma también deja su tenedor sobre el plato. Como un soldado que aparta todo lo que puede distraer su atención para el combate que está librando. Alma odia que su padre tenga esa capacidad de averiguar qué es lo que piensa cuando ni siquiera se lo ha comentado a nadie. Cuando esa idea —la de repetir segundo de bachillerato con dos o tres asignaturas lo que le permitiría ir a clase muy pocas horas— solo ha pasado por su mente en un par de ocasiones. Es verdad que ha fantaseado con ella, pero no se lo ha comentado ni a sus mejores amigas. A veces se pregunta cómo es capaz de descubrir lo que ella piensa.

—¿Qué es lo que vas a hacer con todas esas horas que tendrás libres? ¿Fotografías, escribir poesía, gimnasia artística, dibujar manga, tocar la guitarra en un grupo de punk, actuar en una obra de teatro, meterte en peleas de gallos, surfear en monopatín, aprender a cocinar, volar globos aerostáticos o dirigir un cortometraje? ¿Qué?

Alma le examina. Sabe cuál es la respuesta que su padre ya tiene preparada porque es un tipo listo al que le gusta tender ese tipo de emboscadas.

—Nada de nada. Gastarás el tiempo libre con tus amigos en el parque. Ese auténtico agujero negro de la galaxia que te atrae de una manera irresistible. Y no harás nada.

—No voy a repetir. Aprobaré todo en junio. Lo prometo.

Alma vuelve a coger el tenedor y lo clava sobre unos cuantos macarrones más bañados en el tomate casero que hace su madre. Le gustaría que con ese gesto se terminara todo, pero ya sabe que la promesa que acaba de hacer no lo detendrá.

—Para eso tendrías que esforzarte más —replica Pablo—. Y aun así no sé si te servirá de algo. Tendrían que mejorar mucho tus notas para acceder a una buena carrera universitaria.

Alma mira de reojo a su madre.

—Están buenos los macarrones —comenta.

«Están buenos los macarrones» es una especie de mensaje de socorro cifrado. La clave de seguridad. Le suplica que diga algo. Lo que sea. Le ruega que ponga encima de la mesa cualquier otro tema de conversación. Uno de esos asuntos sobre política que tanto le interesan y que a ella tanto le aburren y a los que nunca presta atención. «Cuéntanos, mamá, lo que pasa con esa ley del trabajo tan lesiva con los derechos de los trabajadores que ha aprobado este indecente gobierno de derechas.» Si su madre saca otro tema de conversación se agarrará a él como a un flotador en mitad del mar. Si su madre corta el hilo de la actual conversación le dará tiempo a huir. ¿Cuántos macarrones quedan en el plato? Dos docenas. Podría comérselos y limpiar los restos de tomate casero con un trozo de pan en cinco minutos. Pediría permiso para levantarse, recogería su plato, sus cubiertos y el vaso de agua, los dejaría sobre la encimera al lado del fregadero y cruzaría la frontera invisible que separa la cocina del resto de la casa. Donde terminan las baldosas de cerámica y comienza la tarima de madera. Cinco minutos. Habría completado su huida y no tendría que discutir con él una vez más. «Por favor, mamá, ayúdame.» Cinco minutos. Pero su madre mantiene su indiferente silencio. Y hay demasiados macarrones en el plato.

—¿Y si no quiero ir a la universidad? —pregunta Alma.

—Alma, te hemos explicado un millón de veces que la formación que obtengas en estos momentos es fundamental para tu futuro.

—Nadie sabe cómo va a ser el futuro —dice Alma—. Lo que tengo claro es que no quiero seguir perdiendo el tiempo estudiando cosas que no me interesan nada.

—Todo te aburre, Alma. Cualquier cosa que implique conocimiento y un mínimo esfuerzo te aburre. Careces de todo interés por el mundo que te rodea. Te regalamos un Mac por tu cumpleaños. No haces nada con él. Solo lo usas para ver series. Debe de ser el Mac más infrautilizado de la historia.

Alma arroja el tenedor sobre el plato. Su silla emite un agudo chillido al ser arrastrada sobre las baldosas de cerámica del suelo.

—Yo no te lo pedí. Te lo devuelvo. Y deja de culparme por no ser lo que esperabas de mí. No soy como tú. Deja de intentarlo.

Alma ha subido el tono de voz poco a poco. Y sus últimas tres palabras son, en realidad, un grito.

—Ni siquiera sabes buscar algo en Google.

—No quiero volver a comer con vosotros —dice Alma mirando a su madre—. Prefiero quedarme en mi habitación. Así no os haré sentir unos fracasados como padres.

Sale de la cocina. Se escucha el golpe de una puerta al cerrarse violentamente. Dos docenas de macarrones con chorizo, tomate y queso gratinado se quedan huérfanos en el plato.

—¿Cuándo se convirtió en un monstruo? —pregunta Pablo.

2

Son las seis de la tarde. Ya ha anochecido. Hace frío. El frío de enero en la sierra. El pequeño parque está situado cerca del centro del pueblo, a un par de calles de la plaza mayor construida enteramente con la piedra de las canteras de granito y orgullosa imagen de la localidad cuando gogleas su nombre.

Cualquiera que camine a esa hora por las calles que rodean el parque se preguntará qué hacen todos esos chicos y chicas de entre quince y veinte años a la intemperie y cómo es que no buscan refugio para resguardarse del invierno. Patean la tierra dura, se frotan las manos y la cara, dan pequeños saltitos, permanecen unos muy cerca de los otros imitando las formaciones de pingüinos en la Antártida. La gran mayoría viste pantalones, sudaderas y zapatillas deportivas. Polares, plumas y gorros de lana. Escuchan trap a través de pequeños altavoces de última generación conectados a sus teléfonos móviles. Beben cerveza de botellas de litro y fuman.

—¿Habéis visto al Terry en YouTube? —pregunta Jackrussell.

Comparte por wasap una descarga de vídeo y un segundo después está en el móvil de todos ellos. El Terry es un conocido. Vive en la parte vieja del pueblo, con su abuela. Ha compuesto una canción y se dedica a trapearla en su canal Terri_XXL. La letra es un conjunto de frases mal rimadas, un galimatías de expresiones que intentan reflejar cansancio de la vida, la dureza de las calles, la adicción a las drogas y la búsqueda de sexo de pago. La música es peor y el Terry no tiene ningún talento como intérprete. En el vídeo camina con supuestos movimientos felinos que se parecen más a los tambaleantes primeros pasos de un bebé con la cabeza muy gorda. Es un puto desastre. Lo que debería producir admiración produce carcajadas y burlas. Sin embargo, cuando se reúna con ellos en el parque y pregunte qué les ha parecido la *performance* todos le dirán que está fantástica, que la canción mola, que podría ser profesional, que si los *likes* y los comentarios suben mucho algún productor podría fijarse en él y grabarle unos temas. Sí, eso es lo que le dirán al Terry. Unas cuantas mentiras piadosas. Por no hacer daño.

El Terry no es músico y no lo será en toda su puñetera vida. Abandonó el instituto, luego estudió un ciclo de formación profesional de peluquería y ahora tiene un empleo de aprendiz mal remunerado. Una mierda. Y así están la mayoría de ellos. Tampoco les preocupa mucho. Son hijos de la clase media, pero se sienten excluidos del sistema. Son los decepcionados. Se preocupan más por su corte de pelo o por el modelo de las zapatillas que llevan que por el modelo social y económico. No quieren pensar en el futuro porque el futuro está jodido. Y no hay manera de esquivarlo. Sus padres están atrapados por hipotecas y deudas. Vacíos de sueños e ilusiones y cargados de ansiolíticos. No quieren nada de eso.

Alma entra en el parque. Las manos en el interior de los bolsillos de su parka Carhartt, la cabeza metida entre los hombros, el frío atravesándole el fino algodón del pantalón del chándal, el vaho blanco saliendo de su boca con cada respiración. No hay mucha luz, pero sabe dónde los encontrará. Hernán, Susanita, Lucía R y Lucía B, Jackrussell y otros cuantos a los que conoce por su nombre y sabe dónde viven, pero con los que no tiene tanta relación, ocupan siempre el mismo lugar en el parque, un par de bancos de madera enfrentados, bajo las copas de unos pinos de troncos muy gruesos y que deben de estar ahí desde mucho antes de que alguien decidiera que ese reducto del antiguo bosque situado entre nuevas construcciones y rodeado de cuatro calles se destinara a ser un parque urbano en mitad de un pueblo de la sierra. A medida que se acerca distingue el rojo de la punta de los cigarrillos encendidos en sus bocas, escucha la música que sale de los pequeños altavoces, reconoce los colores de sus plumas y el perfil de sus cortes de pelo. Alma se lleva bien con ellos, no son íntimos, pero los considera su «gente». Se mantienen en contacto por wasap, se mueven juntos por las fiestas de otros pueblos de la sierra, se reúnen en los mismos locales. Con ellos no siente la presión, nunca se siente juzgada. Son mucho más auténticos, mucho más de verdad que la gente de su instituto, los buenos estudiantes, los chicos del Sistema. Siempre la reciben con gestos de alegría. Alma es de los suyos. Es hija, como todos ellos, de una clase media en peligro de extinción. Una desencantada con la vida y con el mundo. Como ellos. Les gusta cómo piensa, les gusta que tampoco quiera ir a la universidad, que piense que estudiar es una pérdida de tiempo, les gusta que sus expectativas sean vivir el presente únicamente. Tampoco hay futuro para Alma.

Comparten con Alma el vídeo de YouTube. Ella también se ríe. Hace un par de bromas. Lo mejor del vídeo son las zapatillas del Terry. Alma sabe que solo se pueden pillar por internet en Estados Unidos. Y eso desencadena una conversación sobre si son auténticas o no, sobre si el Terry tiene la pasta para pillárselas o no, sobre si podría haberse buscado la vida para encontrar las auténticas, pero no pagar lo que realmente valen, y sobre si tiene la capacidad mental para pensar en esas cosas o no. Bromean. Se ríen. Los ojos se le nublan por las lágrimas. Se doblan por la cintura. Hace frío, pero Alma siente una agradable calidez entre ellos.

Las dos Lucías comienzan una discusión sobre si es posible hacerse rico con un canal de YouTube o si lo que los youtubers dicen que ganan es solo un invento de la compañía para hacer una publicidad que les beneficia a ellos en primer lugar. Lucía R se lía un piti de hierba, lo enciende, le da unos cuantos tiros y se lo pasa a Alma, que va de B. Se puede ir de B o de C, pero normalmente al C solo le llega el filtro. Jackrussell nunca va de B o de C porque siempre fuma de lo suyo. Cultiva su propia hierba y habla de ella como lo haría un experto sumiller de un vino francés de los años cuarenta.

—Probad esto —dice y se lo pasa a Hernán.

Susi también controla su propia hierba y quiere que todos la prueben. Un minuto después tres pitis de hierba pasan de mano en mano, produciendo gruesas nubes de humo blanco que se confunden con el vaho que sale de sus bocas. La conversación gira, como los pitis, en torno a las nuevas variedades que llegan de Asia. Alma alucina con Jackrussell, Susanita y los demás de ese grupo. Son expertos en variedades, semillas, cultivo, precios de venta, efectos y consecuencias legales. No se les escapa ni un detalle. Algunos se encienden un piti nada más despertarse y otro antes de entrar en su centro de formación profesional o en su trabajo. Todos llevan en el bolsillo un colirio para que unos ojos rojos no los delaten. En cualquier caso, es tontería, el olor a hierba lo impregna todo. Su ropa, su aliento, su pelo, su piel. Son los Chicos de la Hierba. Ja.

Un par de críos de unos trece años se acercan. Alma los conoce de vista. Susanita sale del círculo y hace un aparte con ellos. Es tan natural que nadie vuelve la cabeza, nadie hace un comentario, todos están a la conversación. Algunos de los amigos de

Alma se pasan las horas de muchas tardes en ese parque aparentemente sin hacer nada. ¿Qué hacen ahí? Para encontrar la respuesta basta con preguntarse cómo se pueden permitir comprarse zapatillas y ropa deportiva de marca. Es la hierba que paga. Jackrussell tiene media docena de bolsitas de plástico escondidas en el hueco del tronco de uno de esos árboles centenarios. Lleva unas cuantas multas por posesión y le han detenido en un par de ocasiones. Susanita otro tanto de lo mismo.

Alma no consume mucho. Al menos no como ellos. Un par de pitis si va de fiesta o alguna vez de forma extraordinaria después del instituto o a escondidas en el jardín de su casa por la noche. En el parque unos tiros. Invitada casi siempre. Pero esa tarde quiere pillar algo. La hierba de Jackrussell te deja muy *down*, le gusta en plan muy tranquila, cuando quiere tumbarse en la cama escuchando música y pensando en sus cosas, con la mirada pegada al techo. La hierba de Susanita tiene un rollo más fiestero, de risas, de muchas risas. Alma necesita más la hierba de Susanita que la de Jackrussell. Está en medio de una semana de exámenes, lo que no es algo excepcional. Sus semanas de exámenes son interminables, engancha recuperaciones de asignaturas de evaluaciones pasadas con las actuales y alguna asignatura de otro curso. Enormes caravanas de exámenes. Siempre está de exámenes. Ese fin de semana también. La cabeza le va a explotar. Necesita algo que le haga reír. Cuando Susanita vuelve al círculo, Alma le dice que quiere pillar algo de su hierba.

—Te lío un piti y te lo fumas cuando quieras.

—No —le contesta Alma—, quiero algo. Para tener.

—¿Es que vas a una fiesta? —le pregunta Susanita.

Ellos saben que Alma no fuma tanto como para llevarse una de sus bolsitas. Es decir, que solo entienden que Alma quiera pillar porque tiene algo, un evento importante al que acudir.

—¿Es que tengo que darte explicaciones? —pregunta Alma.

—Es raro.

—Estoy de exámenes —se explica Alma—. Necesito algo para evadirme o me va a reventar la cabeza.

—Te regalo un par de pitis —le contesta Susanita.

—Joder, Susanita.

—Yo pillo contigo —dice Hernán—. A medias. Lo compartimos.

Hernán es el único de los chicos del parque que estudia en su instituto. Segundo de bachillerato como ella. Se conocen desde hace muchos años. Desde primaria. Han compartido aulas, pasillos, gimnasio y patio desde enanos. Infinitas horas sentados en pupitres uno al lado del otro. Han sido compañeros de grupos de estudios y clases extraescolares, visitas obligatorias organizadas por el centro y viajes de fin de curso. Todo.

—A mí también me va a explotar la cabeza este año. Nos meten una caña brutal. Tenemos el mismo temario, pero dos meses menos. Vamos a toda hostia —se lamenta Hernán mientras se lía el piti con destreza.

Al terminar la secundaria él escogió ciencias y ella humanidades. Alma sabe que es muy bueno en matemáticas y física y todas las asignaturas técnicas, así que no cree que tenga dificultades para aprobar y, por tanto, quejarse de la dureza del curso solo es un intento de ser agradable con Alma. Alma le gusta a Hernán. Y ella lo sabe. Tuvieron un algo una vez. Poco. Hace años. Pero él sigue demostrando interés por ella. Exhibe la mejor de las sonrisas cuando la ve llegar, revolotea a su alrededor, le hace pequeños regalos, como lo de comprar la hierba a medias, y le guiña el ojo cuando en una fiesta sus miradas se cruzan.

—Yo tengo las mismas asignaturas de segundo que tú más dos pendientes de primero, y en la primera evaluación me han quedado cinco. No ha habido ni una sola semana desde noviembre en la que no haya tenido que hacer un examen. Esa es mi locura. ¿Sabes de lo que hablo?

El comentario de Alma suena a bofetada en la cara de Hernán. Suena a «No me dejo impresionar por tu autocompasión». «¿De verdad me vas a venir llorando a mí, Hernán?» Es como si le contaras lo dura que es la vida a un subsahariano que se acaba de bajar de una patera. Idiota. Un segundo después de que toda esa rabia y todas esas ideas de mierda salgan por su boca se da cuenta de que ha sido demasiado dura y se arrepiente. Hernán no es mal tío. No es como la mayoría de sus compañeros del instituto. Un poco sí, pero no tanto como ellos. Tiene sus metas y sus deseos y sus ambiciones, y como los otros ya se ha metido en ese mundo competitivo en el que tiene que sacar unas calificaciones excelentes para acceder a un doble grado en una buena universidad y luego desarrollar una gran carrera profesional. Pero a Alma le parece que no se lo termina de creer del todo. O al menos no tanto como el resto de los cretinos mentales de sus compañeros de clase. Y entonces trata de arreglarlo.

—Oye, lo siento. Me he pasado.

Hernán asiente.

—No te disculpes. Me está bien empleado.

Hernán sonríe como si se acordara de algo gracioso, uno de los momentos que ella ha protagonizado, pero ese recuerdo se queda dentro de él.

—¿Qué?

—Nada. No debería andarme con gilipolleces contigo.

—Últimamente me porto muy bien.

—Eres lo único que echaré de menos cuando el instituto acabe.

—¿Vas a ir a la fiesta? —pregunta ella.

Alma no entiende por qué le ha preguntado eso. Se arrepiente en ese mismo instante y no quiere mirarle a la cara para no tener que admitir que le da igual si él va o no. No se entiende a sí misma cuando hace esas cosas. Se odia. Le dan ganas de darse una bofetada. Es lo que haría si se tratara de cualquier otra chica.

—No lo sé. ¿Tú vas a ir?

La vibración de su voz le delata. El giro de su cabeza, la mirada de reojo, las manos que entran en los bolsillos traseros de sus pantalones vaqueros. Ella reconoce ese lenguaje no verbal. Sabe lo que revelan todos esos pequeños gestos.

—Quizá —le contesta ella.

—Dame un toque cuando lo sepas —insiste él.

—Claro.

Hernán es majo, pero Alma no quiere echar un polvo con él y tampoco le interesa una relación estable. Es mejor que sigan siendo amigos. Aunque Alma sabe que a él le gustaría otra cosa. Saca el móvil del bolsillo trasero del pantalón. Tiene un mensaje de su amiga Greta.

¿Dónde estás?

En el bus.

Date prisa. Estoy en la puerta del CC.

Estoy llegando.

Le ha mentido. Si le contara que está fumando en el parque se enfadaría con ella y Alma no quiere más gente enfadada con ella. Mira el reloj de su móvil. En cinco minutos puede llegar a la parada y coger un bus que la lleve al CC. Le envía un mensaje con un corazón. Alma se despide. Reparte besos y bromas. Se ríe de sus últimas ocurrencias. Mas tarde estarán en uno de los bares del pueblo. La invitan a pasar por allí y tomar una cerveza.

—Tengo que estar en casa a las doce —informa Alma—. Lo siento. No quiero tener problemas con mi padre.

—Líbrate de él —le suelta Jackrussell.

Alma asiente con la cabeza.

—Espera, llévate esto —le dice Hernán y le tiende la bolsita de plástico con el hermoso y verde cogollo de la hierba de Susanita.

Otro regalo de Hernán. Alma sale corriendo del parque. Llega a la parada casi al mismo tiempo que el bus abre sus puertas. Entra y se sienta en los asientos del fondo. Son apenas dos paradas, pero es la costumbre. Mira el móvil. Tiene un nuevo mensaje de Greta.

Te estás perdiendo algo muy fuerte.

3

Greta espera fumando un cigarrillo en una de las entradas del CC. El CC es el centro comercial. Nunca dicen centro comercial. Hablan de ese espacio como el CC. Tiene el pelo liso y lleva el flequillo recto sobre las cejas. Se ha maquillado los ojos con una raya negra larga que sobrepasa el contorno del ojo. Podría reinar sobre las dos orillas del Nilo. Se ha vestido con un abrigo largo de color gris, un jersey de cuello alto, pantalones ajustados y unas botas negras. Unas gafas redondas muy pequeñas con el cristal azul rematan el conjunto. A Alma le encanta que Greta se vista de esa manera para ir a un centro comercial situado a las afueras de un pueblo del extrarradio de la gran ciudad. Es de una especie tremendamente sofisticada. Tiene gestos que marcan la diferencia. Greta apaga su cigarrillo lanzándolo al suelo, pero no lo hace como todo el mundo. Lo catapulta con dos dedos para que describa una parábola en el aire y se estrelle a un par de metros contra el suelo de cemento expulsando un montón de chispas. En el momento del impacto imita el ruido que produciría el choque de una nave espacial contra un planeta de otra galaxia o algo así. Y después inclina la cabeza para mirar a Alma por encima de sus gafas.

—Están en la terraza del KFC —dice Greta—. Me he tenido que salir. No lo aguantaba más. ¿Por qué has tardado tanto?

Alma tiene que mantener la mentira. No puede decirle que se retrasó fumando con los Chicos de la Hierba. Siente como si hubiera cometido una especie de pequeña infidelidad. Alma y Greta son amigas desde muy pequeñas, desde el primer día de primero de infantil. En aquella aula de paredes pintadas de colores, mesas y sillas diminutas y cajones llenos de juegos educativos tuvieron una conexión especial. Durante años Greta y Alma se han protegido, defendido, apoyado, animado y consolado. Y eso no ha cambiado nunca. Ni siquiera después del peor verano de sus vidas. El verano de las lágrimas. Tenían catorce años y habían terminado tercero de la ESO. Los padres de Greta atravesaban un mal momento económico y debían recortar gastos. Decidieron prescindir del instituto privado de su hija y matricularla en uno público. Alma y Greta lloraron al conocer la noticia. Seguían llorando un día después, una semana después, un mes después. Lloraron por el día y por la noche. Bajo el asfixiante calor de los mediodías y bajo la lluvia de las tormentas. Alma lloró en el asiento trasero del coche familiar camino a una playa del norte y Greta sumergida en la piscina comunitaria de su urbanización. Lloraron abrazadas. Lloraron a solas. Lloraron hasta el dolor. Alma suplicó a sus padres que la matricularan en el mismo instituto público que a Greta. Ellos se negaron. Estaban contentos con la educación, tenían malas referencias del público, superpoblación, consumo de drogas, masificación, poca atención del profesorado al alumnado. Alma, que no era una estudiante extraordinaria y ya necesitaba alguna ayuda extraescolar, se perdería en un lugar con más de mil alumnos. No podían.

—No se va al otro lado del planeta. Seguirá viviendo aquí al lado —dijo su padre—. No es una tragedia.

A unos minutos en coche. A tres paradas de autobús. Podrían seguir viéndose y hablando «casi» a diario.

—¡No entiendes nada! —le gritó.

No, no entendía que ese «casi» contenía un universo de distancia. El primer día de clase aquel pupitre vacío a su lado le provocó tanto dolor como un cuchillo atravesándole el pecho. Quizá comenzó a odiarlo en ese momento.

A Greta le fue bien en el nuevo instituto. Se ganó muy rápido la simpatía de compañeros y profesores. Sus calificaciones escolares tampoco se resintieron. Lo de Alma es otra historia. Pagó un precio mucho más alto por esa separación. Un año después estaba quemando su uniforme escolar en la calle.

Caminan por pasillos flanqueados por franquicias de tiendas de ropa, entre cristales de escaparates decorados por pegatinas y carteles de un llamativo rojo que captan la atención de cualquiera que pase por delante. Últimas rebajas. Liquidación total. Las maniquíes, totalmente desnudas, apoyan con naturalidad esa última afirmación.

—No deberían dejarlas así —dice Alma y después añade—: Es obsceno.

—Tienes un problema aquí dentro —le contesta Greta y señala su cabeza.

—Que les pongan unas bragas por lo menos.

Los cristales de los escaparates les devuelven su propio reflejo. Greta imita a una de las maniquíes adoptando la misma postura. Su reflejo queda encajado sobre el cuerpo de plástico. Si Alma desenfoca la mirada, Greta y el maniquí se empastan una sobre otra. Podría ser ella misma desnuda. Sonríe. Saca la lengua y moja sus labios. La imagen incomoda a Alma, que niega con la cabeza. Greta es mucho más natural con el sexo que Alma. No le importa hablar sobre sus pocas experiencias o sobre sus muchas fantasías en voz alta, describir detalles, lugares, parejas sexuales. Cualquier cosa.

—No lo sé —le dijo una noche después de su primera experiencia sexual con un chico un verano en la costa—, la verdad es que esperaba otra cosa. No sé qué. Otra cosa.

—Todo el mundo dice que la primera vez es una mierda.

—Me excito mucho más viendo porno.

—¿Qué clase de porno?

—Sumisión. Dominación. Mujeres que usan a chicas como muñecas.

—Joder, Greta.

Se conocen de la manera más íntima posible. Se confiesan sin ninguna clase de vergüenza sus deseos más inconfesables, sus mayores secretos, las ideas más locas que les pasan por la cabeza. Y lo hacen sintiendo que no sucede absolutamente nada, que no serán juzgadas, que no se repetirán esas palabras, que ninguna otra persona ajena a esa pequeña sociedad de dos las escuchará jamás. Y, al mismo tiempo, esas confesiones les producen un placer liberatorio casi orgásmico. Esas conversaciones sobre sexo las excitan tanto o más que besarse y restregarse contra otra persona en el sofá de un garaje o contra la pared de un bar o detrás de la carpa de una fiesta en un pueblo. Molan.

Greta sabe que Alma es mucho más reservada con el tema del sexo, más tímida, menos expresiva. Aunque sabe que le gusta. O que le gustará cuando lo haga bien, cuando tenga una buena experiencia. Mientras, disfruta provocándola, haciendo que se sonroje, que baje la mirada y se ponga a escarbar con la punta de la zapatilla en el suelo.

—Joder, Greta —exclama Alma.

—¡Ja! —se carcajea Greta.

Alma inicia de nuevo la marcha. Greta la sigue dando un par de pasos rápidos hasta colocarse a su altura. Suben las escaleras mecánicas hasta la última planta. Allí se encuentran las franquicias de las cadenas de restaurantes de comida rápida, hamburgueserías, chinos familiares, rodillos de carne turca, pinchos, bocadillos y pollo frito al estilo del Medio Oeste americano. Traspasan las puertas acristaladas que dan a una de las terrazas de la última planta y un viento frío les azota en la cara.

—Ahí siguen con lo mismo —dice Greta con expresión entre compasiva y cansada.

En los bancos de duro cemento, bajo pérgolas de madera que parecen esqueletos de construcciones abandonadas, rodeados de grandes macetas ornamentales donde deberían crecer plantas, pero donde apenas hay algún rastro de vida, se encuentra un grupo de chicos y chicas más o menos de su edad. Una de esas chicas es Natacha, Nata, el tercer lado del triángulo societario que se forma con Alma y Greta. En ese momento Nata sostiene una gran discusión con su novio Alberto. Alberto tiene también diecisiete años y estudia segundo de bachillerato en su instituto. Comparte aula con Alma y Nata. A Alma no le cae bien Alberto. Greta le define como un psicópata narcisista con niveles demasiado altos de testosterona y un concepto muy antiguo sobre los géneros y el papel de los hombres y las mujeres en la vida.

—Lo mismo se lo han explicado mal.

—Lo mismo solo es tonto.

Alma se come a Alberto por Nata, pero lo cierto es que desde que salen juntos ellas se han distanciado. Nata es la única amiga que tiene en el instituto, la única persona con la que puede hablar, pero a veces se da cuenta de que, en los cambios de clase o en el descanso de media mañana, está con ella por compromiso. Alma nota que preferiría estar sentada sobre las rodillas de Alberto, comiéndose la boca y haciendo planes para el fin de semana. Unos planes que a veces no se cumplen y que dan origen a discusiones como las que tienen justo en ese momento.

—Te dije que había quedado con estos. Joder, Nata, es un partido importante, nos jugamos la temporada.

—Dime qué puto partido no es importante. Siempre os estáis jugando algo importante. No entiendo cómo todo puede ser tan importante.

A Alma le parece estar escuchando una imitación de una de las discusiones matrimoniales de los padres de Nata. Nata interpreta el papel de su madre y Alberto el de su padre. Reproducen el mismo modelo estándar. Padre centrado en su carrera casado con una mujer con un empleo a jornada completa que se multiplica para hacer de esposa y madre. Una supermujer que cae rendida en la cama cada noche, pero que no puede dormir si no se ha bebido un par de copas de vino blanco y se ha tomado un ansiolítico. Y Nata juega a eso mismo con su novio. Alma sabe que Nata protestará, se quejará, amenazará, gritará y todo lo demás, pero al final Alberto se irá a ver el partido con sus amigos. Y entonces cuando se queden a solas Nata les dirá algo así como:

—Ya me lo cobraré de otra manera.

Es la misma frase que le diría la madre de Natacha a sus compañeras de trabajo o a las vecinas con las que juega al pádel los sábados por la mañana. Quizá el plan de Natacha para el fin de semana era espantoso, una basura, Alma no lo duda, pero le da pena que tenga que hacer ese comentario, exhibiendo como una victoria algo que, sin duda, no lo es. Si es que en ese terreno se puede ganar algo de alguna manera.

—Ya. Es evidente que no lo puedes entender.

El comentario de Alberto provoca en sus amigos que beben bebidas energéticas y comen patatas fritas del McDonald´s una emisión de risitas punzantes. A Nata le enfurece el comentario o el tono condescendiente con el que lo ha pronunciado o la risa de sus amigos. O quizá las tres cosas. Y explota.

—Vete a la mierda.

Alma lanza una mirada cargada de desprecio y amenaza al mejor amigo de Alberto, Christian. Una mirada que dice que o cierra la puta boca y borra esa sonrisa de su cara o le romperá el menisco cruzado de la rodilla y acabará con su estúpida aspiración de ser futbolista profesional. Todo el mundo menos él sabe que solo llegará a ser delantero de un equipo de pueblo. Pero eso da igual. Lo que sí sabe es que Alma sería capaz de hacer lo que está pensando. Christian piensa que Alma está loca. Al principio de secundaria se metió con ella. La llamó «enana».

—Cierra la boca, enana —dijo.

Alma mide ciento sesenta y dos centímetros. Está satisfecha con su estatura, que considera normal, más o menos en la media del país, para una mujer de diecisiete años. Y, además, no necesita ser más alta. No aspira a ser modelo de pasarela, ni azafata, ni astronauta. Pero al principio de secundaria todavía no había crecido y su percentil era tan bajo que sus padres se plantearon llevarla al médico. Aun así ella nunca se sintió acomplejada y cuando aquel bobo, con un percentil alto, que le sacaba dos cabezas y pesaba veinte kilos más que ella, la llamó «enana» su primera reacción fue la de sonreír. «Enana» es una palabra graciosa. Pero entonces cayó en la cuenta de que él lo decía como un insulto y la rabia se apoderó de ella y le corrió por las venas y le infló los pulmones.

—Me parece increíble que no te des cuenta de las tonterías que dices —le respondió con insolencia.

—¿Quieres que te espere en la calle? —amenazó Christian.

—Cuando y donde quieras —le desafió Alma elevándose sobre las puntas de sus pequeños pies.

Christian, que ahora tiene cinco años más y está ahí sentado en el banco de cemento bebiendo una de esas bebidas energéticas de nombre estúpido y con las rodillas tan separadas que cabría entre ellas la cabeza de un elefante, no volvió a meterse con ella. Y además ese «cuando quieras» quedó grabado en la memoria colectiva de la clase de primero de secundaria y, después, la tradición oral la compartió año tras año hasta convertirla en un clásico. Alma sabe que el matón bobo todavía lo recuerda porque cuando ella clava la mirada en sus ojos, él vuelve la cabeza y cierra las rodillas en una especie de gesto inconsciente de protección masculina.

Greta le tira de la manga de la Carhartt para sacarla del autismo momentáneo y se da cuenta de que Nata está saliendo de la terraza, caminando de manera airada. Alberto la sigue un par de pasos por detrás. Sus amigos lanzan gritos y exclamaciones y Alberto, a espaldas de Nata, les guiña un ojo y les saca la lengua con complicidad. Y con esos gestos quiere decir: «Voy a calmar a mi mujercita, aunque me importa menos que nada que se enfade porque yo seguiré haciendo lo que me dé la gana». Todo lo que dirá o hará a continuación es un engaño, un truco, una mentira. En un sentido o en otro.

Natacha camina por el pasillo del tercer piso bordeado de restaurantes familiares. Alberto la sigue un par de pasos detrás. Sus pasos son más largos y camina más rápido, así que no le cuesta mucho ponerse a su altura, pero Nata no detiene su marcha y sigue caminando con la cabeza alta.

—... de una vez! —es lo que consiguen entender Alma y Greta.

Alberto la sujeta por el brazo, la retiene, la agarra con fuerza. Nata hace un intento de liberarse, retraer el brazo hacia su pecho y forcejea. El movimiento de atracción y torsión le provoca dolor.

—¡Me haces daño! —grita.

El pasillo del CC está atestado de familias con niños pequeños, parejas jóvenes que empujan distraídos carritos de bebé, grupos de críos invitados a fiestas infantiles y matrimonios que van cargados de bolsas de rebajas. El grito de Nata atrae la atención hacia el movimiento de esos dos cuerpos jóvenes, ese ballet violento. La escena provoca una reacción lenta. Un hombre adulto se acerca.

—¿Qué pasa?

¿No es evidente lo que está pasando? Entonces otro hombre también se aproxima impulsado por un efecto imán. Alberto se siente intimidado y suelta a Nata. Ella se acaricia la zona dolorida de su brazo con la cabeza ladeada y gesto serio.

—Estoy bien —dice Nata—. No pasa nada.

Alberto, en un gesto excesivamente teatral que copia de alguna película de acción, levanta los brazos, enseña las palmas de las manos y da un paso atrás. No soy una amenaza, quiere decir. Hay algo de resentimiento en su mirada antes de desaparecer por las escaleras mecánicas seguido de sus dos amigos.

A Alma le da la impresión de que durante el desarrollo de esa escena alguien ha apagado el ruido ambiente del CC. Durante esos instantes ha dejado de escuchar los pasos, los llantos de los niños, las palabras, las conversaciones, la música de un carrusel de monedas que hay en la salida de un restaurante, la voz de un camarero que vocea el número de un pedido que alguien debe recoger. Y de repente el sonido vuelve. Y parece que todo se pone en marcha de nuevo. Es una sensación muy rara. Arruga el ceño y se rasca la mejilla y se concentra en la punta de sus uñas, donde ha saltado el esmalte. Se siente un poco rara. Quizá ha subestimado el poder de la hierba de Susanita. Cuando levanta la mirada Nata y Greta se meten en el aseo. Alma se queda en el pasillo. Podría ir con ellas, pero le da mucha pereza la escena que se desarrollará en los lavabos. Y no es por la hierba.

«Te estás perdiendo algo muy fuerte», escribió Greta en el wasap. Pero Alma sabe que ese tipo de discusiones entre Alberto y Nata son algo muy común. Greta siempre exagera. Nata gritará y pateará las puertas de las cabinas y se enfrentará, y lo mismo escribirá con carmín rojo que Alberto es maricón y que la tiene pequeña. Pero no romperá con él. Estarán peleados una semana o unos días o unas horas o menos. Y después volverán a desempeñar los mismos roles en el mismo juego. Lo ha visto un millón de veces antes. Y le da pereza estar de público de nuevo.

Alma apoya la espalda en una pared del pasillo justo frente a una tienda de maletas y complementos. Una niña de dos o tres años de edad con dos moñitos de pelo sobre la cabeza pasa comiéndose un dulce y la saluda. Alma sonríe con un poco de tristeza. Su mente se queda suspendida en algún momento de su vida pasada. La niña le recuerda a alguien. Quizá a ella misma.

—Hola, Alma —dice una voz alegre.

A unos pasos de distancia alguien le sonríe abiertamente. Esa persona le es tremendamente familiar y, sin embargo, le cuesta identificar de quién se trata.

—¡¿Hola?! —repite como si le pareciera alucinante que Alma no la reconozca—. Soy Berta.

Berta es una compañera de su clase, o más bien una excompañera de su clase. Fueron juntas al mismo colegio durante primaria y la mitad de secundaria, más o menos cuando Berta dejó el instituto, el mismo año que Greta, y Alma ahora cae en la cuenta de que mucha gente dejó el instituto en segundo de secundaria.

—Hola, Berta —responde Alma subrayando el nombre para que ella se percate de que sabe perfectamente quién es y está a punto de poner la hierba como disculpa cuando se da cuenta de que eso podría ser un error—. Estaba distraída pensando en esa cría, la de los dos moñitos. Me recuerda a alguien.

—Es igual que Boo —afirma Berta—, la niña de *Monstruos. SA*.

—Sí, es verdad —contesta Alma.

—Me encanta esa película. Probablemente es mi película de animación preferida. Es buenísima.

Hace una eternidad que vio esa película por última vez, pero también fue su película preferida.

—Estoy segura de que alguna vez la vimos juntas. En uno de mis cumpleaños. ¿Qué tal te va?

—Así. —Alma se encoge de hombros—. Como siempre.

—¿Estás triste por algo? —pregunta Berta—. Parece que has llorado.

—Estoy bien —dice tajante y después suaviza el tono para preguntar—. ¿Y a ti qué tal te va?

Berta estudia bachillerato de Artes en un instituto de la ciudad. Está bastante contenta de haber elegido una opción nada exigente y que estimula su lado más creativo. Alma se llegó a plantear coger esa opción de bachillerato. El problema es que ella no tiene ningún lado creativo. No tiene ningún talento para dibujar o pintar. Cero. Coge un lápiz y un pato podría ser un perro.

Alma se fija en el colgante de metal dorado que brilla en el pecho de Berta. Parece un pájaro volando sobre una ola.

—Es muy chulo —comenta Alma.

—Lo he hecho en el taller —responde Berta como si Alma tuviera que saber a qué se refiere con eso del taller—. Estoy experimentando con latón y plata. ¿Puedo hacerte uno?

Berta está deshaciendo el nudo del cordón antes de que Alma pueda contestar a su ofrecimiento con un sí o un no.

—Mejor quédate con este.

Siente su aliento cálido mientras le anuda el cordón de cuero al cuello.

—Está mal que yo lo diga, pero mola un montón —señala Berta observando el colgante sobre su pecho.

La madre de Berta sale de la tienda y se acerca a ellas. Alma la reconoce. Aunque parece que han pasado mil años no ha pasado tanto tiempo desde la última vez que estuvo merendando en su casa. Lleva en las manos un par de grandes bolsas. De una de ellas sobresalen las asas de un bolso de cuero de color naranja, uno muy caro, que tiene una posición de privilegio en el escaparate de la tienda. La madre de Berta la saluda y ella responde comportándose como la muchacha encantadora que no es. Puede fingir perfectamente y en cualquier situación una maravillosa sonrisa y pronunciar las palabras justas en el tono justo para que todos los amigos de sus padres digan que es una cría maravillosa y hacer que su padre suelte un profundo suspiro de disconformidad.

—Berta —dice—, nos tenemos que ir.

Tienen unas entradas para la última sesión de una película iraní en un cine de versión original y antes quieren cenar alguna cosa en el centro de la ciudad. Berta le dice el título de la película y, aunque Alma no ha oído ese nombre en su vida asiente.

—Ya casi no nos vemos —comenta Berta—. No puede ser. Te llamo o algo.

—Vale.

—Y sonríe. No me gusta verte triste.

Alma esboza una sonrisa. Berta le da un beso en la mejilla.

—Tenemos que hablar —le susurra al oído.

Cuando Alma reacciona, Berta ya se está alejando por el pasillo del CC.

—¿Era esa Berta? —pregunta Nata—. Dios, no la reconocía.

Berta está bastante obesa. Ha engordado mucho desde que dejó de ser su compañera en segundo de secundaria.

—¿Qué quería?

—Quedar un día. Para hablar.

—¿De qué?

—No sé —responde Alma y añade—: Estoy muerta de hambre.

Entran en el McDonald´s. Piden hamburguesas de un euro y

patatas fritas. Mientras mueve distraída la punta de un dedo por el papel manchado de grasa y sal trata de encontrarle sentido a la frase de Berta.

«Tenemos que hablar.»

4

—¿Puedo quedarme a dormir? —pregunta Alma.

—Déjame hablar con la madre de Greta —le contesta Vero.

—No, por favor. Tienes el teléfono, si quieres llámala tú. Tengo diecisiete años. A mí me da vergüenza pedir permiso para quedarme a dormir.

—Está bien. Pero mañana tienes que estar aquí antes de la hora de comer.

—Vale.

Alma deja el móvil sobre la mesa de estudio del dormitorio de Greta. Durante un segundo puede imaginar lo que está ocurriendo en ese momento en su casa. Su madre informa a su padre de que le ha permitido quedarse a dormir en casa de Greta y él ahora mismo está poniendo en cuestión esa decisión, lo que dará lugar a una discusión. Quizá se dejen de hablar. Quizá su padre se quede viendo alguna película en la televisión y su madre se vaya a la cama a leer una de sus novelas. Y su hermano pequeño estará encerrado en su cuarto. Sus padres se quieren. Se lo demuestran muchas veces. No sienten miedo ni vergüenza de demostrar sus sentimientos. Algunas veces también discuten y se enfadan y pasan días sin dirigirse la palabra. Y casi siempre es por su culpa.

—¿Qué ha pasado?

—Me quedo —dice Alma.

—Tu madre es guay.

A Greta le cae bien su madre. Y a Vero le cae bien Greta. Disfrutan de su mutua compañía. Entablan conversaciones sobre temas que a las dos parecen interesarles mucho. Hablan de política y de arte y de feminismo. Alma no puede evitar sentir algo de celos. Solo un poco. Greta abre un armario y saca una bolsa grande de papel marrón sin ningún distintivo grabado y la vacía en el suelo.

—Esto es lo que me trajo la mía la semana pasada.

Sobre el suelo cae un montón de ropa de diversa índole, pero con el común denominador de que apesta a mercadillo. A uno de esos mercadillos de liquidación. Se alquila un local, se divide la ropa por tallas y géneros, y se pone a unos precios muy bajos para que cuarenta y ocho horas después no quede nada. La ropa que le ha comprado la madre de Greta es fea. Es una mierda.

—Cuando hace cosas así, me dan ganas de echarme a llorar.

Greta vive en una casa independiente de tres plantas situada en otra de las urbanizaciones que rodean el pueblo, cerca de la casa de Alma y de la de Natacha. Es un espacio muy parecido a las casas de sus amigas y, si no fuera por pequeños detalles, como esa ropa de mercadillo fea y anticuada, una no pensaría que su familia atraviesa un mal momento económico.

El padre de Greta trabajaba en la dirección de una multinacional industrial del acero. Surfeó la ola de la crisis financiera más o menos bien y cuando pensaba que ya estaba a salvo se estrelló contra la playa. La empresa para la que había trabajado durante casi quince años le despidió. Era un buen profesional, con talento, capacidad de trabajo y cargado de experiencia. Pensó que estar sin empleo sería algo transitorio. Dejaría que pasara el temporal. Tenía la indemnización y el seguro de desempleo. Decidió tomarse un tiempo para pensar en lo que iba a hacer, invirtió en cursos de formación... Nada salió como esperaba. Desde entonces ha tenido un par de trabajos que solo le duraron unos meses y en los que le pagaban la mitad de lo que ganaba antes. Ahora imparte cursos de formación en online desde su casa. Es lo mejor a lo que ha podido acceder.

Más o menos por la misma época su madre también perdió su empleo en el departamento de personal de otra empresa. Ahora trabaja para la Administración local de la ciudad captando fondos de los programas de inversión de la Unión Europea. Le renuevan su contrato temporal cada seis meses, así que vive pendiente de que sus jefes valoren su trabajo y los esfuerzos que hace por conseguir una u otra subvención. El estrés que sufre es enorme.

Tienen dificultades para pagar la hipoteca y hacer frente a los gastos de la familia. Compraron su casa en plena burbuja inmobiliaria, en el momento en el que los precios de la vivienda estaban muy altos y cuando se plantearon la posibilidad de vender y mudarse a otro lugar más barato se dieron cuenta de que perderían dinero. El mercado se había hundido. Les dijeron que los precios tardarían en recuperarse una década... si alguna vez lo hacían. Llevan varios años inventando ejercicios de ajuste, eliminando caprichos y gastos innecesarios. Recortes. Y el coste no es solo económico. Los daños emocionales e incluso físicos son evidentes para cualquiera que los conociera antes de la crisis. En uno de los cajones del baño guardan varias cajas de benzodiacepinas por prescripción médica. La química los ayuda a no bajar los brazos y a mantener arriba la esperanza.

—Mis padres dicen que los buenos tiempos volverán.

A pesar de todo por lo que han pasado, siguen viendo el futuro con optimismo. Confían en que en algún momento podrán recuperar su vida laboral y encontrarán unos empleos en los que reconozcan su experiencia, su talento y su esfuerzo.

—Yo también lo creo.

Greta vuelve a meter la ropa en la bolsa de papel. Alma sabe que Greta es muy consciente de la situación por la que están pasando su familia, el dolor y el miedo que genera su situación económica y hace todo lo que está en su mano para no traer más problemas a la mesa. Se exige a sí misma estar a la altura de la situación. No se queja casi nunca, estudia mucho, causa pocas molestias, y siempre que la situación lo requiere regala un beso o una sonrisa.

A Alma le gustaría ser como Greta, pero no le sale. Greta tiene muchas más razones que ella para estar rabiosa con el mundo. A Greta sí que la han jodido bien. Y, sin embargo, es ella la que vive en un estado de furia no transitorio, sino constante. ¿Cuándo comenzó? ¿Por qué? No lo sabe. No lo entiende. O quizá sí. Sus padres son el objeto de esa furia. El monstruo es él, pero tampoco soporta a su madre. Desde hace un tiempo le incomodan sus manifestaciones de cariño, ya no se deja acariciar o achuchar por ella, repele, como el goretex al agua, los besos y cualquier forma de contacto físico, se mantiene distante y la esquiva. Esa actitud tiene un significado. De alguna forma quiere castigarla por lo que hace. O, mejor dicho, por lo que no hace. No soporta que cuando estallan los conflictos y las discusiones ella siempre se sitúe al lado de su padre, con ese silencio cómplice, tan obediente. Que nunca o casi nunca la apoye. Da lo mismo que ella reclame llegar un poco más tarde un día o ir un fin de semana a la costa con la gente del parque, hacerse un piercing en la lengua o en la oreja, levantarse tarde porque le duele la barriga de la regla, decorar su dormitorio de una forma diferente, abrir una cuenta en una red social... y podría hacer una lista de mil cosas más que generarían una discusión. Y su madre nunca —casi nunca— se pondrá de su lado, aun cuando sabe que su padre no tiene razón o está ejerciendo un abuso de autoridad porque en el fondo lo que desea es castigarla por algo que ha hecho antes. Ese es el momento en el que más la odia. A veces se lo grita a la cara. A veces la insulta. A veces siente tanta rabia que la empujaría y la golpearía y tiene que encerrarse en su dormitorio, se cubre la cara con la almohada y ahoga un grito. Un grito que le sale de las tripas.

—¿Qué? —pregunta Greta.

—Nada —contesta Alma.

Natacha está tumbada sobre la cama. En los ajustes de su móvil ha elegido el sonido de palomitas de maíz estallando como tono de aviso de los mensajes de wasap de Alberto. Y el teléfono no para de hacer palomitas. Arde. Hicieron las paces un par de días después de la «gran bronca» en el CC. Y ahora se escriben como si no hubiera pasado nada.

—Todas las parejas discuten —comenta—, es lo normal. Lo importante es que nos queremos. Y ya está.

A Natacha le gusta la estabilidad. Le gusta jugar a las casitas. Y las pollas grandes. Hurga en el fondo de su bolso y saca un dildo de aspecto bastante realista que imita la polla de un hombre negro. Tiene el glande de un brillante color púrpura, arrugas y venas y dos testículos.

—Dieciocho centímetros de pura masculinidad —informa Nata—, lo he medido.

Lo encontró en el interior de una caja de zapatos en el vestidor del dormitorio de sus padres. El dildo está fabricado con algún tipo de silicona, es flexible, pero al mismo tiempo duro y su tacto asemeja al de la piel natural.

—Tócalo. —Natacha le tiende la polla a Alma—. ¿A que parece de verdad?

—¿Y no se dará cuenta de que se lo has robado? —le pregunta Greta.

—No lo creo —le contesta Nata—. Seguramente se ha olvidado de que lo escondía ahí. Lo debe de tener de una fiesta o quizá se lo han regalado sus amigas de pádel en algún cumpleaños.

Alma le devuelve la gran polla del hombre negro y Nata la sostiene frente a sus ojos como si fuera una mascota.

—Ahora eres solo mío —le dice y le besa dulcemente en la punta del glande.

Nata y Alberto mantienen relaciones sexuales, pero no son muy satisfactorias para ella. Alberto no sabe follar o al menos a Natacha no le gusta cómo se lo hace. Alberto no la tiene muy grande, le cuesta conseguir una buena erección y después se viene muy rápido. Aun así, Nata siempre tiene una excusa a mano.

—Nunca podemos follar tranquilos. En nuestras casas siempre hay gente y ni siquiera tenemos el puñetero asiento trasero de un coche, joder.

—Puedes venir a follar aquí si nos dejas mirar —le propone Greta muy seria.

Alma rompe el silencio con una carcajada. Nata insulta a Greta y le lanza el dildo a la cabeza. Greta lo esquiva. Alma lo recoge del suelo.

—En primero de feminismo —expone Alma— te enseñan que los hombres usan la polla como arma contra las mujeres. Tú has hecho lo mismo a esta hermana. Debería darte vergüenza. Ahora vas a recibir tu castigo.

Greta y Alma saltan sobre la cama. Un rato después, agotadas por la pelea y las risas, tratan de recuperar la respiración tiradas en el suelo.

—Chicas —dice Nata—, os pido unos momentos de soledad. Lo digo en serio.

Va a mantener sexo telefónico con Alberto. Una videoconferencia por wasap. Hurga de nuevo en su bolso y saca un conjunto de ropa interior de color negro que compró online en una sex shop y se las tuvo que ingeniar para que su madre no lo interceptara. Alma se pregunta si en caso de que su madre lo hubiera interceptado se lo hubiera robado a su hija. Lo mismo sí.

Salen del dormitorio y bajan las escaleras entre miradas cómplices, risas, bromas y pequeños empujones. Pasan frente a la puerta abierta del salón, donde los padres de Greta están viendo una película o una serie, y siguen bajando hacia el sótano de la casa. Al final de la escalera llegan a un pequeño rellano con dos puertas. Una de ellas da al garaje y la otra a una habitación que, cuando eran pequeñas, usaron como cuarto de juegos. Allí pasaron muchas tardes después del colegio, celebraron cumpleaños y vieron películas de cine en una sábana blanca.

Greta abre la puerta. Ahora de todo aquello ya no queda nada. El espacio está ocupado por una plantación *indoor* de hierba. Donde estuvieron las viejas alfombras mullidas con dibujos de globos y animalitos ahora crecen en macetas de plástico unas cincuenta plantas de un metro y medio de altura y un brazo de ancho. La luz, similar a la de los hospitales, muy blanca, proviene de unos focos prendidos sobre un andamio de construcción. El aire huele a marihuana —las plantas son mecidas por varios ventiladores— y a estiércol. La temperatura se mantiene constante a veinticinco grados y nota cierta humedad pegándose a su piel. Al fondo de la habitación hay dos armarios metálicos donde las ramas cortadas y envueltas en papel de periódico se secan boca abajo.

David, el hermano de Greta, sentado de espaldas a la puerta, vuelve la cabeza por encima del hombro y las observa entrar. Sonríe ligeramente y esa sonrisa pone patas arriba el corazón de Alma.

5

David tiene veintiún años. Abandonó la universidad en segundo año de Biología. Trabaja como administrativo en una inmobiliaria. Y, además, cultiva marihuana en el sótano de su casa con la complicidad de sus padres. Una parte de los ingresos que consigue de la venta de la hierba ayudan a pagar los plazos de la hipoteca de la casa, los gastos de Greta, el seguro del coche y otras deudas. No pretenden hacerse ricos con ese negocio: lo hacen para sobrevivir.

David está inclinado sobre una mesa de madera amplia, probablemente la que fue su mesa de estudio durante unos años. Frente a él, un par de cajas de herramientas abarrotadas de todo tipo de cosas útiles y otras inútiles, pero necesarias para el riego automático, la luz, la ventilación y la jardinería. A un lado tiene una pequeña báscula de precisión, una gran lupa retro iluminada, pequeñas bolsas de plástico de cierre hermético y un táper transparente repleto de pequeños cogollos de hierba. Los observa con detenimiento bajo la lupa, los pesa y los embolsa. Cada bolsita contiene cinco gramos. Amontona unas treinta bolsitas sobre la mesa. Esa noche va a trabajar. Es el *dealer* oficial de una fiesta privada y después recorrerá la ciudad visitando clientes de un lado a otro. No vende a gente del pueblo ni de las urbanizaciones. Todos sus clientes están en la ciudad. Es un chico listo. Toma precauciones.

—¿Qué hacéis? —pregunta.

—¿Podrías regalarnos algo? —pregunta Greta encogiéndose de hombros—. Fumaremos en el jardín. Te lo prometo.

David escoge un hermoso cogollo verde y lo mete en una bolsita de plástico con rapidez y soltura. Lo ha hecho un millón de veces. Es un profesional.

—¿Y un par de OCB?

Saca un librito de OCB del interior de una de las cajas de herramientas. Tiene un nuevo tatuaje en la piel interior del brazo. Greta coge el papel y la bolsita de hierba y camina hacia la salida de lo que hace unos años fue su cuarto de juegos. Cuando llega a la puerta se da cuenta de que su amiga sigue al lado de la mesa de trabajo de David.

—Estoy fuera, ¿vale?

Alma siente una especie de atracción gravitatoria hacia David desde pequeña. Mientras Greta y el resto de sus compañeras de colegio juegan con sus muñecos o al escondite, Alma deja distraídamente el grupo y se acerca a David, que está leyendo un libro o dibujando. Y se queda a su lado en silencio. Por Alma, grita una voz infantil. David le sonríe. Ella le devuelve la sonrisa. Ya no quiere jugar al escondite.

—¿Qué es ese dibujo? —pregunta Alma—. Lo que te has tatuado en el brazo.

—No es un dibujo. Es un texto. Está escrito en tamil. Uno de los tres idiomas oficiales de Sri Lanka.

David le cuenta algo sobre la «Lágrima de la India» y la razón por la que el país tiene tres idiomas oficiales y una caligrafía tan rara y tan diferente a todas las del resto del mundo. Alma piensa que tal vez ella debería saber algo de lo que David le está contando —¿lo habrán dado en clase de historia o de lengua?— y por un instante se siente un poco tonta.

—¿Qué significa?

—Buen viaje —le contesta David.

—También puede poner «Blanco tonto».

—Sí —asiente divertido—. Es posible. Cualquiera sabe.

Alma ha superado la bola de partido con esa rápida muestra de ingenio. David baja la mirada. En sus labios aparece una sonrisa que trata de controlar apretando los labios. A ella le encanta ese gesto de total timidez, de debilidad, de indefensión. Cada vez que él hace eso a ella le dan ganas de abrazarse a su pecho. David es una de esas personas que parecen no ser conscientes de su atractivo o que, al menos, no le dan ninguna importancia.

—Yo también tengo un tatuaje —anuncia Alma.

Error. Tendría que quitarse la camiseta y la sudadera y subir el brazo para mostrarle el *Feminist* que tiene en un costado del pecho, al lado de su seno izquierdo. Y lo que menos le importa en ese momento es que ha escogido un sujetador blanco deportivo para vestirse esa mañana o que su piel es de un blanco níveo después de meses en la que no le ha rozado un rayo de sol. Lo que la asusta, lo que la aterroriza, lo que le hiela el corazón es que no se ha depilado las axilas. Y ya hace semanas que crece en esa zona ese delicado y sinuoso vello de color castaño. La sola posibilidad de que David vea ese vello en su axila le congela la sangre. No, no puede dejar que él vea su bonito tatuaje porque lo que crece alrededor no es bonito.

Se hace un silencio. David no pregunta dónde está el tatuaje ni le pide que se lo enseñe. Ha debido de notar la inmediata incomodidad en su cara. La expresión de un profundo malestar. Lo mismo piensa que se le han revuelto las tripas. *Feminist.* ¿No es una contradicción llevar tatuada esa palabra y sentirse avergonzada por tener vello en las axilas? Sí, es una puñetera contradicción. Maldice. Se avergüenza de sí misma. Una mierda. ¿Y por qué se siente mal ahora? Podría apostar a que no tiene ninguna posibilidad de liarse con él. Enseñarle el vello de las axilas no va a hacerle bajar puestos en la escala de los posibles líos de David. No se puede bajar más. No hay lugar más remoto. Ella lo sabe. Es su amor imposible.

—Otro aburrido sábado de invierno en las afueras, ¿no? —dice David.

—El aburrimiento también se puede masticar.

—¿Cuánto te queda para cumplir dieciocho?

—Unos meses. En realidad, muy pocos.

No es cierto. Alma cumple años en septiembre y están a finales de enero.

—Habrá que celebrarlo a lo grande. Podríamos pensar en algo, ¿no?

¿Le ha hecho una proposición? ¿En serio? ¿Ha sido un flirteo? ¿Ha sido un toque? ¿Han hecho Match? Por un breve instante Alma cree que eso es lo que ha pasado. Ha despertado el interés de David. Él se ha dirigido a ella como a una persona, como a una mujer, como a alguien diferente a la mejor amiga de su hermana pequeña. Su imaginación calenturienta da un salto adelante y ya se ve en una hipotética celebración de su dieciocho cumpleaños besándose con David, en una azotea sobre la ciudad, una azotea que él ha decorado con miles de bombillas de luz suave... o quizá mejor en una cama desnudos, él le dice que la quiere, que la ha querido siempre, y le quita una brizna de hierba del pelo porque ahora están en una especie de granero, decorado con millones de bombillas y están tumbados, mirándose a los ojos sobre un montón de heno, huele a lluvia y a tierra mojada. Quizá se está dejando llevar por el olor del estiércol que impregna toda la plantación de hierba. Le da igual. Ya están desnudos.

La mirada de David bucea en la profundidad de la suya.

—Tengo que marcharme —dice David mirando el reloj de la pantalla del móvil.

Alma sale al jardín a través del garaje de la casa. Greta está sentada en un viejo balancín cubierto. Ya se ha encendido el piti de hierba. Alma se sienta a su lado.

—¿Qué tal? —pregunta Greta.

—Me he mojado un poco las bragas —dice Alma.

—Qué asco das.

Greta sabe que David es el amor imposible de Alma desde hace años. Desde que empezaron a sentir deseo sexual. Para Greta es el recuerdo de un tiempo lejano, cuando algo raro se le empezó a mover en la tripa y, por primera vez, se le erizó el vello de los brazos y se apoderó de ella un calor que no sabía de dónde provenía y, asustada, se preguntó a sí misma si era normal que se le mojaran las bragas o tenía un problema de verdad.

—¿A ti también te pasa? —le preguntó a Alma.

Y la respuesta afirmativa supuso una liberación. Aunque solo una liberación parcial porque descubrieron que sus respectivos deseos los despertaban personas diferentes. A Greta le gustaría ser ella, y no su hermano David, quien generara esa atracción gravitacional irresistible, quien acelerara el corazón de Alma, quien le hiciera poner el vello de punta, quien le mojara las bragas.

—Si quieres, puedo ayudarte.

Greta se gira y mira a los ojos a Alma. Alma sabe que la va a besar. La hierba excita a Greta. La pone guarra. O quizá solo es una excusa que ella se da a sí misma. Alma nota la respiración caliente de Greta, el olor a hierba en su aliento, los labios fríos de su amiga posándose sobre los suyos y su lengua húmeda dentro de su boca. El beso dura unos segundos. Se separan. Greta entorna los ojos como si el humo del piti de hierba que sostiene entre los dedos se le hubiera metido en los ojos.

—Cada vez lo haces mejor —dice Alma.

Se han besado un millón de veces. Hace tiempo que Greta se siente mucho más atraída por las chicas que por los chicos. Al principio le dijo a Alma que ella era la única chica por la que sentía algo. Pero después le confesó que no era cierto. También se siente atraída por una profesora, por una de las amigas de su madre, por la propietaria del estanco del pueblo y por la madre de Alma. Todas ellas despiertan en ella un lado muy salvaje.

—¿Y? —pregunta Greta.

—Nada.

Alma no tiene inclinaciones lésbicas.

—No me rindo —afirma Greta de broma, pero en serio.

En el fondo prefiere que las cosas se queden ahí.

Un gemido de Natacha se escapa por la ventana abierta.

—¿Nos hacemos unas fotos guarras?

Instagram 02

Descripción de la imagen: Una adolescente sobre una cama. Boca abajo. No se le ve la cara. Los pantalones y las bragas liados a la altura de las rodillas. La camiseta subida a media espalda. El culo levantado como una colina. Un brazo bajo el cuerpo. Una mano entre las piernas sugiriendo una masturbación de espaldas a la cámara.

Texto: ¿Por qué me hice esas fotografías? ¿Qué quería conseguir? ¿No fui capaz de predecir todo el dolor que me traería o vi las señales, pero las ignoré?

#matandoelaburrimiento #nuncasabesquienestáalotrolado #fuiunatonta #cuidado

6

Los alumnos de segundo de bachillerato están autorizados a salir de las instalaciones del instituto durante el tiempo de descanso de la mañana.

Guía de Bachillerato. 2017–2018.
Normas específicas para alumnos de Bachillerato.
Apartado 6. Punto C.

La mayoría de los alumnos de segundo se acerca hasta un pequeño bar situado en una calle cercana al instituto, a la vuelta de la esquina, durante el descanso de media mañana. Compran bocadillos, toman café, fuman apiñados en los veinte metros cuadrados de la terraza. Alma se pregunta qué sentido tiene salir de una clase en la que todos casi se tocan con los codos, con un espacio mínimo entre pupitre y pupitre, para hacer lo mismo, pero con sillas y mesas de plástico en otro lugar. Son como un rebaño.

Nata está a dieta, así que no quiere acercarse al bar y sentirse tentada por los deliciosos bocadillos de lomo y queso fundido o por una caja de palitos de chocolate o por una caracola rellena de crema. Está con Alma, ambas apoyadas en el lateral de un coche aparcado en la calle. Fuman sendos cigarrillos. Natacha le cuenta a Alma un chisme sobre una infidelidad y unos wasaps que lo demostrarían.

—Todos lo saben menos él —dice Nata y añade—: Me da pena.

Esos rumores alimentan el día a día social de la vida escolar. En general se trata de enamoramientos, infidelidades y corazones rotos. Aunque a veces aparece un tema más jugoso. Un embarazo no deseado, por ejemplo. Al principio de curso encontraron un predictor en el baño de chicas. Positivo. El tema abrió hilos larguísimos en los grupos de wasap y durante semanas se especuló sobre a quién podría pertenecer. Las sospechas se centraron en una chica del bachillerato de Ciencias. Se habló de un rollo de verano. Con un hombre casado. Ella lo negó todo. Llevó a su clase una compresa manchada. Joder. No le sirvió de mucho. Dijeron que era de la regla de una de sus amigas. Seis meses después no se le ha abultado el vientre, así que suponen que ha pasado por una clínica en el centro de la ciudad. Es, probablemente, el acontecimiento social más jugoso de todo el año.

Después de un silencio Nata pone su atención en Alberto. Su novio y su grupo de amigos exhiben testosterona, se golpean en hombros y espaldas, hacen exhibiciones de series de abdominales, sentadillas y otros ejercicios físicos en la terraza del café. Sonoras risotadas, insultos y gritos. Hacen gestos obscenos. Se llaman «putitas» los unos a los otros. No todos. Hay una jerarquía en el grupo y Alberto ocupa un lugar en lo alto de la montaña. Impone el orden si alguno se pasa de la raya, le da un correctivo, se hace el silencio, se escuchan palabras de perdón, miradas que se clavan en el suelo. Nadie vuelve a hablar hasta que Alberto se burla de uno de sus compañeros y entonces el resto explota en hienescas carcajadas liberando con alivio la tensión acumulada.

A Alma no le gustan las actitudes agresivas ni las exhibiciones de testosterona de Alberto y sus amigos.

—Solo están bromeando, Alma —dice Nata—. Te tomas todo demasiado en serio.

A ella le llena de orgullo esos momentos en los que Alberto exhibe su poder. Alma puede ver cómo las pupilas de sus ojos se hacen más grandes y en los labios aparece una sonrisa.

—Alberto quiere estudiar la carrera en una universidad de Canadá.

—¿Canadá?

La mayoría de sus compañeros tienen muy claro qué van a estudiar y dónde. Algunos han diseñado ya toda su carrera. A veces siente un poco de envidia. Ella ni siquiera sabe qué quiere hacer con su vida. Después se le pasa. No ve muchas vocaciones. Es más una cuestión de números, de inversión, de balance de cuentas, de análisis de futuros beneficios. Y eso le da un poco de asco, y la envidia se transforma en desprecio. Siente que en el privado no encaja con toda esa gente que está viendo universidades de Canadá para estudiar una carrera. A Alma le hubiera gustado irse con Greta al público, pero no puede expresarlo en alto para no herir a Nata.

—¿Y tú?

—Buscaré algo en la misma universidad. Lo que me dé la nota.

—Pensaba que querías hacer Económicas.

Natacha se encoge de hombros.

—Las relaciones a distancia no funcionan.

—¿Y si al final no te sale?

—Sé cómo hacer que se quede —responde Nata y sonríe de manera malévola.

Hernán aparece doblando la esquina y se acerca a ellas. Cruzan cuatro palabras y Nata aprovecha el momento para dejar a

Alma y acercarse a Alberto. Se sienta en sus rodillas y le susurra unas palabras al oído; después se besan en los labios y ella mete su lengua dentro de su boca.

—Al final no fuiste a la fiesta —comenta Hernán.

—No —se disculpa Alma—. Nos quedamos en casa de Greta muy tiradas. ¿Cómo estuvo?

—Lo de siempre. La gente de siempre con los líos de siempre. ¿Te has enterado que Lili le está poniendo los cuernos a Santi? Le dio por decir que se iba a suicidar.

Hernán saca un piti liado del bolsillo de su plumas de color naranja. Sonríe.

—Es mi último piti —dice Hernán—. ¿Nos lo encendemos?

—No sé. —Alma niega con la cabeza.

—¿Qué tienes después?

Alma hace memoria de las asignaturas que le quedan hasta que suene el timbre final a las dos y media de la tarde. Historia de la Filosofía y Economía. A la profesora de Filosofía le encanta que sus clases sean muy participativas y que los alumnos expresen sus opiniones sobre temas de actualidad. Alma aprobó la pasada evaluación con una exposición sobre una serie de ciencia ficción inglesa que está muy de moda, pero que la profesora no conocía. Esta intenta que sus clases no resulten aburridas. Introduce temas de debate y de discusión que después relaciona con los contenidos del libro de texto, autores, movimientos y filósofos. Trata de ser una profesora cercana, empática y comprensiva. Se esfuerza de verdad. Pero muy pocos le siguen el rollo. A Alma le da un poco de pena. En cambio, odia al profesor de Economía. También es su profesor de Matemáticas. Economía es una asignatura optativa que todo el mundo aprueba, pero ella no ha sacado más de un tres en ninguno de los exámenes que ha hecho. Es un imbécil y la tiene tomada con ella. Además de dar Matemáticas a cuatro grupos, el muy idiota, se ha metido en el marrón de una tutoría a un grupo de secundaria. Está haciendo méritos para ser jefe de estudios. Va con la lengua fuera. Siempre llega tarde. La mitad de los días les pone algún tipo de lectura y los deja solos en el aula porque tiene otro grupo que atender. Historia de la Filosofía y Economía.

—Paso. —Unos tiros no le compensan el riesgo de que la descubran fumando en horario escolar. Podría tener una buena movida. Y tampoco le apetece tanto—. Mejor después.

Hernán hace un gesto de contrariedad. Va a insistir cuando algo llama su atención, eleva la barbilla y mira sobre el hombro de Alma. Ella también vuelve la cabeza. Un coche, un modelo deportivo de faros grandes tuneado con un alerón trasero y metalizado en dos colores, baja la calle y se detiene en la esquina. Alma distingue a dos chicos en el interior. Los ha visto alguna vez por el parque. Son cinco o seis años mayores que ellos y cree que viven o se mueven más por otros pueblos de la sierra, algo más alejados de la ciudad. Le llama la atención que pasadas las doce del mediodía estén por ahí. El chico que está sentado en el asiento del copiloto baja el cristal de la ventanilla y una nube de humo blanco mezclada con el sonido de una canción de un trapero latino sale de la ventanilla. El chico saluda con la mano extendida a Hernán, que deja a Alma, y de un par de zancadas se acerca al coche.

Se saludan con un leve golpe de puños y Hernán se apoya sobre sus antebrazos en el marco de la ventanilla. Hablan, aunque Alma no puede escuchar lo que dicen. La música cubre la conversación. Alma conoce la canción. Cierra los ojos y comienza a tararearla, imitando el acento latino del cantante. Cuando abre los ojos vuelve de nuevo su cabeza hacia Hernán y los chicos del coche. Le parece que ahora Hernán tiene medio cuerpo dentro del coche. Lleva los pantalones vaqueros caídos por debajo del culo y puede ver el calzoncillo blanco de una marca muy conocida. Entonces, el chico que está sentado al lado del conductor le da una bofetada en la cara con la mano abierta. Una bofetada. Un acto de violencia repentino e inesperado que sobrecoge a Alma. Contiene la respiración, el corazón comienza a golpearle en el pecho y la garganta se le queda tan seca como un pozo en el desierto. Vuelve la cabeza hacia la terraza del bar donde está el resto de sus compañeros de clase. Nadie se da cuenta de lo que está pasando. Pero ¿qué está pasando?

Hernán tiene medio cuerpo dentro del coche. Parece que el chico le tiene agarrado con fuerza por la ropa y que Hernán no puede salir de allí. ¿Qué debería hacer ella? ¿Debería intervenir? ¿Pedir ayuda? ¿Enfrentarse a ellos? ¿Gritar «¡Soltad a Hernán de una puta vez!»? Toma aliento para acercarse cuando el medio cuerpo de Hernán sale del coche. El chico que va sentado en el asiento del copiloto le da un golpe cariñoso en el pecho, luego se estrechan las manos. Hernán sonríe.

¿Qué ha pasado? ¿Quizá lo que creía haber visto a través del cristal no es lo que realmente estaba pasando? ¿Lo que parecía una agresión podría ser una broma entre amigos? Como una de esas que se gastan Alberto y sus compañeros del equipo de fútbol. ¿Era eso? Y entonces ¿por qué sus pulsaciones se han disparado?

El coche arranca muy despacio y pasa al lado de Alma. El chico que conduce le guiña un ojo. Sigue al coche con la mirada unos segundos. Una matrícula antigua: BBS. ¿Por qué se ha fijado en eso? Es algo que hacen en las series de investigación, memorizar el número de la matrícula. Cuando se da la vuelta Hernán ha subido la calle y desaparece por la esquina de la calle del instituto. Duda un segundo si debe seguirle y preguntarle qué ha pasado, pero entonces escucha su nombre:

—Alma.

El profesor de Historia Contemporánea, que también es su

tutor, y la jefa de estudios de bachillerato están a media docena de pasos de ella. Tendrán unos cuarenta años o así y se dice que están liados. La verdad es que muchas veces se les ve juntos en el tiempo de descanso. Pasean por las calles alrededor del instituto, o toman café en un bar cercano, pero al que los estudiantes no suelen ir. También pasan tiempo juntos en el despacho. Algunos alumnos, los que tienen más confianza o menos vergüenza, a veces, en viajes, visitas a museos y actividades extraescolares, momentos en los que la normas se relajan y la autoridad se difumina, les lanzan algunas indirectas que ellos siempre rechazan con una media sonrisa y un comentario irónico. En privado maldicen a esos mamones que parecen haber olido su *affaire* como perros de caza. Estuvieron liados algo menos de un curso, después lo dejaron, y ahora años después, de vez en cuando, después de una reunión del claustro todavía echan un polvo contra la pared en el despacho de la última planta. Alma es una de esas perras que también ha olido lo suyo. No los juzga. Puede entenderlo, todavía son más o menos jóvenes y atractivos a su manera, y se nota, si los observa con calma y atención, que existe una coreografía de miradas y gestos, que entre ellos hay una conexión especial.

—¿Estabas fumando? —le pregunta el profesor de Historia.

—Todavía no es ilegal, ¿o sí? Aún no me he leído el último boletín —le contesta Alma con ironía.

—Ya sabes a lo que me refiero. ¿Era un cigarrillo o era algo más? —inquiere el profesor de Historia.

—Un cigarrillo —le responde Alma y señala una colilla en el suelo—. Puedes comprobarlo.

—Hoy te he notado un poco distraída en clase. No has participado en el diálogo. Ha estado muy animado. Pensé que te interesaría el tema. Era muy conflictivo, pero estabas concentrada con lo que pasaba al otro lado de la ventana.

Es cierto, Alma no ha prestado ninguna atención a la clase de Historia. El tema conflictivo no ha provocado conflicto porque los dos o tres que han levantado la mano para hablar pensaban exactamente lo mismo. Pensamiento único. Políticamente correcto. Ni una sola voz disonante. Y ella está cansada de ser la nota que suena más alto que las otras, el verso libre. No, hoy no tenía ganas de nada de eso. Y, además, sus clases le aburren. La Historia Contemporánea le da igual. Esa sucesión de reyes y reinas, de imperios que se destruyen, de imperios que se levantan, de colonias, de guerras de independencia, de revoluciones y repúblicas son el bostezo total.

—Reflexionaba. Pensaba en los pobres indios y en los pobres negros a los que les quitamos sus tierras y sus riquezas y ahora no queremos que vengan a limpiar nuestras casas, cuidar de nuestros hijos, vendernos bolsos de imitación y recoger fresas.

Alma ha repetido el discurso de sus compañeros de clase. Las intervenciones se han quedado ahí, rayando la superficie.

—Eres una chica inteligente. Lo demuestras cuando quieres. Y si te esforzaras solo un poco más, un poco más, tendrías bueno... ya lo sabes, menos problemas, mejores notas, podrías elegir el futuro. No tires el tiempo con esas mierdas. Ahora cada minuto es precioso. Y hay trenes que pasan solo una vez en la vida.

—Alma —interviene la jefa de estudios—, si tienes algún problema, algo en lo que te podamos ayudar, sabes que puedes contar con nosotros, ¿verdad? Nuestras puertas están siempre abiertas. Con total confianza y reserva.

—No he dormido muy bien esta noche. La alergia. Eso es todo.

Tiene demasiados años de experiencia como estudiante como para aceptar la oferta de la jefa de estudios. Sabe, porque lo ha visto un millón de veces, que el secreto de confesión no tiene ninguna validez cuando el problema es realmente grave, incluso cuando no es más que una tontería, pero a la autoridad escolar le parece que podría convertirse en un problema para el centro. Alma sabe que no puede contar con ellos y que es mejor que sus puertas sigan cerradas. Los dos profesores reinician la marcha al mismo tiempo, de manera acompasada, como en una coreografía. Alma observa ese detalle y se pregunta si ellos se darán cuenta.

En el instituto Alma busca a Hernán. En un cambio de clases le pregunta qué tal está. «Todo bien», le contesta Hernán. Ningún comentario sobre lo que ha pasado. Aunque ella no está segura de qué ha pasado. Alma le propone que se fumen el piti que tiene liado en el bolsillo interior del plumas de camino a casa. Pueden bajarse en la parada del pueblo y buscar un sitio tranquilo. Hernán tiene otros planes. Lo siente. Quizá mañana. Alma no insiste. Lo deja correr.

7

Esta es la escena. Es sábado por la noche. Un matrimonio reúne a sus tres hijos en el vestíbulo junto a la escalera. Ella lleva un bonito vestido y él una camisa, blazer, vaquero oscuro estrecho. En los brazos sendos gruesos abrigos, bufanda él y pañuelo ella para protegerse del frío. Van a salir a cenar. Irán a un restaurante. Hay cuatro o cinco que tienen un buen nivel para estar situados en un pequeño pueblo de la sierra. Podría parecer algo insólito, pero mirando el nivel de renta de la zona lo extraordinario se vuelve casi normal. A veces incluso cuesta conseguir una reserva en fechas muy señaladas en el calendario. Es su aniversario y ella se ha asegurado la mesa reservando con un par de semanas de antelación.

—No llegaremos tarde.

La frase lleva implícita una advertencia: «Borrad de vuestra mente cualquier estúpida idea porque volveremos antes de que podáis montarla». El adolescente se queda al cuidado de la casa y de sus hermanos menores.

—¿Puedo invitar a un par de amigos? Podríamos pedir comida y jugar a la Play en el sótano —y añade molesto—: Me habéis jodido el sábado.

—Esa boca...

—Lo siento. ¿Puedo?

—No quiero encontrarme ningún desastre cuando vuelva a casa o te juro que estás castigado sin fútbol durante un año.

—Te lo prometo.

A los pocos minutos el cupé familiar abandona el garaje de la casa y se aleja expulsando el humo del tubo de escape en el frío de la noche. A pesar de las amenazas nunca son solo dos amigos. El timbre suena media docena de veces. Luego llegan los repartidores de comida a domicilio. Billetes sobre la mesa de la cocina. Se instala a los pequeños en el salón. Se compra una película de estreno en una plataforma o se les enchufa una serie que en teoría no pueden ver. Cualquier cosa para inmovilizarlos durante un par de horas. Y aun así siempre son un grano en el culo.

—¿Qué hacéis ahí? —dice un crío de unos doce años.

—Largo de aquí, enano —le contesta su hermano mayor.

El niño no hace caso de la amenaza implícita en la orden. Se acerca demasiado y recibe una patada que impacta en su estrecho culo. Se revuelve y entonces recibe un manotazo en la cara. Un manotazo de los que duelen. La piel blanca coge poco a poco un color sonrosado a medida que la sangre fluye hacia los capilares. Los ojos se nublan con lágrimas, la saliva moja los labios del pequeño y en la boca aparece un gesto de rabia.

—¡Sé lo que estáis haciendo! —grita escupiendo saliva—. ¡Se lo voy a decir a papá!

—Te arranco la lengua —le contesta su hermano y agrega—: No, espera. Mejor le cuento a mamá lo que haces con su ropa. ¿O es que te crees que no lo sé? Enano pervertido. Joder, das asco. Con las bragas de tu propia madre.

—Gilipollas —gimotea.

Se escuchan los rápidos pasos del crío subiendo los escalones de madera hacia la primera planta. Durante un segundo todos tienen la mirada puesta en el hueco de la escalera como si pensaran que puede ocurrir algo sorprendente. Después se escucha una puerta que se cierra de golpe.

—Yo también lo hacía —dice uno de ellos—. Con las bragas de mis hermanas mayores. Es un grado menos de delito.

Provoca las carcajadas de sus amigos.

—Tus hermanas están buenas.

—Tu madre todavía tiene un polvo.

—Hijo de puta.

Christian ha convencido a sus padres de que le dejen hacer esa pequeña reunión. Están instalados en unos sofás del sótano. En un cenicero hay varios cigarrillos apagados, sobre la mesa unas latas de bebidas energéticas y una botella de alcohol barato para mezclar.

—La ha puesto a cuatro patas.

Uno de ellos tiene una tableta en las manos. El resto del grupo se reúne a su alrededor y compone una margarita de cabezas adolescentes. El vídeo reproduce una escena de porno amateur. El plano es el de la espalda de la chica —piel blanca con algunas pecas— y el de su culo. La minicámara —o puede que sea un teléfono móvil— está en la mano del chico. El miembro de él está erecto. Con la mano que le queda libre dirige la punta del glande hacia los labios de la vagina y la penetra. Suave al principio y después hasta el fondo. Ella gime. No queda claro si es una expresión de placer o de dolor. Es interpretable. No pueden verle la cara. Ni siquiera la cabeza. El plano está cortado a la altura de la cintura de ella.

Alberto ha colocado a Nata a cuatro patas y la está penetrando de manera vaginal, empujando con sus caderas su redondo culo, haciendo que el choque rítmico de carne contra carne produzca el clásico sonido: flap, flap, flap, flap. Nata tiene la boca abierta, la palma de una mano contra el cabecero, la frente apoyada en la almohada. El pelo le cubre la cara. Gime. Gime porque cree que eso es lo que Alberto espera que haga. Bueno, lo que cualquier hombre espera que una mujer haga en la cama. Es la manera de transmitir que le está gustando mucho follar con él. Y, además, sabe que cuanto más gima antes se correrá él y ella está deseando que él acabe. Calcula que llevan en la cama unos diez minutos contando el tiempo en el que se han desnudado. Le ha molestado un poco que Alberto no haya apreciado más la ropa interior que compró por internet. Luego ella se ha sentado en el borde de la cama y se la ha chupado hasta que ha conseguido que se le pusiera bastante dura. Ella se ha quitado las braguitas y se ha tumbado en la cama boca arriba y ha esperado hasta que él se pusiera el preservativo. Ha tardado bastante y le ha escuchado maldecir, y eso le ha hecho gracia y ha tenido que mirar hacia otro lado y morderse un dedo para no reírse.

Cuando la ha penetrado ha notado que había perdido parte de la erección y en su cabeza se ha formado la imagen de una de las salchichas que su madre compra en botes de cristal y eso le ha cortado todo el rollo. Podría haber parado en ese mismo instante, pero ha notado por el ritmo de su respiración que Alberto se estaba esforzando y ha cerrado los ojos y se ha concentrado en apretar la vagina y ha empezado a gemir con fuerza. Cuando él le ha pedido que se diera la vuelta no ha protestado. Nata sabe que a Alberto le gusta ponerla a cuatro patas. Casi siempre se corre así. No es una postura muy placentera para ella, pero le da lo mismo. En teoría puede acariciarse el clítoris con una mano. En teoría, porque lo cierto es que cuando Alberto la empuja le es imposible masturbarse. Él debería hacérselo más suave. De todas maneras, no puede pensar en tantas cosas al mismo tiempo. Sería más fácil si pudiera correrse follando. Pero no. Alberto ha recuperado la erección que casi pierde por culpa del puto condón. Ahora nota que se le ha vuelto a poner muy dura y penetra a Nata empujando hasta el fondo. Luego la saca entera y se la vuelve a meter. Nata gime y él sonríe satisfecho.

—Ahora le está gustando —dice Christian.

—Dale bien a esa putilla —dice a su vez otro de los amigos de Alberto.

Ella recibe un golpe con la palma abierta en el glúteo. Suelta una exclamación de dolor. Después de varios golpes el glúteo de la chica tiene un débil color rosado. Él le escupe en el agujero del culo y con el pulgar empieza a masajear el contorno del ano, a dilatarlo.

—¡Ay! —exclama Nata—. Para, Alberto, para.

—Solo un poquito, solo un poco, por favor.

En el vídeo ella trata de detenerle, pero él aparta su brazo de un manotazo y a continuación introduce el pulgar en el culo de ella y vuelve a penetrarla con fuerza.

Alberto sale de Nata y le pide que se dé la vuelta.

La chica recibe la eyaculación en la cara. Después él le golpea con el glande en la mejilla y en la nariz, y se escucha su risa. Tiene una expresión desvaída, como si estuviera colocada o borracha. Él le empuja la cabeza y ella se desploma sobre la cama. El último plano del vídeo es el del rostro de un universitario blanco de unos veintitantos años con una gorra de béisbol colocada al revés levantando su pulgar a la cámara y guiñando un ojo.

—Puto crack —dice Christian.

Hacen chocar sus latas de bebidas como si celebraran la victoria de su equipo de fútbol.

Nata se limpia de la cara el semen de Alberto con una toallita húmeda. Él quería correrse en su boca, pero ella ha girado la cara en el último momento y le ha dado en la mejilla, el pelo y un hombro. Él insiste en que se lo trague, es algo así como una fantasía, pero ella pasa. De momento. Se lo está guardando para cuando celebren algo especial. Alberto está a su lado respirando con fuerza. Su pecho asciende y desciende de manera rítmica. Ella le besa.

—¿Te ha gustado?

Él le pregunta si le ha gustado, no si ella se ha corrido, porque él sabe que ella no se corre de manera vaginal, que solo lo hace de manera clitoriana, pero ella le ha convencido de que, aunque no se corra, no importa porque a ella le gusta igual.

—Mucho —y después pregunta—: ¿De quién es está habitación?

—De la chica —responde. Luego añade—: Christian me ha dicho que a veces se queda a dormir.

Escuchan voces en el exterior. Son los amigos de Alberto.

—Tengo sed —dice él—. ¿Quieres algo?

Ella niega con la cabeza.

—Voy saliendo.

Alberto se viste y sale de la pequeña habitación. Nata coge el móvil y envía un mensaje a sus amigas

¿Dónde estáis? ¿Qué hacéis?

8

Están en un supermercado abierto las veinticuatro horas del día los siete días de la semana trescientosesenta y cinco días al año. Súper 24/7. Alma se ha quedado clavada en el pasillo de las bebidas alcohólicas. Coge una botella de Absolut. Sabe que en la caja les pedirán el carnet y ni ella ni Greta tienen dieciocho años. Podría robarla, pero la cajera es una chica del pueblo que fue al colegio con ella y la conoce. Nunca se cayeron bien. Seguro que la mirará con suspicacia y, si tiene la más mínima sospecha, llamará al de seguridad. Si la pillan tendrá un problema en casa.

—Dentro de unos meses volveré a por ti. Te lo juro.

Deja la botella y toma una bolsa de patatas con sabor a vinagre. Le servirán de consuelo. Menos es nada.

Hace dos o tres minutos que Greta recorre de un lado a otro el pasillo de los chocolates y la bollería industrial. Tiene un billete de cinco euros en el bolsillo y está valorando qué productos satisfarán mejor sus necesidades de azúcar. Mantiene una lucha titánica entre la calidad o la cantidad. Aunque todos llevan las mismas mierdas, también es verdad que unos tienen mejor sabor que otros, y eso se paga. Y solo tiene cinco euros. Greta suspira con fuerza, incapaz de tomar una decisión.

A unos cuantos pasos de distancia, una mujer de unos cuarenta años, está concentrada leyendo una etiqueta de un paquete de galletas, junto al set de productos dietéticos y sin azúcar. Galletas de salvado, arroz, y cosas así. Lleva una cesta pequeña en la que hay un par de botellas de vino, algo de embutido, salmón, pan de centeno y una crema de queso light. La mujer va vestida con unos vaqueros gastados, unas zapatillas deportivas Adidas —unas cómodas Stan Smith de color blanco— una especie de cárdigan grueso de lana de botones gordos y color beige y una camiseta de color blanco o puede que sea una sudadera sin capucha. Greta no lo distingue bien. Lleva el pelo corto, tiene la cara angulosa, los labios de un color rosa pálido y se ha puesto mucha sombra de ojos o quizá es que tiene muchas ojeras. Greta hace repaso de todos y cada uno de los detalles para luego poder recordarlos con precisión cuando esté a solas en su dormitorio y se meta la mano dentro de sus bragas. Ha descubierto que los detalles lo son todo cuando se masturba y que se corre con más intensidad si el recuerdo tiene mayor precisión. Greta sonríe al vacío cuando se da cuenta de que la mujer la está observando y, un poco avergonzada, se da la vuelta y hace como si estuviera muy interesada en los ingredientes de un paquete de bollos rellenos de crema y cubiertos de chocolate.

—Esos son capaces de levantar cualquier día —dice la mujer— por muy malo que haya sido.

Greta abre mucho los ojos, aprieta los labios como un dibujo animado y saca el billete de cinco euros del bolsillo.

—Entonces son mejores esas palmeras de azúcar —afirma y agrega—: Cero natural. Cien por cien artificial. Son mis preferidas.

La broma hace sonreír a Greta, que escoge lo que le recomienda la mujer. Quiere parecer agradecida. Es como si expresara su reconocimiento de la experiencia.

— No me vuelven loca, pero creo que esta noche les voy a dar una segunda oportunidad —le contesta.

—Esto está bien —dice la mujer—. Últimamente soy muy fan de las segundas oportunidades.

La mujer tiene sentido del humor y una sonrisa bonita. Después de coger el paquete de bollería salen caminando juntas por el pasillo. No se dirigen la palabra, pero a Greta le gusta la sensación de que otros clientes del supermercado piensen que están juntas. Hace una proyección romántica de cómo se ve a sí misma dentro de unos años en un futuro sábado por la tarde como ese. Ella y su pareja, una mujer atractiva y algunos años mayor, compran cuatro cosas para montar una cena sencilla de vuelta en su apartamento, donde se cogerán una pequeña borrachera que excitará sus ganas de jugar y se meterán en la cama y follarán toda la noche. Y por eso sonríe mientras se dirigen a la caja. Alma espera a Greta con la espalda apoyada contra la puerta de cristal de la nevera donde están las ensaladas preparadas. Sostiene entre los brazos su bolsa tamaño familiar de patatas sabor a vinagre como si fuera un muñeco de peluche al que quisiera muchísimo. Greta y la mujer se despiden con un hasta luego y una sonrisa.

—¿Quién es? —pregunta Alma.

—La acabo de conocer —le contesta Greta—. Ha sido simpática. Hemos estado hablando de bollería industrial para días de lluvia.

—¿Lo estás diciendo en serio? ¿Has ligado en la sección de bollería? —Una enorme sonrisa aparece en su cara.

—Muy ocurrente, reina de la comedia —dice Greta—. Ojalá, pero creo que solo ha querido ser amable.

—¿Crees que esa amabilidad nos compraría una botella de vodka? Tengo dinero.

—No —se niega Greta—, no voy a pedirle eso.

Alma hace un expresivo gesto de fastidio.

En la calle, matrimonios de mediana edad caminan por las aceras. Buscan un lugar para tomarse una copa antes de ir al restaurante donde tienen reservada una mesa cerca de la ventana. Cualquier cosa es mejor que otro sábado tirados en el sofá viendo la televisión. Para otros es solo una bonita excusa para beber, para emborracharse y olvidarse de todo o de todos. Algunos ya se han bebido una o dos copas de vino antes de salir de sus casas. Y ahora se tomarán otra copa de vino en un bar cercano, y después media botella más durante la cena y puede que una ginebra con tónica o un vodka con lima antes de que él o ella proponga acercarse a uno de los locales de la zona, uno medio bonito en el que se acaban encontrando con otros matrimonios que también han bebido algo más de la cuenta en otros restaurantes de la zona. Y si tienen suerte y dan con alguien conocido podrán dejar a un lado su aburrida y repetitiva conversación, o su discusión o ese incómodo silencio que ya dura demasiado. Hasta para ellos. Dentro de unas horas los hombres conversarán sobre las duras leyes de tráfico que son la causa por la que ninguno ha querido coger el coche y salir a la ciudad. A la mayoría ya les faltan puntos del carnet de conducir. Las mujeres se han reunido en el interior de uno de los baños y por fin dan muestras de cierta relajación.

—¿Quieres un tiro? Me lo he encontrado en el bolsillo del abrigo, imagínate. Es algo que me sobró de las pasadas Navidades.

—Por fin una buena noticia —dice su vecina.

Greta y Alma observan a las parejas pasar y se imaginan cómo es la vida íntima de esas personas.

—No lo compró en Navidad —afirma Greta—. Pilla a un camello colombiano cada fin de semana. Un gramo, y si tiene un evento especial, dos

—A su amiga le gustan más los antidepresivos, pero no va a machacar pastillas sobre el falso mármol del lavabo —aventura Alma.

—Sería un escándalo.

Greta y Alma intercambian unas risas con las bocas llenas de patatas fritas con sabor a vinagre y palmeras con glaseado de azúcar que no están tan malas como apuntaban en el recuerdo de Greta. Alma lee el mensaje de Nata. Les propone pasarse por la casa de Christian.

—No me apetece nada ir a la casa de ese idiota.

—Yo también paso.

Pueden ir al parque y fumar unos pitis de hierba. Y volverán a sus casas temprano. Otro sábado que no pasará a la historia. Sincronizan un suspiro de aburrimiento cuando Berta sale del súper 24/7 acompañada de un par de chicas a las que no conocen. Alma levanta una mano, y Berta y sus amigas se acercan.

—¿Qué hacéis aquí?

Alma y Greta se encogen de hombros. Berta les enseña el contenido de la bolsa de plástico que lleva en la mano. Dos botellas de vodka.

—¿Cómo lo has conseguido? —le pregunta Alma pasmada.

—Con el carnet de mi prima.

Se lo robó en una fiesta de la familia. Un cumpleaños o puede que fuera una comunión o en el funeral de su abuela o de su abuelo. Hace tiempo que lo tiene consigo y le es tremendamente útil en supermercados, farmacias y locales de copas. Les enseña la fotografía a Greta y Alma.

—Os dais un aire —comenta Greta.

—Claro —contesta Berta—. Somos familia.

Las chicas que acompañan a Berta se ríen. Greta esboza una sonrisa. Alma, en cambio, parece seria. Recuerda la última vez que se encontraron cuando Berta le dijo: «Tenemos que hablar».

—Veníos a casa —dice Berta—. Mi madre se ha bajado a la ciudad.

9

La casa de Berta está situada en una pequeña calle paralela a la avenida principal de la urbanización. A tres paradas de bus de la casa de Alma y alguna más de la de Greta.

La vivienda está iluminada cuando entran, hay varias luces encendidas en el primer piso. Sin embargo, dentro no hay nadie. Sus hermanos pequeños —tiene tres— pasan ese fin de semana con su padre. Berta ha escuchado varias discusiones a lo largo de la semana. Su madre tiene la costumbre de poner el manos libres, de modo que cualquiera que esté cerca puede escuchar lo que su padre dice. Parece que los dos están en la misma habitación, aunque hace al menos un año que no se ven. Aunque estaba pactado que él se llevaría a los tres críos pequeños ese fin de semana, en el último momento quiso cambiar de planes y que su madre se quedara con ellos. Lo hace a menudo. Pedir esos cambios. Ella normalmente accede. Abre una botella de vino blanco y se conecta a su portátil y se queda despierta hasta las tantas de la madrugada en la cocina. Es entonces cuando Berta y ella tienen esas conversaciones junto a la nevera. Su madre se pone sensible y en ocasiones suelta una lágrima; en otras, se le enreda la lengua y se pone graciosa y se moja los pantalones. A veces llora y se mea al mismo tiempo. Sí, lo normal es que su madre no ponga problemas a esos cambios de planes de última hora. Pero esta vez no está dispuesta a acceder. Esta vez se muestra inflexible. Él le suplica que le haga ese favor.

—No. Cumple lo que has prometido. ¡Asume tu responsabilidad de una puta vez, joder! —grita por teléfono.

Por eso Berta sabe que su madre tiene una cita. La botella de vino blanco está abierta. Coge la copa y mira la huella de un pintalabios de color rosa.

—Me pregunto cómo será el hombre que se quiere follar a mi madre.

Sus dos amigas «importadas» estallan en risas que ahogan con un poco de vergüenza. Berta prepara unas copas con hielo, vodka, refresco de arándanos y una rodaja de limón. Salen al jardín. A sus compañeras del bachillerato de Artes en un instituto de un barrio del oeste de la ciudad vivir en una urbanización les parece muy exótico. Berta enciende las luces de la piscina. Eso ya es la mundial.

El perro, un labrador de color miel llamado Gregory, se deja acariciar por Alma. Apoya la cabeza sobre sus piernas y le lanza una mirada. Alma no sabe interpretar lo que quieren decir esos enormes ojos marrones. Parece cargada de melancolía o de desamparo. Podría ser: «No le encuentro sentido a mi vida». O quizá: «Hace dos días que no me dan de comer. Tengo hambre». O: «Quiero cagar».

—El parque es el Instagram de los perros —comenta Alma—. Los perros dejan sus meadas y sus cagadas, que son como posts. Instantáneas. Dicen: «Aquí estoy. Me llamo Gregory. Hoy estoy deprimido».

—Qué va —replica Berta, que se ha sentado a su lado—. Gregory es muy feliz. A veces le observo y es el perro más feliz del mundo. Te pone esas miradas para que le acaricies porque es un mimoso. En esta casa siempre hay alguien acariciándolo. Y ya ha cogido vicio.

Greta ha hipnotizado a las compañeras del bachillerato de Artes de Berta. Habla de pintura y fotografía, de las exposiciones que ha visto, de los museos que le gustaría visitar, de los lugares en los que se quedaría a vivir y de lo que envidia a esas dos chicas que viven en la ciudad y que pueden bajar a la calle y estar a una parada de metro de un museo y a cinco minutos de una zona de bares, de clubes nocturnos, de calles rebosantes de gente de otros países y culturas diferentes, mezclados todos en un puñado de metros cuadrados. Ninguna de las dos amigas de Berta sabía que vivían en un lugar así. Alma admira esa facilidad para mostrarse siempre tan educada, tan sociable y encantadora. Admira la habilidad que tiene para desenvolverse en cualquier ambiente.

Alma lleva su Carhartt abrochada hasta el cuello y la capucha sobre la cabeza. A las «importadas» les encanta esa sesión de jardín nocturno, pero hace frío y estarían mejor en la cocina o tiradas sobre los enormes sofás del salón. Berta acerca la mano a su cara y ella piensa que quiere darle una calada al cigarrillo y se lo pasa, pero, en realidad, le baja un poco el cuello de la parka y se asoma.

—¿Llevas el colgante que te regalé? —pregunta—. ¿Lo llevas? —insiste.

—Lo tengo en casa. Pero me encantó. El pez volador. ¿De qué metal es?

—De latón.

—De verdad. Me gusta mucho.

—Es importante para mí.

—Me haré una fotografía y la subiré a Instagram.

—Eso da lo mismo. Lo que quiero es saber que lo llevas.

De verdad. De latón. Es importante para ella que Alma se ponga el colgante. Que sea tan importante es algo extraño. No tienen tanta relación. Alma no es nadie importante para Berta.

Hace años que no estaba en esa casa. Se han cruzado unas cuantas veces por el pueblo o el CC. Es posible que también coincidieran en la fiesta de alguien a quien ambas conocen. Charlan un rato, se dicen que tienen que verse otra vez, pero nunca lo hacen.

—Ven —dice Berta—, quiero enseñarte mi estudio.

Se levanta de la silla de mimbre, Alma la sigue y el perro sigue a Alma. Tiene la intuición de que debería haber opuesto más resistencia. Está siendo complaciente con Berta y eso no es propio de ella. Obediente. Podría buscar un subterfugio, pedirle a Berta que antes se tomen otro vodka, encender un cigarrillo, meterse en la conversación de Greta y las «importadas». Atarse a la silla o coger a Gregory y llevarlo al parque. Quizá la mirada del perro le decía eso: «No vayas».

El estudio de Berta está situado en la buhardilla de la casa. Un espacio diáfano que ocupa algo menos de la mitad de la planta. Berta lo ha decorado con pósteres de grandes exposiciones, fotografías recortadas de libros o de revistas y también algo de las cosas que ella hace, dibujos, pinturas, composiciones de cartón y otros materiales. Hay también un autorretrato suyo. Su mesa es un grueso tablón de madera sobre unos caballetes. A un lado, en una estantería con tres baldas encuentra ordenados diversos botes con barnices, geles, aceites, espesantes y abrillantadores, esponjas y pinturas, pinceles y otras pequeñas herramientas y utensilios que Alma no sabe qué son. Huele fuerte a pintura y aguarrás y también a otros productos que tampoco logra identificar.

—¿Te molesta el olor? —pregunta Berta.

—¿Dónde haces los colgantes?

—En el instituto. Necesito un horno y moldes, y de momento mi madre no quiere ni oír hablar de eso. Un horno para pizzas es lo máximo que le podría sacar.

Alma da vueltas por la habitación. Observa los dibujos colgados de las paredes. Los que parecen que son de Berta. Están elaborados con una superposición de diversos tipos de papel y cartón tratados para que tengan diferentes texturas. Y sobre ese emplasto variado Berta dibuja mundos en miniatura, personajes macroscópicos, edificios, calles y vehículos. Personajes que corren o se abrazan o caminan cogidos de la mano. Usa mucho color. El resultado es una imagen alegre y divertida.

—¿Te imaginas que algún día me convirtiera en una artista famosa y me hicieran entrevistas en los periódicos y la televisión?

—Sería estupendo.

—Mi profesora dice que tengo una personalidad artística. Y ya tengo una biografía interesante.

—¿Cómo?

—Encajo bastante bien en el perfil de artista adolescente.

Berta posa para la futura portada de una revista cultural. Alma cae entonces en la perfección estética del vestuario de Berta: esos pantalones anchos, el jersey enorme, las botas militares... Todo en ella parece decir: «Eh, miradme, soy una artista». Y cuando pasea la vista a su alrededor es más de lo mismo. Que no quede duda de que cuando alguien entre aquí note y sienta que este es el santuario de una creadora.

En una de las esquinas del estudio un montón de cajas apiladas rebosan papeles, bosquejos y cuadernos. Sobre una de ellas Alma encuentra una serie de bocetos. Cree reconocerse en uno de ellos. Aunque no es la Alma de ahora. Es una niña más pequeña. Y a su lado hay otra niña. Aunque de esa niña solo aparece un perfil muy difuso, apenas las líneas que definen los contornos y dentro el vacío.

—¿Somos nosotras? —pregunta.

—La encontré en un álbum. —Asiente con la cabeza—. Es

para un trabajo de clase. Estos son los primeros estudios. No los mires. Me da un poco de vergüenza. Mira este.

Berta se acerca a la mesa y abre una gran carpeta. El dibujo está casi completo. En el borde, cogida con un clip, está la fotografía. Berta y Alma posan apoyadas sobre un muro de ladrillo a la entrada de la escuela infantil. A Alma le faltan dos dientes. Eso le hace sonreír.

—¿Por qué dejamos de ser amigas? —le pregunta Berta.

No hay un acento de reproche en sus palabras. Más bien es como si se hiciera una pregunta que no sabe contestar, un acertijo al que no encuentra la solución.

—Es, quizá no sé, te cambiaste de instituto y ya sabes que se pierde el contacto, dejas de verte todos los días, es la distancia.

—Greta también se cambió de instituto, pero os seguís viendo. Bueno, salís juntas todos los fines de semana y estoy segura de que sois grandes amigas, eso sí que se puede decir y subrayar sin matices, ¿no?

—Sí, supongo que eso es verdad.

—Nuestras casas están a solo tres paradas de bus. Podríamos haber seguido viéndonos. Pero no... ¿Por qué?

—No lo sé, Berta, no lo sé.

Alma se dice a sí misma que la amistad depende de una química especial. Greta y ella son amigas porque sintieron esa química desde el momento en el que se conocieron en infantil. Y esa química no la sintió con Berta. Podríamos sustituir la palabra «química» por «magia» y la frase funcionaría igual. Se trata de una cosa de magia. Incomprensible. Algo que no se puede explicar con palabras. Eso es lo que se dice Alma a sí misma. Pero no es cierto. La verdad es que elegimos, escogemos, nos acercamos a unas personas en lugar de a otras. Puede que lo que nos atraiga sea una mirada, una sonrisa, la armonía de un rostro; o puede que sea un carácter, una manera de expresarse, de comportarse, una actitud frente al mundo. Y Alma eligió a Greta porque cuando estaba a su lado desaparecía el miedo, el desamparo, el vacío y se sentía protegida, sentía que no le podía pasar nada malo, sabía que Greta era esa persona que le pasaría la mano por encima del hombro y le susurraría al oído que siempre cuidaría de ella.

Alma reflexiona sobre la pregunta de Berta. Tiene que remontarse a unos cuantos años atrás. Verse a sí misma de pequeña. En el patio. Allí está Greta. Y Berta está allí con ellas. Pero Alma solo escucha a Greta, solo le interesa ese parloteo gracioso con el que Greta se expresa, esas cosas que dice, esas caras que pone y que le hacen reír a carcajadas. Berta está allí con ellas, pero, en realidad, podría no estar y no la echaría de menos. Por eso Berta no encuentra la respuesta. Debería remontarse a diez años atrás, al patio de infantil, y cavar allí para encontrarla.

Nunca fuimos amigas. Esa es la respuesta.

Alma y Greta están sentadas en la última fila de asientos del bus.

—A lo mejor te quiere follar —dice Greta.

—No, no es eso —le contesta Alma.

Instagram 03

Descripción de la imagen: Ropa sucia y arrugada tirada en el suelo de un dormitorio. Contra la pared. En primer término, unas bragas manchadas y rotas.

Texto: Esta es la ropa que llevaba puesta el día en el que me violaron.
#doloryascoymuchomiedo #nofuemiculpa #créeme

10

La jefa de estudios del instituto tiene unos cuarenta y tantos años. Como los padres de Alma pertenece a la generación X y de joven se sintió muy identificada con la novela de Douglas Coupland. Es posible que todavía la tenga en un rincón de su biblioteca. Ellos desde luego conservan el libro de tapas azules y con una gran X blanca en la portada. Coupland no predijo lo que se les venía encima.

La sala donde están sentados es alargada y estrecha, y tiene otros usos además de servir como lugar de reunión de los padres de los alumnos. Lo demuestran los trabajos escolares colgados en las paredes, las estanterías que contienen libros de psicología y pedagogía, anuarios y ediciones de manuales, la colección de premios deportivos, las figuras geométricas producidas con una impresora 3D. Tras la puerta hay colgado un cuadrante de clases y un calendario de reuniones del consejo escolar. Es decir, sirve para cualquier cosa. Está situada en la planta baja del pequeño edificio que se dedica a oficinas, administración, secretaría y dirección. La sala tiene unos ventanales que dan a la parte trasera del colegio donde se encuentra el comedor y las cocinas, el pabellón cubierto y el campo de deportes y recreo. Los ventanales están cerrados. El ruido que producen dos centenares de alumnos a la hora del descanso llega amortiguado, lejano.

—Los resultados de los exámenes de recuperación de la primera evaluación no son buenos —explica la jefa de estudios—. Solo ha aprobado una de las asignaturas, Literatura, con un trabajo. Y en la segunda, bueno, ya ha suspendido seis controles. No sentimos que se esté esforzando para cambiar esa situación. Os lo digo con total sinceridad, creo que es muy difícil que Alma apruebe este curso y, desde luego, no creemos que tenga nivel para presentarse a la EvAU.

Para Pablo no es una sorpresa. Es peor. Confirma sus temores. El lejano griterío de los cursos de infantil y primaria en el patio le molesta. La voz de la jefa de estudios le pone enfermo. Mientras hace esa pormenorizada relación de exámenes y controles suspendidos, trabajos no entregados y actividades a las que no ha asistido su hija, él comienza a sentirse mal. Su intestino se contrae, comienza a sudar, le duelen las muelas. Le gustaría que se callara. Que diera por terminada la reunión.

En el subtexto de cada uno de los comentarios de esa trabajadora de la educación, esa pedagoga, esa licenciada en Magisterio, esa socia de la generación X, se desliza la idea de que él es un fracaso como padre. Un mal padre. Le está diciendo que no le ha prestado suficiente atención a su hija, que si se hubiera esforzado más, que si hubiera estado a su lado haciendo los deberes por las noches, estudiando, repasando el temario, su hija sería una buena estudiante. Que debería haber hecho todo aquello que no hizo porque tenía la mirada puesta en sus propias ocupaciones, en su carrera profesional, en sus aficiones personales, en las fiestas de los viernes y los sábados, tratando de retener esa juventud que se marchaba, bailando viejos temas de los ochenta, bebiendo ginebra y fumando hachís en la cocina con el anfitrión. Volviendo a las seis de la mañana a casa, a punto de amanecer, y arrastrando una terrible resaca el domingo siguiente. Tiene una imagen grabada en la memoria: Alma está todavía en pijama y le pide que le ayude con un trabajo o que le explique algo que no entiende o que le pregunte un tema para un examen. Él tiene la mirada nublada, dolor de cabeza, la boca pastosa y le encantaría meterse en la cama y dormir doce horas seguidas, pero está allí intentando mantener el tipo después de una noche de fiesta en la que ha matado demasiadas neuronas, un genocidio.

—¿Por qué no atendiste en clase cuando lo explicaron? Alma, tienes que prestar más atención. Pregúntale el lunes a tu profesora.

Probablemente la imagen es falsa. Ha sido fabricada por su sentimiento de culpa. Pero está ahí y, aunque no sabe si aquello sucedió, cree que es posible que pasara.

—He hablado con sus profesores y todos coinciden en que la actitud de Alma en clase no es buena. No es que sea conflictiva. Creo que esa etapa la hemos dejado atrás, pero está muy distraída. Ausente. Esa es la palabra que han usado todos.

—En casa —dice Vero— también está así. Todo el tiempo encerrada en su cuarto. Metida en la cama. Viendo series o hablando con sus amigas. Cada día es más difícil sacarle una palabra. Cuando le pido que me ayude a hacer alguna cosa siempre tiene algo que hacer o está cansada.

Le falta carácter. Y eso también puede ser culpa suya, piensa Vero. Lo tienen demasiado fácil. Ella y toda su puñetera generación. No tienen que esforzarse en conseguir nada porque ya tienen todo lo que quieren. No son como nosotros. La puta generación X. ¿Recuerdas cómo tuvimos que pelear para salir del lugar de mierda que nos había buscado la historia?

—Nos preguntamos si tenéis algún problema en casa.

—¿Qué clase de problema? —replica Vero.

—¿Problemas económicos? A los chicos les ha afectado más de lo que pensamos la crisis que hemos pasado. Ha sido una época horrible para la mayoría de nosotros. Y, aunque parece que se mantienen al margen, una situación complicada puede estresarlos.

—No.

—¿Y entre vosotros todo está bien?

Vero busca a Pablo con la mirada. Este niega con la cabeza y desplaza su mirada hacia el ventanal de la sala como si por el horizonte corrieran caballos salvajes y él pudiera estar allí fumando Marlboro. Se mantiene ahí, hierático, con la espalda contra el sofá, los brazos cruzados sobre el pecho, los labios apretados haciendo que el gesto de su rostro, que ya es de por sí duro, ahora asuste. No ha abierto la boca desde hace media hora. Es evidente que no quería asistir a esa reunión. Se le nota tanto... Se lee en su lenguaje corporal que está furioso, que le invade la rabia, que le podría partir el cuello a cualquiera... Vero admira los ovarios de la jefa de estudios. No sabe cómo no se ha cagado con la mirada de ese energúmeno clavada en su rostro.

—Sí —contesta Vero algo abrumada—, todo está bien.

Si en lugar de la jefa de estudios fuera una psicóloga y estuvieran en terapia de pareja, Vero le empujaría a que se manifestara. «Manifiéstate, coño —diría—. La respuesta es fácil. Nos va bien, coño, nos va bien. No discutimos más de lo común. No nos gritamos. La disfuncionalidad de nuestra hija no se debe a un hogar roto, a unos padres que se odian, a un ambiente violento.» Vero suspira. Pablo no abre la boca. Joder. Sí que le odia, a veces le odia.

—No trato de meterme en vuestra vida. Solo queremos entender qué está ocurriendo. Todos sabemos cómo es Alma. No es la mejor estudiante del mundo, pero sus notas eran aceptables no hace mucho tiempo, muy buenas en algunas asignaturas. Se implicaba en las clases y en las actividades del instituto, aunque solo fuera para protestar y para quejarse, y para dar por culo.

Imaginad lo preocupados que estamos que echamos de menos a la antigua Alma.

—Nosotros tampoco sabemos qué le ocurre.

—¿Podría tener problemas con drogas?

—¿Por qué?

—No lo sé. El otro día en el descanso de la mañana estaba apoyada en un coche y la vimos fumar... Creemos que no era tabaco. Quizá deberíais hablar con ella.

Pablo y Vero caminan hacia el coche aparcado en una de las calles que bordean el instituto.

—Se va a cagar —masculla Pablo.

11

—Mi hermano nos ha conseguido dos pases —dice Greta.

De lo que Greta habla es de un festival de música electrónica que se celebra en cuatro días en uno de los grandes municipios que rodean la ciudad. Una carpa enorme para cuatro o cinco mil personas, actuaciones de algunos de los mejores DJ del mundo, de esos que vuelan en avión privado desde el otro lado del planeta, infinitas barras de bebida patrocinadas por grandes marcas de alcohol y una pista enorme donde bailar y bailar durante horas y horas. Es un acontecimiento. Las entradas se agotaron en siete horas. La gente mata por estar ahí.

—¿Tiene uno para mí?

—Sí, me ha dicho textualmente: «Para Alma y para ti».

David quiere que ella vaya a la fiesta. Esa información hace que su sistema nervioso central envíe órdenes de fabricación de hormonas de todo tipo. Una de esas reacciones químicas hace que sus pupilas se dilaten. Está a punto de hiperventilar, pero se controla. No mira a Greta porque sería su perdición. Aplasta con la punta de la zapatilla la colilla de un cigarrillo. No quiere parecer una zorra desesperada mojabragas.

—Y ¿cómo las ha conseguido? —pregunta.

—Resulta que un amigo de David es uno de los ejecutivos de la compañía que organiza el evento.

«Amigo» es un eufemismo. Es un cliente, uno de esos hombres de mediana edad a los que David vende hierba.

—Son pases *cool* —dice Greta—. Podemos entrar en una zona reservada, bebida y comida gratis, y a lo mejor nos dejan entrar en el backstage y conocer a algún DJ.

—Guay —exclama Alma, con gesto serio, asintiendo con la cabeza.

Una generosa sonrisa nace en los labios de Greta y los alarga empujando sus mejillas hacia los extremos de su cara y los pómulos hacia arriba.

—Puedes gritar si quieres. Ya sé que eres una zorra mojabragas. No tienes que disimular conmigo.

Alma se levanta y comienza a dar saltos de manera explosiva alrededor de Greta, como una loca sobre una cama elástica en una feria. Se marea y da con su culo en el suelo. Ríe.

—Nos vamos de fiesta.

12

Alma entra en su dormitorio, descarga en la silla del escritorio la pesada mochila, lanza el abrigo sobre su butaca y se tumba boca abajo sobre la cama. Las pequeñas luces que decoran el cabecero parpadean como bombillas de un escenario de café teatro. Tiene que elegir la ropa para la fiesta. Y también la ropa interior. No tiene ningún conjunto medianamente decente. Es decir, unas bragas que se pueda quitar delante de David y no sentir vergüenza. Está a punto de levantarse y comenzar a rebuscar en el armario cuando su madre aparece en el umbral de la puerta. Por su expresión Alma puede adivinar que algo malo ocurre o está a punto de ocurrir. Y en ese momento recuerda que sus padres tenían cita con la jefa de estudios. No, por favor.

—¿Dónde estabas?

—Estudiando en la biblioteca, con Greta.

—Ven. Tenemos que hablar.

—¿Tiene que ser ahora? —replica en un tono de voz suplicante. No busca para nada el enfrentamiento—. Estoy agotada.

Vero se da la vuelta y el umbral de la puerta se queda vacío como un marco sin cuadro. Alma deja caer de nuevo la cabeza sobre la almohada.

Un mechón rebelde de pelo le cae sobre la frente. Lo recoge

sobre su pequeña oreja. Alza la mirada. Seria. Se ha impuesto que esa debe ser una conversación seria. Que sus padres deben sentir que están tratando con un adulto, que sabe lo que hace. Debe ganarse su confianza y para eso es necesario dejar de contar mentiras.

—¿Qué estás haciendo? —le pregunta su padre, pero no espera una respuesta—. Cinco suspensos en la primera evaluación. Solo has recuperado una. Y ya has suspendido seis controles de la segunda... Es un desastre.

—Está claro que no estás estudiando. ¿Qué haces todo el día encerrada en el dormitorio? —inquiere Vero.

Alma tuerce un poco el labio hacia abajo, vuelve la cabeza hacia un lado y se encoge de hombros.

—Nada. No consigo concentrarme en nada. No hay ni una sola asignatura que me guste. Estudiar me aburre. No entiendo para qué tengo que aprender todas esas cosas. La mayoría no va a servirme de nada en la vida.

—Te van a evaluar sobre esos conocimientos y no importa si crees que ahora son útiles o no. Es lo que hay. Debes hacerlo para completar tu formación.

—No quiero seguir ese camino —dice Alma—. No quiero ir a la universidad. No se me ocurre nada que quiera estudiar y, además, no soy una buena estudiante. Ya lo sabéis. Así que no quiero perder ni mi tiempo ni vuestro dinero.

—Entonces ¿qué vas a hacer?

—Algo diferente.

—¿Cómo de diferente? —pregunta su padre—. Diferente como la cajera de un supermercado, diferente como una barrendera, diferente como la que trabaja en una gasolinera, diferente como la vendedora de un Zara, así de diferente. Eso es todo lo diferente que conseguirás ser si no aprovechas el tiempo ahora.

—La universidad ya no es lo que era. Ya no garantiza nada.

Ni siquiera un buen trabajo. Conozco a gente que gana una pasta al mes y que no ha estudiado nada.

A los padres de Alma les haría gracia esa ingenuidad si no sintieran tanto miedo en ese momento. La pared interna del hueso frontal de su cráneo es la pantalla de un cine en el que se proyecta una película de terror: Alma deja de estudiar. No termina el bachillerato. Se marcha de casa cuando cumple la mayoría de edad. Encadena dos o tres empleos basura sin perspectivas de futuro. Cae en una estafa piramidal. La escuela de modelos donde le van a hacer un *book* gratuito encubre una red de prostitución y tráfico de personas. La policía interviene para evitar que Alma acabe pinchándose heroína en un hotel del golfo Pérsico. Se enamora de un chico que está tan perdido como ella. Se queda embarazada a los diecinueve años. La boda se celebra en un salón de tatuajes. Alquilan un apartamento situado en un bajo con vistas a un patio interior. Les caen encima un millón de responsabilidades y obligaciones. Llegan muy justos a fin de mes, pero lo consiguen. Y la siguiente crisis se los come, los mastica y los escupe. Paro, deudas e impagos. La felicidad y el amor se transforman en frustración y rabia. El chico del que estaba tan enamorada se convierte en un imbécil que la maltrata... Ella le abandona. Intenta encontrar un trabajo, pero no tiene un título de bachillerato, no sabe hacer nada, solo puede aspirar a empleos de mierda. Hace cola en un centro social para conseguir comida y pañales. El escaparate de una tienda le devuelve su reflejo. Tiene casi treinta años y está embarazada de su tercer hijo. Se ve vieja y fea. Y entonces vuelve la vista atrás y se da cuenta de los errores que ha cometido: abandonar los estudios, enamorarse del tipo equivocado, quedarse embarazada muy joven, casarse con otro tipo tóxico, quedarse embarazada de nuevo. Las lágrimas resbalan por sus mejillas y su cuerpo se agita por el llanto. Sus hijos también lloran. Y una noche abren la puerta y ella está allí, puede que enferma, con los tres niños a su lado. En la imaginación de unos padres en esa última secuencia siempre llueve y sopla un viento helado en el exterior. De ese material están hechas las pesadillas de los padres. Y podrían ser peores.

—¿Estás tomando drogas? —pregunta Verónica.

Se había prometido comportarse como un adulto y no mentir.

—¿Qué? —exclama Alma—. ¡No!

—¿Nada? ¿Porros, pastillas, cocaína?

—¿Cocaína? —dice Alma y se relaja por un momento—. Con la paga que me dais ¿sabéis cuanto tiempo tendría que estar ahorrando para pillar un gramo?

—¿Sabes cuánto vale un gramo? —dice Vero.

—Todo el mundo lo sabe, pero eso no significa que yo compre o me ponga. —Deja un silencio que dura unos segundos y añade—: A veces le he dado un tirito a un piti de hierba. Marihuana. Es lo que fuman mis amigos. Yo nunca compro. Conozco gente que fuma todos los días, pero yo no lo hago. Os lo juro.

—¿Cuándo fue la última vez que fumaste?

—No lo sé. En Navidades. En la fiesta de fin de año.

Vero saca del bolsillo trasero del vaquero un pequeño sobre de plástico de color blanco con unas letras en verde y azul y lo deja sobre la mesa. Es un test de detección de cocaína, hachís y marihuana en la orina.

COC/THC URINE TEST DEVICE
TEST PROCEDURE

1. Se sumerge la tira con el reactivo en un vaso con orina. Se deja la tira en posición horizontal. **2.** Se esperan de tres a cinco minutos. **3.** Una pequeña línea de color rojo marca el positivo.

—No me voy a hacer un análisis de orina —asevera Alma—, ni de coña, vamos.

—El test solo detecta drogas si las has tomado en los últimos ocho días. Y tú no las has tomado, ¿verdad? Eso es lo que has dicho, ¿no?

Un vaso de plástico azul. Orina caliente.

Una línea roja aparece al cabo de un minuto sobre la tira del reactivo.

El test es positivo.

—Está mal —dice Alma con el test en la mano—. El marcador apenas se ve. Está rosa. Ni siquiera es rojo. Mira. La línea debe ser roja. Vamos a hacerlo otra vez.

—Estás castigada.

La vida es una gran mierda.

13

Nuestra hija ya no nos quiere. Nuestra hija nos muestra su desprecio, su indiferencia y su rechazo de una forma continua y diaria. Nos ofende y nos hiere con sus comentarios, desobedece constante y reiteradamente las normas que le damos, ignora o rechaza nuestros consejos, y se burla de nuestros sentimientos.

Nuestra hija nunca tiene ganas de estar con nosotros, da igual que sea un paseo con el perro por el campo, visitar un museo, salir un fin de semana o ir de vacaciones a la playa. Da igual porque nuestra hija siempre quiere estar en otro lado. Lejos. Lo más lejos posible de nosotros.

Hace años que no tenemos una conversación que no trate de sus necesidades: «Quiero que me compréis esto o lo otro, quiero ir a una fiesta en tal o cual sitio, quiero llegar a tal hora o a tal otra». Quiero, quiero, quiero.

Nuestra hija nos usa únicamente como fuente de ingresos: teléfono móvil, ropa, comida, transporte, servicio doméstico, paga semanal, dinero extra, despertador, taxista cuando pierde el autobús por las noches o por las mañanas porque se ha dormido o tiene un examen y llega tarde a clase.

En las ocasiones excepcionales en las que requerimos su ayuda obtenemos una negativa: «Ahora no puedo, estoy terminando de ver una serie, de jugar una partida de parchís» o, simplemente, «No me apetece». O, si no, una petición de dinero: «¿Cuánto me vas a dar si te ayudo?».

A nuestra hija no le interesa ni lo que somos ni lo que sentimos. Nuestra hija no suele acercarse y sumarse a una conversación —a no ser que quiera que la dejemos salir o nuestra tarjeta de crédito para conseguir un chándal nuevo o unas zapatillas o lo que sea—, nunca pregunta cómo estamos, nunca se pone en nuestra piel, nunca piensa en nosotros, nunca se interesa por algo que hemos hecho o que nos ha pasado.

Puede que cruce un océano en llamas para ayudar a una de sus grandes amigas y amigos, pero no se levantará de la cama para hacer algo que nosotros le pidamos.

El rechazo, el desprecio, la utilidad materialista, la falta de respeto y la indiferencia son razones suficientes para suponer que no nos quiere, ¿verdad?

14

—¿Quieres que te haga un bocadillo para cenar? ¿Un sándwich de jamón y queso a la plancha? Podríamos hacer palomitas y ver una película.

Vero llama con los nudillos, suavemente, a la puerta del dormitorio de su hija Alma. Nadie contesta. Abre la puerta. La cama está deshecha. Las puertas del armario abiertas. Hay ropa tirada sobre la butaca y en el suelo. La luz de una pequeña lámpara encendida. Lápices de maquillaje, sombra de ojos y barras de labios extendidas sobre la mesa de estudio junto a un pequeño espejo redondo. La ventana está abierta.

Vero busca a su hija por el jardín y por el segundo piso de la casa y también en la pequeña terraza junto a la buhardilla donde a veces se esconde al atardecer y por las noches para fumar un cigarrillo intentando, en vano, no ser descubierta. El armario abierto, el pequeño espejo redondo, el perfilador de labios sobre el escritorio... Es inútil seguir buscando. Se ha escapado. Ha salido por la ventana de su dormitorio y ha cruzado el jardín hasta la puerta de la calle sin que ella se diera cuenta. Vero marca el número de móvil de Alma. Salta el buzón de voz. Si quiere dejar un mensaje tiene que esperar a que suene la señal. Le escribe un wasap.

¿Dónde estás? Vuelve a casa, por favor.

Venga, no seas boba. Vuelve. Vamos a hablar.

Por favor.

El móvil de Alma recibe los mensajes. Aparecen las dos marcas de color gris. Alma recibe los mensajes, pero no los lee. Vero insiste. Le escribe otro mensaje y después otro más. Y otro.

Pablo ha llevado a su hijo menor, Pablo hijo, al cine. Son casi las once cuando los dos Pablos abren la puerta de la casa oliendo a palomitas, perritos calientes y refrescos. Discuten sobre los superpoderes de los vengadores de Marvel.

—¿Qué ocurre? —dice Pablo padre.

Vero lleva a Pablo hijo hasta su dormitorio. Espera paciente mientras el crío se pone el pijama, se lava los dientes y se mete en la cama.

—¿Dónde está Alma? —pregunta Pablo hijo—. ¿Se ha escapado para siempre?

—No —le contesta Vero y trata de esbozar una sonrisa tranquilizadora en sus labios, aunque ese es uno de esos terrores que la atenazan de cuando en cuando, el tema del que se nutren sus pesadillas—. Estará con Greta o Nata. En el parque o en la casa de algún amigo. En alguna fiesta. Volverá dentro de un rato.

«Volverá cuando se aburra o tenga frío, hambre, sueño...»

—¿Has llamado a sus amigas? —inquiere Pablo padre.

—Greta no me coge el teléfono y no está con Nata. Cree que iba a ir a una fiesta. No sabe dónde o no ha querido decírmelo.

Pablo escribe wasaps más autoritarios, cargados de amenazas, con una ira masticada en el tono del texto.

Vuelve o te juro que te vas a arrepentir.

Tampoco recibe respuesta.

—Voy a salir a buscarla al puñetero parque.

¿Qué hará si la encuentra? Vero imagina la escena. En ese parque oscuro, las lejanas luces amarillas de la iluminación de las calles, la neblina húmeda que cae desde hace un rato sobre los árboles, los coches, los tejados y las calles. El corrillo de Chicos de la Hierba que patean la tierra endurecida por el largo invierno. Alma está fumando hierba. Se niega a volver con él. La coge por el brazo y ella se resiste. No es una cría de diez años a la que podría llevarse en volandas. Alma es fuerte. Es dura. Es ágil. Puede esquivarle durante mucho tiempo. Aunque él es mucho más fuerte, eso es evidente. Podría agarrarla del pelo y tirar con fuerza hasta que ella gritara de dolor. Arrastrarla hasta el coche mientras los amigos de Alma le insultan. Podría golpearla. Darle un bofetón en la cara. Lanzarla al suelo. Sus amigos reaccionan. Se meten en medio. Lo que pasa después es... Imagina la escena.

—No, por favor, Pablo —le ruega Vero—. Vamos a esperar. Volverá dentro de un rato. Ya lo verás. Hablaremos con ella.

Son las doce menos veinte de la noche. El bus pasa por delante de su casa. Esperan los cinco minutos que se tarda en llegar, caminando muy lentamente, desde la parada. La puerta no se abre. Alma no venía en ese autobús. Lo mismo sucede con el de las doce y diez y con el de la una menos veinte y con el de la una y veinte.

—El siguiente es el de las tres y diez —dice Vero después de consultar el horario de autobuses en internet.

Se sientan frente al televisor. Ven una película. Vero se queda dormida. Pablo permanece despierto. Los ligeros ronquidos de su mujer le llegan suaves desde el otro lado del sofá de tres plazas. Aparecen los títulos de crédito finales. Casi ni se ha enterado del argumento de la película.

—¿Qué hora es? —pregunta Vero.

Ahora se ha despertado. Se ha incorporado del sofá, y se masajea la cara y los ojos con las dos manos en una especie de gesto automático.

—Casi las tres.

Pablo espera el autobús de las tres y diez en la puerta de la casa. Luces blancas iluminan la cabina del vehículo. Un puñado de adolescentes distribuidos a lo largo de varias filas de asientos. Gestos cansados. Cabezas apoyadas contra el cristal. Miradas extraviadas. Rostros hastiados le observan al pasar. Chicas que le recuerdan a su hija. Nadie se baja en la parada. Pablo sigue con la vista la trayectoria del autobús hasta que las luces rojas de los pilotos de posición desaparecen detrás de una curva. Vuelve dentro de la casa.

—Ya no hay ninguno hasta las siete y media —comenta Vero.

Están en pie en el salón. Las luces encendidas resultan un poco desagradables a esa hora. Son como elementos extraños. No deberían estar ahí. Una noche de vigilia. Una noche mirando la esfera de un reloj. Padres insomnes. Asustados.

—¿Qué hemos hecho mal?

—No seas dramático.

—¿Qué?

—Se ha escapado de casa para irse de fiesta. Es casi normal. Tiene diecisiete años.

—Está descontrolada. No tiene respeto a nada. Hace lo que le da la gana. No estudia y toma drogas. Estaba castigada.

—Los castigos deben tener un sentido. No puedes castigarla hasta que apruebe el curso. Estamos en febrero, por Dios. ¿Te das cuenta del horizonte tan lejano que le impones? Ningún adolescente lo soportaría. Yo misma me volvería loca si no pudiera salir de mi casa durante meses. Sin límite no hay sentido.

Venganza. La palabra que omite es «venganza».

—Entonces ¿la hubieras dejado irse de fiesta?

—No. No sé.

Se hace el silencio.

—Me voy a la cama —anuncia Vero.

Pablo la deja ir. Diez minutos después apaga las luces de la casa y las del exterior. Se tumba a su lado. Pablo duerme con su móvil sobre la mesilla. Espera que de un momento a otro le llegue un mensaje.

Me he olvidado las llaves. Estoy en la puerta.
Por favor, ábreme.

He perdido el bus. Estoy en el pueblo.
¿Me puedes venir a buscar?

Detesta esos mensajes. A veces le despiertan y le obligan a levantarse de la cama, a veces hacen que se pierda el final de una película o a veces que interrumpa una conversación con amigos. Y la maldice entre dientes. Odia que sea tan descuidada como para olvidarse las llaves o perder el autobús de vuelta a casa. Y también odia que ella sepa que, aunque ese mensaje o esa llamada le sorprenda dormido se levantará de la cama, se vestirá, cogerá las llaves del coche y saldrá a buscarla en plena madrugada.

A las siete de la mañana comienza a amanecer. No le ha llegado ninguno de esos mensajes. Daría lo que fuera por recibir uno. Se levanta y camina hasta la habitación de su hija. Abre la puerta. Todo está igual que lo dejó. Nadie duerme en la cama.

A las nueve y media de la mañana Vero entra en la cocina. Él se está tomando su tercer café del día.

—He hablado con Greta. Alma no está con ella. —La angustia se ha apoderado de la mirada y la voz de Vero.

Pablo asiente.

—Quizá deberíamos llamar a la Guardia Civil.

15

Es muy de Alma escaparse de casa por la ventana. Eso es muy de ella. Sí. Alma es capaz de hacer ese tipo de cosas. A cualquiera que la conoce no le sorprende si le cuentan que ha hecho algo así. Y la frase final que cierra muchas de las conversaciones que se derivan de las cosas que hace o no hace es:

—Eso es muy de Alma.

Alma salta por la ventana de su cuarto y cruza el jardín pegada a la valla del seto, medio agachada, aprovechándose de la oscuridad que reina en febrero a esa hora de la tarde, pero temiendo que, en cualquier momento, su madre se asome a una de las ventanas de la casa y la sorprenda en plena escapada. Una nube de aliento blanco. El corazón a mil por hora. El rostro de su madre aparece en una de las ventanas de la cocina iluminada. Mira hacia el exterior de manera distraída. Un poco melancólica. Y de repente una sonrisa aparece en sus labios. Alma no sabe a qué se debe esa sonrisa. Su madre está pensando en hacer palomitas, alquilar una película y tumbarse en el sofá bajo una de esas finas mantas junto a su hija. Y ese sencillo plan la hace un poco feliz. La respiración de Alma se agita y no es por el miedo a que su madre descubra su huida. Por un momento duda. Por un momento se ve entrando en su dormitorio a través de la ventana, poniéndose el pijama y metiéndose de nuevo en la cama. O mejor. Llamando al timbre de la puerta.

—Hola, mamá. He vuelto.

Su madre enarca las cejas y ladea ligeramente la cabeza en un gesto de incredulidad. Esa imagen le hace sonreír. Eso también sería muy de Alma.

La distracción del jardín la ha retrasado. El bus está a punto de pasar. Alma camina calle abajo todo lo deprisa que puede. Pero con esos tacones le cuesta caminar. Y el suelo está mojado y resbaladizo. Podría romperse un tobillo o la cabeza. Y ahora se arrepiente de haber elegido esas puñeteras botas. La culpa es de Greta.

—No aparezcas en chándal, que no te doy tu invitación.

—¿Y cómo debo vestirme? Ilumíname —le contesta Alma.

—Es una fiesta especial y la gente se viste especial para ir a sitios especiales.

—Yo no tengo un fondo de armario como el tuyo, guapa.

Podría añadir que la ropa tampoco le sienta tan bien como a Greta. A ella se le puede echar por encima un trapo y apostar a que estará guapa. Pero Alma no tiene el mismo estilo innato.

—No me llores.

Greta la ha obligado a bucear en su armario, abrir cajones, sacar vestidos de sus perchas y probarse pantalones durante toda la tarde. Y al final le ha elegido ese *outfit* compuesto por un jersey de cuello alto y manga corta, unos pantalones blancos ajustados, las botas negras con tacón y ese miniabriguito *print* de leopardo de las nieves.

—Deberías darle las gracias a tu madre por haberte comprado las únicas tres cosas que valen la pena de tu armario.

Greta se lleva bien con su madre. Es atenta, sociable y educada con todo el mundo, pero con su madre se nota que no tiene que hacer un esfuerzo. Le gusta hablar con ella, se interesa por su trabajo... se comporta como una petarda con ella.

—Y ponte unas bragas monas, hazme el favor. Mi hermano te lo agradecerá.

Se ha vestido pensando en David. En su habitación delante del espejo se ha visto bien, pero ahora echa de menos las Fila, el pantalón azul con tres rayas blancas, la sudadera una talla mayor de la que debería usar y la Carhartt con capucha. Así vestida no es ella. Se ha disfrazado. Y ahora se arrepiente de fingir que es otra persona. Tiene frío y no puede correr.

Las luces rojas del freno del bus se apagan y el autobús deja atrás la parada en el momento en que Alma dobla la esquina de su calle. Sabe que es inútil que grite o que le haga desesperados gestos para que se detenga. La calle está muy oscura alumbrada con la débil luz amarilla de las farolas ecológicas y, probablemente, el conductor no la ha visto. Pero, aunque lo hubiera hecho, no se detendrá. Todos los días decenas de adolescentes corren detrás del bus suplicando que se detenga porque han llegado tarde a la parada por un puñado de segundos y nunca lo hace. Alma grita y maldice y una nueva nube de vaho increíblemente blanca sale de su boca y asciende hacia el oscuro cielo nocturno. Llama a Greta. Su amiga ya está en el bar donde han quedado. El plan es coger otro bus que las dejará en la ciudad y desde allí un Uber hasta el lugar donde se celebra la fiesta.

—¿Dónde estás?

Esta vez no puede mentir. Esta vez no puede decirle que ha cogido el bus porque el siguiente pasará dentro de media hora.

—Vamos a llegar tarde —dice Greta enfadada—. Mi hermano me ha insistido mucho, es decir, que me ha dado mucho el coñazo para que llegáramos pronto, antes de que se forme mucho mogollón, porque nos tiene que colar y si hay mucha gente va a ser un cantazo.

—Llegaré a tiempo para coger el bus.

—Siempre dices lo mismo.

Greta está enfadada. Alma siempre llega tarde. Llegar tarde es muy de Alma.

A veces hace autoestop por la mañana cuando pierde el bus y no quiere pedirle a su padre, para evitar otra bronca, que le haga el favor de acercarla al instituto. A veces también lo hace por las tardes. La mayoría de los coches que se detienen los conducen padres y madres de gente que ella conoce. A cambio del favor, tiene que darles conversación, ser educada, simpática y mentir. Las dos mentiras que más repite en ese trayecto son: «El autobús nunca pasa a su hora. Llevo esperando diez minutos. Tendría que haber pasado ya. Es desesperante», y «Me está costando, pero he aprobado todo de momento». Dicho lo cual, sonríe humilde.

Llega tarde, hace frío y esa neblina húmeda está cada vez más baja. ¿Dónde están ahora, un sábado por la tarde, todos esos padres y madres que la llevan al instituto por las mañanas? Bebiéndose una botella de vino blanco, en el cine con sus hijos pequeños, masturbándose en la intimidad de sus dormitorios.

—¡Joder! —maldice.

Está muy nerviosa. Se ha saltado el castigo de sus padres, se ha escapado de casa, se va de fiesta y no volverá hasta el día siguiente y, además, esa noche es posible que se lo monte con David. Ha fantaseado toda la semana con ese momento y antes de salir ha cogido un par de preservativos y los ha guardado en el bolsillo interior del abrigo.

Los faros cuadrados de un coche la deslumbran. Alma extiende el brazo y saca el dedo pulgar. El coche se detiene. Alma se acerca a la ventanilla. El cristal baja de manera automática. Alma reconoce a los dos chicos que van sentados, respectivamente, en el asiento del copiloto y del conductor. Los ha visto alguna vez en el parque. Se juntan con sus amigos, y fuman hierba y beben y escuchan trap y ven vídeos divertidos en YouTube. Kevin y Jota. Alma recuerda cómo se llaman. Veintidós o veintitrés años, quizá más. Camisetas blancas de cuello en pico, pantalones de chándal, zapatillas Nike y plumas. Kevin ejerce la autoridad dentro de esa pareja. Kevin tiene un lenguaje corporal de líder. Kevin habla. Jota asiente y le ríe los chistes. Jota conduce. Kevin va de copiloto. Jota es su chófer. Kevin fue quien agarró del cuello y abofeteó a Hernán en una de las calles que rodean el instituto. ¿De verdad le dieron una bofetada? No lo sabe. Quizá sí, pero también es posible que ella lo viera mal y que se imaginara que pasaba algo que no pasaba. Ha hablado con Hernán un par de veces después de aquel día, pero el tema nunca ha salido en la conversación.

Ahora ella está casi en la misma posición que Hernán aquel día. Agachada para que su cabeza quede a la misma altura de Kevin sentado en el asiento del copiloto. Con una mano apoyada en la ventana para guardar mejor el equilibrio. El chico está en posición de superioridad. Podría cogerla del cuello con una mano, tirar de ella hacia dentro y abofetearla con la otra. Sería fácil. Ella no podría hacer nada para defenderse. Prácticamente nada.

—¿Qué pasa Alma? —pregunta Kevin.

Kevin también recuerda su nombre. Quizá Hernán le ha hablado de ella. O quizá han sido sus amigos del parque. Y aun así a Alma le extraña que en algún rincón de su cerebro haya archivado una pequeña ficha con su nombre. A ella le resulta difícil recordar cosas que no le interesan, lo que por analogía le hace suponer que ella le interesa a Kevin y se pregunta por qué.

—He perdido el bus —responde Alma.

—Te llevamos. Sin problema —dice Kevin—, nos pilla de paso.

Tiene una intuición. Está tentada de decir que no. Justificarse de alguna manera. No se le ocurre nada medianamente creíble y que no le haga sentirse avergonzada.

Abre la puerta de atrás del coche y sube.

Eso no es muy de Alma.

16

El coche de Jota y Kevin huele mucho. Como si llevaran en el maletero diez o doce kilos de hierba lista para fumar. Jota conduce lentamente por las calles de la urbanización. A Alma le parece que se mueven a cámara lenta, aunque en realidad solamente está respetando el límite de velocidad. Cuarenta por hora. La niebla se pega a los cristales y forma gotas de agua que resbalan como arroyos que formaran un delta captados por un satélite en órbita. La calefacción está alta.

—¿Dónde es la fiesta? —pregunta Jota.

Jota lanza una mirada sobre su hombro derecho y sonríe. Kevin tiene que girarse completamente sobre su costado izquierdo para ocupar el espacio entre los dos asientos y hablar con ella.

—Es que vas muy guapa. Y una chica solo se viste así cuando va de fiesta. ¿Dónde es la fiesta, Alma?

— En la ciudad.

—¿Y nosotros podemos ir? —quiere saber Kevin.

—No lo sé. A mí me han invitado.

—¡Eh! —exclama Kevin—. ¿Por qué no te sientas detrás de Jota? Ahí no te puedo ver bien. Acabaré rompiéndome el cuello, Alma.

—No te muevas, Alma —dice Jota divertido.

—¿Quieres que tengamos un accidente, idiota? ¿Crees que este es el mejor momento?

Kevin deja clara su autoridad y Jota atraviesa el cristal con su mirada y sigue la línea blanca de la calle de la urbanización. Alma se sienta entre los dos asientos. En el coche hace calor y ella tiene que desabrocharse el abrigo. Kevin se gira y sonríe. Alma le devuelve la sonrisa. No quiere que piense que está preocupada, que la pone nerviosa o que tiene miedo. ¿Tiene miedo? No, no exactamente, pero no le gusta el rollo que llevan. Y sigue tratando de aclararse con lo que pasó con Hernán.

—¿Sois muy amigos de Hernán? —pregunta Alma.

—Nos movemos por ahí juntos. Ya sabes. Es un buen chico y me cae bien. A veces mueve un poco de hierba. Y sabe un huevo sobre ella. De variedades y semillas y plantaciones. Debería estudiar Biología o Química, como el tipo de esa serie que tiene cáncer y empieza a fabricar meta ¿la has visto?

Breaking Bad. Sí, la ha visto. Y no es un buen ejemplo.

—Hernán habla mucho de ti. Lo tienes loco. Y no me extraña. —Y suelta una pequeña carcajada—. Debes de tener una cola de chicos locos porque les hagas caso.

—No creas —le contesta Alma—. No soy especialmente popular.

—Nos contó que intentaste quemar el instituto o algo así.

La leyenda. Ahora resulta que quemó el instituto.

—Y fuisteis novios, ¿no? Lo mismo todavía lo tienes pillado.

Nunca fueron novios. Una vez se dieron unos besos en un baño del instituto. Fue hace mucho tiempo. Una eternidad. Solo unos besos. Nada más. Bueno, también dejó que Hernán le metiera la mano bajo la camiseta. Ella tuvo que desabrocharse el sujetador —uno muy incómodo que le compró su madre— y dejó que Hernán le tocara las tetas. Quería saber si era lesbiana o no. Greta le dijo que quizá fuera lesbiana y ella quería saber si su amiga tenía razón. Se lo montó con Hernán para experimentar. Escogió a Hernán porque eran amigos desde pequeños y confiaba en él. No lo hubiera hecho con otro. Se excitó. El experimento probó que le gustan los chicos más que las chicas. Sexualmente hablando. Eso fue todo.

—No —responde Alma—. No sé qué os ha contado, pero no es verdad.

—Tendrás que arreglarlo con tu amigo.

Los chicos a veces cuentan cosas que no son verdad. Exageran. Delante de sus amigos. Todos mienten, pero los chicos lo hacen con la voluntad de demostrar su masculinidad. Eso no existe en el mundo femenino. Nadie presume de haberse tirado a un montón de tíos, nadie dice fulanito me ha comido el coño, y el resto de las chicas abren la boca como buzones con admiración, le dan palmadas en la espalda y la invitan a un cigarrillo o a una cerveza. No, eso no pasa.

—Hernán también nos ha contado que te gusta mucho la hierba.

Hernán habla demasiado. Alma comienza a estar enfadada. Joder, es como si hubiera desvelado su intimidad y puede imaginarse los comentarios que generaría una conversación como esa y los detalles que puede haber puesto sobre la mesa. Su rostro se ensombrece.

El coche pasa la garita de seguridad de la urbanización. Una luz blanca ilumina al guardia de seguridad, que alza la mirada distraído. Ni siquiera tiene que subir la barrera porque a esas horas la barrera siempre está arriba. Un instante después vuelve a lo que estaba haciendo antes de levantar la cabeza: rellenar una hoja de turnos y horas o mirar los mensajes de su móvil o un partido de fútbol en una pequeña televisión que tiene medio escondida bajo el mostrador. Ni siquiera ve a Alma en el asiento trasero del coche.

Cuando deja atrás la garita de seguridad, la calle principal de la urbanización se convierte en un pequeño tramo de carretera que da acceso a la vía de servicio de la autovía. En ese tramo no hay iluminación de ningún tipo. Solo la luna y los faros del coche. A su alrededor todo es una pared de oscuridad. El pequeño bosquecillo que separa la urbanización de la autovía. Kevin se da la vuelta para hablar con ella, pero su rostro ahora es una mancha oscura hasta que enciende un cigarrillo y la llama del mechero le ilumina.

—Nosotros tenemos una hierba estupenda. Tiene cierto toque lisérgico, ¿sabes lo que es eso? ¿No? Que tiene los mismos efectos que el ácido, aunque mucho más suaves, claro. Aun así alucinas. A la gente le dan ganas de bailar, de saltar, de besarse. Es la mejor hierba que tenemos.

La mirada de Jota y de Alma se cruzan a través del cristal del retrovisor.

—Aunque no es para todo el mundo. Hay gente a la que no le sienta bien. Y hay gente a la que le da miedo. ¿Te gustaría probarla?

—Claro.

—Ya sabía yo que eras una chica valiente. Eres una de esas chicas que se atreve con todo, ¿verdad? Me recuerdas a una persona, a otra chica de la que estuve enamorado en el instituto, aunque ella no me hacía ni caso. Nada.

—¿Qué fue de ella?

—Ni idea. No estaba tan enamorado. —Y suelta una carcajada.

El coche ha tomado ya la vía de servicio que recorre paralela al carril central de la autovía. El tráfico nocturno, a pesar de ser una tarde-noche de invierno, es bastante intenso en dirección a la ciudad. Las farolas de la autovía vuelven a iluminar el interior del coche. Alma mira la pantalla de su teléfono móvil. Aún tiene tiempo para coger el autobús que las lleve a la ciudad. Veinte minutos. La vía de servicio termina en una rotonda situada a la salida del pueblo, junto a la última calle de casas adosadas.

—Tenemos que dejar algo aquí al lado. Será un momento.

¿Cómo? Kevin ha pronunciado esas palabras de una forma fría y algo despectiva, sin mirarla a la cara. Alma ha notado el cambio en la voz y le han llegado algo así como malas vibraciones.

—Prefiero que me dejes en la rotonda —le contesta Alma—. Mi amiga me está esperando en la parada de arriba. Puedo ir caminando. Son cinco minutos.

—No te preocupes. No tardaremos mucho. Llegarás a tiempo —le asegura Jota.

—Es la casa de un amigo —explica Kevin—. Tengo un poco de esa hierba de la que te he hablado. Te voy a regalar un poco para que te lleves a esa fiesta.

—También puedes pasar del bus. Llama a tu amiga. Nosotros os llevamos a las dos a la fiesta. Es un plan mejor que irte en bus, ¿no?

—Gracias, pero de verdad que prefiero que me dejéis aquí.

El coche se acerca a la rotonda y Jota tiene que apretar el pedal del freno. Alma se sitúa en la ventanilla. Está dispuesta a abrir la puerta en marcha si no detiene el coche.

—¿Tienes miedo, Alma? —pregunta Kevin.

—De mi amiga. Me va a matar si llego tarde.

La respuesta de Alma le hace mucha gracia a Kevin, que suelta una carcajada.

—Párate aquí, Jota. Vamos a dejar que Alma se baje.

Jota hace lo que Kevin le ordena y detiene el coche a un lado de la rotonda.

—Muchas gracias por traerme —dice Alma.

—Diviértete.

Alma se baja del coche. Jota baja la ventanilla.

—¡Al final no nos has dicho dónde es la fiesta! —le grita.

Ella lanza una última mirada por encima de su hombro y rodea la rotonda con una pequeña carrera. Camina los cinco minutos que la separan de la parada del autobús. Atraviesa la neblina, y las gotas se quedan atrapadas en su cabello y brillan bajo las luces artificiales como una pequeña constelación de estrellas. Siente como si hubiera superado una prueba, un obstáculo, una situación complicada y, de alguna manera, está orgullosa de sí misma. Poco a poco la tensión y los nervios la van abandonando y ese trayecto en coche desaparece de su pensamiento.

Greta está esperando en la parada del autobús. Alma llega casi sin aliento y como una corredora de maratón se desploma después de haber cruzado la línea de meta en los brazos de su amiga.

—Joder, tía —dice Greta—: tengo tres llamadas perdidas de tu madre.

Alma saca su móvil del bolsillo trasero de su pantalón blanco. Tiene varios avisos de llamadas perdidas de «Mamá». Y un wasap.

¿Dónde estás? Vuelve a casa, por favor.
Venga, no seas boba. Vuelve. Vamos a hablar.
Por favor.

—Te ha pillado, Alma. Ya se ha dado cuenta de que te has pirado de tu casa. ¿Qué quieres hacer?

En el bus se sientan en las filas de atrás. El cristal está empañado. Alma dibuja una cara feliz. Los círculos que son los ojos empiezan a llorar. Greta le pasa un brazo por encima del hombro y la atrae hacia ella. Sentir ese abrazo la reconforta. Sentir la respiración de Greta, el lento subir y bajar de su pecho, la tranquiliza. Deja que su mirada se pierda más allá del cristal. Vuela.

Han pasado unas horas. Casi está amaneciendo.

—No lo sé —dice Greta muy asustada—. La he perdido de vista un segundo y ha desaparecido. ¡Joder!

17

Alma, gira sobre sí misma, cierra un puño, levanta con fuerza el brazo sobre su cabeza, salta, y grita. El cabello revuelto le cae sobre la cara, un mechón se le queda atrapado en la comisura de los labios. Se abraza a Greta. Ríe. Ríe como si hubiera perdido la razón. La música que pincha el DJ, los cañones de luz que hacen emerger o sumergen a la multitud en la oscuridad, las imágenes proyectadas contra el escenario, la comunión con otros cientos de personas que se agitan al mismo tiempo y al mismo ritmo que ella, todo, todo le produce una tremenda felicidad. Todo es excitante, divertido, nuevo, es un subidón de endorfinas y de estrógenos incontrolable. Una puta pasada.

Ya sabe a qué universidad quiere ir: a la universidad de la fiesta.

Alma baila, se contorsiona, salta, grita y canta a pleno pulmón y le encanta, pero no solo baila para ella. También baila para David. Hay una corriente subterránea que los une. Ella puede sentirlo. No hace falta que le mire para saber que la observa. Ella está segura de que está pendiente de cada uno de sus movimientos, aunque pretende prestar atención a la conversación que mantiene con un grupo de amigos del promotor del concierto. Ella no le ha perdido de vista en toda la noche. Estaba esperándolas en la puerta de entrada para la organización. Les ha entregado las acreditaciones plastificadas con el logo de la fiesta y una cinta roja para colgárselas del cuello.

—Divertíos, pero tened cuidado y no os metáis en ningún lío, por favor. —Y antes de que cruzaran la puerta de la carpa ha añadido—: Estáis espectaculares.

Y les ha guiñado un ojo. Aunque, en realidad, le ha guiñado el ojo a ella. Se lo ha dicho a Greta y las dos han estado de acuerdo en que es así. Y después, mientras pinchaba el primer DJ del cartel y calentaba el ambiente, ha observado cómo David hacía sus negocios moviéndose por la carpa, de un lado a otro, aquí y allá. Les ha pasado su mercancía a un grupo de chicas que parecen modelos o *influencers* o alguna mierda por el estilo —y que le han metido el dinero en el bolsillo trasero del pantalón de manera descarada—, a un matrimonio de aspecto muy *cool* que podría tener la edad de sus padres, a un rostro conocido de la televisión que le pasa el brazo por la cintura a un chico de color veinte años más joven que él.

Alma ha anotado mentalmente su estilo comercial. Se acerca, los saluda como si fueran amigos o conocidos de toda la vida, amable, incluso afectuoso, entabla una conversación, habla con ellos cinco minutos antes de sacar la mercancía, hace el intercambio y después, como si hubiera algo importante que le reclamara, los deja con una sonrisa y se marcha para atender a sus siguientes clientes. Todo ha sido orgánico, natural y discreto. No ha llamado la atención de nadie. Y Alma entiende por qué siempre le llaman para que sirva en esas fiestas. Entiende por qué le quieren. Porque ella también lo hace.

David es dolorosamente guapo. Las facciones de su rostro son muy simétricas y clásicamente delineadas. Primero está ese encantador pelo corto que tiene el aspecto de ser muy suave y que despierta sus ganas de pasar la palma de la mano por él. Los ojos de un color claro son pequeños y su mirada se ve un poco triste, pero al mismo tiempo misteriosa. Sus labios tienen toda la pinta de saber dulces. Está delgado, pero tiene el pecho ancho —hizo natación durante unos años, no de manera profesional, aunque llegó a competir en campeonatos nacionales— y las camisetas le sientan tan bien. Y luego está ese aire tímido, esa manera de sonreír y de bajar la cabeza, las manos metidas en los bolsillos de los vaqueros negros ajustados. A Alma le parece que esa noche David es mucho más guapo que ninguno de los hombres que ella ha conocido o visto o que verá jamás. Es el chico más guapo de la Tierra.

Nunca le había parecido tan guapo. Aunque quizá esa pequeña distorsión de la realidad está directamente relacionada con la pastilla que Greta le ha metido con un beso en la boca. Le ha preguntado quién se la ha dado. Greta se ha encogido de hombros y puesto carita de niña buena. Después, bueno, por fin ha podido relajarse. Greta la ha visto muy agobiada en el bus. Se ha dado cuenta de que estaba preocupada y que no se estaba divirtiendo en absoluto al principio de la fiesta.

—Ya no puedes hacer nada para cambiar lo que has hecho —le ha dicho Greta—. Apárcalo hasta mañana. Vamos a divertirnos.

Tiene sed. Se acercan a una barra situada en el reservado a un lado del escenario donde pincha el DJ. El Club, lo llaman. David les ha contado que la gente paga una pasta por entrar en esa zona, que está reservada a invitados de los organizadores, al séquito de los DJ y a los *dealers*. En esa zona no pueden faltar ni las drogas ni el alcohol.

Piden dos vodkas con lima. El camarero no les pregunta qué edad tienen porque en la zona reservada nadie hace preguntas. A nadie le importa quién eres o qué haces allí mientras lleves colgada del cuello la tarjeta plastificada. Está sedienta y le da un par de tragos largos a su copa. Es el tercer vodka que Alma se bebe esa noche y se siente un poco mareada. Está pillando una borrachera curiosa. Le da por hacer el payaso. Desfila de un lado a otro de la barra, hace imitaciones muy graciosas de los camareros y bromea con un grupo de chicos que están por ahí —amigos de un DJ—, pero todo de buen rollo porque a todo el mundo le dice que le quiere y hace el signo de la paz con la mano.

—Paz. Paz. Paz.

Greta observa a Alma divertida.

—¿Por qué a ti no te afecta la pastilla? —dice Alma.

—Solo tenía una.

—¿De verdad? ¿Has hecho eso por mí? ¿Has renunciado a esa maravillosa pastilla por mí? —pregunta Alma mientras las lágrimas inundan sus ojos—. Eres una persona maravillosa, Greta. Brillante, preciosa, inteligente y te admiro tanto... Soy tan afortunada de ser tu amiga... Te quiero, Greta. Te quiero por mi vida.

Alma se abraza a Greta y le da un beso en los labios. Llora y ríe al mismo tiempo.

David aparece por allí. Alma corre y se lanza sobre él, se agarra a su cuello y rodea su cintura con las piernas, y él tiene que dar un paso atrás para no caerse por el envite. Giran dando vueltas en redondo. David, aún aturdido, comienza a reírse a carcajadas. Alma le da las gracias muchas veces por haberla invitado a esa fiesta. No se imagina lo feliz que le ha hecho.

—Eres un encanto, Alma.

David sugiere que salgan a fumar un cigarrillo. Se lo dice a ella. No a Greta y a ella. Solo a ella. Alma lo entiende como un subterfugio para quedarse a solas y dar pie a una situación íntima en la que algo va a ocurrir. El corazón se le acelera y una sonrisa de satisfacción arrogante aparece en sus labios. Un segundo después la borra avergonzada esperando que David no se haya fijado en ella o pensará que es boba.

Atraviesan la carpa por la salida de la organización y se quedan a unos pasos de uno de los enormes cables que sostienen la gran carpa. Encienden un cigarrillo. Alma tiene desabrochado el abrigo, pero no siente frío.

—He visto cómo una de esas chicas con las que hablabas te ha metido la mano en el bolsillo trasero del pantalón. ¿Era parte del *business* o hay algo más? —pregunta Alma como si llevara un cuchillo entre los dientes.

—Solo negocios —le contesta David. Acto seguido, baja la mirada al suelo y escarba con la punta del pie en la tierra pelada—. Eres muy observadora —comenta sonriente mirándola al fin.

Joder, qué guapo es David. Ese gesto que ha hecho levantando la mirada y entrecerrando sus pequeños ojos y sonriéndole es encantador y tan natural..., aunque de alguna manera es muy misterioso. Las cosas más pequeñas que David hace están rodeadas de una especie de halo de misterio. La discreción con la que se comporta, esa timidez que le acompaña, esos gestos suaves y contenidos parecen planeados de antemano con precisión y Alma imagina que esconden algo, un David secreto. En la intimidad de su dormitorio, bajo las sábanas, con sus cuerpos desnudos, ella será la guardiana de sus secretos y así unirán sus vidas y sus destinos para siempre.

—¿Y qué tal ha ido la noche?

—Bien. Estaba todo pactado más o menos.

—¿Son amigos tuyos o los conocías de antes?

—¿A qué vienen tantas preguntas? ¿Estás pensando en montarte tu propio negocio? —dice David y mira a los ojos de Alma, que se da cuenta de que no sabe por qué se ha metido en ese charco. Son los nervios. «Alma tranquilízate, guapa.»

—Solo es curiosidad —balbucea.

—No te metas en algo así —le advierte David y luego añade—: Yo también te he observado, Alma. Sé que vales para mucho más.

Un ligero roce de sus manos, el contacto de su piel, le hace recordar el momento en el que ha saltado sobre él. Sus sexos han quedado muy cerca durante unos instantes. Pensar en eso la excita. Alma palpa con disimulo el bolsillo interior del abrigo: los condones siguen ahí. Sonríe. Piensa en el momento. Podrían montárselo en uno de los baños de la zona reservada. Podrían irse a un hotel o podrían hacerlo en el dormitorio de David. De las tres opciones prefiere la última. No quiere que el recuerdo de esa noche termine en un baño químico y es altamente improbable que David quiera llevar a una menor a un hotel. Así que la casa de Greta —¿debería empezar a llamarla «la casa de David?»— es la mejor opción. También le gusta la idea de hacérselo con el hermano de su mejor amiga en el mismo escenario donde ha tenido un millón de fantasías sexuales.

— Me gusta que pienses en mí.

«¡Joder, qué guapo es David!» No puede aguantar más esa tensión, interpreta el doble sentido y el subtexto de esa conversación, de que estén los dos solos uno al lado del otro, tan cerca. Ya han terminado de fumar y las últimas hebras de tabaco se consumen solas en el suelo. Alma le coge del pecho de la cazadora y se acerca a él. Entreabre sus labios.

—Alma. No.

¿Qué? David le ha puesto una mano en el hombro y ha detenido el movimiento impidiendo que se produjera el contacto que ella pretendía. Ha sido una oposición suave, pero suficiente para detener la deriva de su cuerpo acercándose como una barca empujada por la marea hacia una playa.

La vergüenza que siente es brutal. Solo comparable con el silencio que la rodea. Como si el DJ hubiera detenido la música y ahora toda esa legión de seguidores de la música electrónica la estuvieran mirando solo a ella. De repente desea que la tierra la trague, desea no estar ahí, desea extinguirse como la llama de un mechero. Se abrasa. Se siente como un insecto al que un niño cruel quema con una lupa una tarde de verano.

—Oye, Alma —dice David—. Eres preciosa, pero no me van las relaciones serias.

La vergüenza se transforma en una rabia incontenible. El fuego aparece en sus ojos. ¿De qué coño va este listillo?

—No tienes por qué ser condescendiente conmigo. Solo quería echar un polvo.

Alma deja a David y vuelve a entrar en la carpa. Se acerca a la barra y pide un vodka con lima.

—Te pongo mejor algo sin alcohol.

—Creo que es un poco tarde para preocuparse por eso. Cuando me pusiste la primera copa también tenía diecisiete años.

— Quizá deberías parar un rato.

—Voy a montar un pollo de la leche y le vas a buscar un problema a tu jefe como venga la policía.

La payasa graciosa ha sido sustituida por un bicho con muy mala leche. Alma se emborracha a conciencia. No coge prisioneros. El vodka hace que su estómago se revuelva, la cabeza le da vueltas, pierde el control de los movimientos de las piernas, la estabilidad, la coordinación, los músculos dejan de hacerle caso y se cae al suelo junto al escenario. Greta acude al rescate.

—Necesitas que te dé un poco el aire —comenta Greta.

Alma vomita junto al cable tensor en el que estuvo a punto de besar a David. Vacía su cuerpo de vodka y lima y canapés y también de sueños de intimidad, deseos sexuales y esperanzas de futuro. Todo. Greta le limpia los labios de restos de vómito con unos pañuelitos de papel. Lo hace con delicadeza, demostrando una extraordinaria compasión. Comienza a llorar.

—Soy una tonta —acierta a decir entre lágrimas y mocos—. ¿Tú sabías que esto no iba a salir bien? ¿Te lo imaginabas?

Greta le pasa un brazo por el hombro. La abraza con fuerza por segunda vez en esa noche.

—Mi hermano es un gilipollas.

Alma se tambalea como un árbol en la tormenta y a Greta le cuesta trabajo mantenerla en pie. Con esfuerzo, consiguen acercarse hasta unos palés de madera utilizados en el montaje del escenario y la sienta allí.

—Espérame aquí —le indica Greta—. Voy a recuperar mi abrigo y vuelvo.

Alma levanta la cabeza. El mapa celestial entero gira sobre ella. Siente que todo el universo es testigo de lo tonta que es, una idiota integral. Una vergüenza enorme y arrasadora retorna de nuevo cuando recuerda cómo se abalanzó sobre David y cómo este la detuvo y la apartó de él. Sus labios ni siquiera llegaron a rozarse. Al menos podrá defenderse dentro de un tiempo y decir que él lo interpretó mal o que estaba borracha. Mentir. Dentro de un tiempo. Ahora el dolor que siente es auténtico. Tiembla. Quizá es por el efecto de la bajada de la pastilla o por tener el estómago vacío o por el frío de la noche o porque se siente como una mierda después de ser rechazada de nuevo. Otro rechazo más para anotar en su casillero particular. Y van... ya ni se acuerda, pero reconoce la sensación de hundirse en esa especie de barro frio y pegajoso en el que convierte su autoestima por momentos. La vista se le nubla. Ni siquiera hace el intento de limpiarse las lágrimas.

—¿Alma?

La voz le resulta conocida. Alza la cabeza. A pesar de la vista borrosa cree distinguir una cara conocida.

—Hola —contesta.

—Estás fatal. Vente conmigo.

El alcohol y las drogas han dejado dócil a Alma. No puede negarse. O quizá todo le da lo mismo.

—No lo sé —dice Greta muy asustada—. La he dejado aquí, me he metido en la carpa un segundo y ha desaparecido.

—¡Joder! —David patea el suelo.

18

Escucha el diálogo ronco y áspero de dos urracas, su penetrante chac chac chac chac, en disputa por el cuerpo de algún ratón muerto o un bocado similar, cuando cruza el jardín. Quizá hablan de ella. Quizá comentan el estado lamentable que presenta. Su triste figura con los hombros hundidos, las piernas a punto de doblarse, arrastrando las botas. Está pálida, la sombra de ojos extendida sobre ellos formando una mancha negra, dos surcos negros recorriéndole el rostro, el pelo revuelto, la ropa sucia... El olor a sudor, a vómito y a alcohol todavía la acompaña.

La puerta de la casa se abre antes de que ella llegue a la entrada. Al principio todo es silencio. El diálogo que se desarrolla a continuación es tan áspero y ronco como el de las dos urracas.

¿Dónde estaba? Se fue con Greta a una fiesta. Ya saben que estaba en una fiesta. Han hablado con Greta. Lleva horas en su casa. Dice que desapareció. Así que la pregunta correcta es: ¿dónde ha estado desde que se fue de la fiesta? ¿De dónde viene? La abruman a preguntas. Alma trata de explicarse. Bebió demasiado. Greta la sacó al exterior para que tomara el aire y se despejara, pero todo le daba vueltas. Estaba muy mareada y tenía ganas de vomitar. Pensó que si caminaba un poco se le pasaría y comenzó a caminar, pero se desorientó y se perdió y después no supo cómo volver a la fiesta. Encontró una parada de un bus que en teoría debía traerla de nuevo a casa, pero estuvo mucho tiempo esperando a que pasara. Al final cogió otro que la llevó a la ciudad. Y en la ciudad tuvo que esperar otro que la devolviera a casa. ¿Ha pasado demasiado tiempo? ¿Ha estado todo ese tiempo viajando en bus? Alma no lo sabe. Quizá se durmió en algún momento. Puede que lo hiciera mientras esperaba el bus. ¿Por qué no cogía el móvil? Se le acabó la batería. ¿Se le acabó la batería nada más escaparse por la ventana? Alma niega con la cabeza.

Cada respuesta que Alma da empeora la situación, aumenta la sensación de descontrol, pone más nerviosos a sus padres. La agobian con más preguntas sobre el alcohol que bebió, las drogas que tomó... ¿Dormida en una parada del bus o dentro del bus? ¿Se pasó de parada y se fue hasta el final de la línea? ¿Qué coño le pasaba por la cabeza? ¿Se da cuenta del lío en el que se podía haber metido? ¿Se da cuenta de lo que le podría haber pasado?

Alma está hecha polvo. Solo quiere meterse en la cama.

Tienen que hablar muy seriamente con ella. Lo que ha hecho es intolerable.

¿No pueden dejar esa conversación para otro momento? Lo siente. Lo siente. Lo siente mucho. Les pide perdón por escaparse, por irse de fiesta, por emborracharse, por no contestar a sus mensajes de móvil, por aparecer en casa un día más tarde con ese aspecto bochornoso. No hace falta que le hagan más test. Se ha emborrachado, ha consumido drogas, ha hecho de todo. Y acepta el castigo. Cualquier castigo. No saldrá hasta que termine el curso o hasta que se congele el infierno. Lo que ellos quieran. Ahora lo que necesita es meterse en la cama.

No, no, no. Lo que ha hecho no puede quedar en un simple «lo siento». Tiene que entender las consecuencias de sus acciones. Lo que menos les importa es que se haya escapado, que se haya ido de fiesta. Lo que duele es el sufrimiento que les ha hecho pasar durante esas largas horas. Les ha hecho perder diez años de vida. No tiene ni idea de lo que han sufrido esa noche. De la pesadilla que les ha hecho vivir. Imaginando que cualquier cosa horrible le había podido pasar. Imaginando que podría estar en una cuneta, en el maletero de un coche, en el fondo de un pozo.

Alma no quiere seguir escuchando. Los deja en la entrada de la casa. Se dirige a su dormitorio. Su madre la sigue por el pasillo. Grita. Suelta toda la tensión acumulada durante las largas horas de vigilia sin consuelo, de una madre que ha perdido a una hija. No tiene ni idea del dolor que ha sentido, del sufrimiento que le ha hecho pasar, de la forma en la que se le ha encogido el corazón y se le ha nublado la vista, de las lágrimas que ha derramado en un baño para que nadie la viera. La insulta. Todas las palabras salen de su boca cargadas de veneno, con la intención de hacer daño, de provocar dolor. Palabras de las que después se arrepentirá, pero en ese momento no puede medir, ni controlar su enfado ni su rabia. Siente ganas de hacerle daño. Podría arañarle la cara, agarrarla del pelo y arrastrarla por el suelo, golpearla contra las paredes hasta quedar agotada. Vero sujeta a su hija del brazo para detenerla.

Alma se vuelve con rapidez, se libera y empuja a su madre, la lanza contra la pared, casi le hace perder el equilibrio.

—¡Déjame en paz! —chilla.

Lo que ninguna de las dos espera es que Pablo entre en ese momento en el dormitorio. El fuego en la mirada, consumiendo todo el oxígeno que hay a su alrededor, como una bomba de hidrógeno.

El primer golpe lo recibe en la cara. Es una bofetada con la mano abierta. Alma se agacha y se protege con las manos. Cierra los ojos. El segundo y el tercer golpe impactan sobre su cabeza. Se deja caer contra la pared. Adopta una posición fetal. Sigue recibiendo golpes.

—¡Para, por favor, para! —grita Vero—. ¡No le pegues más, por favor!

Y los golpes se detienen. Su padre respira agitado. Observa a su hija durante un segundo rendida en el suelo. El pelo alborotado cubriéndole la cara.

—Discúlpate con tu madre o te arranco la cabeza —dice.

—Lo siento —murmura Alma—. Lo siento mucho.

El tiempo se detiene. Un padre. Una madre. Una hija. Tres personajes interpretan un drama.

El padre le da una patada a la pequeña butaca que está en el rincón, lanza el montón de ropa al suelo y sale de la habitación.

La madre tiene un nudo en la garganta que le impide hablar. Agacha la cabeza y trata de recuperar el aliento como si hubiera corrido por un prado en dirección a un oscuro precipicio y se hubiera detenido de milagro justo en el borde evitando lo peor. Los puentes han saltado por los aires.

La hija siente mucho miedo. Aterrorizada, se echa a llorar. Ojalá pudiera desaparecer.

Su ropa de fiesta queda tirada en un rincón de la habitación. El jersey de cuello alto y manga corta, los pantalones blancos, el sujetador negro y sus bragas rotas y sucias.

Instagram 04

Descripción de la imagen: Una cadeneta de letras de colores compone las palabras «Feliz cumpleaños». En primer plano, el torso de una chica vestida con una camiseta azul y unas letras impresas: ASSHOLE BABY.

Texto: Esta foto es del cumpleaños de mi hermano pequeño. Dos semanas después de la violación. El mundo seguía girando. Y le daba lo mismo lo que yo sintiera. La camiseta fue una manera de castigarme. Me sentía muy culpable. La culpa era mía. Yo me metí en ese lío. Me lo merecía por tonta. Decidí no contar nada a nadie. Actuar como si no hubiera pasado nada. Dejar pasar el tiempo. Olvidar.

#Cumpleaños #hechaunaputamierdaperosonriendo #Assholebaby

19

—Tienes una visita —anuncia Vero.

A Alma no se le escapa la ironía que encierra la frase. Esas tres palabras le hacen pensar en una prisión. Suenan como lo que dice un guardián cuando abre la puerta de una celda y le comunica al preso que alguien ha ido a verle. Encaja perfectamente con la situación que está viviendo. Alma está cumpliendo una condena, castigada por el delito de huida con agravante de abuso de drogas y alcohol. Tampoco se le escapa que su madre usa ese tipo de bromas para rebajar el dramatismo del castigo, para quitarle un poco de presión al ambiente. En los labios de Alma aparece media sonrisa.

Estamos a mediados de febrero. Alma está muy castigada. No puede salir de casa los fines de semana. No tiene móvil ni conexión a internet y han cambiado la clave de Netflix para que no pueda acceder desde el ordenador. Le han suspendido la paga de manera indefinida y cada tres días su madre le hace un test de drogas. El vaso de plástico. La orina caliente. Los dos primeros análisis dieron positivo en consumo de THC. El último fue negativo.

Alma va al instituto, asiste a las clases y vuelve a casa. La mayoría de los días Vero sale antes de la oficina y la está esperando para comer. Comen solas. Su hermano Pablo está en el colegio.

El otro Pablo en el trabajo. Alma y su padre no se dirigen la palabra. Nunca coinciden más de un instante en la misma habitación. Se esquivan. Ni siquiera se miran cuando se cruzan por casualidad. La irrupción de su padre en la habitación, los golpes y los gritos siguen vivos en la memoria. Cada vez que lo recuerda le tiemblan las manos y tiene que reprimir las ganas de llorar. Aquello también ha dejado secuelas en el matrimonio.

—¡No puedes volver a hacer algo así! —le gritó Vero a Pablo—. Perder de esa manera el control. ¿Viste su expresión? Estaba aterrorizada.

Su padre da miedo cuando se enfada. Aquel día se metió bajo el grueso edredón llorando y se despertó horas después sobresaltada por un golpe. Su hermano jugaba con Cooper en el jardín y comenzó a llorar de nuevo. En silencio. Su madre le preparó un bocadillo de jamón y queso para cenar. Tuvieron una nueva conversación en la cocina. Vero estableció un castigo con sentido. Compromiso con los estudios, fin del consumo de hierba, colaboración con las tareas de la casa, respeto... y en unas pocas semanas podría recuperar su móvil y la conexión a internet, volver a ver a sus amigas y salir los viernes y los sábados. Aceptó el trato.

Comen en la mesa de la cocina junto al gran ventanal que da al jardín. El día es frío, pero luminoso. El césped ha crecido y casi se ha comido el abono extendido unas semanas antes. En las ramas de los almendros han nacido pequeños brotes verdes.

—¿Qué tal en el instituto? —pregunta Vero.

—Bien —contesta Alma.

En clase Alma presta atención, toma apuntes y subraya los textos de los libros, hace esquemas y sinopsis de los temas, hace las lecturas que se sugieren en el aula para preparar las clases siguientes. Ha entregado dos trabajos. Uno en Literatura y otro en Economía. Le han puesto buenas calificaciones. Se ha apuntado a un grupo de estudios. No participa en las clases y eso es lo único que no cambia. En el descanso del mediodía fuma un cigarrillo cerca de la puerta de entrada y vuelve a entrar en el instituto. Camina por los pasillos vacíos o se mete en el baño o se sienta en la biblioteca, aunque no lee ningún libro. Y es de las primeras en volver al aula para la siguiente asignatura.

—Uno de estos días podríamos ir de compras.

—Está bien —accede Alma y se encoge de hombros—. Aunque tampoco necesito nada.

Después de comer ayuda a su madre a meter los platos en el lavavajillas y recogen la cocina juntas; luego su madre se prepara un café instantáneo. Por las tardes trabaja con un portátil desde casa, y ella vuelve a su dormitorio.

—¿Quieres ver un capítulo de alguna serie? —le pregunta Vero.

—No puedo —le contesta Alma—, pero gracias.

Tiene mucho que recuperar y muy poco tiempo para hacerlo.

Sus apuntes y un libro de texto subrayado con marcadores de colores están abiertos sobre una mesa. Alma está sentada frente a ellos. Observa las fotografías, los textos, las anotaciones al margen, su propia letra en las hojas de apuntes, pero está pensando en otra cosa. Está lejos de ese lugar. Muy lejos.

Siente el golpeteo de los nudillos de su madre en la puerta de su dormitorio. Su madre se asoma por una rendija.

—Tienes una visita —anuncia Vero.

A Alma no se le ocurre quién puede ser. Nata está enfadada con ella. La noche de la fiesta Vero la llamó a su teléfono móvil.

—¿Sabes dónde pueden estar? —preguntó Vero.

—No lo sé. Hablaron de una fiesta. Pero ni siquiera sabía que Greta y Alma pensaban ir. Creía que Alma estaba castigada.

No le estaba mintiendo. En realidad, no tenía ni idea de

dónde podían estar Alma y Greta. Cuando terminó la conversación y volvió a dejar el móvil en el bolsillo trasero de su vaquero ajustado sintió que la invadía algo así como una sensación irritante. Estaba dolida con Alma y Greta. Enfadada. No la habían invitado a esa fiesta. Alma no le había contado que pensaba escaparse de casa, y estaba segura de que Greta y ella lo habían planeado juntas. La habían dejado de lado, como si no confiaran en ella o, peor aún, como si fuera una amiga *menos más mejor* que ellas dos. Y eso la hirió profundamente.

—¿Qué pasa? —preguntó Alberto.

—Alma se ha escapado de casa y se ha ido a una fiesta.

—Menuda zorra está hecha.

No le golpeó en el brazo o en la cabeza como siempre hace cuando le escucha ese tipo de comentarios ofensivos contra sus amigas, especialmente contra Alma. El lunes siguiente, cuando se encontraron en el instituto y Alma le contó lo duro que la habían castigado, hizo una mueca de pena y la abrazó no tanto por consolarla, sino más bien por ocultar una inesperada satisfacción. «Te lo mereces», pensó mientras la estrechaba entre sus brazos.

—Deberías habérmelo contado.

—El hermano de Greta solo tenía dos invitaciones.

—Yo tampoco hubiera ido de todos modos. Pero hubiera estado preparada. No supe qué decir a tu madre. Quizá incluso metí más la pata.

Nata sabe que Alma siempre ha estado enamorada de David y que la mayoría de sus fantasías sexuales están protagonizadas por él. Recuerda que aquella noche en la casa de Greta, ella pronunciaba su nombre mientras fingía que se metía la punta de la polla de plástico entre las piernas.

—¿Intentaste enrollarte con él?

—No.

—Hubiera sido un buen momento —y después añade con cierta malicia—: Bueno, supongo que no está a tu alcance.

A Alma le desconcierta que haga ese comentario tan frío e insensible e intuye que ha intentado hacerle daño. Durante los días siguientes se han fumado un cigarrillo como siempre durante el descanso de media mañana, pero Alma se ha vuelto mucho más retraída. Deja que Nata sea la que hable y le cuente los rumores sobre enamoramientos, rupturas y faltas de la menstruación que circulan por los pasillos del instituto. Casi siempre está así, pero esos días está aún más callada y Nata ha observado que cuando están juntas solo habla ella.

—Te noto rara. ¿Te pasa algo? No dices nada.

Tampoco tiene nada que decir.

—Tienes una visita —anuncia Vero.

No puede ser Greta. No quiere aparecer por su casa. Su padre la ha juzgado como cómplice necesario para su fuga. Tampoco contestó a los mensajes de Vero. El buen rollo que había entre ellas se ha esfumado. Ahora su madre ya no confía en Greta tanto como lo hacía antes. Alma ha excusado a Greta de toda responsabilidad: la culpa fue suya, se emborrachó y se fue caminando y se perdió y después no supo cómo volver a la fiesta. Greta también lo pasó muy mal. Pensaba que le podría haber ocurrido algo malo.

—Ella también estaba muy asustada.

Esas objeciones han sido tenidas en cuenta, pero de momento la tienen en cuarentena. Y, por otro lado, Greta también prefiere mantenerse en el perímetro. Aunque no ha desaparecido. Le dejó una tableta de chocolate, su preferido, dentro del buzón del correo con una carta en la que le decía todo lo que la quería.

Estoy contigo, aunque no esté ahí.

Y después se las han ingeniado para verse a solas. Alma saca a Cooper cada noche hasta uno de esos espacios del antiguo bosque que han quedado cercados por las casas dentro de su urbanización. Forma parte de esa colaboración que su madre le ha pedido y que está dentro del acuerdo que han sellado. La primera noche Greta la estaba esperando en el parque. Se abrazaron y se besaron. Apenas se vieron veinte minutos, pero les dio tiempo a hablar.

—Me diste un susto de muerte.

—No sé qué me pasó —se explicó Alma—. Me puse a caminar y cuando me di cuenta estaba lejos y no tenía ni idea de cómo volver. Y tampoco tenía ganas de hacerlo. Esa es la verdad.

Pero esa no es la verdad. Aún le hace temblar el recuerdo de esa noche. Alma guarda silencio. Greta interpreta que ese silencio se debe a la vergüenza que sintió Alma al ser rechazada por su hermano David. Y también guarda silencio. Nadie tiene por qué saberlo. Nadie.

—Tienes una visita —anuncia Vero.

Alma observa a su madre parada en el umbral de la puerta de su dormitorio y se pregunta quién puede ser esa visita que le anuncia. La puerta se abre del todo. Berta está en ese mismo umbral, sonriendo. Entra dando pasos pequeños y Vero cierra la puerta. Observa con curiosidad todo lo que hay a su alrededor y después se sienta a los pies de la cama.

—¿Cómo estás? —pregunta.

Alma no sabe el motivo que ha llevado a Berta hasta allí, pero se alegra de tener a alguien con quien hablar, aunque sea durante un rato.

—Castigada.

—Lo sé.

De alguna manera Berta se ha enterado de lo que ha pasado. No entiende que escaparse de casa pueda ser tan interesante. Berta la observa con compasión. Un poco como lo hizo en el CC la última vez que se encontraron. Aunque ahora sí que parece triste de verdad. Tremendamente triste.

—Te he hecho una copia —comenta.

Saca de una carpeta que lleva dentro de su gran bolso esa fotografía en la que se las ve tan pequeñas a las dos y se la da. Alma está a punto de soltar una lágrima.

—Gracias.

Berta y Alma se sientan en el alféizar de la ventana, la misma ventana por la que se escapó, y fuman un cigarrillo. Está anocheciendo. Berta le cuenta anécdotas de su instituto de Artes. Son graciosas. La mayoría de ellas son muy graciosas. Alma se ríe. Berta la empuja con el hombro y casi la hace caer al jardín.

—Intento de fuga —dice Berta—: dos semanas más castigada.

El delito y la condena podrían ser un buen tema para un canal de YouTube. Podría narrar el confinamiento día a día. Berta está segura de que miles de adolescentes como ella están castigados ahora mismo en su casa. Alma podría compartir su experiencia, le pondría voz y cara a un fenómeno, podría ser la portavoz y líder de un gran sector de la población.

—Y, además, eres muy guapa, Alma. Estoy segura de que sería un bombazo.

—Me han quitado el móvil, el ordenador y no tengo conexión a internet.

—Ya —dice Berta—. Eso es un obstáculo.

Antes de irse, Berta habla con Vero. Le enseña la fotografía. Vero deja escapar un suspiro. Berta le cuenta a Vero que le ha mandado más fotografías a Alma a través de wasap. Alma acompaña a Berta hasta la puerta del jardín. Ya ha anochecido y las farolas están encendidas. Berta va a coger el bus hasta su casa, aunque sean solo tres paradas. Se despiden con un beso y un abrazo.

Al volver a casa Vero sigue contemplando la fotografía.

—La ha usado para un trabajo en Artes.

—Hace mucho tiempo que no la veía.

—Como dos años.

—¿Volvéis a ser amigas?

Alma se encoge de hombros.

—Estuve en su casa hace poco. No sé.

Vero saca el móvil de Alma del bolsillo de su cárdigan y lo deja sobre la encimera de la cocina al lado de la fotografía.

—Solo un rato.

Alma se tira en la cama. Tiene cientos de mensajes de sus amigos. Encuentra uno entre el montón. Lleva en su buzón un par de días. Sin identificación. El mensaje dice:

Puta.

Lleva adjunto un archivo. Se trata de una fotografía borrosa y con poca luz. Una chica de perfil, desnuda sobre lo que parece una cama. El pecho aplastado contra el colchón. Y un tatuaje en el costado. *Feminist.*

Sin duda es Alma.

20

El jueves Greta recoge sus libros y apuntes y se marcha de la biblioteca pública a las ocho de la tarde. Hace eso todas las tardes desde hace unos días. Dice que estudia en la biblioteca de cinco a nueve. Pero se marcha a las ocho. No coge el bus en la parada que está a veinte metros de la biblioteca. Camina por la calle principal que tiene el tráfico restringido a residentes y carga y descarga, y después de unos diez minutos llega hasta la puerta del supermercado que abre 24 horas al día 365 días al año. Pasea por las estanterías y alarga el tiempo estudiando etiquetas de casi cualquier cosa hasta que el guardia de seguridad comienza a observarla con demasiada atención. Aunque le da un poco de vergüenza, Greta aguanta la presión. Se mueve de un pasillo a otro. Coge algo que después vuelve a dejar. Se muestra contrariada como si no encontrara lo que busca realmente. Aguanta unos minutos más y luego se dirige hacia la entrada, escoge una barrita de cereales y chocolate de oferta, la paga en la caja y sale. Se come la barrita despacio mientras, una tarde más, camina decepcionada hacia la parada del bus.

—Hola —la saluda la mujer.

Sale de un coche, un todoterreno pequeño pero bonito, aparcado en la acera a unos veinte metros de la puerta del súper 24/7 y apoya un brazo sobre el techo. Mantiene la misma postura que una nadadora en el borde de una piscina. Greta se detiene y sonríe. Aún tiene en la mano un trozo de la barrita de cereales y chocolate. Levanta el brazo y se lo enseña a la mujer.

—Me he pasado al segmento alto —dice ocurrente.

—Bien. Hay que darse un lujo de vez en cuando.

—Voy a coger el bus.

—Puedo acercarte a casa. Si quieres. Me llamo Mercedes. Mer.

—Greta.

Greta sube al coche de Mer. Huele a hierba. El olor es muy intenso. Como si acabara de apagar un piti. En el cenicero hay varias colillas muy delgadas, casi parecen palitos, y Greta por un segundo duda y piensa si no estará equivocada y lo que Mer quema son barritas de incienso o sándalo. Aunque conoce la palabra nunca ha olido el sándalo. Quizá huele igual que la hierba. Y a riesgo de recibir una respuesta desagradable se aventura.

—¿Fumas hierba? —pregunta Greta.

—¿Podrías conseguirme algo bueno? —contesta Mer.

—Sí, controlo la mejor.

Es sábado por la tarde. Greta ha llevado una bolsa con diez gramos de hierba por valor de noventa euros a la casa de Mer. Está por encima del precio de mercado, pero la hierba de David lo vale. Mer saca de su cartera un billete de cincuenta euros y dos de veinte y se los entrega a Greta.

—Gracias.

—Eres tú la que me hace el favor.

Coge la bolsa de plástico y la sostiene frente a sus ojos. La hierba tiene un hermoso color verde. Greta la observa mientras lía un cigarrillo muy fino y con un filtro de cartón. Sin añadir tabaco. Lleva unos gruesos calcetines de lana y un vaquero estrecho y roto en las rodillas. A Greta le gusta el estilo de Mer. Una camiseta blanca y gris de mangas anchas que le da un aspecto oriental. Le parece una mujer muy atractiva. Hay una copa de vino blanco y una cerveza sobre la mesa. Mer enciende la hierba con una profunda inspiración. Sostiene la mirada de Greta.

—¿En qué estás pensando?

—Hay una parada mucho más cercana a la biblioteca.

—Necesitaba algo dulce antes de volver a casa.

Greta tiene la sensación de que Mer juega con ella, de que conoce las ideas que habitan en esa linda cabecita suya y le divierte trazar círculos alrededor de ella. Sabe, sin duda alguna, la razón por la que Greta, una adolescente de diecisiete años, ha ido todos los días durante más de una semana a un supermercado que está lejos de la biblioteca donde estudia por las tardes para comprar una barrita de cereales. No iba buscando algo dulce antes de volver a casa. O al menos no era una barrita de cereales con chocolate. Aunque Greta también podría preguntar qué hacía Mer frente al súper 24/7. No quería comprar nada. O al menos nada que se pueda comprar en él. ¿Es eso todo lo que quiere Mer de ella?

—Greta es un nombre nórdico. ¿Tienes familia en Suecia o Dinamarca o así?

—No.

—Gretel y la casita de chocolate. ¿Dónde has dejado a Hansel?

—No hay Hansel.

Greta tiene la sensación de que en cualquier momento puede pasar algo. Imagina que Mer la besa de manera salvaje, que sus lenguas se entrecruzan, que la asalta contra la pared, que le mete la mano por dentro de la camisa y le acaricia el pecho y hace que sus pezones se pongan tan duros como el granito de la encimera que parte vasos solo con tocarlos. Greta tiene la sensación de que eso podría pasar en cualquier momento.

Se le seca la boca, el pulso se acelera, su respiración se entrecorta. Coge la botella de cerveza y le da un trago. Podría cortar ese juego. Podría besar a Mer, meter su lengua en su boca. Pero ella no quiere dar ese paso. No va a hacerlo porque eso sería romper el encanto, hacer estallar la pompa de jabón y Greta quiere que esa pompa flote en el aire el mayor tiempo posible. Quiere dejarse acechar. Desea que Mer gire a su alrededor olfateándola como un depredador a su presa. Lame con la punta de la lengua la superficie de sus labios, finos y de un rosa muy pálido, un poco rugosos, áridos, como si acabara de hacer un descenso esquiando y aún no se hubiera dado un protector labial. Aprieta los muslos y la piel se le eriza. La espera la excita. ¿Cuánto podría alargarse esa situación? Un poco más. Por favor, un poco más.

—Lo mismo tienes que irte ya —comenta Mer—. No quiero entretenerte más.

—Sí, es un poco tarde —le contesta Greta mirando el móvil—. He quedado con unas amigas de clase.

Greta no termina la cerveza. Se levanta de una manera un poco precipitada. Nerviosa. Mer la acompaña hasta la puerta de la casa, un adosado en una de las urbanizaciones que rodea el pueblo.

—¿Nos vemos la próxima semana? —dice cuando han llegado a la salida.

—Claro, sin problemas.

Greta sonríe con timidez, levanta la mano a modo de despedida y atraviesa el pequeño jardín delantero de la casa. Anda deprisa por la calle camino de la parada de bus. Sonríe. Siente una especie de alegría inexplicable.

La cita con sus compañeras de clase del instituto es real, pero no dura mucho. Se dan una vuelta por el centro comercial, compran unas patatas fritas en uno de los locales de comida rápida y

Greta se despide después con la excusa de que debe terminar un trabajo que tienen que entregar el lunes, aunque hace días que ya lo ha acabado.

De vuelta a casa, saluda a sus padres, que están en el salón viendo una película, sube a su dormitorio, se cambia de ropa en el baño, deja las bragas en el cesto de la ropa sucia, se mete en la cama y apaga la luz. Se baja un poco el pantalón del pijama. La yema de sus dedos acarician con suavidad su sexo hasta que se abre húmedo.

—¿Me has cogido algo de hierba? —pregunta David.

Es domingo. Cerca del mediodía. Están en la cocina, solos. Sus padres han salido. Su hermano mayor se sienta frente a ella.

—Un poco. Para fumar con unas de mi clase. Fue muy poco.

—Me falta algo más que un pellizco. ¿No te habrás puesto a vender?

—No, joder, ¿crees que estoy loca?

—No lo hagas, Greta. Nos puedes meter a todos en un buen lío.

21

Las casas dicen mucho de la gente que las habita. Los muebles hablan de su buen o su mal gusto; la limpieza y el orden, de su carácter; el contenido del frigorífico y de los armarios de la cocina, de la rutina; el baño, de su intimidad, y el dormitorio, de sus vicios.

Nata y Alberto recorren la casa vacía de una de las familias que residen en su urbanización. Es la semana blanca y Nata escuchó a la amiga de su madre decir que iban a hacer un viaje a los Pirineos para esquiar. Toda la familia. El matrimonio y los tres niños. Esa misma mañana paseando a su perro ha observado cómo cargaban las maletas en su coche y se marchaban. Nata se despidió de ellos con un gesto de la mano. Los conoce. Los pequeños son amigos de sus hermanos y a veces su madre la envía a buscarlos para que no vuelvan solos a casa. Nata protesta. Están a dos calles, y tienen ocho y nueve años, respectivamente.

—¿Es que no pueden volver solos? Por favor, en esta urbanización nunca pasa nada. No van a secuestrarlos.

—La gente conduce muy rápido.

Eso es verdad. Así que Nata se mete en su plumas en invierno o se calza unas zapatillas en verano y va a buscarlos. Conoce la casa. Dos plantas. Cocina, office, sala de plancha, aseo, salón y despacho en la primera planta. Cuatro dormitorios y tres baños completos en la segunda. Dejan una llave bajo uno de los tiestos de la entrada de la cocina y no tienen alarma.

La puerta se abre fácilmente. Aunque está segura de que no hay nadie dentro de la casa, está nerviosa y aprieta con fuerza la mano de Alberto. No dice ni una sola palabra y casi contiene la respiración y se asegura de no rozar nada ni siquiera con la ropa. Nata se detiene en la cocina. Todo está limpio y ordenado. Ni siquiera hay un plato de desayuno o una taza en el fregadero. Mira su alrededor como si fuera la primera vez que está allí. Como si fuera un piso piloto o una de esas revistas de diseño de interiores que compra su madre. Observa detalles que hasta ese momento le han pasado inadvertidos, como los tiradores de los armarios, los cuchillos de cocina ordenados en el imán de la pared, las dos lámparas que cuelgan sobre la isla de gruesa madera llena de vetas y de dibujos, la gran fotografía en blanco y negro que adorna una de las paredes... Atraviesan el distribuidor y se asoman al salón comedor. Unos sofás en forma de L con chaise longue, cojines, una gran televisión, una butaca moderna con reposapiés, un equipo de música con forma de zepelín, fotografías familiares, libros, recuerdos de viajes, un par de grabados y, al fondo, la mesa de comedor con ocho sillas. Hay un par de juguetes sobre el sofá. A uno de los críos se le han debido de olvidar. Suben las escaleras despacio y con mucho cuidado. No entran en los dormitorios de los niños. Observan el interior desde el umbral. La visita a la casa museo de un pintor o al palacio real. Un cordón invisible les impide entrar. En realidad, no hay nada allí dentro que interese a Nata. El dormitorio del matrimonio es el punto final del recorrido.

Nata está harta de no tener un sitio para follar. En sus respectivas casas es imposible. Siempre hay alguien, hermanos pequeños molestos, madres suspicaces, pasos, ruidos, golpes, voces y gritos. Una vez lo intentaron. Ella estaba tan nerviosa que ni siquiera se humedeció. Alberto le hizo daño cuando intentó penetrarla. Acabó haciéndole una paja rápida. También está harta de las camas de los amigos, de cuartos de la criada, de baños públicos, de la parte de atrás del jardín en una noche de verano. Nunca está relajada. Y esa es la causa por la que no puede disfrutar del sexo con su novio. En cuanto se baja las bragas está temiendo que cualquiera los pille follando. Y no son imaginaciones suyas. Una vez un hombre se masturbó detrás de un árbol mientras ellos se lo hacían sobre una pradera de un parque en las fiestas de uno de los pueblos de la sierra.

El dormitorio es en suite con un vestidor y un baño completo incorporado. El baño tiene una ducha enorme aislada con una mampara de cristal muy grueso, dos lavabos, un espejo retro iluminado. El dormitorio es amplio, la cama es enorme, fotografías profesionales en blanco y negro cuelgan de las paredes, una butaca está situada entre las dos ventanas que dan al jardín trasero, hay una pantalla plana de televisión y una barra de sonido pegados a la pared.

Alberto se tira sobre la enorme cama.

—Ven —dice y le hace un gesto con la mano para que se acerque.

—No, espera —responde Nata—. Vamos a hacerlo bien.

Entra en el vestidor. Está distribuido de una manera no igualitaria. Ella tiene mucho más espacio, estanterías y cajones que él. Escoge una chaqueta azul oscuro, una camisa blanca y una corbata. Le obliga a quitarse la sudadera con capucha y la camiseta y a cambiarse de ropa. Aunque la chaqueta le va un poco grande, está guapo.

—Y ahora baja y ponte una copa mientras yo termino de vestirme —le ordena y él obedece con una sonrisa en los labios.

Nata abre los cajones donde la mujer guarda su ropa interior. Más o menos tienen la misma talla. Se prueba varias braguitas y sujetadores. Encuentra un conjunto de lencería negra, transparente, con bordados de flores que se retuercen, un liguero y unas medias. Se examina en el espejo del baño. Está espectacular. Cualquier cuerpo gana mucho con lencería de la buena. Y el suyo está bastante bien. Se pinta los labios y se pone sombra de ojos. Después se prueba un vestido y se calza unos zapatos de tacón carísimos. No funciona. El vestido es bonito, pero no le sienta bien. En el vestidor encuentra una especie de quimono de seda con un estampado salvaje en color verde turquesa y azul. Se deja los zapatos de tacón.

Alberto está sentado en el sofá. Tiene una cerveza en una mano y el mando de la televisión en la otra y va pasando de canal en canal. Nata entra en el salón y Alberto arquea una ceja. El quimono japonés le parece una bata para estar por casa.

—¿Tú no te vistes?

Nata se detiene en mitad del salón y se abre el quimono. La lencería negra hace que la barbilla de Alberto se descuelgue y suelte una exclamación de asombro. Nata se ríe a carcajadas y se sienta a horcajadas sobre él. Hace que acaricie la tela de la lencería. Se besan. Le mete la lengua hasta la garganta. Nota la erección bajo el pantalón vaquero. Joder. Nunca ha sido tan feliz.

—¿Cenamos?

Abren el frigorífico. No han dejado mucho aparte de unos botes de mayonesa y mermelada, pepinillos y guindillas picantes, soja, kétchup, mostaza, una tarrina de mantequilla, refrescos, cervezas y una botella de vino blanco.

—Mañana tendríamos que ir a la compra, cariño. El aspecto de la nevera es desolador —dice Nata imitando a su madre.

Los armarios de la cocina están mejor surtidos. Hay botes de conservas de verduras, setas, salchichas extragrandes y unas latas de *foie*. Cenan sentados en dos taburetes sobre la isla de gruesa madera. Patatas fritas, *foie* y vino blanco. Y de postre, unos bollos rellenos de crema que su madre les compra a sus hermanos pequeños y que ella solo se permite tomar en época de exámenes. Se terminan la botella de vino. Nata se sube a la espalda de Alberto y él la lleva a horcajadas hasta el piso de arriba.

Alberto le quita las bragas y las tira a un lado de la cama. Nata se deja el sujetador. Se besan. Él consigue casi de manera instantánea una buena erección y quiere penetrarla, pero Nata está decidida a ejercer su poder y no va a soltar el control. En su mente se ha ido formando una imagen a lo largo del día. Desde que vio cargar el maletero del todoterreno a la familia propietaria de la casa. Y no va a dejar que salga borrosa. Alberto se coloca sobre ella. La penetra. Ella rodea su cintura con las piernas. Arquea la espalda. Un sonido gutural sale de su garganta. Empieza a temblar.

—¿Qué pasa? —pregunta Alberto.

—No pares —gime Nata—. Me corro.

Un desconocido placer, mucho mayor al que obtiene masturbándose, la inunda de repente. Siente cada poro abriéndose, el sudor perlando su piel, las mejillas ardiéndole. Se siente fuera de su cuerpo y al mismo tiempo nunca ha estado tan dentro. Nunca le ha pertenecido tanto. Nunca se ha sentido tan ella. Al terminar, mientras Alberto respira de manera aparatosa a su lado, su mano se mete bajo las sábanas y sigilosamente se dirige a su sexo. Se acaricia suavemente y pequeños ecos del gozo pasado la acompañan de nuevo. Abre la boca para gritar, pero solo suelta una gran carcajada.

Se dan una ducha juntos y luego se visten de nuevo con su ropa.

—¿Vamos a dejar todo esto así? —pregunta Alberto mirando la cama deshecha, la ropa interior de encaje negro tirada en el suelo, el condón bajo una de las mesillas de noche.

—No.

Nata aplasta los pintalabios contra el espejo retro iluminado y lanza un frasco con perfume contra la mampara de cristal de la ducha. El suelo se llena de pequeñísimos cristales. Sacan la ropa de las perchas y de los cajones y la lanzan por el aire y la pisotean en el suelo. Alberto mea sobre el colchón. Estrellan los juguetes de los niños contra las paredes. Los patean hasta que las piezas de plástico se quiebran. Nata vacía la alacena. Deja caer torres de platos de porcelana contra el suelo. Estallan los botes de conservas contra las paredes y la encimera de granito de la cocina. Vacían el contenido del congelador. Pizzas, empanadillas, croquetas, tápers con restos de guisos y sopa. Alberto le da una patada a un redondo de ternera congelado y lo envía hasta el centro del salón. En una semana estará podrido y gusanos de color blanco brotarán de su interior. Con un cuchillo abren heridas en la tapicería de la chaise longue. Lanzan por el aire las fotografías y los recuerdos de la familia.

—Ya está bien —dice Nata.

Pisotear, estallar, destrozar los agota. Se abrazan y se besan en mitad de esa explosión de violencia y caos. Enormes cantidades de adrenalina se vierten en su sangre.

Se dirigen a la puerta de la cocina. La cierran por fuera. Vuelven a dejar la llave bajo la maceta de barro. Rompen un cristal y la vuelven a abrir. Nata sonríe satisfecha por su recién descubierta mente criminal.

Es casi la hora en la que tiene que estar en casa. No quiere llegar tarde.

22

El padre de David y Greta tiene una entrevista de trabajo. Uno de esos currículos que envió como mensajes dentro de una botella ha llegado a una playa. Unos días atrás recibió una llamada. Están buscando un perfil como el suyo. No les importa que tenga cincuenta y dos años. Valoran la experiencia. ¿Le interesaría acudir a una entrevista? Se anuda la corbata frente al espejo. Las manos le tiemblan un poco. Hace mucho tiempo que no tiene una sensación de euforia tan intensa y, al mismo tiempo, un terror tan profundo. Tiene que detenerse un momento antes de salir del dormitorio. Practica unos ejercicios de respiración para tranquilizarse y ensaya una sonrisa.

—¿Qué tal estoy? —pregunta.

—De diez —le contesta David.

Unas horas después, Greta anuncia en voz alta que ha llegado a casa, pero nadie le contesta. Tampoco le extraña. Sabe lo de la entrevista de trabajo e imagina que su padre aún no ha vuelto. Sube las escaleras. Al pasar por delante del dormitorio de su hermano se detiene. David está sentado a los pies de la cama. Intercambian una mirada. David parece realmente preocupado y Greta adivina inmediatamente por qué. En las manos tiene el tarro donde Greta guarda su dinero. David lo abre y saca un puñado de billetes.

— ¿Cómo lo has conseguido?

—¿Por qué husmeas entre mis cosas? —replica a la defensiva.

Solo le servirá para ganar un poco de tiempo, averiguar lo enfadado que David está con ella y pensar en alguna salida.

—No tenía mala intención. Necesitaba cambio y sé dónde guardas el dinero porque yo te regalé ese bote. ¿Lo recuerdas?

Claro que lo recuerda. Lo trajo de un viaje. Lo iban a llenar de conchas y caracolas de mar, pero nunca volvieron a ir juntos a la playa. Y ella lo dedicó a guardar sus ahorros.

—Me mentiste, Greta. Te pregunté si estabas vendiendo y lo negaste. —El tono de voz de David es sereno, preocupado, pero sereno—. ¿A quién le estás vendiendo?

—Ya te lo dije. A una amiga.

—¿Es Alma? No, no le venderías a Alma. ¿Quién es? ¿Cómo se llama?

Greta niega con la cabeza. Empieza a fingir que la enfadada es ella. Quizá ese truco funcione y se escape de la buena bronca que se cierne sobre ella.

—Es una amiga nueva. Déjame en paz. Joder. Le he pasado un poco de hierba. No tiene nada de especial. Tú lo haces todos los días.

—¿Cuanto? ¿Cuánto le has vendido? —David sigue con el tono sereno.

—Una par de veces o tres, diez gramos. ¿Para qué lo preguntas si ya lo sabes? Está todo ahí. Quédatelo.

—Joder. Vete a la mierda —dice David enfadado por fin—. ¿Crees que me importa que rebañes un poco de hierba?

Las aletas de su nariz se ensanchan. Vuelve a meter el dinero dentro del bote y se lo lanza a Greta. Ella lo coge en el aire.

—¿Le has dicho de dónde lo sacas? —continúa con el interrogatorio—. ¿Le has hablado de mí?

—No, claro que no —exclama Greta—. Le he dicho que tengo un buen contacto. Eso es todo. No soy idiota.

—Confiamos en ti porque solo podíamos hacerlo si toda la familia estaba implicada en ello. Y te dejamos muy claro que nunca tenías que meterte en esto.

—Tengo casi dieciocho años. Soy muy consciente de la situación por la que atraviesa nuestra familia y por qué tuvimos que montar la plantación. Quiero colaborar.

—Cada vez que salgo por la noche mamá me mira como si fuera la última vez que me va a ver. Y si me pasa cualquier cosa se le partirá el corazón, pero si descubren que te metes en el lío no sé qué harán. Se volverán locos. Todo saltará por los aires.

—No me va a pasar nada.

—No, desde luego que no. No voy a dejar que pase. Si echo en falta un solo gramo más le cuento todo a papá y a mamá y desmonto lo del sótano. A tomar por el culo la hipoteca y la casa. Tú sabrás.

David se levanta de la cama y cierra la puerta del dormitorio. No da un golpe. Lo hace suavemente. Y después se tira sobre la cama.

Ojalá su padre tenga suerte en esa entrevista de trabajo.

23

Dos grandes globos de helio con forma de 1 y 0 flotan en el salón de la casa de Vero y Pablo. Una cadeneta formada con letras de colores compone las palabras «Cumpleaños feliz». Alma es la autora de la obra. Ella ha recortado las letras, las ha cosido unas a las otras con hilo de pescar y las ha colgado de una pared a otra. También ha preparado sándwiches de cinco o seis variedades diferentes, ha ayudado a su madre a colocar la mesa y luego se ha puesto en modo portero y ha recibido con una sonrisa a la docena de amigos a los que el pequeño Pablo ha invitado a su fiesta. Está exultante. Muestra una felicidad total sin grietas todavía. A Alma no le gustaría ser la primera de esas grietas en la felicidad de Pablo. Se da cuenta de que los conflictos que ha provocado, las broncas y la tensión que se percibe entre su padre y ella le han afectado, pero cree que todavía hay una posibilidad de que esas grietas no se hayan abierto y desde que se ha levantado se ha esforzado por hacerle sentir cuánto le quiere. Al menos que uno de los dos sea feliz.

El timbre suena una vez más y Alma abre la puerta con una sonrisa. Greta cruza el estrecho jardín delantero dentro de su abrigo gris de grandes botones negros.

—¿Eres la chica que sale de la tarta?

—¿Qué? —contesta Greta sorprendida.

Alma abre la puerta de la casa de par en par. Un par de críos salen corriendo por el distribuidor. El escándalo de las voces de otros quince niños de diez años la golpea como el sonido de un equipo de música en el coche de un trapero. Uno de los globos de helio está pegado al techo.

—Una fiesta infantil —comenta y añade—: Me gusta tu camiseta.

Alma se ha vestido con una camiseta blanca con cuello redondo de color gris oscuro y manga corta. En el pecho tiene impresas las palabras ASSHOLE BABY.

—Me la he hecho yo misma. Estoy muy orgullosa. Creo que me define de una manera precisa.

—¿Crees que tu madre ya me habrá perdonado?

—Vamos a averiguarlo.

Por la casa y el jardín se expanden los críos y sus padres y madres se comprimen en la cocina. ¿No es patético que ese sea su mejor plan para pasar una tarde de sábado? Beben vino y cervezas y les han preparado algo de picar, para que no se emborrachen en la fiesta de cumpleaños de un crío de diez años que siempre queda feo. Greta y Alma se acercan a su madre. Vero interrumpe con diplomacia una aburrida conversación sobre el mundo del AMPA y abraza a Greta y le da un beso en la mejilla: de esa forma sella su perdón.

—Estás muy guapa, Greta.

A la madre de Alma siempre le ha gustado cómo viste Greta. Ese estilo. El abrigo largo que lleva ese invierno, los jerséis de cuello alto, los pantalones de espiga y las botas de aire masculino. Esa tarde, además, lleva como complemento una boina negra de estilo militar.

—Estamos en la parte de atrás —dice Alma.

Le hubiera gustado que su madre se hubiera hecho un poco más de rogar antes de perdonar a Greta, pero supone que no se puede hacer mucho ante ese sentimiento de atracción mutuo.

—A veces creo que mi madre te preferiría a ti como hija —comenta Alma—. Ya lo he dicho en voz alta.

—Es que no hay color —le contesta Greta.

Comparten un cigarrillo sentadas en uno de los bancos de madera, de espaldas a la fachada trasera, mirando al seto que delimita la casa.

—Mi hermano es un hijo de puta. Todo ese rollo que se trae de que yo no puedo hacer lo mismo que él es pura mierda machista. Él cumple el rol heroico y se sacrifica por la familia, mientras que yo debo permanecer a salvo... no sea que me vaya a romper. Es una manera de tenerme controlada, joder. Siempre estoy en deuda con ellos. Tengo que ser una niña buena. No tengo que dar problemas. Y estoy muy cansada de hacer siempre lo correcto.

Greta está enfadada de verdad y se acaba de leer *Todos deberíamos ser feministas* de Chimamanda Ngozi Adiche. Alma no quiere hablar de David. Aún le avergüenza el recuerdo de la noche de la fiesta y, además, la lleva a pensar en lo demás.

—¿Te has enrollado con la tía del supermercado?

—No —contesta Greta y arruga la nariz—. Solo me hago pajas pensando en ella.

—Joder, Greta, eso es de muy guarra.

Le gusta estar con ella. Fuman y hablan. No se han dado ni un beso, pero tiene la sensación de que en cualquier momento puede ocurrir algo salvaje y cada segundo que pasa con ella es el más emocionante que ha vivido nunca. No quiere perder la relación con esa mujer. Es lo mejor que le ha sucedido en su vida.

—Soy su *dealer*. Dejará de querer verme si no le llevo nada —afirma y se encoge de hombros—. ¿Me ayudarás?

La hierba es la coartada que Greta necesita para seguir viendo a Mer y necesita la ayuda de Alma para conseguirla. Necesita un contacto seguro. Alguien que no le vaya a ir con el cuento a su hermano.

—Estoy muy muy castigada.

—Por favor.

Alma podría montarle un drama a su madre. Podría hacer un poco de teatro y soltar alguna lágrima. Argumentar que necesita salir a despejarse un poco, a darse una vuelta, a fumarse un cigarrillo con Greta, o se volverá loca. Podría persuadirla, pero el obstáculo de su padre seguiría estando ahí. Y a él no le convencerá de esa manera. Alma reflexiona concentrada en los brotes de césped. Últimamente ha estado atenta a la dinámica del matrimonio de sus padres y, aunque esa forma de encarar el problema podría dar resultado también podría ser un gran fracaso si su padre se niega porque parece que le proponen una idea que ya está tomada. Normalmente cuando los planes comienzan así la posibilidad de que terminen en una discusión y un conflicto irresoluble es muy alta. Y no quiere causar un problema precisamente en el cumpleaños del pequeño Pablo.

Alma mira por encima de su hombro. Su padre habla con otros hombres en el salón. Le observa. No tiene otra salida que enfrentarlo directamente. En cualquier otro momento, si le planteara la cuestión, la respuesta de su padre sería una rotunda negativa a levantarle el castigo, aunque fuera momentáneamente, durante un par de horas. Sin embargo, esa tarde la situación es diferente. Hay algunos motivos que podrían ablandarlo, uno de ellos es el alcohol. Tiene una cerveza en la mano y es posible que sea la segunda o la tercera que se bebe esa tarde; otro es la presencia de invitados, que siempre le hacen ser más simpático y tolerante; y el tercero es el pequeño Pablo y su fiesta de décimo cumpleaños. Son tres buenos motivos para aventurar que podría comportarse de una manera más comprensiva. Quizá.

La tarta de cumpleaños del niño es un enorme bizcocho relleno de crema de frambuesa recubierto de chocolate con leche. Diez velas arden sobre la superficie donde han escrito con crema FELICIDADES, PABLO. Alma hace una fotografía de su hermano soplando las velas, después se hace un selfi con él y luego le pide a Greta que le haga una foto con sus padres y su hermano alrededor de la tarta y otra sosteniendo los globos de helio. Ha sido una bonita iniciativa y todos se han dado cuenta. Su padre también.

Luego Vero divide la tarta en porciones y Greta y ella las reparten entre críos y padres. Alma le lleva un pedazo de tarta y una cucharilla a su padre. Él murmura un gracias. Está hablando con una pareja de amigos. Alma ya los ha saludado al entrar, pero vuelve a hacerlo. Es educada. Sonríe. Cuando las frases de compromiso se acaban y ella se mantiene a su lado, Pablo cruza una mirada de interrogación con su hija.

—¿Qué pasa?

—¿Podría salir un rato? Por la urbanización. Con Greta.

Pablo mastica un trozo de tarta. Soporta la mirada de la pareja de amigos. Uno de ellos deja caer un comentario sobre lo bien que ha organizado la fiesta. Alma da las gracias y le quita importancia.

—Estaré aquí a las diez. ¿Te parece bien?

—A las diez.

—Gracias.

Coge su Carhartt del perchero de la entrada y le da un beso a su madre.

—No llegues tarde.

Alma y Greta cruzan el jardín delantero y salen a la calle. Son las siete y el sol hace tiempo que ha caído y que las farolas se han encendido. Sigue haciendo frío y nubes de vapor salen de sus bocas al respirar.

—Vamos al parque —propone Alma.

—Allí no hay nadie.

—¿Por qué?

—¿No te has enterado? Joder, Alma, mira el móvil.

24

Jackrussell y Susanita han tenido problemas serios con la Guardia Civil. Se los llevaron detenidos y hace más de una semana que nadie los ve por el pueblo. Ni siquiera escriben por wasap. Ahora los policías locales piden la documentación a cualquier grupo de adolescentes que supere los cuatro miembros. Ya nadie va al parque.

—¿No se te ocurre alguien más que controle? —dice Greta.

Claro. Pero preferiría no tener que recurrir a él. Alma busca el nombre de Hernán en la agenda de contactos y hace una llamada.

—Hola, soy Alma —saluda y pregunta a continuación—: ¿Qué haces?

Alma, Greta y Hernán han quedado en la pequeña plaza que está cerca del súper 24/7. Un grupo de crías de doce o trece años en su primer sábado libre pasa corriendo a su lado llenas de excitación por la novedad de sentirse independientes. Dan pequeños chillidos y se empujan las unas a las otras. Ha pasado un buen rato desde que llamó a Hernán y Greta lanza una mirada nerviosa a Alma, que se encoge de hombros. Alma no lo puede reconocer delante de Greta, pero casi preferiría que no apareciera. Y cuando está a punto de decirle que sería más fácil contarle la verdad a David o rascarle algo de hierba del armario donde se secan las plantas, Hernán aparece caminando con las manos metidas en el pantalón del vaquero, el plumas de color anaranjado y un gorro de lana en la cabeza. Se acerca a ellas y saluda con una sonrisa tímida.

—¿Ya te han levantado el castigo? —pregunta.

—Solo temporalmente —le contesta Alma—. No me has contado lo de Jackrussell y Susanita.

Asisten al mismo instituto todos los días, pero no se han visto. Últimamente Alma ha estado esquivando a todo el mundo y Hernán tampoco se ha dejado ver. No han coincidido en los descansos de media mañana ni tampoco en el bus. Y, además, ya se han metido de lleno en los exámenes de la segunda evaluación y todos los horarios de clases se han alterado. Hay un millón de razones y Alma seguramente podría encontrar más si alguien le preguntara por qué ya no se ve con Hernán.

—Creí que lo sabías, perdona. Una movida de las gordas. Ya están en casa, pero dicen que van a tener juicio con abogados y todo el lío. Encontraron las plantas en los registros de sus casas. Jackrussell dice que puede justificar que se las fuma él solo. Que tiene mucho vicio. —Sonríe y niega con la cabeza.

—Es la tercera vez que lo detienen, ¿no?

—La cuarta. Mal asunto.

Hernán parece caer en una especie de triste letargo como un robot de juguete al que se le hubieran acabado las pilas y las bombillas de sus ojos se hubieran apagado. Un aire funesto los envuelve durante unos instantes y los tres guardan silencio.

Los últimos estudiantes o lectores de la biblioteca pública salen por la puerta del edificio. Greta mira su teléfono móvil. El reloj marca las ocho de la tarde. Ha quedado en pasarse por la casa de Mer. Sabe que ella la está esperando. Greta le hace un gesto con la cabeza a Alma. Su cómplice asiente.

—Kevin y Jota son amigos tuyos, ¿no?

A Hernán le sorprende que Alma recuerde sus nombres y los relacione. Luego cae en la cuenta de que puede que los haya visto juntos un par de veces. Y entonces entiende que Alma le ha hecho venir por la hierba y eso le entristece. Cuando recibió su llamada pensó que quería pasar la tarde con él. Ni siquiera esperaba encontrar a Greta allí. Esperaba otra cosa.

—Solo los conozco. Eso es todo. ¿Por qué?

—Queremos comprar algo.

—¿Y los test de orina?

—Es para mí y para unas amigas —miente Greta—. Esta noche nos vamos de fiesta.

—¿Tienes su teléfono? —le pregunta Alma—. Me contaron que tenían una hierba muy buena. Kevin dijo que era espectacular.

Hernán escucha con cierto asombro esa última frase. Está desconcertado buscando un significado al hecho de que Alma y Kevin han hablado alguna vez, pero ninguno de los dos se lo ha dicho y eso hace que la situación sea todavía más extraña. Le gustaría preguntárselo abiertamente en ese momento, pero de alguna manera la presencia de Greta hace que la confianza que cree que tiene con Alma se diluya en un vaso de inseguridad. Se limita a asentir con la cabeza, saca su móvil del pantalón trasero del vaquero y se aparta unos metros para hablar.

—Tienen —dice cuando vuelve—, pero esta tarde no se mueven de su casa. Si queréis pillar tenéis que ir hasta allí.

Alma expulsa un largo soplido que es como decir sin palabras que la idea de ir hasta dondequiera que estén Kevin y Jota no le gusta nada.

—Yo os acompaño. Podemos ir en bus. Son unos minutos.

—¿Vamos? —pregunta Greta.

«No me abandones», es lo que quiere decir.

El bus les deja en una parada al otro lado de la autovía, en una vieja colonia de casas de veraneo construidas en los años treinta del siglo anterior, cuando la sierra quedaba muy lejos. Un jardín descuidado con pinos de troncos gruesos y veinte metros de alto rodea la casa, una construcción de muros de piedra, ventanas pequeñas enrejadas y una chimenea que sobresale en el tejado. Un par de troncos arden en el fuego. El calor que desprende produce una sensación agradable cuando se llega desde el exterior. Kevin, Jota y un par de chicos más a los que no ha visto en la vida y que supone que deben de ser de otro de los pueblos de la sierra les sonríen desde unos viejos sofás desvencijados. Alma les devuelve una sonrisa rígida. Cinco minutos más estirando los músculos de esa manera y empezará a dolerle la cara. No le gusta el rollo de Kevin y esa visita no ha hecho más que confirmarlo. Alma es una persona intuitiva y Kevin es de esas personas que le dan malas vibraciones. Su mera presencia le hace estar tensa. Alerta. Kevin las ha invitado a sentarse y tomar algo, pero cinco minutos después de entrar por la puerta ni Alma ni Greta se han quitado su ropa de abrigo. Alma tiene calor y empieza a sudar, pero no puede quitarse la Carhartt o les daría a entender que quiere quedarse a pasar la tarde y eso es lo último que quiere que piensen.

Kevin y Jota guardan un buen montón de bolsas de diez gramos empaquetadas en una pequeña caja metálica con forma de archivador. Greta le entrega el dinero. Kevin lo arroja al interior de la caja sin contarlo.

—Nos vamos —anuncia Alma.

—Espera. No puedes irte sin probarla —le contesta Kevin.

Tienen cigarrillos liados en una de esas bolsas donde las madres envuelven los sándwiches para el descanso del mediodía en el colegio. Extrae uno y se lo tiende a Alma. Ella no hace ni amago de cogerlo. Nada. Ni un movimiento.

—No quiero fumar —se niega Alma.

—¿Por qué? —Arruga el ceño—. Creía que te gustaba la hierba.

«Es que mis padres me hacen análisis de orina para detectar drogas y si fumo daré positivo en el test que mi madre me hará con total seguridad cuando vuelva a casa.» No, no puede decir eso.

— Tengo cosas que hacer ahora y no quiero llegar fumada —le contesta Alma.

—¿Es por tus papás?

—No.

Kevin sigue con el brazo extendido. Borra la sonrisa de su cara.

—Ya sabes que me gustan las chicas que dicen que no al principio, pero esto me lo tengo que tomar como una falta de educación. No queréis tomar nada ni sentaros un rato, ni fumar con nosotros, ni siquiera os quitáis los abrigos. Esto se parece a una transacción económica más que a una reunión de amigos, y yo solo vendo a colegas.

Greta coge el cigarrillo de la mano de Kevin y lo enciende. Kevin, Jota y sus amigos sonríen.

—La hierba está bien, pero tampoco es la leche —dice Greta después de darle una buena calada—. Devuélveme la pasta. Ya pillaremos en otro sitio. Si algo abunda en este pueblo son camellos.

Y después suelta una carcajada contagiosa que hace que los amigos de Jota y Kevin también se rían. Un segundo después todos se están riendo. La tensión se deshace. Alma siente que se libera de un peso. Greta le devuelve el piti a Kevin.

—No en serio, está muy buena. ¿La cultiváis vosotros?

Greta y Kevin comienzan una conversación que dura un par de minutos y Alma escucha a Greta decir cosas como: «Enhorabuena. Es guay. Es un buen producto. Me gusta. Oye, esta noche salgo con unas amigas y si les mola a lo mejor podría comprarte más, es decir, una cantidad regular, todas las semanas, podríamos hacer negocios, o sea, que prefiero que me consideres tu amiga» y todos vuelven a reír. Y es esa cualidad de Greta que tiene para socializar en cualquier parte la que de repente disuelve el mal rollo del ambiente.

—Y ahora sintiéndolo mucho nos tenemos que ir, de verdad.

Hernán se materializa de repente. Durante un rato Alma ha pensado que ni siquiera estaba ahí. No ha abierto la boca desde que entraron por la puerta.

—¡Hernán —grita Kevin—, te olvidas tu pasta por traerme clientes!

Arruga un billete de cinco y se lo lanza hecho una bola que aterriza a los pies del chico. Hernán se agacha para recogerlo y se lo guarda en el bolsillo del vaquero.

De vuelta en el autobús Alma y Greta se han sentado juntas y Hernán solo en el otro lado. Tiene la frente apoyada en el cristal de la ventana. Está hecho un cuatro como si estuviera dentro de una cama, con las piernas flexionadas. Alma le observa sin que él se dé cuenta y después vuelve la mirada a Greta.

—No quiero que vuelvas sola a esa casa —dice Alma.

—No pasa nada. Ese rollo que se trae es todo pose. Es idiota.

—Son gente chunga.

Greta siempre ha cuidado de ella, pero puede que las cosas tengan que cambiar.

25

En la biblioteca pública el grupo de estudio de Nata, compuesto por otras dos chicas y un chico de su clase, ha ocupado una de las mesas del fondo del segundo piso. Alma está sentada en el extremo de la mesa frente a la ventana que da al patio interior. A veces la vista se le escapa por esa ventana y se pierde a través de ramas peladas de los árboles. Entonces, Nata golpea suavemente en el libro o los apuntes y le susurra que vuelva a la tierra. Alma sonríe y continúa haciendo el resumen de uno de los temas que les entran en el siguiente examen de Lengua y Literatura. El grupo de estudios ha aceptado a Alma como un favor personal hacia Nata. No se le dan mal los resúmenes y se esfuerza para que el enchufe de Nata no sea algo que los demás puedan usar contra ella. No se levanta de la silla hasta que los demás deciden hacer un descanso.

Salen a la calle y se sientan en las escaleras de la biblioteca entre otros grupos de estudiantes que también preparan allí los exámenes. Alma se enciende un cigarrillo. Nata se cruza mensajes con Alberto. Los otros tres hablan sobre una visita guiada a una universidad privada en la que estuvieron el pasado fin de semana y sobre las carreras universitarias que tienen mejor salida laboral. Bosteza. Se durmió muy tarde y tiene sueño. Y, además, ha empezado a dolerle la garganta. Tiene un paracetamol en el bolsillo de la Carhartt.

—Voy a tomarme un café —les dice al grupo—. ¿Queréis algo?

Niegan con la cabeza. Alma cruza la calle y entra en el café con camareros argentinos hípsters que han abierto justo enfrente de la biblioteca. Se acerca a la barra y pide un café solo doble. Está reflexionando sobre lo larga que se presenta la tarde cuando David se apoya en la barra a su lado.

—Hola, Alma —saluda David—. ¿Qué haces aquí?

Alma aguanta la respiración y reprime unas enormes ganas de huir. Como si fuera una niña que, ante la incapacidad de gestionar una situación que le avergüenza, sale corriendo.

—Estoy en la biblioteca.

Ha tartamudeado. Las cuatro palabras le han salido de la garganta a tirones. Ha tartamudeado y ahora se ha comportado como una niña pequeña otra vez. Le ha traicionado el subconsciente. «Joder», maldice.

El camarero le pregunta si quiere la leche caliente o templada.

—Ardiendo.

El camarero le sonríe. Sí, ese «ardiendo» es más ella. Ahí en esa respuesta se siente más reconocida. No ha dicho «caliente» o «templada». Y no ha tartamudeado. Y el camarero le ha sonreído y David también lo está haciendo.

—Me duele un poco la garganta. —Ahora tartamudea a propósito tratando de encubrir el auténtico tartamudeo. Mierda, cada vez lo hace más complicado.

—Estoy ahí —dice David y señala una de las mesas de espaldas a la cristalera de entrada—. Siéntate conmigo.

Maldice de nuevo. Sabe que en cuanto se sienten él querrá hablar de lo que pasó aquella noche, de lo que ella hizo... bueno, en realidad, de lo que intentó, porque a no ser que la memoria la traicione, no llegó a pasar nada. Y quizá debería pedirle perdón, pedirle que olvide lo que pasó... bueno, lo que estuvo a punto de pasar, y salir del café conservando cierta dignidad. «Oye, lo siento, estaba un poco borracha, olvida lo que pasó. ¿Vale?» Parece fácil. Podría decirlo del tirón y sin tartamudear. «Sonríe demostrando superioridad —dice la voz interior que le habla—. Ni te muevas de la barra y deja que sea él quien tartamudee un puñado de palabras y vuelva a su pequeña mesa de espaldas a las grandes cristaleras.»

Pero acepta la propuesta y se ve llevando su taza de café hasta la mesa, que ya está medio ocupada por un ordenador portátil, unos cascos, unas hojas de papel, una tetera y una taza vacía. David aparta los papeles y le hace un hueco para que ella pueda dejar su café.

—¿Qué haces? —pregunta Alma.

—Investigando —le contesta—. Preparo un viaje.

David pulsa la barra del teclado y en la pantalla del ordenador aparecen una sucesión de mapas y fotografías. Cartografía de zonas remotas y aparentemente salvajes a las que se llega desde un café de la sierra con Google Earth.

—La idea es viajar hasta aquí, al norte de Vietnam, y recorrer todo el país desde allí hasta el sur, saltar a Camboya y ver los templos de Angkor, pasar a Tailandia, y después continuar por Malasia, Singapur, Indonesia y Bali.

—Vaya, parece un viaje muy largo.

—Un año, dos, quizá más. La idea es ir haciendo alguna clase de trabajo en cada uno de estos sitios, asentarme un tiempo donde me guste, seguir el camino cuando me aburra, dejarme llevar.

—Y ¿de qué vas a trabajar?

—De lo que sea. Estoy dispuesto a aprender. Tienes que ir con la mente abierta, ¿entiendes?

Alma le da un sorbo a su café. Está realmente ardiendo. Imagina que esas colonias de virus o bacterias que han comenzado a construir una civilización en la garganta quedan arrasadas por las aguas ardientes enviadas por un dios invisible. Ja.

—Tengo algunos ahorros por si acaso las cosas no salen como las estoy planeando. Creo que me daría para aguantar unos meses. Aunque no sé por qué las cosas me tendrían que ir mal precisamente a mí.

—Y ¿cuándo piensas marcharte?

—Mi padre ha pasado una prueba de selección de personal en una empresa de lo suyo y está pendiente de que le hagan una entrevista. Si lo consigue —y cruza los dedos—, las cosas volverán a ser como antes más o menos. Y podré dejar lo de la hierba. No quiero ser un camello toda mi vida. ¿Entiendes?

Entiende que es posible que David desaparezca de su vida y que dentro de unos diez años se encuentren en la boda de Greta, de la que ella será una de las damas de honor. Él habrá vuelto de algún lugar remoto y exótico del sudeste asiático, un lugar como Palangkaraya o que suene como algo así. Tendrá una barba larga y el pelo sobre los hombros mucho más claro que ahora. Estará muy delgado y los huesos de las escápulas aparecerán puntiagudos y también se le notarán las costillas en el pecho. La pérdida de peso se deberá a la malaria, al paludismo o a cualquiera de esas otras enfermedades tropicales que existen. Tendrá la piel del color del cuero viejo, tostada por el sol y los dientes, amarillos y carcomidos. Vestirá unas bermudas medio rotas y una camiseta llena de agujeros y la piel de la palma de sus manos será tan dura como la suela de las viejas sandalias que calzará. Tendrá la mirada un poco desvaída y hablará de lo que han sido esos diez años perdido en las selvas de Borneo, viviendo en una aldea de pescadores del golfo de Boni, sirviendo a un maestro en Pura Dalem. Y todo el mundo le escuchará como si les hablara un marciano y se llevarán un dedo a la cabeza y harán el gesto de que está loco y se reirán de él a sus espaldas.

Alma lo dejaría todo en ese mismo instante y le seguiría hasta el fin del mundo.

—Lo que sucedió la otra noche... —empieza a decir David.

—Lo siento, estaba muy borracha —le interrumpe Alma—. Hazme un favor y olvida lo que pasó, ¿vale? Y siento haber desaparecido de esa manera. La culpa la tuvo el alcohol y esa puñetera pastilla. Ya me ha dicho Greta que os di un buen susto.

—Un susto de los grandes.

—Lo siento. Mira ese será para siempre uno de los momentos más patéticos de mi vida. Ahora me da mucha vergüenza y supongo que a ti también, pero dentro de unos años, cuando vuelvas de ese gran viaje y nos encontremos de nuevo, podremos reírnos de esa noche, de lo que no pasó, porque no pasó nada, ¿verdad? Nada es nada. Así que, por favor, hazme ese favor, olvídalo.

Alma está satisfecha. El discurso no le ha salido nada mal. Ha sido muy adulto. Ha dicho cosas interesantes, bien expresadas y con una voz articulada, no se ha trabado en ningún momento; lo mismo todavía puede salir de ese café para hípsters de pueblo con la dignidad a un nivel decente.

—El problema es que no puedo olvidarlo —le contesta David.

—¿Qué?

La pregunta le sale del fondo de la garganta. ¿Qué significa eso? ¿De quién es el problema? ¿De David o suyo? No lo entiende y es necesaria una explicación. Coge la taza de café y se le queda mirando por encima del borde. Asomando los ojos. David hace un silencio, inspira una bocanada de aire que amplía su ya amplia caja torácica un par de centímetros por cada lado y después, al soltarlo, hace que suene como un prolongado suspiro.

—Ya has oído cuál es mi plan. Por eso prefiero que no tengamos nada. Me da miedo que me hagas cambiar de opinión.

Una sonrisa de satisfacción aparece en las comisuras de los labios de Alma. Ni se le había ocurrido que ella pudiera tener ese poder. Joder. De repente la confesión de David con la mirada clavada sobre la mesa acariciando la madera con la punta de los dedos le ha proporcionado una posición de fuerza que no esperaba tener. Quiere disfrutar de ese momento; en realidad, le gustaría que el mundo dejara de orbitar y que el tiempo se detuviera durante un buen rato para pensar bien en lo que significa y en lo que ella debe decir a continuación porque, igual que ahora está arriba, puede estar abajo un instante después si no hace o dice lo correcto. Le da un largo trago al café que ya está templado y deja escapar un «mmm» que parece reflexivo, pero interpretable.

—Vete al otro lado del mundo. Me has convencido. Creo que tienes que hacerlo. De verdad. O te arrepentirás toda tu vida. Vete.

David levanta la mirada y sonríe. Esa niña, esa adolescente, esa pequeña persona le habla con superioridad moral, como si le estuviera dando permiso, como si necesitara su bendición, su permiso, para hacer lo que lleva años planeando. Joder, no lo necesita o sí porque ha sido él quien la ha sentado en ese trono.

—Pero me gustaría follarte antes de que te vayas porque la verdad es que me pone muchísimo follarme al hermano mayor de mi mejor amiga —susurra Alma.

Deja la taza de café vacía sobre el pequeño plato. Saca su teléfono móvil del bolsillo de la Carhartt y ve que han pasado casi veinte minutos desde que se tomaron el descanso.

—Tengo que volver —dice levantándose—. Un resumen de la generación del 98 me está esperando y no puedo faltar a esa cita.

Antes de que salga, David le coge la mano.

—Podríamos quedar este fin de semana, ¿quieres?

—Me encantaría, pero todavía estoy castigada.

—Entonces el siguiente.

Alma vuelve a la biblioteca.

Se le hace muy difícil concentrarse durante el resto de la tarde.

Lo bueno es que se le han pasado todos los síntomas del resfriado.

26

Están las dos echadas sobre la cama del dormitorio de Alma. Ambas descalzas. Alma está tumbada boca arriba con la mirada fija en el techo y vestida con unos pantalones cortos de deporte y una sudadera con capucha: tiene un aire a boxeador. Greta podría ser la novia con estilo del boxeador. O la chica de su mánager. Tiene el brazo flexionado y la cabeza apoyada en la mano. Pantalones grises de algodón con dibujo príncipe de Gales y un jersey negro con dos franjas de color beige a la altura del pecho. Greta le da un toque suave con el pie, una especie de caricia, y Alma estira los dedos y le devuelve el mimo. Son dos pies queriéndose. Dedos que se aman torpemente. Alma compara los pies de las dos. Los de Greta son alargados, con un elegante empeine y unos dedos alineados en perfecta escala. Son bonitos. Alguien podría enamorarse de Greta solo por sus pies. Los lleva muy cuidados, las uñas pintadas de rojo, la piel está suave. Hace poco que estuvo haciéndose la pedicura. Le dijo que fuera con ella. A Alma le pareció una pérdida de tiempo y dinero y se marchó con los Chicos de la Hierba. Ahora observa los suyos y los ve feos. Las uñas están desiguales y necesitan un buen corte y un limado, un masaje exfoliante, un arreglo de las cutículas, deshacerse de las pieles muertas y una nueva capa de esmalte de uñas. Naranja. Eso podría mejorar rápidamente el aspecto de sus pies, pero no llegaría al fondo del problema. Alma tiene el dedo índice más largo que el resto, como una nota disonante en una escala musical, aunque es sobre todo el dedo gordo de ambos pies el que está un poco deformado por culpa de los ocho años de entrenamientos y competiciones de gimnasia rítmica. Alma gira su cuerpo para estar de cara a Greta. Sonríe nerviosa. Está de los mismos nervios desde la conversación con David.

—Cuéntamelo otra vez —le pide Greta.

Alma ya se lo ha contado dos veces.

—No —niega Alma—, no puedo más. Si te lo cuento otra vez empezaré a inventarme los detalles.

—Hazlo —dice Greta.

Alma le ha hecho una especie de resumen: biblioteca, generación del 98, paracetamol, café caliente, viaje al otro lado del mundo, me encantaría follar contigo, a mí también... Greta está un poco decepcionada porque Alma no recuerda detalles básicos que harían la narración más interesante. No sabe de qué color eran las tazas, no se ha fijado en la ropa de su hermano ni en los gestos que ha hecho o las palabras exactas que ha usado durante su conversación.

—Estaba muy nerviosa —se defiende Alma—, no me acuerdo ni de lo que he dicho, pero tengo la sensación de que lo he hecho bien.

Y sonríe.

Necesitaba hablar con alguien de confianza y ha llamado a Greta en cuanto se ha subido al bus de vuelta a casa. No es que Nata no sea de confianza, pero le da miedo que a la mañana siguiente medio instituto ya se haya enterado. Nata tiene otras muchas cosas buenas, pero no guarda bien los secretos. Y Greta ha llegado muy poco tiempo después y desde entonces están encerradas en su dormitorio. Greta ha permanecido mucho tiempo en silencio y Alma reflexiona sobre ese silencio y se pregunta si ha hecho lo correcto contándoselo o si, por el contrario, es un error. Con las glándulas suprarrenales produciendo adrenalina para una noche de barra libre no se ha dado cuenta, hasta que no ha tenido a Greta frente a frente, de que no se ha preocupado en absoluto por lo que Greta puede sentir o lo que todo eso le puede parecer. Quizá no es tan favorable y de ahí esa obsesión por que le cuente los detalles de todo lo que ha pasado. Quizá está buscando un resquicio al que agarrarse para interpretar de otra manera lo que Alma cuenta. Y eso de repente le causa una profunda preocupación.

—Dime la verdad —le dice Alma—. ¿Crees que es una buena idea?

Greta le responde con una sonrisa y una caricia. Son su hermano mayor y su mejor amiga. Van a tener una intimidad que nunca tendrán con ella y de alguna forma eso la desplaza hacia fuera dentro de su pequeño círculo. A veces ella y Alma han jugado y fantaseado con la idea de qué pasaría si David y ella se convirtieran en pareja. Serían casi como hermanas y esa idea les parecía lo mejor del mundo, pero ahora, no sabe por qué, ahora que está a punto de darse el primer paso para edificar esa realidad, ya no le parece tan buena idea. Es como un regalo de Navidad largamente deseado, pero que cuando, por fin, aparece debajo del árbol uno se da cuenta de que ya no le interesa o no le gusta, y de que se ha olvidado de las razones por las que lo pidió. Lo que ocurre es que está un poco celosa, sí, a pesar de que hace tiempo que sabe que su amor y su deseo por Alma no pasarán nunca a materializarse en una relación. Y aun así no puede evitar sentirse algo triste. Ese momento es como el fin del juego que había entre ellas, esa hipótesis divertida con la que Greta podía fantasear. Además de ser las mejores amigas del mundo, también podrían convertirse en una pareja. Y no quiere que Alma note los celos que le provoca esa relación o, más bien, lo que traerá esa relación que ni siquiera ha comenzado todavía.

—Sí, claro, vas a cumplir tu fantasía sexual de los catorce años con un pedazo de tío, bastante guapo y simpático, y lo digo desde un punto de vista objetivo, sin la pasión de hermana. Sí, tía, es una buena idea. Tienes que aprovechar este momento. Y me parece una pareja de fiar, le conozco y sé que te tratará bien. Y si no lo hace se las tendrá que ver conmigo.

—Pero tú y yo vamos a seguir bien, ¿no? Si esto va a cambiar algo, paso.

Greta sonríe. Bajo esa sonrisa se esconde un miedo profundo. Todo inicio de una relación es estupendo, apasionante, liberatorio, pero los finales son siempre tristes. Los mejores porque los peores siempre causan mucho daño. Y no solo le da miedo que su hermano y su mejor amiga se hagan daño, sino quedarse en medio de ellos como una goma que se acabará rompiendo por algún lado.

—No quiero que te haga daño. Ni que tú se lo hagas a él —confiesa Greta al fin tratando de ser sincera—. Procura no pillarte demasiado.

—Solo es un polvo —se apresura a decir Alma—. Nada serio. Él no quiere complicaciones. Y yo tampoco quiero novio, ni una relación estable y no le voy a montar un pollo si quiere irse al otro lado del mundo. Nunca trataría de retenerle. Nunca.

Greta asiente con la cabeza, aunque es consciente de que ese tipo de declaraciones de principios solo se hacen para poder romperlas un tiempo después.

—Y si me permites otro consejo, deberías depilarte —dice Greta—. Puedo pedirte cita en el local de la planta baja del CC. Son buenas. Yo siempre me lo hago ahí.

—¿Estás depilada?

—Siempre. Me gusta tocarme y sentirme suave.

Alma niega con la cabeza.

—Joder. No es nada raro, Alma. Aprende a quererte, joder.

Greta salta encima de Alma y comienza a hacerle cosquillas. La retiene contra la cama. El peso de su cuerpo sobre el de ella. Los brazos atenazados contra las almohadas. Alma deja de oponer resistencia. Greta baja su cabeza y besa a Alma en los labios.

—Si con él no funciona puedes seguir probando con otros miembros de la familia.

Se escuchan unos suaves golpes en la puerta y unos segundos después Vero asoma la cabeza por el espacio de la puerta abierta. La imagen de las dos chicas peleando sobre la cama le provoca una sonrisa.

—¿Quieres quedarte a cenar? —pregunta Vero.

—Me encantaría, pero tengo que volver ya a casa.

Greta se sienta en el borde de la cama y comienza a colocarse los calcetines y las deportivas.

—Que no se te olvide pedir cita para la depilación.

—Ingles y axilas.

—Y el bigote.

—Y ¿qué me voy a poner?

—Algo que sea fácil de quitar.

Alma acompaña a Greta a la puerta del jardín. La Carhartt le cubre las piernas hasta las rodillas y oculta totalmente el pantalón corto. Llaman al timbre de la puerta unos segundos antes de que ellas lleguen a la puerta. Alma abre y encuentra a Berta en el umbral.

—Eh, vaya —exclama Berta, como sorprendida de ver a Greta allí—. ¿Qué hacéis?

—Nada —le responde Alma—, hemos pasado la tarde estudiando.

El hermano de Alma coge en ese momento el telefonillo.

—Hola —saluda Pablo—. ¿Quién es?

—Ya he abierto yo la puerta, Pablo —dice Alma—. Es una amiga. Cuelga el telefonillo.

—Y ¿dónde están tus libros? —le suelta Berta a Greta de una manera un tanto impertinente.

—¿Qué haces aquí? —pregunta Alma extrañada por la presencia inoportuna de Berta en la puerta y molesta por el tono de voz intrigante con el que ha interrogado a Greta—. ¿Qué quieres?

—Dijiste que me ibas a llamar, pero no lo has hecho. Me dijiste que no podías salir y el otro día te vi en el bus camino a la colonia de los militares. Ahí lo único que podíais ir a hacer era pillar hierba o coca, ¿qué es lo que os metéis?

Un ruido de crepitación en el telefonillo demuestra que el hermano de Alma no ha colgado el receptor y todavía está escuchando la conversación. La luz de la cocina está encendida, pero desde la posición en la que están no puede ver si alguien está en ese lado de la cocina.

—Joder —maldice Alma y grita de manera imperativa—: ¡Pablo cuelga el teléfono!

Un ruido seco. Alma sale a la calle y da unos pasos por la acera hasta una distancia en la que cree que no los pueden escuchar. Greta y Berta la siguen caminando.

—¿Estás loca?

—Lo siento, Alma. Era una broma. Te lo juro. Solo estaba bromeando.

Alma se queda en silencio. Hace frío y el ligero viento le corta las piernas desnudas. Berta se ha pasado por su casa durante las tardes de las últimas semanas de manera regular. Se queda un rato, se fuman un cigarrillo, hablan de cosas que no le interesan y que ni siquiera recuerda después, y se marcha. A veces le lleva un regalo, algo que ha hecho ella misma, una tableta de chocolate o un pequeño juguete que ha encontrado revolviendo en las cosas de su estudio.

—Voy a participar en una exposición. Dentro de dos fines de semana en una galería de arte de verdad. Tiene un mensaje feminista y de la lucha por el empoderamiento de la mujer y me gustaría mucho que vinieras. Tú también, Greta. Y podéis traer a más gente si queréis. Habrá comida y algo de bebida, y lo pasaremos bien.

—No puedo ir —dice Alma con brusquedad—. Ya tengo otros planes.

—¿Qué planes? —pregunta Berta desconcertada—. Te estoy avisando con dos semanas de antelación.

Alma se encoge de hombros.

—Es que es muy importante para mí que vengas.

—Me da igual. No voy a ir. Y la próxima vez llámame por teléfono o escríbeme un mensaje. No te presentes así. No me mola tenerte todos los días aquí. ¿Entiendes?

Alma se da la vuelta, entra en su casa y cierra la puerta.

Instagram 05

Descripción de la imagen: Una bañera. Las piernas de una chica. Una cuchilla sobre la palma de una mano en primer plano.

Texto: Esta foto me la hice el día que decidí cortarme las venas. No podía salir de la cama. Lloraba por cualquier cosa de manera incontrolable. Tenía temblores. Creo que mi cuerpo decía todo lo que yo callaba. ¿Hablar? Me hubiera gustado gritar. Pero no podía contar nada. Nadie me hubiera creído. Nadie. Era mejor terminar con todo.

#estedolornosevanunca #dejandolapáginadellibroabierto #preferiríaserhorizontal

27

La tela y el cartón. 3 de marzo de 2018. Sábado.

Vero y un grupo de otras tres mujeres de entre cuarenta y cinco y cincuenta años están arrodilladas en el suelo de cemento pulido de un viejo cobertizo para el ganado que ahora se usa como estudio. Escriben con pintura negra sobre una gran tela de algodón de color lila dispuesta sobre el suelo:

Por nosotras, por las que vendrán y por las que no están.

Una de ellas estampa sobre una esquina de la tela el dibujo de un puño alzado dentro de un símbolo de Venus.

No están solas. A su alrededor otras diez o doce mujeres más, sus madres, hijas y hermanas cortan trozos de cartón industrial o destripan cajas de productos de limpieza y les pegan palos de escoba para construir sus propias pancartas donde escriben, pintan o dibujan otras consignas:

Sin feminismo no hay revolución.

De camino a casa quiero ser libre no valiente.

Contra la violencia machista. Ni una menos.

Durante unas cuantas horas de la tarde del jueves 8 de marzo, ese puñado de mujeres, tres generaciones de madres, abuelas e hijas, estudiantes, trabajadoras y jubiladas, marcharán como un pequeño ejército en la gran manifestación que recorrerá las principales avenidas del centro de la ciudad en una jornada de huelga, reivindicación y protesta.

Alma observa a su madre y a sus tres amigas y a las madres, hijas y hermanas de las amigas de su madre, y las escucha hablar sobre derechos civiles, desigualdad, brecha salarial, discriminación laboral, techo de cristal, acoso y violencia sexual. Hablan sobre su lucha. Sobre su vida.

—Deberíamos preparar algunos lemas para poder cantar durante la mani.

—«No es no.»

—Reivindicación y lucha vale, pero también un poco de fiesta, por favor.

—«Manolito hoy cenas tú solito.»

Risas.

La madre de una de las amigas de su madre, una mujer de unos setenta años con el cabello gris, entra en el estudio con una cafetera en la mano y observa por encima del hombro de Alma lo que ha escrito en su cartón:

Lucha como una chica.

—Me gusta —afirma—. Muy ingenioso. Tienes talento para las consignas, cariño.

Vero observa a Alma mientras se sirve una taza de café. Su hija, con la cabeza ladeada y el pelo ocultándole una de las mejillas, escribe con grandes letras negras el eslogan que se le ha ocurrido sobre la superficie rugosa de un cartón industrial. A pesar de las conversaciones cruzadas, del ruido y la música, de los gritos, las risas y las canciones, ella no pierde ese aire abstraído que ha adoptado desde hace unas semanas. Aislada en una especie de campana de cristal.

Una de las amigas de Vero se acerca por una taza de café.

—¿Qué tal está? —pregunta y señala a Alma con la barbilla.

—Mejor. Supongo.

Alma sabe que su madre la está observando. Suspira mientras repasa el contorno de cada letra y se aguanta las ganas de levantar la vista y cruzar una mirada con ella.

Lucha por ahogar un grito que le sale de las tripas.

28

Vero abre la puerta y entra en el dormitorio de Alma.

—Qué desastre —comenta con un punto de cansancio en su voz.

Las pinturas están esparcidas por la mesa, entre los libros y los cuadernos de apuntes. Hay un tazón de leche y un paquete de galletas sobre la mesilla de noche y una bolsa vacía de patatas fritas tirada en el suelo junto a un puñado de clínex sucios. Ha pasado una mala noche por culpa de la alergia. Sobre la pequeña butaca del rincón hay un montón de ropa, quizá está ahí acumulada desde hace varios días.

—Recoge tu habitación, por favor.

Alma no va a salir de la cama. No quiere recoger. Odia que entre en su dormitorio y le diga que tiene que recoger o limpiar. Es su dormitorio. Ni siquiera tendría que entrar dentro.

—Necesito unas zapatillas nuevas —dice Alma.

Las zapatillas que más usa empiezan a abrirse por las costuras. Su madre abre el armario. Agrupadas en el suelo hay tres o cuatro pares de colores y marcas diferentes.

—Esas ya no me las pongo —la informa—, las voy a tirar.

Son modelos de hace unos años. Ya nadie se los pone. Han pasado de moda. Se vería ridícula si apareciera llevándolas en el instituto o en el parque.

—Están nuevas —señala cogiendo un par de *running*.

Se las compró el otoño pasado. La convenció para que le pagara la matrícula y tres meses de gimnasio. No fue casi nunca.

—He visto unas que me encantan en una página de internet. Son americanas. Te las traen de allí.

Alma le enseña la página donde ha visto las zapatillas. A su madre no le inspira confianza. Se inicia una vez más la enésima discusión de los últimos meses. Alma quiere comprar online, en webs de tiendas que ella busca. Pero su madre se niega. Ella quiere que vayan juntas de compras a tiendas del CC o de otros CC que están por los alrededores y obligarla a probarse ropa de mierda que ella no quiere llevar. Escoge lo menos feo de todo lo que su madre le propone y lo deja en el armario durante meses hasta que puede meterlo en una bolsa y regalárselo a la mujer que les ayuda con las tareas en su casa.

Pero esta vez está cansada o quizá es porque ha pasado una mala noche por culpa de la alergia o porque no quiere ir al instituto o porque las cosas no le salen bien y odia su vida. Alma levanta la voz. Se deja llevar por los nervios. Vomita un montón de agravios reales e imaginarios y termina con un «Coño, puta hostia, mierda, estoy hasta los cojones» tan alto como si quisiera que la escucharan en toda la urbanización. Entonces su madre se pone tensa y se enfrenta a ella y le dice que tiene demasiados privilegios, que pide demasiado y no da nada a cambio. Ella saca del cajón viejos agravios. Alma la acusa de hacerle promesas que no ha cumplido. Vero la acusa de mentir.

—Recoge este desastre.

—¡Vete a la mierda, loca! —grita—. ¡Sal de mi puta habitación!

29

Vero conduce desde el estudio de la madre de su amiga hasta su casa. Habla con pasión, quizá estimulada por el café, el vino y la tarde con sus amigas, sobre el momento histórico que se está produciendo en ese mismo instante. Un punto de inflexión en la lucha feminista. Un punto de no retorno. La revolución está sucediendo. Está deseando que amanezca el 8 de marzo, está deseando unir su voz a un coro de un millón de mujeres, está deseando patear las calles y que el mundo tiemble.

—Estoy contenta de que hagamos esto juntas —confiesa Vero.

Aparta la mano del volante y coge la de Alma. Le dirige una sonrisa y una breve mirada. El rostro de su hija emerge sereno en la oscuridad interrumpida por el rojo y el blanco de las luces del tráfico.

—Y también me siento muy orgullosa de ti.

Es mucho más importante de lo que parece para ella que Alma haya querido unirse a su grupo de amigas, colaborar en la preparación del material que van a llevar a la manifestación. Y se siente feliz porque caminarán de la mano, las dos.

—A todas les ha gustado muchísimo la frase de tu pancarta.

Vero siente que desde la mañana siguiente a la noche en la que se escapó para ir de fiesta la relación con su hija se ha hecho un poco más adulta, se ha estabilizado. Ha desaparecido la agresividad, el desprecio y los malos rollos. Imagina que así será la relación que tendrán en un futuro, cuando Alma supere el difícil proceso de esa adolescencia de libro por el que está pasando. Se imagina que compartirán intereses, aficiones, que podrán pasar una tarde hablando, bebiendo café y vino, que podrán expresar lo que sienten mutuamente sin miedo, que tendrán una confianza especial.

Vero habla de las manifestaciones a las que ella asistió cuando era una estudiante como Alma. Y también habla de la gran manifestación contra la guerra de Irak de 2003.

—Ahora me doy cuenta de que esa fue tu primera manifestación —dice y asiente mientras una leve sonrisa ocupa sus labios.

Alma viajaba en el interior de un carrito de bebé. Tenía dos años. Cree que guarda una fotografía de ese día en algún lado. Era un día de mediados de febrero, pero hacía calor entre tanta gente.

—Dos millones de personas. Fue impresionante.

El silencio de Alma es tan elocuente como un grito.

—Aún es pronto. ¿Quieres que te deje en casa de Greta?

—No está —contesta en un tono neutro y sin dejar de mirar hacia el borde de la carretera—. Ha salido con unas amigas suyas.

El coche de Vero cruza la puerta mecánica del jardín de la casa. Se detiene junto al pequeño utilitario negro con dos franjas rojas de su padre. Apaga el motor. Se encienden las luces de la cabina. Alma se deshace del cinturón de seguridad.

—Espera —dice Vero—. Esa noche, la noche de la fiesta, ¿te ocurrió algo malo?

Alma aguanta durante un instante la respiración, arruga el ceño y hace un leve movimiento de cabeza.

—No.

—Dime la verdad.

Entran en casa. Pablo padre y Pablo hijo están sentados frente a la televisión. Una película de acción. El ruido de los disparos y las explosiones. En la cocina hay una caja de pizza tamaño familiar. Abierta. Unos platos y unos vasos en el fregadero.

—¿Te apetece un poco de pizza?

Alma niega con la cabeza. Saca de un armario un bol del desayuno y lo llena de cereales y leche. Se lo tomará en su cuarto.

—Tengo que hacer un resumen de un tema de Historia —informa.

Vero mira los trozos de pizza fríos. La punta de cada triángulo ha comenzado a levantarse, intentando doblarse sobre sí misma. Vero cierra la caja.

—Gracias por llevarme a la casa de tu amiga. La tarde ha estado guay.

Alma entra en su dormitorio. Enciende la luz de la lámpara de su mesa de estudio. Los apuntes y los libros siguen abiertos tal como ella los dejó hace unas horas. Escoge un marcador de color amarillo y comienza a subrayar lo que debe contener el resumen del tema de Historia.

Vero entra en el salón y se sienta en el sofá al lado de su hijo pequeño.

—¿Qué tal? —pregunta Pablo padre.

El estado de euforia que tenía cuando salieron de la casa de la madre de su amiga ha desaparecido. Ahora tiene una tristeza que la llena por entero. Se siente como uno de esos trozos de pizza cuyo destino no escrito es la basura. Hace unas horas no esperaba que la noche fuera a acabar con una revelación así.

—Bien.

30

Es lunes, 5 de marzo. Ha llovido mucho durante casi toda la mañana. Hay gruesos cartones en el suelo de todas las puertas de acceso. En la superficie de pasillos y aulas serpentean pequeños regueros formados por el agua que han soltado chubasqueros y paraguas. La calefacción eleva nubes de vapor. Los cristales se han empañado. Huele a ropa húmeda.

A tercera hora, antes del descanso, hay clase de Filosofía.

—Quien quiera hacer huelga el próximo jueves debe traer firmada una autorización de sus padres mañana por la mañana. Es el último día.

—¿Tú vas a hacer huelga, Andrea? —pregunta uno de los estudiantes que se sientan cerca de la puerta.

—Sí, voy a hacer huelga —le contesta la profesora—. Dejaré un tema de estudio para que los que vengáis a clase podáis repasar una parte de la materia.

—Yo no veo muy claro lo de esta huelga —dice el estudiante—. No tiene mucho sentido.

—Estoy de acuerdo. No tiene mucho sentido que en 2018 tengamos que seguir protestando para que se reconozcan nuestros derechos civiles. Pero me gustaría abrir un debate sobre esta cuestión. Cerrad los libros. Hablemos sobre esto. También es filosofía.

Cuando suena el timbre del descanso de la mañana, unos cuantos estudiantes de bachillerato cogen sus chubasqueros, se echan las capuchas por encima de la cabeza y caminan con las manos en los bolsillos y los hombros encogidos hasta el café. Alma los observa desde una de las ventanas del aula. Ha limpiado un pequeño círculo en uno de los cristales empañados de la ventana. Saca su móvil de la mochila y escribe un mensaje. Luego sale del aula.

El pasillo que comparten los primeros y los segundos de bachillerato está casi desierto. Alma se sienta en el alféizar de uno de los ventanales. En el patio dan vueltas sobre la arena mojada algunos grupos de estudiantes, pero la mayoría debe de estar en el pabellón cubierto, que es donde se refugian en los días de mal tiempo como ese. Las limpiadoras se fuman un cigarrillo a escondidas en la parte trasera del edificio donde están la cocina y los comedores, entre las furgonetas de reparto. En el interior del aula de uno de los primeros, un par de alumnas se hacen confidencias. Una de ellas llora. Probablemente, le ha venido la regla esa misma mañana y tiene un día jodido o ha roto con un chico ese fin de semana o le han quedado cinco y sabe que cuando entregue las notas a sus padres la van a matar. Desde donde está puede ver que su amiga le pasa un paquete de clínex para que se seque las lágrimas. Otro estudiante de primero sale apresurado del baño de los chicos. Quizá ha aprovechado el intermedio entre clases para masturbarse o quizá tiene la barriga suelta. Seguro que no se ha lavado las manos. Al pasar junto a ella comprime los labios y le lanza un beso. Alma responde extendiendo el dedo anular de su mano derecha.

—¡A la salida me explicas qué significa esa mierda! —le grita.

El chico corre hasta desaparecer escaleras abajo. Ha tenido que cruzarse un instante después con Hernán, que en ese momento aparece al final del pasillo.

Se apoya sobre el alféizar de la ventana al lado de Alma. En ese mismo lugar han intercambiado risas, rumores... compartido miedos, agobios y miles de otras cosas a lo largo de los dos últimos años. El esmalte rojo con el que Alma se pintó las uñas hace semanas ha empezado a descascarillarse en el borde. Saltan pequeños pedazos cuando ella rasga el cemento con las uñas.

—No hagas eso —pide él—, me pone nervioso.

—No me hago daño —le contesta ella.

—¿Qué pasa? —dice Hernán—. ¿Qué querías?

Ella le ha enviado un mensaje hace un par de minutos:

Necesito hablar contigo ahora. Ven.
Por favor.

Alma saca el móvil del bolsillo de su sudadera y entra en la aplicación de Archivos. Busca algo pasando pantallas con la yema del dedo.

—Quiero enseñarte una fotografía. Aunque a lo mejor ya la has visto.

Alma ha recibido varios mensajes con contenido sexual en las últimas semanas. El último, a la una y treinta y cuatro minutos de la madrugada de ese mismo día.

Te gusta chupar pollas, puta.
Cómete la mía.

Y la foto de una polla. El autor es anónimo; el número, oculto.

El corazón le late a mil por hora cada vez que abre uno de esos mensajes. Luego se tranquiliza y la invade una rabia que la acompaña durante horas. No se lo ha dicho a nadie. Ha guardado el secreto y ha mantenido el silencio, pero durante esas semanas ha estado atenta a los movimientos, a las miradas, a las conversaciones, a los gestos. El primer día de clase después de la fiesta, Hernán comenzó a evitarla. Si ella se pasa por el café él se marcha en ese momento. No se acerca a fumar un cigarrillo con ella en los descansos de clase. Ya no coinciden en el bus de vuelta a su urbanización. Sus conversaciones son frías y su actitud, distante. Como cuando las acompañó a la casa de Kevin y Jota. Quizá disfrutó un poco de aquello escondido entre las sombras. Ha husmeado en sus redes. Desde hace unas semanas cuelga mensajes que tienen cierto subtexto de amargura y resentimiento. Tiene la sensación de que sus amigos la miran de una manera diferente y luego está lo de las pintadas en el baño de los chicos.

—¿De qué va esto? —pregunta Hernán.

—De esta puta foto —murmura Alma.

Alma le enseña la primera fotografía que recibió. Ella tumbada boca abajo sobre una cama, dormida o quizá borracha, desnuda, un trozo de su pecho y el tatuaje de su costado.

—¿Me la hiciste tú? ¿Es esta tu cama?

No reconoció el lugar hasta que el otro día después de hablar con su madre recordó más cosas de aquella noche. Y le parece que esa cama puede ser la cama de Hernán. Ha sido como la confirmación que necesitaba a sus sospechas.

—No, no lo es, y yo no he hecho esa foto.

—¿Y estas otras?

Alma ha creado un archivo con las cuatro fotos de pollas que acompañaban a los mensajes que ha recibido. Ella cree que se trata de la misma polla, aunque la verdad es que podrían ser dos diferentes.

—Si esto forma parte de alguna clase de juego de mierda, para.

—No tengo nada que ver con eso —asevera Hernán—. ¡Estás loca! Yo no ando haciendo esas mierdas.

—¿Esto es alguna clase de venganza? —insiste Alma—. ¿Tiene que ver con lo que ocurrió esa noche?

Esa noche Alma estaba sentada sobre uno de los palés de madera apilados en la parte de atrás de la carpa y el universo entero giraba sobre su cabeza. Las estrellas brillaban como diamantes de plástico. Quizá se debía a la sensación de fracaso tan dolorosa que experimentaba y que contagiaba todo lo que le rodeaba en el mundo. La cara de Hernán aparecía borrosa tras su propia nube etílica. Hernán estaba en la fiesta, entre el público en general. La había visto en la zona reservada, pero los de seguridad no le habían dejado pasar y, aunque la había llamado a voces, no consiguió atraer su atención. Y cuando la vio salir con Greta por el lateral de la carpa decidió ir a buscarla. Estaba bastante puesta. Le pidió que la ayudara, quería dar una vuelta para despejarse. Él la ayudó a levantarse y comenzaron a caminar. El viento era frío y dejó de escuchar la música. Se alejaron de la fiesta. Hernán la besó. El beso fue agradable. Recuerda que ella también le besó y que se pegó a él y notó que él la abrazaba y sintió el calor del cuerpo de Hernán y eso la reconfortó tras haber sufrido el rechazo de David. Sentirse atractiva, deseada de nuevo. Era una buena sensación. Hernán volvió a besarla y ella se dejó. Luego Alma dijo que quería irse de allí, él preguntó si quería ir a casa.

—A mi casa no —le contestó.

Hernán pidió un Uber. Bebieron una botella de agua. El conductor hizo algún comentario sobre la fiesta. Ella se apoyó sobre su hombro. Quería dormirse, pero no podía. Quizá por la pastilla. Los padres de Hernán no estaban en casa. Tampoco su hermano mayor. Hernán la convenció de que quizá si fumaban un poco de hierba podría dormir. Se tumbaron sobre la cama de él. Fumaron. Hernán volvió a besarla. Recuerda que le desabrochó los pantalones blancos y sintió su mano bajo las bragas. Durante un segundo pensó que aquello no era una buena idea, pero inmediatamente después se recuerda desnuda y a Hernán encima de ella. Hay un vacío que no logra rellenar. Proyecta su imagen en esa cama y se da cuenta de que ella no quería estar ahí y siente rechazo al imaginarse abierta de piernas y a Hernán entrando y saliendo de ella. No, ella no quería estar ahí, pero por otro lado cargaba con un sentimiento de rechazo enorme. Y, sí, quizá quería sentirse querida y estaba caliente y tenía ganas de follar. Todo eso podría ser. También podría no ser. Todo es muy confuso.

Cuando se despertó ya era de día. Las nueve y media. Joder, exclamó y pensó en sus padres. Le dolía la cabeza, y con el alcohol y las drogas extinguidas en su caudal sanguíneo también se le habían pasado las ganas de seguir jodiéndose la vida. Encontró sus bragas tiradas al borde de la cama y fue al baño. Se lavó la cara con agua fría y bebió del grifo hasta que se atragantó. Cuando volvió al dormitorio, Hernán ya se había despertado. Se pasaba la mano por el pelo como si estuviera quitándose arena de la playa y sus ojos eran apenas una raya de color negro en su cara. Le pidió que volviera a la cama. Ella negó con la cabeza. Era tarde. Recogió su ropa arrugada y sucia con olor a sudor y a humedad y a vómito y quién sabe a cuántas cosas más y se la puso lo más rápidamente que pudo.

—Me gustas mucho, Alma. No sé cuánto tiempo llevo enamorado de ti.

Ella se revolvió como un animal atrapado en una jaula. Hernán no le gustaba, ni siquiera se sentía atraída por él, nunca tendrían nada, nunca serían pareja, nunca serían otra cosa que amigos. Había cometido un error. No lo volverían a hacer otra vez. Y no quería que nadie supiera lo que había pasado.

—Eres una hija de puta, Alma —le espetó Hernán.

Ella recogió su abrigo. Buscó su móvil, pero no lo encontró.

Él salió de la cama, lo sacó de uno de los bolsillos de su plumas naranja y se lo lanzó a las manos. Bajó las escaleras, salió por la puerta y se marchó caminando a su casa.

—Nunca te haría algo así.

Alma agacha la cabeza. El cabello le cae sobre la cara y roza sus mejillas. Cierra los ojos. Se agarra con fuerza al alféizar y respira profundo.

—Dame tu móvil —le ordena.

Hernán saca el móvil del bolsillo y se lo tiende.

—Ábrelo.

Hernán abre el teléfono y Alma bucea dentro de los archivos y en la aplicación de fotografías y también en su correo y en el wasap y en todos los lugares donde Hernán podría haber guardado esos archivos. Hernán da un par de pasos nervioso por el pasillo, se aleja y se vuelve a acercar y se apoya con los brazos extendidos sobre el alféizar. Niega con la cabeza. Alma no encuentra nada. Le devuelve el móvil.

—Le has pasado mi teléfono a alguien, a tus amigos Kevin y Jota, por ejemplo.

—No son amigos míos. Y nunca me han pedido tu teléfono. Y, sinceramente, después del otro día me pareció que los conocías muy bien. ¿Cómo surgió esa relación, Alma?

Alma no va a dejar que esa conversación se expanda por otros temas como las ramas de un árbol. Quiere llegar a la raíz.

—Estoy harta de esta historia —asevera—. No quiero recibir ni un puto mensaje más, ¿lo entiendes?

—Me mata que pienses que he sido yo —confiesa Hernán.

—Podría matarte de verdad —le amenaza—. Hablar sobre lo que pasó esa noche. Todo es muy confuso. Estaba drogada y borracha. Ni siquiera sé cómo acabé en tu cama.

—Dijiste que querías hacerlo —dice Hernán.

—No me acuerdo. Estaba muy borracha.

—No me jodas... Te hice un favor. Podría haberte dejado tirada en aquel sitio.

Hernán la observa con el ceño fruncido y una mirada de pánico en los ojos.

—No estaba sola. ¿Por qué no esperaste a que Greta saliera de la fiesta? Podría haberme ido a dormir a su casa.

Se hace un silencio en el pasillo. Hernán apoya la frente sobre el cristal de la ventana.

—¿Se lo has contado a alguien?

—No, te lo juro.

Alma saca un rotulador negro muy grueso del bolsillo interior de la sudadera.

En la pared de una de las cabinas alguien ha escrito: HOLA SOY ALMA Y ME ENCANTA CHUPAR POLLAS. SOY UNA PUTA.

—Entra en el baño y táchalo —le ordena.

Hernán coge el rotulador. El plumas de color naranja desaparece tras la puerta del baño. Alma no espera a que vuelva. Necesita un cigarrillo.

31

En la televisión hablan de las grandes manifestaciones feministas que se celebrarán en todas las ciudades del mundo ese 8 de marzo de 2018. No se recuerda una mayor llamada a la movilización. Además, en España, la jornada de reivindicación se completa con una huelga general de mujeres. Vero no ha ido a trabajar. Y Alma tampoco ha ido al instituto. Y las dos ven un informativo en el que tampoco hay mujeres porque las periodistas han decidido unirse a la huelga. Están sentadas en el sofá. Es media mañana, pero todavía están en pijama, tienen una taza de café instantáneo con leche en la mano y los pies encima de la mesa baja del salón.

Alma siente una extraña efervescencia en el interior del estómago. Mientras escucha las noticias empieza a tomar conciencia de lo grande que es. Un acontecimiento a nivel mundial. Millones de mujeres unidas bajo un mismo grito. Tiene ganas de que los minutos corran más deprisa ese día. De alguna manera se podría decir que Vero la ha contagiado. Ahora entiende la excitación que ella sentía en el viaje de vuelta desde el estudio de la madre de su amiga. Esa sensación de estar a las puertas, de rozar el cielo con la yema de los dedos de la mano.

—¿Cómo hemos quedado con tus amigas? —pregunta Alma.

—A las seis en el pueblo. Soledad trae las pancartas y las telas en la furgoneta desde el estudio de su madre. Y luego nos bajamos todas juntas en autobús. Un bus solo de mujeres.

—¿No pueden entrar chicos?

—A partir de las seis el transporte público es solo para mujeres. Si alguno lo intenta tendremos que echarlo a patadas —le contesta Vero muy seria—. Ponte botas.

—No me parece muy justo —murmura Alma.

Vero estalla en una carcajada. Alma responde con una cara de sorpresa.

—¡Joder, es mentira! —dice Alma mientras una sonrisa empieza a aflorar a sus labios—. Me has engañado.

Alma agarra un almohadón y golpea a su madre con él. Vero no puede parar de reír y eso exacerba en su hija el deseo de venganza por la tomadura de pelo. Comienza a buscarle las cosquillas en la cintura, donde sabe que es más sensible. Luchan, se golpean, intentan morderse, se tiran de los pijamas y, al final, terminan cayendo al suelo en un lío de mantas y almohadones. Cuando dejan de reír tienen la sensación de que ese puede ser un gran día. Vuelven a las posiciones iniciales, cada una en un lado del sofá, con su manta y sus almohadones.

—No, en serio —repone Vero seria—. Es un día para reivindicar nuestros derechos, un día de lucha pacífica, sin violencia. Vamos a demostrar que millones de mujeres pueden salir a la calle y que no se rompa ni una sola papelera. Pero lleva las Adidas por si acaso hay que correr delante de la policía.

—¿En serio? —pregunta Alma preocupada.

A Vero se le saltan las lágrimas.

—¡Joder, mamá!

Alma vuelve a saltar encima de su madre. Otro lío de mantas y almohadones.

Natacha sale del instituto. En el privado, ausencias como la de Alma han sido escasas. Un par de profesoras se han unido a la huelga. Poco más. Natacha no ha querido hacer huelga. Es una tontería política y no sirve de nada. Hacer huelga le buscaría un conflicto con sus padres y eso no es algo que una huelga feminista se merezca. Ella es feminista de otra manera. Como su madre. Nata espera a Alberto en la salida del instituto, se dan la mano y caminan juntos hasta la parada del autobús. Nata mira hacia atrás y, cuando está segura de que nadie puede oírlos, acerca su boca al oído de Alberto.

—Tengo otra casa —le susurra.

Nata se ha masturbado varias veces pensando en lo que hicieron esa tarde. Ese cóctel de *foie*, vino blanco, lencería cara, sexo y violencia la pone muy muy cachonda. No se lo ha contado a nadie. Ni siquiera a Alma o a Greta. Es peligroso. La Guardia Civil estuvo en la casa de sus vecinos. Escuchó a su madre hablar por teléfono con su amiga y después durante la cena comentó con su padre lo que había pasado.

—Lo atribuyen a una banda de chavales —dijo la madre de Nata con voz preocupada, como si una tragedia les hubiera pasado muy cerca, como si un gran peligro los estuviera cercando—. Drogadictos, inmigrantes, hijos de familias en exclusión... bajan de los pueblos y se cuelan en las urbanizaciones, asaltan las casas que están vacías. Por lo visto han tenido varios casos parecidos en otros pueblos de la zona.

Nata intenta parecer realmente sorprendida. Como si no tuviera ni idea de que existan bandas de pequeños delincuentes que asaltan casas vacías, de la amenaza. Y se le da bastante bien, porque su madre le habla a ella directamente de vez en cuando y no ve ni rastro de sospecha en su rostro.

—No robaron nada, pero hicieron destrozos considerables. Sin sentido. Les rompieron las vajillas y las cristalerías y les vaciaron la despensa y «jugaron» con la ropa interior de ella. No se me ocurre algo más desagradable para una mujer que pensar que quizá se han... ya me entiendes... con tus cosas íntimas. Ha tenido que tirarla. Toda.

Nata aprieta los muslos. Nota el calor producido por la fricción. Empieza a remover las verduras por el plato. Persiguiéndose unas a las otras.

—No entiendo cómo no los pueden detener. Por las huellas dactilares y esas cosas.

—Eso solo pasa en las películas —le contesta lacónico su padre y añade—: Un cuartelillo de pueblo no tiene esos medios.

—Ella está con calmantes. Y han instalado una alarma. Nosotros también deberíamos poner una alarma —dice su madre concluyente—. Me aterroriza pensar en despertarme una noche y que esos criminales puedan estar aquí dentro. Pienso en los niños. En Nata. No voy a poder dormir esta noche.

Nata pide permiso para levantarse de la mesa y sube las escaleras hasta su dormitorio. Cierra la puerta con llave, se baja los pantalones y las bragas hasta las rodillas y se tumba boca abajo en la cama. No tarda ni un minuto en correrse.

Besa a Alberto en la parte trasera del bus. La parada de su chico está más cerca que la de ella. A las seis de la tarde pasará a recogerla. Se le van a hacer unas horas eternas.

En el instituto público al que asiste Greta les dieron libertad para decidir sobre la huelga de estudiantes sin el consentimiento firmado de sus padres. En asamblea decidieron que harían huelga. Ese día las aulas de los dos bachilleratos han estado vacías. Greta está tumbada sobre su cama ligeramente somnolienta. Durante la mañana ha repasado algunas cosas y ha recuperado temas que tenía pendientes. Luego ha comido con sus padres y ahora trata de decidir si bajará con Alma, Vero y sus amigas a la manifestación en la ciudad o quizá se pase por casa de Mer. No han quedado, pero la última vez que estuvo allí le preguntó qué pensaba hacer y dejó caer que podrían verse ese día. Así que Greta está tumbada boca arriba y tiene el móvil sobre su barriga. Si se queda dormida sentirá la vibración de la llegada de un mensaje. Greta piensa en la última vez que estuvo en casa de Mer. Ella encendió el fuego en la chimenea y se sentaron juntas en el sofá mirando las llamas de frente. Nunca se habían sentado tan juntas. Mer le propuso que se descalzara y pusiera los pies sobre la mesa baja. El calor en las plantas de los pies le produjo una sensación agradable. Movió los dedos dentro de los calcetines de algodón. La sensación era agradable. Sus pies se rozaron. Mer le hizo preguntas que ella trataba de contestar con la mayor credibilidad posible, de manera adulta.

—Me gustaría vivir en otros países. No exactamente viajar. Odio a los turistas y a los mochileros. Lo que yo quiero es trasladarme a otra ciudad u otro país, a otra cultura con otro idioma y vivir durante unos años y después cambiar, a lo mejor a la otra punta del mapa. Me hubiera gustado que mi madre o mi padre fueran diplomáticos. Tener esa experiencia de inmersión total.

Por la expresión facial de la cara de Mer, la sonrisa que apareció en sus labios, el suave achicamiento de sus ojos, se dio cuenta de que de alguna manera no se estaba tomando muy en serio lo que decía.

—¿Qué es lo que te hace gracia? —dijo a modo de protesta.

—Nada. Me gusta la gente que no quiere instalarse en un sitio y pretende quedarse allí toda la vida. Cuando se tienen diecisiete años hay que ser como tú.

—¿Y tú? ¿Has viajado?

—Muy poco. Entonces ¿vas a estudiar la carrera diplomática?

—No. Son unas oposiciones larguísimas. Prefiero ser la hija del embajador o la embajadora.

Greta está un poco fumada. Se ha bebido un par de cervezas y un chupito de vodka y juguetea con la idea de que Mer quizá la quiere emborrachar para aprovecharse de ella. Ella le ha preguntado por la camisa de hombre que lleva y ha cogido el cuello duro con dos dedos y lo ha mirado desde muy cerca. Greta ha notado su aliento un poco cargado de alcohol y hierba y durante un segundo pensó que todo era una estrategia para acercarse lo bastante para besarla sin que resultara demasiado agresivo.

—Entonces ¿qué estudiarás? Irás a la universidad, supongo.

—Sí, me apetece mucho ser universitaria. Es una experiencia que no me quiero perder, pero no sé todavía, estoy dudando, también dependo de la nota de la EvAU. ¿Qué estudiaste tú?

—Derecho, pero nunca he ejercido como abogada. —Exhaló una calada de un piti y se lo pasó a Greta—. Esta hierba sabe diferente a la primera que trajiste, ¿puede ser?

Greta se da cuenta de que Mer esquiva las preguntas personales. Quizá trata de proteger su edad o quizá, simplemente, aún no está abierta a compartir cosas demasiado personales con su *dealer*, quizá espera a tener más intimidad, quizá aún no confía del todo en ella.

—Es de otra cosecha. Las semillas son diferentes. Lo primero que te traje ya se ha terminado. Hasta el año que viene no habrá más.

—Controlas de cosechas y todo. Yo pensaba que eras una pobre estudiante que compraba y vendía y se quedaba un poco entre las uñas para consumo propio, pero resulta que eres una auténtica *dealer*. ¿Cómo sabes tanto?

Está a punto de dormirse cuando su teléfono vibra. Es un mensaje de Mer:

¿Podrías traerme algo? ¿Esta tarde?

El sábado le dejó diez gramos y están a miércoles y es un poco pronto para que se haya fumado todo. A Greta le da la impresión de que solo es una excusa para pasar la tarde juntas bebiendo y hablando y quién sabe qué más. Esboza una sonrisa. Podrían eliminar la hierba de la ecuación y funcionaría de la misma manera. Pero ella no puede proponerlo. Tiene que seguir interpretando el papel de *dealer*.

Greta contesta:

¿A qué hora?

Un nuevo mensaje de Mer le llega casi inmediatamente.

¿A las siete? ¿Podrías quedarte
un rato a tomar una cerveza?

Claro.

Greta se mete la mano en las bragas. Tiene que arreglarse.

32

Alma entra en el salón de la casa con su Carhartt puesta, aunque desabrochada y cierto aire de urgencia, acelerada, nerviosa.

—Me voy —anuncia—. El bus pasa en dos minutos.

—¿Adónde vas? —pregunta Vero.

—A casa de Greta —miente—. Iba a venir con nosotras, pero se ha puesto enferma.

—Cogemos el bus de las siete menos diez —dice Vero y en su voz hay cierto tono de preocupación.

Podría decirle: «No, no puedes salir. No puedes irte. Tienes un compromiso. Hemos quedado en que haríamos esto juntas. No entiendo por qué haces esto». Pero sabe que estropearía ese día que han compartido juntas.

—Estaré ahí.

Alma le da un beso a su madre y sale corriendo. Vero no la detiene. Debe hacer un ejercicio de confianza, aunque en algún lugar de su cerebro se enciende una alarma que le dice que Alma no estará en la parada del bus a la hora indicada y que ella se sentirá terriblemente defraudada.

Greta se sube al bus en la parada que está más cerca de su casa. Se sienta al lado de Alma casi al final del vehículo.

— No te lo pediría si no lo necesitara —comenta Greta en un tono suplicante—. Ese idiota de Hernán me ha dejado colgada.

Greta le enseña el mensaje que le ha enviado Hernán.

No voy a salir de casa.
Ya sabes dónde están.

La respuesta de Hernán tiene cierta agresividad, desprecio, rencor, antipatía y resentimiento. Y Alma sabe a qué se debe, aunque no se lo cuenta a Greta. Quizá por eso se ve obligada a acompañarla a la casa de la gente chunga. Quizá tiene mala conciencia. Por lo que pasó con Hernán. Quizá se precipitó. Después, pensándolo bien, quizá Hernán no mentía y no ha sido él quien le ha enviado esas fotografías.

—Es que me da palo ir sola a esa casa —admite Greta—. Te prometo que estarás en la parada de autobús a tiempo para ir con tu madre a la manifestación.

Alma y Greta llaman a la puerta de la casa de Kevin y Jota. Les abre uno de sus amigos y las deja pasar. Jota está sentado en un sillón frente a la televisión. Está viendo una película de robots asesinos en una pantalla de cincuenta pulgadas y un equipo de sonido que hace que retumbe el suelo de terrazo de la casa. Cuando las ve entrar, les lanza una mirada por encima del hombro y detiene la reproducción de la película. Se saludan, pero Jota no se levanta del sillón. Greta saca el dinero del bolsillo de su vaquero y se lo tiende a Jota.

—Diez gramos.

—Sentaos un rato —dice Jota y deja el dinero sobre la mesa baja al lado del mando del televisor—. ¿Queréis una Coca o una cerveza?

—Es que tenemos un poco de prisa...

—No tengo nada aquí ahora mismo. Déjame hacer una llamada. —Coge su móvil y se levanta del sillón—. Pero sentaos, por favor.

Alma y Greta se sientan en el sofá de tres plazas. Los asientos están un poco hundidos, como si hubieran saltado encima de ellos hasta estropearlos.

—Alma y esa otra amiga suya están aquí —le escuchan decir—. Sí, vale. Sí, claro que lo he entendido, joder. Ahora lo hago.

Jota cuelga el teléfono y le hace una seña al chico que les ha abierto la puerta. Le dice algo que no pueden oír.

—¿Qué pasa? —pregunta Alma.

—Nada —replica Jota—. Kevin está viniendo.

—No queremos esperar a Kevin —dice Greta.

Alma y Greta se levantan del sofá. Jota se acerca a ellas.

—La hierba está viniendo. Tranquilas. Sentaos. Tomaos algo. No tardará más de diez o quince minutos.

Jota sonríe, pero es una sonrisa fingida y se le nota mucho.

—No podemos esperar. Nos vamos —afirma Alma.

—Ni de coña. No os vais de aquí hasta que llegue Kevin —replica de manera rotunda elevando una voz que ahora les parece mucho más grave que antes, y tras una pausa añade—: Tiene que hablar seriamente con vosotras.

El chico que les ha abierto la puerta se interpone entre ellas y la salida. Lleva en la mano lo que parece un cuchillo de cocina. Alma y Greta obedecen y se vuelven a sentar en el sofá.

—¡Joder! —maldice Alma en voz baja.

Vero espera en la parada de autobús. Todas sus amigas, sus hijas y sus madres están ahí. Llevan la gran tela doblada y los palos de las pancartas apoyados sobre los hombros. Se escuchan risas y voces animadas. Hay una expresión de ardor y alegría en todos sus rostros. Vero sostiene la pancarta que Alma pintó y decoró: LUCHA COMO UNA CHICA. El interurbano que debe llevarlas hasta la ciudad dobla la esquina y se detiene lentamente a su lado.

—¿Quieres quedarte a esperarla? —le pregunta una de sus amigas.

—No, no va a venir.

33

La casa que ha localizado Natacha está al final de una calle sin salida. Ha paseado con su perro por ahí alguna vez. No tiene placa de ninguna compañía de seguridad en la puerta, por lo que cree que no tiene alarma. La casa no está abandonada. Es una segunda residencia. Los dueños son una pareja de ancianos, aunque ella debe de ser algunos años más joven que él. Conducen un gran coche de color negro, llevan gafas ahumadas y el pelo gris muy corto. Podrían ser hermanos gemelos. Se dejan ver por la urbanización los fines de semana largos y también los dos meses más calurosos del verano. La casa es una construcción muy antigua. Familiar. La usa también una de las hijas del matrimonio. Una mujer que debe de tener la misma edad que su madre y a la que ve algunos fines de semana pasear por el campo con perros y amigos.

Saltan la valla. La casa está rodeada por un camino de grava. Todas las contraventanas son de metal y están cerradas. Y no hay ninguna llave escondida bajo los tiestos de la entrada o de la terraza que da al salón. La única posibilidad de acceso son las dos puertas acristaladas de este. Un viejo enano de piedra los observa desde una esquina de la pradera de césped. Alberto lo coge en brazos y lo lanza contra una de las puertas. El cristal se fractura en pequeños fragmentos con estrépito. Esperan en silencio unos instantes antes de entrar. No hay rumor de puertas abriéndose, voces o pasos en las casas de los vecinos. Tan solo los ladridos lejanos de un perro...

Alberto abre con cuidado la puerta, pasan por encima del enano y entran en la casa. Hace frío. Quizá los propietarios de la casa encendieron la calefacción por última vez las pasadas Navidades o quizá durante ese fin de semana en el que nevó un poco y mucha gente subió a la sierra. Hay algo de ceniza en la chimenea. Recorren la casa. Nata delante y él detrás. Nata se ríe y hace comentarios irónicos de algunos detalles de decoración que le parecen de museo de la vida vieja: platos de cerámica colgados de las paredes, una lámpara con forma de tortuga, una cornamenta de ciervo que sirve de perchero para un par de sombreros y una gorra con orejeras, reproducciones de cuadros de caza y cosas así. Entran en los dormitorios. Abren las puertas y los cajones de los armarios. Más ropa vieja. En las perchas cuelgan chaquetones forrados de piel de borrego, un mono de esquí con el logo de una olimpiada de finales de los años noventa, un impermeable amarillo con capucha. En el suelo hay varios pares de botas de agua y unos zuecos o algo así. En una cómoda encuentran un pijama de franela de grandes cuadros escoceses dentro de su envoltorio original. Huele a nuevo. Un regalo olvidado de las últimas Navidades.

—Póntelo —dice Alberto—. Encenderé la chimenea.

—Podemos celebrar nuestra propia Navidad.

Nata se desnuda y se viste con el pijama de franela. Se deja los calcetines. No quiere caminar descalza sobre el piso frío y con polvo. Se mira en un espejo. Por alguna razón se da un aire a Mariah Carey en el vídeo de *All I Want for Christmas is You*. Abre la cama y toca las sábanas. Están frías y un poco húmedas. El olor de la madera ardiendo en la chimenea asciende por la escalera hasta la planta superior y se extiende por toda la casa.

Escucha el tintineo de cervezas y el sonido de unas voces. Al principio piensa que es la televisión, después se da cuenta de que reconoce esas voces. Baja las escaleras con cuidado y cuando entra en el salón descubre a Christian y a otros dos amigos de Alberto en el salón.

—¿Qué coño hacen estos aquí? —pregunta Nata enfadada.

Todos vuelven sus miradas hacia ella.

—¡Feliz Navidad! —exclama Christian—. Mira qué cantidad de regalos te ha traído Papá Noel.

La broma es celebrada por los cuatro chicos con sonoras carcajadas. Nata tose. Alberto ha cometido el error de meter madera demasiado grande demasiado pronto en la chimenea. De momento hay poco fuego y el humo flota cerca del techo del salón. Uno de los amigos de Alberto trata de avivar la llama con un fuelle.

—¿Quieres una cerveza? —le pregunta Alberto—. Son danesas. El frigorífico está apagado, pero están frías. Hay por lo menos dos docenas.

—No —protesta Nata—: Quiero que me expliques qué hacen estos aquí.

El tercer amigo de Alberto se enciende un piti de hierba y hace un gesto de decepción como si le hubieran prometido algo que no tiene pinta de que vaya a pasar. Alberto se acerca, la cabeza ladeada, los hombros encogidos. Le ofrece un trago de la cerveza danesa que lleva en las manos.

—No te enfades.

Alberto ha arruinado su plan para esa tarde, su fantasía, lo ha echado todo a perder. Podrían haber buscado algo de comer en los armarios. Seguro que hay latas de conservas y puede que una botella de champán francés olvidada en la despensa. Podrían coger unas mantas suaves y echarlas en el suelo al lado del fuego, beberse el champán y hacer el amor. En su imaginación esa secuencia de imágenes funciona tan bien como un buen vídeo de boda. Joder.

—Eres idiota.

Son las únicas dos palabras que la rabia le deja articular. Con el rostro crispado, la mandíbula apretada y los ojos encendidos se da la vuelta y sale del salón.

—¡Nata, vuelve! —grita Christian—. Relájate un poco. Tenemos una hierba muy especial. Te va a encantar.

Escucha nuevas risas cuando sube los peldaños de la escalera. Entra en el dormitorio y cierra con fuerza la puerta que golpea contra el marco, rebota y queda un poco abierta.

—Sois idiotas. —Escucha decir a Alberto—. Habéis venido muy pronto.

Se sienta a los pies de la cama y golpea el colchón con fuerza. Hasta que se agota y se deja caer de espaldas mirando la lámpara dorada de cristales falsos que cuelga del techo. Es incapaz de comprender la capacidad que tiene Alberto para estropearlo todo. No entiende en qué podía estar pensando cuando decidió llamar a sus amigos. ¿Para qué? ¿Por qué? ¿Qué necesidad tenía? Y las respuestas a esas preguntas la llevan a plantearse algo que siempre está en la parte oscura de su relación: ¿por qué ella no es suficiente para él? Se aburre con ella. La idea suena tan mal, tan terrible, que trata de espantarla de su cabeza dejando escapar un fuerte resoplido y moviendo las manos con fuerza como si se quisiera secar el esmalte de uñas. Pero no puede pensar en otra cosa. Es una constante que sucede casi desde el inicio de su relación. No está equilibrada ni es igualitaria. Mientras ella siempre reserva el centro de su tiempo y de su vida para él, Alberto no hace lo mismo. Siente que su novio le dedica el tiempo que le sobra entre otras actividades: el deporte, sus estudios, sus reuniones de amigos, sus otras aficiones de mierda... Y, encima, cuando está con ella a veces nota que está pensando en otra cosa, que preferiría estar en otro sitio; otras coge el móvil y mira lo que hacen sus amigos o sus compañeros de fútbol o quien sea. Y lo ve en su mirada. Aunque está con ella no está con ella. Y lo que eso significa es que Alberto no la quiere. O al menos no la quiere como a ella le gustaría que la quisiera. Las lágrimas enturbian su mirada. Se siente sofocada, con dificultad para respirar y no es por culpa del humo de la chimenea. Ojalá fuera eso. Se seca los ojos con la manga del pijama tratando de ser cuidadosa y no estropear el *eye liner*. Se pone en pie, hace una inspiración y una espiración profunda una vez y la repite dos, tres, cuatro y cinco veces más. A la sexta ha dejado de llorar. Su ropa está doblada sobre una butaca de asiento de cuero y respaldo de madera. Se desabrocha la chaqueta del pijama cuando siente unos golpes en la puerta y ve la cara de Alberto asomarse por una rendija.

—¿Estás bien? —pregunta él.

Nata no le contesta. A través de las ramas de un enorme abeto puede ver la casa vecina. Hay luz en las ventanas superiores. Anochece rápido.

—Oye, entiendo por qué estás enfadada. Perdóname. La culpa es mía. No debería haberles contado nada. Insistieron mucho y yo pensé que podría ser divertido... no sé, hacer como una especie de fiesta, solo con amigos, en plan *petit comité*.

—No ha sido una buena idea.

—Lo siento.

Alberto coge a Nata por los hombros y hace que se gire hacia él. Inclina su cabeza sobre su hombro izquierdo y ensaya las mejor de las sonrisas.

—Estás muy sexy con este pijama.

Mete su mano por el espacio que han dejado los botones desabrochados y toca el abdomen de Nata. La besa y sube su mano hasta el pecho y después hasta su hombro y hace que la chaqueta del pijama caiga al suelo. Caen en la cama. Alberto se quita la sudadera y la camiseta, se tumba sobre ella y le mete la mano bajo el pantalón. Nata no lleva braguitas y los dedos de Alberto acarician la piel donde debería estar el vello púbico que ella se ha rasurado después de comer en el baño de su casa.

—¿Y esto? —pregunta Alberto sorprendido.

—Es un regalo para ti —responde Nata—. ¿Te gusta?

Alberto le baja un poco la cintura del pantalón para ver qué aspecto tiene cuando Nata da un grito, repliega las piernas sobre su abdomen y se cubre el pecho con las manos.

—¡¿Qué coño haces ahí?! —grita.

Christian está en el umbral de la puerta. Graba un vídeo con su teléfono móvil. Empuja la puerta y entra en el dormitorio.

—Oh, vamos, seguid con lo que estabais, estaba quedando de puta madre.

Los otros dos chicos entran detrás de él. Sonríen de manera tonta como si estuvieran cometiendo una pequeña travesura que les diera mucho gusto, pero que al mismo tiempo los pusiera muy nerviosos. Se pasan una botella de whisky escocés de malta, unos cincuenta pavos en el súper 24/7, de la que beben directamente.

—Podrías ser una estrella del porno, Nata.

—Apaga la puta cámara y borra lo que hayas grabado —le ordena ella—. Y salid de la habitación de una puta vez.

Alberto se levanta de la cama y pone una mano entre el teléfono y Nata.

—Joder, esto no tenía que ser así —murmura—. Ya vale.

La primera frase de Alberto le sugiere que lo tienen hablado. Y esa es la verdad.

Alberto le contó a Christian su aventura allanando la casa de esa otra familia. Y le dio detalles más íntimos. Le ha contado que Nata se puso muy guarra y se lo folló dos veces y, además, le enseñó una grabación que había hecho sin que ella se diera cuenta. Entre gemidos, a Nata se le escucha decir que quiere tener una fila de pollas dispuesta a follarla una detrás de otra. Y se les ocurrió la idea de montarse una fiesta. Imitar uno de esos vídeos en los que una chica se lo hace con muchos chicos: un *gangbang*. Podía haber estado de puta madre, pero lo han estropeado. La entrada debería haber sido más suave. Uno de ellos, al que le gusta soplar en el fuego de la chimenea, dijo que podía convencer a una chica para que se apuntara, pero luego se echó atrás. Y tenían que haber llegado más tarde, cuando Nata ya se hubiera bebido media botella de vino y se hubieran fumado un par de pitis de hierba. Joder. Alberto se dio cuenta de que la cosa se iba a poner muy cuesta arriba después de ver la cara que puso Nata al encontrarlos en el salón. «Se acabó —pensó—. Una mierda.»

—¿De qué coño va esto? —pregunta Nata muy nerviosa.

—Relájate, Nata. Vamos a empezar otra vez. Pásale la botella. Dale un trago.

—Podemos bajar al salón y sentarnos junto al fuego. Podemos buscar vino blanco. Ese es el que te gusta, ¿no, Nata?

—¿Quieres un piti? Es una hierba que a las tías les pone mucho. ¿Te hago un piti? Ya verás. Te va a encantar.

—No somos bárbaros, joder, no te vamos a atar a la cama, a no ser que tú quieras.

Nata traga saliva. Los chicos se tocan. Puede ver los bultos que forman sus erecciones bajo el pantalón del chándal. Son una manada de perros en celo. Babean y se pasan la lengua por los labios, y gotas de saliva caen de sus bocas e impactan en la punta de sus zapatillas de deporte.

— Te molaría hacértelo con muchas pollas, ¿no? Pues aquí tienes cuatro.

—¿Alberto?

—Él también quiere hacértelo, Nata.

Alberto también tiene una erección bajo el pantalón del chándal.

—Te va a gustar. Ya lo verás —asegura y añade—: Empiezo yo.

Le gustaría gritar un gran ¡NO! Chillar muy alto. Le gustaría ser muy grande y muy fuerte. Más que ellos cuatro juntos. Le gustaría ser un hombre. Pero su cuerpo es el de una mujer pequeña y se siente indefensa. Tiene la mirada perdida y es incapaz de articular una palabra. Está atenazada por el pánico. Ni siquiera se puede mover. Solo consigue abrir mucho los ojos. Se siente muy desdichada. Va a echarse a llorar.

Unas luces iluminan el jardín y la fachada de la casa. El brillo azul penetra a través de la ventana y rebota en la pared pintada de blanco, el espejo y el barniz lacado de la madera de la cómoda y el cabecero de la cama. Uno de los chicos se acerca a la ventana.

—¡Son los civiles! —avisa.

Christian es el primero en salir por la puerta del dormitorio. Detrás salen sus otros dos amigos. Alberto coge su camiseta y su sudadera y se calza las zapatillas lo más rápido que puede. Nata ni siquiera se mueve de la cama.

—¿Qué haces? —pregunta Alberto—. ¡Vístete. Corre!

Nata no reacciona. Sigue encogida. Con la espalda apoyada en el cabecero de la cama.

—Vámonos.

Alberto coge la chaqueta del pijama y se la pone a Nata de nuevo, abrocha con rapidez los botones; luego le pone el abrigo, las zapatillas de deporte y coge la ropa que está encima de la butaca y se la mete debajo del brazo. Le da la mano y tira de ella. Bajan las escaleras, atraviesan el salón —el fuego ha prendido por fin en la madera seca—, saltan por encima del enano de piedra y salen al jardín. Corren sobre la pradera de césped hacia la valla trasera. Alberto la ayuda a cruzar y después lo hace él. Se pierden entre los árboles del bosque que rodea la urbanización.

Nata mira sobre su hombro. Ve el débil haz de una linterna. Quizá debería parar de correr. Quizá sería mejor que la Guardia Civil la detuviera. Les daría las gracias.

Pero no deja de correr.

34

Kevin entra por la puerta. No lleva su pequeña maleta de metal en la mano, así que Alma supone que todo eso de que está viniendo con mercancía, con hierba para vender, es una mentira que les han contado para que se sentaran en el sofá y se mantuvieran calladas.

—Pero ¡mira a quién tenemos aquí! —exclama como si se alegrara de verlas, pero no sonríe.

Esa es la primera frase que se pronuncia en la casa en los últimos quince minutos en los que ha reinado el silencio. Jota ha apagado el televisor. Se ha liado un piti de hierba. Ha tenido que usar un par de papeles porque el primero se le ha mojado con el sudor de las manos. Está nervioso. Una gota cae por su frente a pesar de que lleva una camiseta con las mangas cortadas. Y ha tenido que restregarse bien las palmas de la mano con la tela del vaquero para conseguir liar el segundo. No les ha ofrecido un tiro, una calada, compartirlo con ellas. El que iba de B, que es el otro chico que vigila la puerta de la entrada, tampoco ha fumado. Jota se ha fumado el piti entero él solo.

A Greta también le corren un par de gotas de sudor por la espalda. «¿Qué coño pasa?» No es capaz de encontrar una respuesta a esa pregunta. Descarta que sea algo que tiene que ver con ella; entonces piensa en Alma y en la contestación de Hernán en el wasap y que cuando se la ha enseñado a Alma en el bus ella no ha comentado nada, ni siquiera lo raro que le parece que Hernán, que es un tipo bastante simpático y está colado por ella, le dé esa respuesta. Greta supone que todo esto puede que tenga un origen en algo que ha pasado entre Hernán y Alma, pero no entiende la relación que pueden tener con estos. «Gente chunga», le dijo Alma. Y puede que tuviera razón porque ahora casi no puede apartar la mirada del objeto metálico que parece un cuchillo de cocina que el chico sostiene en su mano.

Alma tiene la mirada clavada en el suelo. Está pensando en su madre, en las amigas de su madre, en las madres y las hijas de sus amigas. Vero seguro que lleva en la mano la pancarta en la que ella escribió: LUCHA COMO UNA CHICA. Estará consultando el reloj y mirando inquieta en todas direcciones para ver por dónde aparece, pidiendo a un dios en el que no cree que su hija llegue antes que el autobús que debe llevarlas a la ciudad. El bus de las chicas del que pensaban sacar a todos los chicos a patadas. Se ha reído mucho toda la mañana con esa broma, pero ahora solo consigue que la inunde una sensación de terrible tristeza. Esa enorme tristeza desplaza el miedo hacia un segundo plano. Lo borra casi totalmente. Lo cierto es que no está asustada. En esos momentos no está pensando en Jota ni en el chico que está en la puerta. Solo piensa en Vero, piensa en esa última frase que le dijo antes de salir de casa:

—No me falles.

—No lo haré.

Y va a fallarle. Trata de tragar para deshacer el nudo que se le ha formado en la garganta, pero no es capaz. No quiere soltar una lágrima, de modo que aprieta los ojos y hace un esfuerzo por no llorar. Así que la llegada de Kevin es un alivio en el fondo porque hace que su mente de nuevo se centre en lo que está pasando allí. «Quince minutos», les dijo Jota, y en eso no les ha mentido, Kevin es puntual como un reloj suizo.

—¿Qué pasa? —pregunta Alma—. ¿Qué coño es esto? ¿Qué hacemos aquí?

Kevin se enciende un cigarrillo y se sienta en una silla frente a ellas. Intenta aparentar indolencia, como si hubiera interpretado cientos de veces esa escena y estuviera cansado de tener que hacerlo una vez más.

—Esto no va contigo, Alma —dice Kevin—. Esto es por tu amiguita Greta.

—¡¿Qué?! —pregunta Greta.

—¿Sabes qué pasa, Greta? Saqué un poco de información por ahí y resulta que eres la hermana pequeña de David y él mueve mucha hierba, de buena calidad. Es un tío de puta madre y me dije: «¿Por qué coño no le pide la hierba a él?».

—David no quiere que me enrede con esto.

—Podría ser una explicación, pero yo soy una persona muy curiosa y pensé: «¿A quién le está vendiendo esta chica?», porque, perdona, pero no tenéis pinta de grandes fumadoras ninguna de las dos. Así que le ordené a uno de estos que te siguiera y que se quedara con la cara de la gente con la que te juntas y... ¡oh, sorpresa!

Le hace una señal a Jota y este le lanza un móvil. Kevin busca en la app de Fotos. En la pantalla aparece una fotografía de Mer caminando por una calle de la urbanización donde vive, en la siguiente está subida a un coche y en la tercera entra en un edificio.

—¡Tu amiga trabaja aquí! ¡Es el edificio de la policía nacional en el que está la unidad central de la lucha contra la droga, joder! —grita—. Le estás pasando nuestra hierba a una policía.

Alma vuelve por primera vez la cabeza para observar a Greta. La expresión de su cara es de asombro, desconcierto y confusión. Niega con la cabeza. Encoge los hombros, abre la boca y, al final, después de unos segundos que parecen interminables, consigue articular un puñado de palabras.

—No, no es policía —dice Greta y no solo se lo dice a Kevin y a Jota y al otro chico; también a Alma y a ella misma—. No, no es policía. Es absurdo.

Kevin suspira, niega con la cabeza, busca algo más en su móvil. Otra fotografía. Mer viste una chaqueta azul. En su espalda se puede leer POLICÍA.

—¿Te explico la foto? —pregunta Kevin.

—Te juro que no sabía nada —se excusa Greta negando con la cabeza.

Ha perdido el color de la piel. Es como si su sangre se hubiera exiliado a otro cuerpo. Alma le coge la mano. Está helada. Quizá está enfermando de golpe.

—¿Sabes una cosa, Greta? Creo que tu hermano tiene algo que ver con esto. Creo que fue él quien te envió a comprarnos hierba para que después le contaras a esa pasma qué es lo que hacemos. Nos hacemos amiguitos, nos sacas información y cuando tengamos un buen cargamento tiran abajo esa puerta y nos cae la del pulpo.

—Te juro que eso no es verdad. Mi hermano no tiene ni idea de que os estoy comprando hierba. Nada. No me dejaría hacer algo así. Y no jugaría con la policía. ¿Para qué? ¿Para quedarse con el mercado de este pueblo de mierda? Él ni siquiera vende aquí, tiene a todos sus clientes en la ciudad.

Alma escucha lo que dice Kevin, pero no puede apartar la mirada de Greta. Piensa en las coincidencias del encuentro de Greta con la mujer en el súper 24/7 y las detenciones de Jackrussell y Susanita. «No. David no tiene nada que ver —piensa Alma—. Él no se metería en algo así.» Aunque es posible que Greta esté informando a la policía sin darse cuenta. Y en ese caso la pasma no solo va a por Kevin y Jota, sino a por David. Ya deben saber lo de la plantación de la casa de Greta y eso significa que su hermano y sus padres están en peligro.

Alma examina a Kevin. Tiene un pequeño tic en la mano. Golpetea levemente con el dedo anular la superficie de su muslo por encima de la rodilla. De manera continua. Tiene un problema gordo y ahora mismo no tiene ni puta idea de cómo afrontarlo. Las cosas se pueden poner muy jodidas para él si comete el más mínimo error. Trata de controlar la situación y no perder la calma, aunque, en realidad, lo que le gustaría hacer es salir corriendo y no darse la vuelta en mil kilómetros. Es un mierda y los tatuajes, la camiseta sin mangas, las botas y los pantalones ajustados y ese plumas caro que lleva no son capaces de ocultar el miedo que tiene. Apesta a miedo.

—Llama a tu hermano. Dile que venga.

—Su hermano no tiene nada que ver con esto —le dice Alma—. Pero sí que es posible que esa pasma haya cogido a Greta como confidente.

Greta está pálida y desconcertada. Alma aprieta su mano con fuerza y la mira directamente a los ojos.

—Te ha utilizado sin que te dieras cuenta. Has confiado en ella y quizá le has hablado de cosas, de gente. A lo mejor de ellos. A lo mejor de David.

Greta siente náuseas. Vomita la comida del mediodía. Los restos y las salpicaduras se esparcen sobre el suelo de terrazo y se confunden con el dibujo de las baldosas. Efecto dominó. Jota sale del salón con una mano tapándose la boca. El chico que está en la puerta se dobla por la mitad y también vomita.

—¡Joder! —exclama Kevin

—Nos vamos.

Alma se levanta y tira de Greta para que también se ponga en pie.

—De aquí no os movéis hasta que no hayamos aclarado esto —les espeta Kevin.

—Mira, Kevin —dice Alma con total serenidad—. Lo mismo esa policía y toda su unidad están ahí fuera esperando porque hoy es el día en el que van a entrar aquí. Y no habéis sido lo bastante listos para deshaceros de esa caja que tenéis llena de hierba y pasta. Si a todo esto le añadimos que tenéis a dos menores secuestradas, la cosa pinta mal. Empezaremos a gritar en un minuto y las cosas empeorarán para todos vosotros. Os lo juro.

Kevin duda.

—Hagámoslo mucho más fácil. Nosotras nos vamos, tú te llevas la hierba de aquí por la puerta de atrás y no nos volvemos a ver en la vida.

Alma y Greta caminan por la carretera que va desde la colonia de los militares hasta el pueblo. Andan todo lo rápido que pueden mover las piernas, con las bocas abiertas y el aliento convirtiéndose en una nube blanca en la noche de marzo. Greta mira por encima del hombro. Ya no se ve la casa de Kevin y Jota.

—¿Puedes parar un segundo, por favor?

Greta se mete entre dos coches aparcados y vomita de nuevo. Está aterrorizada. No puede quitarse de la cabeza la imagen de la policía entrando en su casa, deteniendo a sus padres, esposando a David y la misma pregunta en todos sus rostros: «¿Qué has hecho?». Se limpia con el dorso de la mano. Está a punto de llorar.

—¿Qué he hecho, tía? —dice Greta—. Soy gilipollas.

—Tranquilízate —la calma Alma—. Hoy es un día jodido. La policía está pensando en otra cosa que en desmontar plantaciones caseras de hierba. Pero tienes que avisar a David. Tienes que contárselo todo.

Greta escribe un mensaje a su hermano. Tiene que verle con urgencia. David le contesta que la espera en su casa.

El bus aparece al final de la calle y tienen que correr. Son al menos cien metros cuesta arriba hasta la parada. Greta se detiene a los cincuenta metros. Alma sigue corriendo. Tiene que pararlo como sea. Llega a la parada cuando el autobús ya ha cerrado las puertas y ha arrancado el motor. Alma golpea con la palma abierta la chapa del vehículo y grita para que se detenga. Los cuatro o cinco pasajeros que van sentados al lado de la ventanilla la miran con algo de indiferencia. El autobús acelera. Alma va quedándose atrás, pero sigue golpeando la carrocería. Ella no puede escucharlo, pero dentro se han elevado algunas voces que piden al conductor que se detenga. Tiene prohibido hacerlo fuera de una parada, pero el hombre frena y detiene el vehículo. Alma se asoma a la puerta. Escucha aplausos de la gente que está dentro del bus.

—No puedo hacer esto —se justifica el conductor.

—Por favor, espere —le pide Alma casi sin aliento—, mi amiga no se encuentra bien.

Alma sujeta la puerta. Greta ya está cerca. No va a dejar que se vaya sin ella.

Greta apoya la cabeza en el hombro de su amiga.

—Voy a intentar llegar —dice Alma.

Se baja en una de las paradas del pueblo. Greta le tira un beso a través del cristal de la ventana. Alma sonríe. Tiene que atravesar el pueblo y llegar hasta la parada que está cerca de la biblioteca, donde cogerá otro bus, uno que la llevará hasta la ciudad. Escribirá a su madre o la llamará cuando esté de camino. La encontrará y cogerá su pancarta y caminará en esa manifestación a su lado junto a dos millones de mujeres más. LUCHA COMO UNA CHICA.

Alma cruza la calle. El coche la golpea en el costado. La lanza por el aire, cae al suelo y rueda por el asfalto hasta que se detiene boca abajo.

En su lengua el sabor de la sangre.

35

Un grueso collarín impide que baje la barbilla y pueda ver la punta de sus pies. Tumbada en la cama articulada le ciega la brillante luz blanca y mantiene los ojos cerrados. De todos modos, no puede ver mucho. Está rodeada a un lado y otro de unas cortinas de plástico de color beige claro. En el brazo izquierdo le han puesto un catéter y conectado un gotero para mantenerla hidratada y suministrarle calmantes y antibióticos. Le han cosido la herida de la cabeza. Aún siente dolor. Con la punta de los dedos y sin hacer mucha presión toca el apósito mullido que le han colocado para cubrir la herida. No puede calcular bien, pero le parece bastante grande.

El sonido de los ganchos de la cortina corriendo sobre el riel hace que abra los ojos. Un médico joven, con sobrepeso, gafas y una barba no demasiado poblada, se detiene a los pies de la cama y le pregunta cómo se encuentra. Alma, un poco aturdida, le contesta que está bien. Le han hecho pruebas. Radiografías y también una tomografía en el cuello y la cabeza. No hay rotura, no hay derrames, no hay nada grave. No tiene que preocuparse. Todo está bien, pero la mantendrán en observación unas horas. Hasta la mañana del día siguiente. Ha tenido mucha suerte. En unos minutos, cuando termine la ronda, informará a su padre.

—¿Está aquí? —pregunta.

—Luego dejaremos que entre cinco minutos.

Una enfermera la libera del collarín del cuello; en comparación con el frío que siente, sus manos le resultan muy cálidas. Tiembla.

—¿Tienes frío? —le pregunta.

—Un poco.

Se frota los pies y nota que aún lleva puestos los calcetines. Sin embargo, le han quitado las bragas. Levanta la sábana con cuidado. La han vestido con un pijama que le llega a la altura de las rodillas. Su ropa está a los pies de la cama articulada, en el interior de una bolsa azul. La enfermera le trae una manta. Alma pregunta por su móvil. Está dentro de la bolsa azul con el resto de sus cosas. El uso del móvil está prohibido en Urgencias, pero dentro de un rato, cuando el flujo de enfermos y accidentados disminuya un poco, volverá a verla y se lo dejará unos minutos. Ahora es mejor que esté tranquila y se relaje. Alma no protesta. La enfermera le hace una caricia. Le aprieta la mano. Le sonríe.

Se incorpora un poco sobre el almohadón. Levanta la mirada. Frente a ella hay otras tres camas articuladas. Una de ellas está ocupada por una anciana con el brazo estirado que suplica agua. Las enfermeras le dicen que no puede tomar nada. Enfadada, se tapa la cabeza con una sábana. Unos segundos después se destapa y vuelve a pedir agua. A su lado hay un hombre joven que también parece haber sufrido un accidente. Tiene un brazo en cabestrillo. Está sentado sobre la cama articulada. Mueve las piernas como si las tuviera dentro de una piscina. Hay un casco de moto a los pies de la cama. A su lado, una mujer más o menos de la edad de Vero. Tiene el pelo teñido. La mirada perdida en algún punto lejos de Alma. Parece terriblemente triste. Llora. Se seca las lágrimas con el borde de la sábana. De cuando en cuando siente alguna clase de dolor que le lleva a aferrarse con las manos el vientre. Y sigue llorando. Alma no quiere mirarla. Vuelve su cabeza hacia el lado en el que no tiene la herida. Mantiene la mirada fija en la arruga de la cortina de plástico.

La imagen es algo borrosa, pero sabe que escuchó el chirrido de los frenos de un coche, sintió el golpe, voló, cayó y rodó por el asfalto hasta quedar tendida boca abajo. Sintió el gusto de la sangre, el sonido del motor de otros coches, voces desconocidas, pasos que se acercaban, algún grito... Perdió el conocimiento. Se despertó de nuevo en el interior de una ambulancia. El sanitario le preguntó cómo se llamaba, su edad, su dirección. Le hizo preguntas sencillas mientras la aseguraba a la camilla. Le pidió que siguiera un dedo enguantado con la mirada de un lado a otro y luego le puso la vía en el brazo.

—¿Has tomado alguna clase de droga? —le preguntó el médico de la ambulancia.

—Sí. No. Hoy no —quiso aclararlo para que no quedaran dudas—. Hace tiempo que no tomo nada.

—Está bien —le contestó—. Vamos de camino al hospital. Llegaremos en unos minutos. Dime a quién tenemos que avisar.

—A mi padre.

¿Por qué le ha dado el contacto de su padre? ¿Por qué no el de su madre? Quizá porque sabe que su madre está en una manifestación feminista en mitad de una marea de otros dos millones de mujeres. Quizá porque cuando con cuatro años se destrozó un dedo de la mano con la puerta del aula de infantil fue su padre quien apareció en el consultorio médico, cuando se rompió el brazo al caerse del patinete también fue él quien la llevó al hospital, cuando la operaron de apendicitis... Su padre se toma muy en serio la labor de cuidar y proteger. Aparece caminando al lado de la enfermera que le ha traído la manta. Le acompaña hasta los pies de la cama.

—Solo cinco minutos —dice esta antes de salir del estrecho escenario que limitan las cortinas de plástico de color beige.

—¿Cómo estás? —pregunta Pablo.

Su tono de voz es el de un padre contrariado que trata de contenerse porque no va a dar un espectáculo en Urgencias. Se anuncia una nueva tormenta, un nuevo conflicto, otra discusión cuando la sensación de apremio pase.

—Bien. Me han hecho pruebas y todo está bien. Ni siquiera me he roto un dedo —contesta Alma tratando de quitarle importancia a lo que ha pasado.

Podría empezar a temblar en cualquier momento, aunque esta vez no sería por frío. Esquiva la mirada de su padre. Sus ojos se detienen brevemente en él y después se mueven con rapidez entre la cama y las cortinas y lo que está detrás.

—Iba a coger el autobús para ir a la manifestación con mamá. Tenía prisa y crucé la calle sin mirar —se disculpa—. ¿Sabe que estoy aquí?

Pablo le explica que ya le ha escrito, que sabe que está bien y todo ha quedado en un susto. Alma se la puede imaginar en mitad de la manifestación. Imposible escuchar lo que le dice Pablo con las gargantas de cientos de miles de mujeres alzando su voz. Así que ha tenido que escribirle un mensaje de texto que Vero lee en la pequeña pantalla de su móvil y maldice porque debería haberlo cambiado por uno más moderno y con la pantalla más grande hace un par de años ya.

Está bien. Solo ha sido un susto.
No te preocupes. Nos vemos en casa.

Luces de la ciudad, farolas y ventanas encendidas y los reflectores de los helicópteros de la policía iluminan la expresión de felicidad de su rostro. Quizá las lágrimas se derraman por sus mejillas y los abrazos de sus amigas la animan.

—Me ha pedido que te dé un beso.

Su padre se acerca y le besa suavemente la frente, en el lado de la cabeza donde no tiene la herida. Alma huele el perfume que usa desde hace muchos años. Siempre asocia ese olor a su padre y por un segundo le gustaría poder agarrarse a su cuello y que se la llevara en brazos de esa sala de hospital como cuando se rompió el brazo o se destrozó el dedo.

—Vas a tener que cambiar de corte de pelo.

Le han tenido que rasurar la zona de la cabeza donde le han dado los puntos. Alma levanta los ojos y con la punta de los dedos se palpa de nuevo el vendaje que cubre la herida de la cabeza. Sonríe. La enfermera se detiene frente a su cama articulada. No dice nada. Con discreción, su presencia les informa de que la visita ha terminado. Alma siente que para su padre la interrupción supone un alivio.

—Descansa. Volveré a buscarte mañana por la mañana.

Le sigue con la mirada hasta que desaparece detrás de una pared que separa el pasillo de la sala de Urgencias. Y de repente le invade un sentimiento de amargura. La sensación de que le ha vuelto a decepcionar. Su padre está aburrido, cansado de tener una hija como Alma. Quizá incluso está pensando en tirar la toalla. El sentimiento de culpa la invade y se odia a sí misma primero y luego ese odio se vuelve contra él. ¡Joder! ¿Por qué tiene que disculparse? Al fin y al cabo, no ha hecho nada malo, ella es la víctima, la ha atropellado un coche. Maldita sea.

Pasa una hora en la que nadie se acuerda de ella. Los médicos y las enfermeras desfilan por delante de su cama y le lanzan alguna mirada indefinida. Respira. Supone que eso es suficiente. Está ahí sola, pero no aburrida porque la lucha entre la vida y la muerte se desarrolla entre esas paredes de color blanco y azul cielo delante de sus ojos. Se distrae con el movimiento de enfermeras y médicos, camillas y sillas de ruedas que van y vienen trasladando a hombres y a mujeres de un lugar a otro. Ocupan un espacio, luego desaparecen y al poco tiempo otra persona ocupa el mismo lugar. A veces cruzan miradas que le hacen sentir incómoda. Gente que está hecha mierda de verdad, gente que no sabe qué le espera mañana clava sus ojos en ella y un denso nudo de emociones con el volumen de una pelota de tenis se le instala en su garganta. A veces les dedica una sonrisa, a veces esquiva las miradas y se refugia en sus cortinas de plástico beige. Intentando escapar se tumba sobre su costado izquierdo. Se concentra en el flujo del gotero.

El hombre que gemía de dolor a su lado ha desaparecido. El espacio lo ocupa una nueva cama articulada. Escucha el sonido del giro de las ruedas, los golpes secos cuando bajan los frenos, la voz de un celador, la de una enfermera y la de una nueva herida, accidentada, enferma, paciente.

—¿Puedo beber agua? —pregunta la nueva.

—Ahora no, cariño —le contesta dulce una enfermera—. Luego vendrá el doctor a verte y él decide si puedes beber o comer alguna cosa. Descansa un poco, ¿de acuerdo?

—Vale.

Alma reconoce la voz de la chica. Estira el brazo todo lo que puede. Apenas llega a rozar con la punta de los dedos la cortina de plástico de color beige. A su alrededor no hay nada a su alcance con lo que pueda ayudarse.

—¿Berta? —dice en voz baja—. Soy Alma.

Se consumen unos instantes en los que no obtiene ninguna respuesta. Alma intenta afinar su oído y cree distinguir el sonido de sábanas o quizá una manta que cae al suelo y algo metálico que se arrastra y araña. La cortina se descorre lentamente arrastrada por unos dedos con las uñas pintadas de color azul aguamarina. Detrás aparece el rostro de Berta. Alma suelta una espontánea carcajada de sorpresa y Berta sonríe con incredulidad. A ambas les invade una sensación de alegría inesperada, una sensación de que lo peor ha pasado y de que ahora que están juntas las horas que les quedan por delante serán mejores, la sensación de que han roto con la soledad y que, al encontrar a una igual, un rostro conocido, una compañía, podrán defenderse mejor en ese mundo hostil. Berta descorre un poco más la cortina y se sienta en la cama. Tiene un gotero en el brazo izquierdo y, como Alma, también viste un pijama blanco con topos rosas. Lleva unos calcetines en los pies como los suyos, y las lágrimas le han extendido la sombra de ojos por la cara, como a ella. No parece que tenga un brazo o una pierna rota y, al margen de la palidez de su rostro, que tampoco es algo anormal porque Berta es de piel blanca, Alma no es capaz de identificar el motivo por el que ocupa la cama de al lado.

—¿Qué haces aquí? —pregunta Berta.

—Me ha pillado un coche. —Y se señala con el dedo el apósito de gasas que cubre una parte de su cabeza—. ¿Y tú?

—He intentado suicidarme.

36

Teclea en Google: *Cómo suicidarte con pastillas*. La primera entrada es la del teléfono de la esperanza. Sigue leyendo. El resto de las entradas son estadísticas de suicidios adolescentes —la tercera causa de muerte entre jóvenes de quince a veinticuatro años y el doble en el género femenino que en el masculino—, textos médicos o de psicología que hablan sobre la prevención del suicidio y reportajes de medios de comunicación en que adolescentes de nombre falso y escasa credibilidad hablan de sus propias experiencias. Google ha purgado la red para que nadie responda a esa pregunta.

Las redes sociales son otra cosa. Berta creó y administró durante casi dos años un grupo para adolescentes con tendencias suicidas. Con quince años podía escribir un manual sobre cómo quitarse la vida. Y ahora tiene diecisiete.

—¿Qué ha pasado?

La madre de Berta ha llevado a sus hermanos pequeños a casa de unos amigos. Van a quedarse a cenar allí y volverán tarde. Berta aprovecha la soledad para abrir una de las botellas de vino blanco de su madre y se sirve una copa. Se la bebe casi de un trago. Da de cenar a Gregory una lata de hígado de buey. El labrador de color miel se lo agradece moviendo la cola. Berta se despide de él con unas caricias. El perro siempre ha sido más de sus hermanos pequeños. No cree que la eche mucho de menos. Agarra por el cuello la botella y se la lleva a su estudio. En la segunda planta entra en el baño del dormitorio de su madre y coge dos cajas de Lorazepan del cajón del mueble. Luego pasa por su dormitorio y recoge un pequeño cargamento de otras benzodiacepinas de diferente nombre y marca comercial que ha ido almacenando durante el último medio año. El grueso del alijo procede del baño de su madre, fundamentalmente, aunque también ha robado pastillas en los baños de las madres de sus amigas y compañeras de instituto. Las ha pillado con mucho cuidado, de una en una o como mucho dos, para no levantar sospechas y que nadie echara de menos nada.

En el estudio se sienta con las piernas cruzadas sobre la vieja alfombra que antes estaba en el salón y que conserva las manchas de multitud de batidos y desayunos y helados y otras sustancias vertidas a lo largo de toda su infancia. Deja a un lado las pastillas y al otro la botella de vino. Coge dos o tres pastillas y se las mete en la boca. Le da un trago a la botella de vino. Repite la operación.

—En total me tomé ciento doce pastillas. ¿No es una paradoja?

Alma arruga el ceño. No entiende.

—Ciento doce. Como el número de Emergencias.

—Es un milagro que estés aquí —susurra Alma.

—Es el vino blanco. Da acidez —explica Berta—. No te lo recomiendo.

Vomitó sobre la alfombra del estudio; su madre y sus hermanos volvieron antes de lo esperado y los médicos del Samur la cogieron a tiempo y actuaron con mucha rapidez.

—Me hicieron un lavado de estómago in situ —dice Berta—. Son buenos esos hijos de puta.

Este es su tercer intento de suicidio. Los dos primeros fueron fracasos de principiante. En el fondo piensa que no tenía el valor para hacerlo de verdad. Esta vez era diferente. Esta vez era un intento muy meditado. Pensó que esta vez sí que lo conseguiría.

—Joder, Berta.

La respuesta sencilla es que siente pánico por la exposición de obras relacionadas con el día de la mujer que ha programado su instituto de Artes en una galería de la ciudad. A medida que el día de la inauguración se va acercando vuelven los temblores, el sudor frío que la asalta en cualquier momento, el insomnio, la debilidad muscular, la diarrea y las náuseas que le hacen vomitar dos o tres veces al día. Las situaciones de estrés le provocan ese tipo de reacciones físicas y nerviosas que ella llama «ataques». Los suaves puede controlarlos con la ayuda de alcohol y pastillas. Los fuertes no.

La respuesta complicada es que los ataques de pánico, su adicción a los medicamentos y al alcohol, su fracaso escolar, su depresión y, por supuesto, sus intentos de suicidio tienen su origen en la agresión sexual que sufrió cuando tenía catorce años.

—¿Qué?

Ha escuchado perfectamente las palabras que han salido de la boca de Berta. En realidad, hacer esa pregunta —«¿Qué?»— es una especie de mecanismo de autoprotección. Puede que si no la hiciera le estallara la cabeza. Violación. Catorce años. ¡Pow! Sin previo aviso. Alma no sabe qué decir. Por un instante se pregunta si lo que Berta le ha dicho es cierto. Está acostumbrada a que Berta diga barbaridades como esas y que después sonría y diga que solo es una broma. También está acostumbrada a que diga cosas extrañas y sin sentido y se pregunta si esta es otra de sus ocurrencias. Desde luego ni en un millón de años se podría esperar que alguien confiese algo así y siga balanceando en el aire los pies enfundados en calcetines de color. Como si estuvieran hablando del clima. Así que Alma se asoma al interior de los ojos marrones de Berta y allí no encuentra ni un rastro de la bromista, ni de la que se inventa historias... no duda ni por un segundo que eso que le acaba de decir no sea cierto. El estómago se le cae al suelo. Lo que siente en ese momento tiene más que ver con el miedo que con ninguna otra cosa. Que alguien tan cercano haya padecido una experiencia tan brutal y dolorosa da miedo. Sobre todo, porque algo dentro de nuestra cabeza nos dice que algo así nunca sucede a gente a la que conocemos y, sin embargo, sucede muchas más veces de las que pensamos. El #MeToo en primera persona. Una ola de tristeza le pasa por encima a continuación. La barre y la deja sin respiración. Romper a llorar sería la única manera de liberarse de la pena profunda que la embarga en ese momento. No, quizá es mejor gritar. Alma quiere gritar. Quiere lanzar un grito que haga derrumbarse las paredes para demostrar lo enfadada que está. Qué injusticia. A nadie le debería ocurrir algo así. Qué mierda de mundo.

—¿Quién te hizo eso?

—Tú le conoces. Incluso es posible que te dé clase ahora. Es el profesor de Historia.

¡Pow!

37

—Empezó durante el divorcio de mis padres —dice Berta—. Mi padre se marchó de casa unas semanas y después volvió y fue peor. Discutían todo el día, se gritaban, se insultaban, mi madre lloraba y él se lanzaba de cabeza contra las paredes. Era horrible. Después fue mi madre la que se marchó. Eso ya fue el caos. Yo estaba hecha polvo y él fue el único que se dio cuenta, y se acercó y se interesó por mí. Me dijo que había pasado por la misma situación y que entendía totalmente lo que sentía.

Estamos en otoño, a mediados de octubre, pero todavía hace calor, los días son largos y Berta no vuelve a casa después de las clases. Nadie la echa de menos. Sus padres están muy ocupados con sus propios problemas. En cambio, él está ahí.

—Hablábamos mogollón. Durante un tiempo fue como una tabla de salvación. Me hacía sentirme bien, me adulaba, decía que era una chica estupenda, que era especial. —Berta sonríe triste—. Y un día noté que yo le gustaba. Yo era el patito feo, no atraía la mirada de ni un solo chico, no me había dado ni un beso con lengua. Era raro, pero me hacía sentirme bien.

Confiaba en él. Quizá demasiado. No puede encontrar otra explicación si vuelve la vista atrás y piensa en las cosas que le contó, en los secretos que le confesó, en aquellas fotografías que se hizo para él.

—Me engañó. —Berta ha borrado la sonrisa de su rostro y ahora su voz se vuelve mucho más grave, su mirada se concentra sobre sus manos que tratan de alisar las arrugas de las sábanas de hospital sobre la cama articulada y empieza a sacar toda la mierda—. Supongo que estuvo mucho tiempo ideando cómo quedarse a solas conmigo y caí en su trampa. Una tarde, después de haberme manipulado durante semanas, consiguió que me desnudara y empezó a sobarme. En ese mismo instante lo comprendí todo y sentí un miedo tan enorme que me quedé paralizada, como si me hubieran congelado. En el fondo eso fue lo que pasó. Me congeló. Se bajó los pantalones y me hizo que se la tocara. La corrida me dio en mi camiseta de las *Supernenas.* La tiré a un contenedor de basura antes de volver a casa. Así podía hacer como si no hubiera pasado nada y como si no fuera a volver a pasar. Pero no fue eso lo que ocurrió.

El abuso continuó de una forma reiterada y se prolongó durante unos meses e incluyó tocamientos, masturbaciones, felaciones y una penetración anal. También maltrato y humillaciones de todo tipo.

—Me hizo de todo menos follarme por delante. Cualquiera sabe por qué.

El relato de Berta da tanto miedo y asco y tristeza que remueve por dentro a Alma. Y ahora es ella la que siente náuseas que trata de controlar porque vomitar sería una falta de respeto hacia Berta, totalmente imperdonable. Aparta las sábanas. Sale de la cama. Arrastra el gotero con ella y se sienta en la cama de su amiga. A su lado. Le da la mano. entrecruzan sus dedos. No sabe qué decir, pero sabe que tiene que decir algo.

—Lo siento.

—Tú eres la primera persona a quien se lo cuento.

¿A quien podría habérselo contado en aquel momento? ¿A sus padres? Sus padres ya estaban locos. Eso les hubiera desquiciado del todo. Berta pensó que si confesaba lo que le estaba pasando su madre los envenenaría a ella y a todos sus hermanos y al perro y luego quemaría la casa.

¿A sus amigas? ¿A qué amigas? No tenía amigas en las que pudiera confiar algo así. Si se lo hubiera contado a alguien del instituto, a otra alumna, a una compañera, no la habrían creído. Habrían pensado que todo era mentira, que se había inventado esa historia para atraer la atención, que era la fantasía de una guarrilla desesperada. Hubiera levantado un millón de comentarios despectivos y bromas crueles. ¿Por qué iba él a fijarse en ella? No estaba ni de lejos entre las más atractivas de su clase. «Eso es lo que a ti te gustaría, guarra», habrían dicho. ¿Y si tenían razón? ¿Y si todo eso le estaba ocurriendo porque ella lo había provocado? La perversa idea de que ella se había metido en eso sola, de que se había ofrecido, de que había propiciado que le pasaran todas esas cosas la atormentaba.

Así que se especializó en borrar cualquier rastro, cualquier prueba, en disimular cualquier indicio, en tapar cualquier sospecha, en su casa, en el instituto, en cualquier ámbito, espacio, lugar y momento.

—Supongo que una parte de mí no aceptó ese hipercontrol. Por algún lado tenía que estallar. Empecé a comer mucho. De todo y a todas horas. En una semana engordé dos kilos. ¿Te imaginas? A él no le gustaba que engordara. Me pegaba. Hacía que vomitara todo lo que había comido. Me daba purgantes y me sentaba en la taza del váter.

Aparecieron todos esos síntomas. La pérdida de fuerza muscular, las diarreas, los ataques de pánico, el llanto incontrolado, los temblores, el sudor frío, se le retiró la menstruación.

—Me meaba encima y no podía controlarlo. Y entonces fui consciente de que aquello no acabaría nunca, que no se cansaría, que él no pondría fin y que era yo la que debía poner tierra de por medio. Suspendí seis en la siguiente evaluación. Al final de ese curso conseguí que mis padres me llevaran a otro colegio.

El abuso paró, pero fue incapaz de volver a ser la que era antes. Lo intentó, lo intentó de verdad y con todas sus fuerzas, pero algo se había roto. Los ataques de ansiedad no desaparecieron y entró en un período de depresión. «Está pasando por una adolescencia difícil.» «No está llevando bien el divorcio de sus padres.» «Es un problema hormonal.» Berta imita las voces de los adultos cuando reproduce frases que ha oído muchas veces.

—Nadie entendía lo que me pasaba.

Ha estado en tratamiento. En varios tratamientos. Pero, claro, ninguno ha llegado a la raíz del asunto.

—¿Tengo la biografía de una artista o no? —pregunta de manera irónica—. Podría ser una Anne Sexton o una Sylvia Plath. Tengo ese rollo.

Vuelve a ese tono superficial y despreocupado con el que le habla a veces, como la noche en la que se encontraron en la puerta del súper 24/7 y luego en su piscina bebieron vodka con zumo de arándanos o cuando la visitó en su casa durante el castigo. Esa Berta que dice cosas muy fuertes despreocupadamente. Alma guarda silencio, con la boca seca, un nudo de angustia en la garganta y los ojos húmedos por las lágrimas.

—Eh, señorita —dice la enfermera—. Vuelve a tu cama.

La voz de la mujer le devuelve a la realidad de la sala de Urgencias del hospital. Asiente con la cabeza y se tiende de nuevo en su cama. La enfermera revisa su gotero.

—Voy a darte algo para que puedas dormir.

Lo que sea que le pone la enfermera se distribuye por su cuerpo a través de la sangre y hace que cierre los ojos. La última imagen que retiene su nervio óptico antes de que todo se oscurezca es la de los labios de Berta, pálidos, casi blancos. Sonríe.

Tiene un sueño agitado. Angustioso. Berta está en pie al lado de su cama. Hurga con la punta del dedo en la herida de su cabeza. Le provoca un dolor muy agudo. Quiere gritar, pero no puede.

«¿Vas a seguir fingiendo que no lo sabías, Alma? —dice Berta—. Tú estabas allí.»

38

Cuando Alma despierta Berta ya no ocupa la cama de al lado.

La cortina de plástico de color beige está cerrada y cubre completamente el espacio entre la pared y los pies de la cama articulada.

—¿Berta?

Escucha un diálogo. Un cruce de nuevas voces, distintas. Ninguna es la de Berta. Quizá la han dejado regresar a casa mientras ella estaba dormida. Vuelve la cabeza consciente de que ya no está allí. Frente a ella reconoce al motorista del brazo roto que sigue en la misma cama. Está dormido. La anciana del pelo blanco y la mujer que lloraba han desaparecido. Nuevos pacientes ocupan esas mismas camas. Aunque ella no puede ver ninguna ventana desde su cama, probablemente ya es de día. Nota el cansancio dibujado en las caras de los sanitarios. El mismo médico joven que la atendió la noche anterior se detiene a los pies de la cama. Está a punto de acabar su guardia y no quiere marcharse sin examinarla de nuevo. Le hace unas preguntas que ella responde lo mejor que puede. Pide una analítica y otras pruebas que quiere que le repitan para estar seguro de que el accidente no ha tenido consecuencias que se le pasaran por alto. Quiere estar seguro de que Alma está bien de verdad. No, Alma no está bien, pero no es algo que se pueda ver en los resultados de las pruebas que le ha prescrito, no es algo que pueda curar con medicación o con cirugía. Ni siquiera lo entendería.

Un celador empuja la cama articulada de Alma hasta Radiología. Le ponen un contraste a través de la vía. Le hacen un escáner. Siente calor y también ganas de mear. Recuerda a Berta. Aprieta las piernas. Necesita ir al baño.

De nuevo en el box de Urgencias desayuna café con leche y galletas. Otro médico, mayor, pero con el mismo pijama verde y bata blanca, aparece más o menos una hora después. Han revisado los resultados de las pruebas, del escáner y de la analítica. Puede vestirse. Le dan el alta. Se marcha a casa. Una enfermera le quita la vía del brazo, le pasa la bolsa azul donde están sus cosas y cierra totalmente la cortina para darle más intimidad.

La sudadera de Adidas de color azul aguamarina tiene una mancha extensa de color oscuro. Es la sangre que brotó de su cabeza o puede que de su boca. El pantalón del chándal está roto por un lado y solo encuentra una de sus zapatillas. Su móvil está guardado dentro del bolsillo de la Carhartt. Aún le queda batería. Busca a Berta entre sus contactos de wasap. Por un momento cree que la borró cuando se presentó en su casa de improviso y discutieron. Su corazón empieza a galopar muy deprisa fustigado por la mala conciencia. Descubrir que guardó el contacto la calma de nuevo. Le envía un mensaje.

¿Dónde estás?
Quiero verte.

Un *tick* al lado del mensaje. Alma espera unos instantes. No lo ha recibido. Quizá Berta no tiene su móvil. Aún no ha vuelto a casa.

Espera un ratito sentada en el borde de la cama y le envía un mensaje a su padre.

Me han dado el alta.

Estoy fuera.

Un celador la lleva en una silla de ruedas hasta la puerta de Urgencias. Su padre la espera caminando de un lado a otro de la acera. Su cara muestra los rigores de una nueva mala noche de insomnio, una nueva madrugada de angustia, otro dolor de estómago producido por la ansiedad.

Él le tiende una mano para ayudarla a levantarse. Están uno frente al otro. Alma unos centímetros más abajo, la frente a la altura de su barbilla. De repente su expresión se crispa, sus ojos se vuelven dos delgadas líneas negras, su piel se enrojece, un pequeño temblor recorre todo su cuerpo, las lágrimas comienzan a resbalar por su rostro. Su padre la acoge entre sus brazos. Ella se pega a su pecho. Fuerte, todo lo fuerte que puede.

Alma se rompe. El llanto es incontenible.

39

La noche del 8 de marzo Greta baja del bus y camina rápido hacia su casa. Mira sobre su hombro varias veces. Nadie la sigue. Sin embargo, cuando dobla la esquina de su calle ve que hay un coche aparcado sobre la acera. Y eso le parece raro en una urbanización donde todo el mundo tiene garajes y espacio para más coches en el jardín. Es de noche y su calle no tiene buena iluminación, pero está casi segura de que hay alguien dentro del coche. Entra en su casa. El garaje siempre está abierto. Cruza el pequeño distribuidor y empuja la puerta del sótano que en otro tiempo fue su cuarto de juegos y ahora alberga la plantación de hierba que cuida su hermano. David está comprobando los riegos automáticos de las plantas. Tiene las rodillas del pantalón vaquero y las manos manchadas de tierra negra y abono.

—Creo que le he estado vendiendo hierba a una policía —dice Greta.

David se limpia las manos en la tela del vaquero. Mira a su hermana pequeña a través de las hojas verdes de un par de enormes plantas de hierba de más de dos metros de alto. Nota su respiración agitada, su mirada un poco perdida, una mano en la frente, la boca abierta de la que no sale ningún sonido.

—¿Qué? —pregunta David.

—Estoy segura de que me ha tendido una trampa. Hay un

coche raro en la puerta. Puede que sea de la Secreta. Joder, puede que ahora mismo un puto ejército de geos esté a punto de entrar en casa. Nos van a detener a todos.

En la cabeza de Greta vuelve a formarse la imagen de sus padres esposados en la parte trasera de un coche de policía. La mirada de incomprensión de su madre. Ella incapaz de liberarse de las manos de un par de funcionarios de los Servicios Sociales que la llevan a un centro de menores. Las lágrimas brotan de manera espontánea de sus ojos y mojan la tierra negra.

—¿Dónde está ese coche?

David sale de la plantación, atraviesa el garaje y camina pegado al seto hasta que llega a la puerta del jardín. Reconoce el coche. Es de un vecino, pero por si acaso cruza la calle y se acerca. No hay nadie en el interior y en el asiento trasero hay una sillita de bebé. No parece un coche de la Brigada de Estupefacientes o la de Crimen Organizado. David vuelve a la casa y encuentra a Greta en el jardín. Está temblando.

—Me quiero morir —dice.

—No llores. Si lloras no te entiendo. Tranquila. Cuéntamelo todo. Desde el principio y no te olvides de ningún detalle. Los detalles son importantes.

Esa noche no duermen. David consigue prestada una furgoneta grande. Llama a un par de amigos de mucha confianza y con su ayuda desmonta la plantación y la traslada a otro lugar. Entra y sale de la urbanización varias veces durante la noche y la madrugada bajo una helada que tiñe de blanco las praderas de césped verde, los tejados de las casas, las ramas de los árboles, las paradas de autobús y los cristales de los pocos coches que están aparcados en las calles.

La madre de Greta prepara a Greta un té caliente. También le da un calmante suave. Greta no le cuenta a su madre sus deseos y fantasías sexuales con Mer. Sería demasiado para una sola noche. Prefiere dejarlo en que vendía la hierba un poco más cara y así se sacaba un pequeño sobresueldo para sus gastos, para sus caprichos: tabaco, unas cervezas, algo para fumar.

—Yo te lo hubiera dado —replica su madre.

—No quería cargaros con más gastos —contesta.

Cuando David mete las últimas plantas en la furgoneta sus padres comienzan la operación limpieza. Barren, aspiran y friegan con lejía el suelo y las paredes del sótano. Luego meten los restos de hojas y tallos en bolsas de plástico y las arrojan en un contenedor de basuras en una calle lejana. Su madre esparce los restos de tierra negra por los parterres del seto del jardín. Aguanta toda la noche con un nudo en la garganta. A primera hora de la mañana se produce el derrumbamiento. Bajo el agua caliente de la ducha del baño de su dormitorio en suite y entre lágrimas se da cuenta de que debe tomar una decisión que ha estado aplazando demasiado tiempo. No pueden seguir así.

Greta se despierta pasado el mediodía. Debería estar en el instituto. Nadie la ha despertado. La casa está en silencio. Debería levantarse, pero lo cierto es que se le hace muy difícil afrontar lo que seguro tiene que afrontar. Prefiere que piensen que todavía duerme. Coge su móvil de la mesilla y lo enciende. Tiene varios mensajes nuevos de Mer.

Eh, te estoy esperando, ¿vas a venir?
¿Ocurre algo? Escríbeme.
Se está haciendo un poco tarde.
Espero que estés bien.

Después de un rato de dar vueltas sobre la cama se levanta y se sienta en la taza del váter con el móvil en la mano. Luego se mira en el espejo. Tiene un aspecto horrible. Vuelve a meterse en la cama y decide contestar.

¡Sorry! ¡Mi móvil se murió a media tarde!
Pequeño problema. Nada importante.
¿Nos vemos el sábado?

Inspira fuerte y envía el mensaje. La respuesta de Mer llega unas horas después.

Ok.

40

Natacha llega a su casa muerta de frío. Alberto la acompaña hasta la puerta. Ni siquiera se da la vuelta para despedirse. Entra, pasa por el distribuidor sin asomarse a la cocina o al salón y sube las escaleras vestida con un pijama de cuadros escoceses rojos y negros de marcado espíritu navideño y con el resto de su ropa bajo el brazo. Nadie la ve. Se encierra en el baño, se quita el pijama y se viste con su ropa. Mete el pijama dentro de una bolsa de plástico y la lanza al fondo de su armario. La intención es que aguarde allí esa noche hasta que al día siguiente lo arroje al fondo de uno de los contenedores de basura que hay entre su casa y la parada del bus. Después se tumba sobre la cama. Se toma las pulsaciones en la muñeca. Va acelerada. Le duele el pecho. Está a punto de que le dé un ataque de ansiedad. Uno de sus hermanos pequeños llama a la puerta y, sin esperar a que le diera permiso para entrar, abre y se planta en medio de su habitación.

—Dice mamá que saques al perro a dar un paseo.

—Me duele la tripa.

Nata baja las escaleras y entra en la cocina. Protesta.

—Si el perro no hace sus necesidades también le duele la tripa —argumenta su madre con cierta gracia.

No puede decirle que tiene la regla, así que se decide por

centrar la excusa en algo que más o menos resulte creíble y que pueda estar asociado a un dolor de estómago.

—He discutido con Alberto —y añade—: Es por los nervios.

—El aire frío te despeja la cabeza —le dice su madre—. Dar un paseo ayuda a pensar y aclarar las ideas. A mí me funciona. Te concentras en la respiración. Mucha gente medita caminando. Lo he leído.

Finalmente, Natacha coge la correa del perro y lo lleva a pasear a una de las calles que limitan con el bosque. Un coche de la Guardia Civil la adelanta en una de las calles. No se detiene. En el campo, mientras el perro mea y huele el suelo y marca los árboles, Nata medita sobre lo que debe hacer.

Al día siguiente, en uno de los descansos entre clases, Alberto la aborda y ella le dice que pueden hablar al final de la mañana en el camino al bus. Christian se acerca y se hace el simpático con ella. Le pregunta si está enfadada y hace algún comentario sobre la tarde anterior.

—Solo queríamos darte un susto —dice—, no era más que una broma.

Nata le sigue el juego porque no quiere dar el espectáculo en medio del pasillo. Sonríe y dice que no está enfadada. Sin embargo, en el descanso de media mañana no va al café con el resto del grupo. Alma ha faltado a clase y corre la voz de que ha tenido un accidente de tráfico, que la ha atropellado un coche. Le envía un mensaje. Alma le contesta diciendo que está bien, medio dormida por los calmantes. Quedan en que pasará a verla esa tarde. Sin Alma que le sirva de pantalla para alejarse de la gente, decide quedarse en la biblioteca con su grupo de estudio y hace como que organiza las siguientes tardes y los contenidos que tienen que repasar para llegar a los exámenes de la última evaluación sin agobios. Después asiste al resto de las clases de la mañana, aunque, en realidad, no atiende a las explicaciones. El timbre pone fin a la última hora. Se retrasa a propósito hablando con la profesora y cuando cruza el patio casi no hay nadie de bachillerato en la puerta del instituto. Alberto y un chico de otro curso matan el tiempo juntos cuando un coche se detiene a su lado. El chico sube al asiento del copiloto y el conductor, su padre, arranca y se aleja antes de que Nata llegue a la altura de Alberto. Así que están los dos solos.

Comienzan a caminar. Alberto comenta que se cruzó con un coche de la Guardia Civil en el camino hasta su casa, pero que ni siquiera se detuvo.

—Seguramente les volverán a echar la culpa a los del centro de menores —dice.

O a los hijos de los inmigrantes que viven en uno de los grandes pueblos de la sierra cuyos habitantes se desplazan a diario a la ciudad a trabajar. Alberto sigue hablando de allanamientos, del enano de jardín de piedra, de huellas y policía científica, pero Nata no le escucha. Desde que ha pisado la calle ha notado una enorme sensación de liberación. Como si hubiera superado una prueba enorme. Se siente muy orgullosa de sí misma. Nadie tiene ni idea del valor que ha debido reunir para salir esa mañana a la calle después de lo que le pasó la tarde anterior en la puta casa de piedra. Del carácter que hay que tener para encontrarse a Christian y los otros chicos en la puerta del instituto, mirarlos a la cara y no ponerse a gritar, simplemente a gritar con un grito tan potente que haría que a cualquiera le estallara la cabeza. Nadie tiene ni idea del enorme esfuerzo que ha tenido que realizar para salir a la pizarra y hacer una puta exposición de un tema de Economía. Del espíritu que hay que tener para mantenerse en clase y controlar el llanto y no saltar por una ventana. De las ganas que hay que echarle para sonreír y prestar atención a las conversaciones de los demás mientras mastica unos bocados de un sándwich a media mañana. A medida que pasaban las horas se daba ánimos a sí misma. «Vamos, Nata. Tú puedes con todo esto», se ha dicho muchas veces, y cuando ha puesto la primera zapatilla fuera del instituto se ha felicitado por haberlo conseguido. Es una mujer muy fuerte. Sí, lo ha demostrado. Y ahora camina mucho más ligera de lo que llegó esa mañana. Como si fuera sobre una nube. Y no está dispuesta a bajarse de ella.

—Deberíamos dejarlo —dice Alberto.

—¿Qué?

Nata se detiene en mitad de la acera. Abre la boca y niega con la cabeza como si no entendiera lo que acaba de pasar. Como si la nube la hubiera descargado en mitad del desierto.

—Por un tiempo —aclara Alberto y añade para que no quepa duda—: Me refiero a lo de las casas.

—Vete a la mierda, joder —exclama Nata—. Llevo preparando el momento todo el día y ahora me lo jodes. No sé cómo me sorprende. Tú eres capaz de joder cualquier cosa.

—¿Qué?

—Da lo mismo. Se acabó. Hemos terminado.

Alberto hace el gesto de cogerla por el brazo. Nata se revuelve.

—No me toques, joder. Eres un mierda. Querías que tus amigos me follaran.

—Oye, eso no es verdad, fue una película que ellos se montaron.

—No mientas. Tú sabías lo que iba a pasar. Tú los invitaste. Eso es asqueroso. Y que tú pienses que yo me hubiera prestado a algo así es aún más asqueroso.

—Ahora no te hagas la estrecha. Recuerdo perfectamente que estábamos follando y que me dijiste al oído que te imaginabas que entraban unos tíos en la habitación y que yo los invitaba a que te follaran.

—Era una fantasía, idiota. Solo quería que se te pusiera dura. Eso solo te excita a ti y a los imbéciles de tus amigos, y puede que a alguna zorra loca, pero a mí desde luego no. ¿Lo entiendes, maricón de mierda? Ponle el culo a tu amigo Christian. Lo mismo te gusta. Míratelo.

—No me hables así.

Nata empuja a Alberto con la mano abierta. Le hace retroceder un par de pasos.

—Te hablo como me da la gana. Hemos roto. Y te dejo yo. Si alguien te pregunta la razón es que llega una época de exámenes muy jodida y no tengo muy claro qué es lo que quiero para el futuro. Y tú vas a poner cara de estar muy triste y a cerrar la boca. Porque si tú o alguno de tus amigos se va de la lengua, les contaré a todo el mundo que te cuesta un imperio que se te ponga dura y que seguro que eres marica.

Alberto la sigue unos metros casi por inercia, pero no sube al bus con ella. Cuando llega a su casa Nata está más serena, aunque todavía sigue nerviosa y es que aún no ha asumido del todo lo que ha pasado. Se encuentra en un estado de euforia. Deja la bolsa en el recibidor. Está sola en casa. Sus hermanos comen en el comedor del colegio. Abre la nevera. Su madre casi siempre deja algo preparado para ella o puede tirar de los restos de la cena del día anterior. Su madre entra en la cocina casi sin hacer ruido. Nata grita un poco exagerada.

—¡Qué susto me has dado! Casi se me sale el corazón por la boca.

—¿Qué es esto Natacha?

Ha encontrado la bolsa de plástico escondida en el fondo del armario con el pijama de cuadros escoceses y diseño navideño en el interior, y ahora la sostiene en una de sus manos.

—Me lo han prestado —le contesta Nata—. Es para una fiesta de disfraces. Voy de Mariah Carey.

—Ayer entraron en otra casa de la urbanización —le contesta su madre—. Los vecinos dicen que vieron saltar la valla a un grupo de chicos y a una chica vestida con una especie de pijama rojo. Por Dios, Nata, no me mientas, ¿eras tú?

41

Alma no ha parado de llorar desde que salió del hospital. No es un llanto continuo y desesperado, sino que consiste más bien en brotes espontáneos y repentinos. Al principio ese llanto incontrolable fue atribuido al atropello y a su experiencia en el hospital. A la conciencia de que la muerte está más cerca de lo que cualquiera puede imaginar. Lloró en los brazos de su padre a la salida del hospital, luego en el trayecto en el pequeño coche y cuando su madre la recibió en la puerta de su casa y la abrazó con fuerza durante un tiempo interminable, como si quisiera asegurarse de que su hija estaba viva.

—Cariño —le susurró Vero al oído—. Está bien. Ya pasó. Ha sido solo un susto.

Y Alma se calmó. Desayunó, se duchó y después se metió en la cama. Cuando se despertó vio en el dormitorio el cartel que ella había preparado para la manifestación: LUCHA COMO UNA CHICA. Y las lágrimas volvieron a brotar de manera súbita y descontrolada. Se consoló de nuevo entre los brazos de su madre. A Vero le preocupa ese llanto. Habla con sus amigas, con algún conocido, hace consultas, lee artículos en internet.

—Está hipersensible. He leído que podría ser una especie de shock postraumático. No sé. Estoy muy preocupada.

Alma tiene los ojos hinchados y enrojecidos. Le gotea la nariz. Se seca con la manga del pijama. Está tumbada sobre la cama sin hacer absolutamente nada. Escucha a su hermano pequeño jugar con Cooper en el jardín trasero de la casa. Se asoma a la ventana y se sienta en el alféizar, de lado con las piernas flexionadas y los brazos alrededor de las rodillas. Le lanza una bola de tenis y el perro va a por ella. El pequeño Pablo le pide que se la traiga, pero Cooper no le hace caso, coge la bola, pero luego la suelta y corre hacia su hermano. Pablo no se desespera e intenta una y otra vez adiestrar al perro para que traiga la bola. La naturaleza del animal se resiste. Quizá no lo entiende. Quizá piensa que están jugando a otra cosa.

Ve su cabeza reflejada en la ventana. La herida y los puntos se secan al aire. Esa mañana ha estado en el centro de salud. Las enfermeras le quitaron el apósito y le hicieron una cura. Progresa adecuadamente. Le aconsejan que no lleve el apósito. La herida cerrará mejor. Después del centro de salud su madre la ha llevado a una peluquería del CC. Han estado viendo posibilidades para arreglar el corte de pelo de quirófano, esa extensa calva con la forma del mapa de Indonesia. La peluquera y su madre se inclinaban por un corte de pelo que pudiera tapar la cicatriz.

—Quiero que se vea.

Así que le han hecho un *buzz cut* con los lados rapados estilo corte de pelo quirófano y un poco más largo sobre la cabeza. Alma se acaricia la nuca con la yema de los dedos. La sensación es agradable. Se imagina una micropradera de césped recién cortada.

Unos suaves golpes en la puerta preceden a la entrada de su madre en la habitación. Lleva un par de cafés instantáneos en las manos. Le pasa uno a Alma y se sienta junto a ella en la ventana.

—¿Qué ocurre? —le pregunta Vero—. Cuéntamelo, por favor. Puedes confiar en mí. Estoy muy preocupada.

—Me encontré con Berta en el hospital —le explica Alma—. Estaba en la cama de al lado. Fue una coincidencia.

Alma le da un sorbo a su taza de café. Vero aguarda en silencio con la mirada puesta en su hija. Alma hace un gesto levantando la mirada hacia el techo y se encoge de hombros.

—Ella había intentado suicidarse. Ya ves.

Nada más pronunciar la palabra, las lágrimas vuelven a empañar sus ojos. El labio inferior le tiembla y se le monta en el de arriba. La cabeza se le ladea. El cuerpo se le encoge. Vero extiende su mano y coge la de Alma. La aprieta con fuerza. Alma se controla rápidamente y prueba con la imitación de una sonrisa.

—No puede con la vida —sentencia Alma.

No quiere mentir a su madre, pero tampoco puede contarle la verdad. Ella es la primera persona a la que Berta ha confiado ese secreto. Y no lo puede revelar. Estaría incumpliendo un pacto no hablado ni escrito. Pero un pacto al fin.

Vero entiende algo mejor los brotes de llanto de su hija. Ella también tiene un nudo en la garganta. Por pura empatía, se abstrae pensando en la madre de Berta y se pregunta cómo estará afrontando la situación y si debería hacer una llamada. Unos instantes después centra de nuevo la atención en su hija. Aprieta levemente su mano.

—¿Y es por eso por lo que estás tan triste?

—No siempre he sido buena con ella. ¿Lo entiendes?

Vero cierra la puerta del dormitorio. Pablo padre está en el pasillo. La cabeza agachada, la espalda apoyada en la pared.

—Pobre.

—Entra y dale un beso.

Le gustaría. Niega con la cabeza. Se da la vuelta. Se pierde dentro de la casa.

Alma vuelve a estar tumbada sobre la cama. A eso de las cinco menos cuarto, el móvil vibra y le entra un mensaje de un número desconocido.

¿Cómo estás? Soy David.
El hermano de Greta.
Este es mi nuevo número.
¿Cómo estás?

Alma agrega el número. Pincha en la fotografía de la información del contacto. Es una fotografía del espejo de su moto. En el reflejo se le ve a él de perfil fumando un cigarrillo. Está guapo.

Bien. Mejor. Solo fue un susto.
El coche iba muy despacio.
¿Y tú qué tal?

La respuesta de David se hace esperar unos minutos:

Han sido unos días duros.
Teníamos una cita, ¿no?
Ya me ha contado Greta. Podemos
aplazarlo para otro día. Si quieres.
No estamos para muchas fiestas.
Es verdad. Pero me gustaría verte.
¿Un cigarrillo y un paseo por la urba?
Podemos tener una no cita. ¿Te hace?

42

Alma anuncia que va a dar un paseo con Cooper. Se ha vestido con un pantalón de chándal y una sudadera deportiva con la capucha echada sobre la cabeza. Se pone la Carhartt, mete en el bolsillo el móvil y un paquete de clínex. Cooper da vueltas a su alrededor. Alma afina la voz para hablar con el perro. Van a la calle. El animal entiende perfectamente el mensaje. Coge la correa y sale. David ha aparcado su moto sobre la acera y ya la está esperando. Unas Reebok muy usadas, unos vaqueros anchos y un abrigo marinero con doble fila de botones muy grandes. Lleva el cuello subido. Le queda bien. Tiene el aire de que iba así vestido desde esa mañana y de que ni siquiera se ha molestado en cambiarse de ropa para salir.

—Que quede claro que esta no es nuestra cita —dice David a modo de saludo.

—Está bien —contesta Alma y sonríe.

David se agacha un poco para darle un beso en la mejilla. Nota la piel fría, aunque desde su casa no hay mucho más de cinco minutos. También el olor de un perfume de chico en su cuello. Eso le gusta a Alma. Significa que ha pensado en ella antes de salir, que se ha preocupado por su imagen, que quiere gustarle de alguna manera. Durante esta semana ha pensado algunas veces en su encuentro en el café y ha valorado la sinceridad de las palabras de David. Quizá esa cita y todo ese rollo es solo un paripé para quitarse de encima el sentimiento de culpa de la noche de la fiesta. Una especie de transición suave hacia la nada. O hacia una amistad sincera que es casi como decir lo mismo. Pero el mensaje y ahora el perfume... Quizá Alma debería confiar y creerse que David está interesado en ella. Que no está solo en su imaginación.

Le propone que caminen hasta una zona del bosque que rodea la urbanización. Su padre y su hermano suelen pasear a Cooper ahí. Hay unas rocas que se elevan sobre las copas de las encinas y desde las que se ve la puesta del sol. Es un lugar bonito. Ella nunca va tan lejos. Pero esa tarde es diferente.

Cooper camina al lado de Alma sujeto a la correa, David al otro lado. La calle de la urbanización que da al bosque está desierta. Las chimeneas encendidas perfuman el aire con el olor del invierno, aunque ese día no hace demasiado frío. Alma pregunta por Greta. Ella estaba con Greta en la casa de Kevin y Jota. Lo sabe todo. David puede confiar en ella.

—Se quedó en shock. Yo nunca la he visto así. Negaba con la cabeza en silencio como si no pudiera creer lo que el imbécil de Kevin le decía, pero después, fuera de la casa, seguía haciéndolo y pensé que lo que no podía creerse era el lío en el que se había metido. Solo hablaba de tus padres y de ti. Estaba muy asustada.

—Aún estamos asustados, Alma. Todos.

David aprieta los labios en un gesto que es muy suyo. Mira a un lado y a otro de manera distraída. Greta llamó a Alma al día siguiente, cuando se enteró de lo del accidente, y le contó lo que habían hecho con la plantación, la furgoneta, los viajes, la limpieza del cuarto de juegos, hasta que ya era de día.

—Una de las mejores noches de mi vida —comenta David con sarcasmo y después exhala el aire de sus pulmones con fuerza—. ¡Madre mía! Cada vez que llegaba a la rotonda me imaginaba un control de la Policía o la Guardia Civil y me meaba de miedo. Una vez detuve la furgoneta y estuve a punto de darme la vuelta. Estaba convencido de que me estaban esperando.

Alma guarda silencio. Se imagina el miedo que David debió de pasar esa noche. Le entran ganas de llorar. Alma se detiene a unos cincuenta metros de la salida del bosque. Cooper mira hacia él y después a Alma. La observa como si no entendiera a qué se debe esa súbita detención. Las lágrimas de Alma comienzan a brotar de sus ojos. Mierda. Ha tratado de contenerse, pero desde el hospital cualquier cosa le hace llorar. David, impresionado, la abraza y trata de consolarla murmurándole palabras tranquilizadoras. No les va a pasar nada. Lo tiene todo controlado. Alma se recupera. Trata de explicarse. Ha sentido el miedo que David pasó esa noche como si fuera su propio miedo, el dolor de Greta como su propio dolor, el sentimiento de culpa y la vergüenza. Lo ha sentido todo multiplicado por diez o por cien o por mil.

—Es solo que desde el accidente estoy muy sensible. Lloro por todo —y miente—: Lo mismo es por el golpe. Yo qué sé.

David sonríe. Alma se seca las lágrimas y la nariz con uno de los clínex que lleva dentro del bolsillo de la Carhartt. Siguen caminando y cruzan la puerta giratoria que impide que las cabras y los jabalíes salvajes entren en la urbanización. Suelta a Cooper y sigue un pequeño sendero que se adentra en el bosque.

—Greta ha ido a ver a esa mujer. A la policía. Una última vez. Le dirá que no puede conseguir más hierba y espera que así nos deje en paz. No sé —y después de un pequeño silencio añade—: ¿Tú la conoces?

—La he visto una vez.

—¿Crees que tiene algo más con ella? Quiero decir... —duda— ya me entiendes.

—No lo sé.

—No tengo ningún interés por las preferencias sexuales de mi hermana. No soy un entrometido, es solo que si es así todo tiene una dimensión diferente y me gustaría saberlo.

—No lo sé —dice Alma—, de verdad. No me ha contado nada.

—Está bien —le contesta David.

No la cree, pero no va a insistir.

—Tienes que prometerme que me avisarás si se vuelve a meter en problemas o si esos dos idiotas de Kevin y Jota os acosan o la amenazan o lo que sea.

Alma asiente con la cabeza. David dice que ajustará cuentas cuando todo pase. Ahora no quiere llamar la atención. Las enormes rocas han sido alisadas por el tiempo, el viento, el frío y el hielo. El sol es una enorme bola anaranjada que se descuelga del cielo lentamente. David saca un paquete de tabaco de liar y se hace un par de cigarrillos.

—Nada de hierba en nuestra no cita —dice y subraya el no.

Miran el atardecer. David le pregunta por el accidente.

—Crucé la calle sin mirar. Sentí el golpe. En el suelo escuché el ruido de otros coches, pasos de gente que se acercaba... Traté de levantarme, pero fui incapaz. Me desmayé y ya me desperté dentro de la ambulancia. A los diez minutos estaba en Urgencias.

No menciona el encuentro con Berta. Sabe que no debe decir nada. Tampoco se lo ha contado a Greta. Tendría que dar explicaciones, contar cosas, hablar del intento del suicidio y de las razones de este y con solo pensar en eso las lágrimas están a punto de brotar de nuevo de sus ojos. Así que borra ese pensamiento de su mente y trata de decir algo ocurrente, algo que le quite dramatismo al asunto, una broma.

—Me enchufaron un montón de calmantes de primera. Mucho mejores que la hierba y pasé la noche con un buen pedo. Estoy por dejar que me atropellen cada fin de semana.

La forma en la que pronuncia esa última frase hace soltar una pequeña risa a David. Alma le observa. Le gusta verle reír.

—¿Puedo verla? —dice—. La herida.

Alma se quita la capucha. El ligero viento de la sierra roza su piel casi desnuda y siente un escalofrío. Vuelve la cabeza y la inclina un poco hacia delante para que David pueda verla mejor. La herida tiene forma de línea que se curva y se enrolla casi sobre sí misma, coloreada por el antiséptico de color cobre viejo y por las grapas de sutura que sobresalen como dientes de una cremallera. David la observa en silencio. Impresiona un poco.

—Me quedará una cicatriz.

—Es más auténtico que un tatuaje.

Están muy cerca. Alma sabe que va a besarla de un momento a otro. El contacto de sus labios es inminente. Él mete levemente la punta de la lengua en su boca y ella nota el sabor del tabaco. El beso se prolonga durante unos segundos y luego se separan muy lentamente. Traga saliva, sonríe, el corazón le late a toda velocidad. Se pasa la lengua por los labios como si quisiera recoger algunas migas desperdigadas de ese beso.

—Me gusta como besas.

—Llevo tiempo ensayando este momento.

David le pasa una mano por encima del hombro y acaricia su nuca. La atrae levemente hacia él y vuelve a besarla.

El sol se pone tras las montañas.

43

Greta se viste con unos pantalones de color caramelo y la camisa blanca de cuello duro de estilo masculino y el único conjunto de ropa interior que considera aceptable para seducir a alguien. En el bolsillo del abrigo lleva una pequeña bolsita de hierba que ha convencido a David para que le dé con la excusa de que no puede desaparecer de la noche a la mañana sin una explicación, de que actuar de esa manera será peor.

—Tengo que convencerla de que he dejado de vender. Decirle que esto es lo último que le puedo pasar. Así me dejará en paz.

Ha sonado lo bastante creíble para que David le haya pasado esa bolsa de diez gramos que ahora aprieta dentro del bolsillo del abrigo como si fuera una especie de amuleto. En el fondo es algo que debe traerle suerte.

El rojo del pintalabios tiñe la boca de la botella de cerveza. El olor de la hierba impregna el ambiente de la habitación y se mezcla con el de la leña que arde en la chimenea. Greta ha ido de B en el primer piti de hierba que se ha encendido. Y después le ha pedido permiso para liar el segundo y Mer le ha hecho un gesto con la mano para que se lo encendiera, y es el que arde ahora entre los dedos. Está un poco pedo por la mezcla de cerveza, hierba y medio Lexatin que se ha tomado antes de salir de casa para que le dejaran de temblar las manos. Se levanta del asiento donde está y se sienta al lado de Mer.

—Abre la boca —dice.

Le da una larga calada y lanza el humo dentro de la boca de la mujer. Se ríen. Greta se desabrocha dos botones de la camisa. Mer detiene su mano cuando va a abordar el tercero.

—Greta.

—Haz conmigo lo que quieras, por favor.

Greta coge una mano de Mer y se la lleva a su entrepierna, hace que los dedos de Mer crucen la frontera de sus braguitas y acaricien su sexo. Está muy mojada. Se le escapa un gemido.

—¿Qué haces, Greta?

Podría contestar que se está sacrificando por su familia. Podría decir que todo eso forma parte de un plan para desactivar la amenaza de la policía. Que lo que ha planeado es meterse en la cama con ella y, después de que hayan sudado las sábanas, levantarse y decirle que se acaba de acostar con una menor, que ha cometido un delito y que debe evitar que hagan una redada en su casa y que dejen a su hermano y a sus padres en paz o ella contará que la sedujo y que abusó de ella. Esa es la versión «por las malas». En la versión «por las buenas», ella se convierte en la amante de una policía de Estupefacientes que, a cambio de su sexo, a cambio de darle todo el sexo que quiera y de la forma que quiera, deja en paz a su familia.

Es curioso que el valor para lanzarse a sus brazos tenga que salir de una situación tan al límite, que haya tenido que verse tan atrapada y con todo lo que quiere en peligro. La cabeza le va a mil por hora y por un segundo se imagina que le explota con la mano de la policía entre sus piernas. Joder.

—Espera —le pide Mer e intenta sacar la mano de las bragas de Greta. Esta atrapa su muñeca antes de que lo haga y aprieta con fuerza las piernas.

—¿Es que no te gusto? —le pregunta Greta.

Greta vuelve a besarla. Su mano se desliza hasta el pecho de Mer. Pero donde debería haber un seno, Greta encuentra una prótesis de un material blando y artificial que se desplaza bajo el peso de su mano y se hunde hasta las costillas. Mer sale de dentro de sus bragas y suavemente la aparta de ella. Sus mejillas se han teñido de un color encarnado avivado por el reflejo del fuego en la chimenea. En su frente hay pequeñas perlas de sudor. Su respiración está alterada y su mirada, baja. Después de un instante finge una sonrisa y deja escapar un suspiro. Se coloca el pelo detrás de una oreja y devuelve por fin la mirada a Greta, que la observa expectante esperando que diga algo, aunque ya imagina qué es lo que le va a decir.

—Hace unos meses me hicieron una mastectomía —dice Mer—. Tengo cáncer.

A Greta no le salen las palabras, pero acierta a murmurar un «lo siento», muy políticamente correcto, aunque no se sabe muy bien si se refiere a la enfermedad o a la torpeza de hundir su mano en una prótesis de silicona. Se siente arrasada por un sentimiento de vergüenza por la manera en la que ha actuado y por el lugar al que ha conducido a Mer. Siente ser tan torpe. La situación se ha vuelto tan tensa, que la atmósfera se ha vuelto pesada y opresiva, y tiene ganas de levantarse y marcharse de allí. Le gustaría que la mujer siguiera hablando, que ella se ocupara de quitarle gravedad al asunto con alguna observación sarcástica de las suyas, alguna broma teñida de humor negro, alguno de esos comentarios tan gruesos que le hacen soltar una de esas carcajadas inesperadas. Pero no dice nada. Así que es ella la que rompe ese silencio tan duro como un muro de hormigón.

—¿Por eso fumas tanta hierba? —pregunta Greta.

—¿Tanta? Vaya, no sabía que era tanta —replica Mer.

—Me haces venir aquí cada sábado.

—Ya. —Sonríe—. Bueno esa no es la única razón.

Recuerda que estaba comprando algo para la cena en el supermercado de la calle principal del pueblo, pero lo cierto es que no tenía nada de hambre y se estaba planteando devolver todas las cosas que había cogido excepto las dos botellas de vino. Y de repente se sorprendió al encontrar la mirada de aquella chica de diecisiete o dieciocho años, una estudiante de bachillerato seguramente. Esa mirada, que expresaba deseo —¿por ella?— consiguió un repentino encendido de su ánimo, una dosis de vitaminas para su decaída autoestima. Caminó los cuatro o cinco pasos que la separaban de ella tratando de demostrar seguridad y, cuando estaba a escasos centímetros de su espalda, notó el inconfundible olor de la marihuana en su pelo y en su ropa. Cruzaron cuatro palabras sobre bollería industrial y ella dijo algo que quedó muy arrogante, muy adulto, cargado de experiencia, y se odió por ello. En la calle la observó durante unos minutos desde el interior de su coche. Greta y su amiga sentadas sobre un pequeño muro de piedra junto a la antigua iglesia del pueblo, comiendo y riéndose, alegres. Le gusta la manera que tiene Greta de reírse. Esa carcajada seca con la boca abierta y la cabeza echada hacia atrás. Tan espontánea.

Luego, un par de días después la volvió a ver saliendo del supermercado y al día siguiente otra vez caminando por la acera de un lado a otro esperando algo. Se dio cuenta de que la esperaba a ella. Dejó que pasara una semana hasta que se volvieron a encontrar. El breve trayecto en coche y aquella conversación sencilla le confirmaron su primera intuición. Quería verla de nuevo, pero necesitaba un pretexto. Y la hierba era la mejor de las excusas. Sí, compra más hierba de la que, en realidad, fuma o puede fumar. Le gusta estar con ella, le gusta hablar con ella, le gusta compartir con ella un piti y una cerveza. Sus visitas son los mejores momentos de su semana. Se siente terriblemente sola. Y es agradable encontrar a alguien que de repente se siente atraído por ti. Aunque sea una cría.

Greta aún no se ha abrochado los botones de la camisa y por la abertura de la tela puede ver el nacimiento de uno de sus pechos y el encaje negro de su sujetador. Sale de una relación de cuatro años con un hombre. Justo antes de romper, durante el verano, tuvo una relación corta con otra mujer. Ha meditado sobre su naturaleza sexual. No creía tener inclinaciones lésbicas, apenas un par de experiencias a lo largo de toda su vida y, sin embargo, durante esos sábados ha deseado besar y acariciar a esa chica en cada uno de sus encuentros. Ella ha notado que Greta estaba esperando que diera ese paso, que la cogiera de la cintura y metiera la lengua en su boca y la rindiera. Siempre ha sofocado las ganas de tenerla en sus brazos. A veces pensar en el hecho de que Greta es menor funciona. Otras veces tiene que traer la imagen de la cicatriz de su pecho amputado para que el deseo se extinga como un fuego bajo el agua.

—Soy un poco patética, ¿verdad?

Greta ha escuchado la confesión fascinada.

—Oh, joder qué tonta he sido —responde.

Por un lado, no puede contarle que esa tarde se ha vestido de esa manera con la intención de seducirla y convertirla en su amante y amenazarla con el hecho de que se lo ha montado con una menor a cambio de que deje en paz a su familia. Por otro lado, los acontecimientos de la última semana pesan demasiado: David, Alma, las detenciones de los Chicos de la Hierba, Kevin y Jota, Hernán... hay demasiadas coincidencias. Le gustaría meterse en la cama de Mer en ese mismo momento, pero necesita hacerlo con la seguridad de que no está cometiendo un terrible error.

—Sé que eres policía —afirma Greta.

La expresión en la cara de Mer confirma que lo que dice Greta es verdad. Mer asiente.

—¿Me estás investigando? —Y ante el silencio de incomprensión de Mer—. ¿Vas a detenerme o algo así?

—¿Qué? No —le contesta Mer con extrañeza—. No investigo tráfico de drogas ni nada parecido. ¿Por qué piensas que te estoy investigando?

—Joder, ¿por qué no me habías dicho que eres policía?

—Lo siento. Dime, ¿qué está pasando? ¿Quién te ha dicho que soy policía?

Greta ya no puede dar marcha atrás. Tiene que ser completamente sincera. Totalmente. Habla de David, de la plantación de hierba, de cómo empezó a robarle algunas bolsas para vendérselas a ella, de lo que pasó cuando la descubrió, de los Chicos de la Hierba, de las redadas y de las detenciones de Jackrussell y Susanita, de la casa de Kevin y Jota, del mal rollo que le inspiraron, de la movida de la tarde del 8 de marzo, de las fotos que le enseñaron...

—Eras tú en la puerta de una comisaría, bajando de un coche, hablando con otros policías. Te han seguido. Saben quién eres. Pensé que todo era una trampa. Que me ibas a detener. Que podías hacer daño a mi hermano.

Greta se siente aliviada después de hacer esa confesión. Mer coge su cerveza y le da un largo trago.

—Entonces, supongo que esta tarde has venido aquí para ¿seducirme y chantajearme después?

—Algo así —admite Greta.

—Joder, qué mente tan maquiavélica. Das miedo.

Greta entiende la frase como un cumplido y sonríe. Se acerca a Mer, pero esta da un paso atrás.

—Vamos a dejarlo aquí —dice Mer—. No te preocupes. Te prometo que no tendrás problemas. Ahora es mejor que te marches.

Esa noche las nubes son de color rojo.

44

Los padres de Nata tuvieron una conversación muy seria con ella. Los había defraudado profundamente. ¿Para que había servido todo el dinero gastado en su educación? Para nada. Allanar casas ajenas y robar. Se comportaba de la misma manera que los hijos de los inmigrantes que vivían en los pueblos dormitorio de la sierra. Y, además, estaban todos esos destrozos injustificados en la casa de sus pobres vecinos. Era una salvaje. Sin embargo, no estaban dispuestos a asumir las consecuencias legales y económicas que les traería llevar a su hija hasta el cuartel de la Guardia Civil y obligarla a confesar. Un delito, aunque menor, estropearía su expediente académico y sus posibilidades de un futuro mejor. Y en el fondo lo consideraban una especie de chiquillada sin mayor trascendencia. Otra cosa eran las drogas. La Guardia Civil encontró restos de hierba en los ceniceros de la casa. Su madre se puso histérica. La interrogó. Quería saber quiénes de sus amigos y amigas fumaban porros, si compraba drogas, dónde lo hacía y a quién.

—Dime quién es tu camello, Natacha.

—¡Mamá! —exclamó ella.

Nata no ha comprado hierba en toda su vida. Casi no fuma. Ni siquiera sabe liar bien. Ocasionalmente, en una fiesta, muy de vez en cuando, le da un tiro a un piti, pero casi siempre va de

B o de C. Eso es lo habitual. Nata no le dio ningún nombre. Tampoco sabía la respuesta a la mayoría de las preguntas. Su madre pensó que no quería colaborar en sus pesquisas, detectó obstrucción y ocultamiento, y decidió que era necesaria una intervención, ir a la raíz del problema, sin miramientos, sin diplomacia.

—Me llevó a Proyecto Hombre —dice Nata—. Y se cagó.

El centro de PH en uno de los barrios del sur de la ciudad está poblado por viejos yonquis adictos a la heroína, suicidas de brazos cortados, esquizofrénicos y delincuentes juveniles. Su madre estaba muerta de miedo a los diez minutos de poner un pie en el hall de entrada. Uno de los orientadores las recibió en un despacho de la primera planta. A los pocos instantes de sentarse en una silla con la tapicería burdeos desgastada por el uso, empezó a mover una de sus piernas de manera compulsiva. Asentía con la cabeza, pero, en realidad, no escuchaba lo que el orientador le estaba contando. Daba igual lo que dijera. Ya había tomado una decisión: no iba a dejar a su hija dentro de aquel lugar. Estaba segura de que la influencia de aquella gente sobre Natacha sería mucho peor que todo lo que hubiera hecho hasta ese momento. Mantuvo el gesto grave mientras a su hija le hacían unos test de presencia de drogas en la orina. Nata dio negativo en todos. Estaba limpia. Les dio las gracias por su atención y se marchó de allí casi a la carrera. Tirando del brazo de Nata. Con una enorme sensación de alivio.

—Me han quitado la paga y estoy castigada sin salir —dice Nata con desidia—. Aunque la verdad es que me da igual. De todas maneras, tampoco tengo nada que hacer.

La ruptura con Alberto la ha dejado como un astronauta perdido en Marte. Salía con él desde los quince años y está a punto de cumplir dieciocho. Tres años. Toda una vida. Se siente como una jovencísima divorciada. Desconectada de todo.

—Seguro que estoy incubando una depresión —comenta Nata—. Pero no podía seguir.

—¡Hijo de puta! —maldice Alma—. Estás mejor sin él.

Alma apaga el cigarrillo en uno de los ceniceros de cerámica que están sobre la mesa del jardín trasero de la casa de Nata. Ella y Greta han ido a hacerle una visita en cuanto les ha comentado que estaba castigada. Han tenido que esperar que sus padres y sus hermanos pequeños se marcharan de casa.

—Mi madre cree que sois una mala influencia para mí.

—Nosotras no hemos hecho nada —dice Greta.

Nata se encoge de hombros.

Alma mete las manos dentro de la sudadera con capucha. Greta se sube el cuello de un jersey grueso de cuello alto y se tapa la boca con él. Hace frío en esa mañana de finales del invierno.

—Deberías denunciarles —dice Alma.

—¿Qué? Ni de coña. —Niega con la cabeza—. Dime. Voy a una comisaría y ¿qué le cuento a la policía? Les digo: «Eh, me colé en una casa vacía con un chico con el que follo desde los dieciséis años, me desnudé, me puse un pijama en plan Mariah Carey y a la fiesta se apuntaron unos amigos a los que mi novio había invitado. Deténgalos a todos».

—Estuvieron a punto de violarte.

—No pasó nada, joder. —Exhala el aire ofuscada y cruza los brazos sobre el pecho.

—No te hicieron daño. Pero lo pensaron. Pensaron en hacerte daño. Se imaginaron haciéndote daño. ¿Que habría pasado si no llega a aparecer la Guardia Civil?

A Nata le sacude un escalofrío que le eriza el vello de la piel. Un temblor que la lleva a arrebujarse dentro del abrigo. Un mal pensamiento cruza por su cabeza. Es solo el recuerdo del miedo que sintió que su memoria expresa en una imagen de ella misma, la espalda apoyada en el cabecero de la cama, las piernas encogidas en una posición defensiva mientras Christian hablaba de lo que le iban a hacer y las erecciones crecían dentro de sus pantalones de chándal. Una imagen de baba cayendo sobre la punta de una deportiva.

Nata niega.

—Lo más probable es que la que acabara con un problema fuera yo. Diez días antes me colé en otra casa y la destrocé. Es un delito grave. ¡Joder! Te has olvidado de esa parte.

Nata está cada vez más nerviosa. Ha bajado la mirada y empieza a pensar que no ha sido una buena idea contárselo a Alma ni a Greta. Debería habérselo guardado para sí. Ha sido una idiota. Tiene ganas de que acabe esa conversación. Tiene ganas de dejar el asunto.

—Y eso por no hablar de lo que dirían de mí.

—¿Qué?

—Si esta historia se conociera, la mayoría de la gente pensaría que soy una zorra, que los estaba provocando y que era yo la que quería que pasara algo.

Nata les propone que se imaginen qué pasaría si hablara Alberto, si enseñara alguna de aquellas fotografías que ella se hizo comiéndose el consolador de su madre o contara que una vez follando ella le dijo que le gustaría que se lo hicieran varios tíos a la vez.

—¿Tienes fantasías de violación? —pregunta Greta bajándose el cuello del jersey de la boca para hablar.

—No, joder, Greta, no me hago pajas con eso. Lo dije una vez y se puso muy cachondo y lo usaba cuando quería que se le pusiera dura. Nunca pensé que se lo tomaría en serio.

—Alberto es un gilipollas.

Alma nunca ha entendido por qué Natacha se enamoró de Alberto. Conoce a su amiga y siempre le ha parecido que ella valía mucho más que él. Nata es más inteligente, divertida y ocurrente, y supera en todo a lo que Alberto pueda ser.

—Olvidadlo, ¿vale? —les pide Nata—. No ocurrió nada. No pasó nada. No me voy a meter en toda esa movida por nada.

—Podría suceder de nuevo —advierte Alma—. Podría pasarle a la próxima novia de Alberto o quizá ese mierda de Christian podría intentarlo con otra chica.

—Oye, pero ¿estás bien? —Nata mira a Greta pidiendo ayuda.

No, no está bien. Alma se siente como si estuviera enfermando. Le duelen las piernas y los brazos y la cabeza y le arde la mirada también. Son los síntomas de una gripe o de un resfriado, pero Alma sabe que no se debe al frío. Es otra cosa lo que la pone enferma.

—Nata tiene razón —conviene Greta—. No pasó nada. Y se puede meter en un movidón con la pasma. Y con sus padres y, joder, esas cosas sabes cómo empiezan, pero no cómo acaban. He leído historias de chicas que denunciaron cosas más graves y al final fueron ellas las que pagaron el pato.

—Me parece una puta mierda que las cosas tengan que ser así —dice Alma—. Una gran mierda. Debemos consentir que nos hagan cosas como esas o peores solo porque somos chicas. Es injusto.

Por un momento parece que Alma se va a echar a llorar. Greta le pasa un brazo por encima del hombro, pero Alma se zafa de ese abrazo con un movimiento brusco. Coge dos o tres metros de distancia con sus amigas. Cuando se vuelve tiene el ceño fruncido, la cabeza baja, el mentón casi pegado al pecho y la mandíbula apretada.

—Todo el mundo debería saber de qué pasta están hechos Alberto, Christian y sus amigos. Deberían saber quiénes son, de qué van, a qué juegan. Deberían sentir las miradas de todo el mundo sobre sus cabezas al entrar en el instituto y morirse de vergüenza al recorrer los pasillos. Las pintadas del baño deberían acusarlos a ellos, burlarse de ellos, avergonzarlos. Deberían obligarles a pedir perdón de manera pública, a ir clase por clase confesando lo que estuvieron a punto de hacer. Deberían obligarles a llevar un cartel colgado al cuello el resto de su vida.

—Joder, Alma, se te va la pinza —suelta Nata un poco asustada—. ¿Qué coño te pasa?

Podría contar lo que le pasa. Lo que Berta ha sufrido a lo largo de esos años. Lo que hacen los Albertos y los Christians de este mundo. Pero se muerde la lengua. Decir algo sería faltar a su palabra. Abrir la caja de los truenos. Alma quiere contestar a esa pregunta, pero no le salen las palabras. De repente, se siente muy triste; de repente, vuelven de nuevo las ganas de llorar.

—Nada, Nata —le contesta Alma.

Nata se acerca y le coge la cara entre las manos. Alma se deja, dócil.

—Lo mismo el golpe en la cabeza te ha trastornado. Estás como una puta cabra.

Ambas se abrazan.

—Me alegro de que hayas dejado a ese hijo de puta.

Grita desde la entrada que ya está en casa y se mete en su dormitorio. Lanza la Carhatt sobre la butaca y se sienta a su mesa de estudio. Abre la mochila y saca el libro de Historia Contemporánea.

Algún día de esa semana tendrá que volver al instituto.

Instagram 06

Descripción de la imagen: Un cartel informativo de color azul claro sobre una pared de color blanco. Planta cuarta. Unidad de Salud Mental. Hospitalización. Una pequeña flecha indica la dirección a seguir.

Texto: Quince días en la Unidad de Psiquiatría del hospital. Deshechos humanos. Anoréxicas, suicidas, deprimidas, psicóticas... lo mejor de cada casa. Caer hasta el fondo. Para volverme a levantar. Sigo viva.

#plantacuarta #soydelclubdelaslocas #quincedíasenpijama #vuelvoacasa

45

La herida que se curva sobre sí misma es un éxito de crítica y público el día que vuelve al instituto. «Es mejor que un tatuaje», le dijo David. Sí, lo es. Gente con la que apenas habla se acerca para interesarse. Deja que se asomen sobre su cabeza para observar la herida. Provoca algunas expresiones de desazón, pero también de admiración, y un fan del gore incluso quiere hacerle una fotografía.

—No seas cerdo —dice ella quitándoselo de encima.

Las preguntas se amontonan como en la boca de un embudo. Se comporta de una manera amable y graciosa y también muy madura. Cuenta la historia del atropello al menos media docena de veces desde la entrada del instituto hasta que deja la mochila bajo su pupitre y se sienta en la silla. Nata le cambia el sitio a una chica y se sienta a su lado en la última fila. Le sonríe. Comienza la primera clase. Matemáticas.

En el descanso de la primera hora Alberto y Christian se acercan y la saludan. Nata le ha pedido que guarde el secreto y que haga como si ella no le hubiera contado lo que pasó en la casa de piedra. Alma finge serenidad y distancia. Está muy contenida. No sonríe porque no le sale, pero al menos no se lanza a por ellos y les arranca los ojos con las uñas.

—Con el pelo así cortado te pareces a la de *Vikingos* —comenta Christian.

—Cuidado. Si te portas mal beberé cerveza dentro de tu cráneo.

Nata le da una patada. Ella suelta una carcajada. Christian también se ríe. Joder.

Andrea, la profesora de Filosofía, se muestra muy cariñosa con ella. Retrasa el comienzo de la explicación para dedicarle unos minutos extras y termina dándole un beso en la frente cerca de la herida. Esa atención especial se extiende a los alumnos del grupo de estudios, que han hecho copias de los resúmenes de los temas que han dado mientras se ha ausentado para que no pierda materia que entrará en los exámenes. Son más cariñosos con ella de lo que han sido nunca.

—Lo has vuelto a hacer —dice Hernán—. Una vez más te llevas toda la atención y estás en todas las conversaciones. Ahora eres la chica milagro.

—¿Y eso?

—Se dijo que habías muerto —responde—. Para alguno habrá sido una sorpresa verte aparecer por la puerta. Como ver a un fantasma.

Hernán escarba con la zapatilla en un trozo de cemento descascarillado. Alma aún no sabe si era él o no el que le enviaba esas fotografías de pollas y mensajes asquerosos. No ha recibido ninguno desde que tuvo aquella conversación con él. Ha estado reflexionando sobre el tema y le parece que Hernán no tiene nada que ver con eso.

—Me alegro de que estés bien y de vuelta —confiesa Hernán.

Y a Alma le parece que lo dice con sinceridad, pero también le parece que no está dispuesto a hacer que las cosas vuelvan a ser como eran antes. Y lo mismo Alma tampoco quiere. Aunque no puede evitar sentir algo de tristeza.

—Me apetece un café —dice Alma.

Alma y Nata salen del instituto y caminan en dirección al café que está a la vuelta de la esquina. Llegan a la terraza y ocupan una de las mesas. Nata entra a por los cafés y a por alguna clase de bocadillo con mucha grasa y colesterol mientras Alma se lía un cigarrillo sentada en una de las sillas de plástico rojo. Cuidan su salud. Algunos de sus compañeros de clase y de los otros bachilleratos se acercan a hablar con ella y se sientan a su alrededor, de modo que a los pocos minutos tiene un pequeño corrillo de gente rodeándola.

El profesor de Historia y la jefa de estudios se acercan a la terraza. Durante un segundo Alma cree que pasarán de largo como siempre hacen, pero escucha que alguien dice «Alma está ahí» y los dos profesores se acercan a la mesa.

—¿Cómo estás, Alma? —le pregunta el profesor de Historia.

—Bien —contesta.

La psicomorfología estudia los rasgos físicos especiales que permiten reconocer a un asesino, a un psicópata, a un violador o a un pederasta. La ciencia analiza al criminal cuando ya ha sido detenido y determina rasgos que podrían indicar la presencia de una enfermedad mental. Pero la verdad es que la naturaleza no se ha esforzado lo bastante. Debería haber marcado a esa gente de una manera más evidente. Algo que avisara de una manera más llamativa lo que se esconde detrás. Quizá con una extraordinaria pigmentación de la piel que les coloreara la cara de naranja o con un tic que les hiciera rascarse la cabeza continuamente o una voz interior que les obligara a presentarse como un depredador sexual, por ejemplo. Eso estaría bien. Impediría que adolescentes que andan perdidas por el mundo como con una cinta negra tapándoles los ojos cayeran en su área de caza. En cambio, está ahí mimetizado con el paisaje, dentro del grupo, como uno más, tan cerca que si estirase el brazo podría tocarla, si se doblara un poco por la cintura podría acercarse lo bastante para sentir su aliento sobre las grapas manchadas de antiséptico del color del cobre.

—Nos alegramos mucho de que te hayas recuperado tan rápido —comenta la jefa de estudios.

—Solo fue un susto.

—Entre susto y muerte preferiste susto —dice él—. Buena elección.

La broma contiene el humor negro que aprecian los estudiantes. Provoca las risas de sus compañeros de clase. Todos se ríen de la ocurrencia. La jefa de estudios le empuja levemente y le reprende por la acción.

—No te lo tomes en serio, Alma.

—Lo siento —se disculpa él.

—Ha tenido gracia. Me lo apunto.

El profesor le devuelve la sonrisa. Alma se pregunta si alguien sabrá lo que le hizo a Berta. ¿Esas cosas se cuentan? ¿Le habrá contado algo a sus amigos o a alguien de confianza? y ¿qué les habrá dicho? «Me estoy follando un coñito pequeño», «La guarrilla me lo pedía a gritos», «A la menor oportunidad se abría de piernas y me enseñaba las bragas», «No pude negarme». Los depredadores sexuales no se reconocen como tales ni consideran graves sus actos. Hablan así. Se refieren a las víctimas como «putillas», «guarrillas comepollas», «chochitos que huelen a pis»... Es posible que sus amigos le aplaudan por ser un «jodido tío con suerte» y le envidien por tener a una «zorrita» dispuesta a satisfacer sus deseos sexuales por perversos que sean.

—Los que tengan clase a última hora conmigo deberían estar repasando —dice críptico—. Lo mismo se encuentran una sorpresa.

Recibe abucheos y quejas y súplicas.

—Menos hacerse las víctimas —añade—: deberíais traerlo estudiado de casa.

Los dos profesores se alejan juntos. Siguen con su paseo. Él gira la cabeza y mira por encima de su hombro, tranquilo, satisfecho y orgulloso de sí mismo. Alma le da un sorbo a su café con leche caliente. Siente algo así como si un Gran Blanco hubiera pasado a su lado nadando y solo ella hubiera sentido las ondas de agua desplazadas por el movimiento de su cuerpo. Mira las caras de sus compañeros. «Salid del agua, idiotas.»

Va a tener que ser ella la que le pinte la cara de naranja.

46

Llama al teléfono de entrada de la casa de Berta. Gregory sale a recibirla. Alma se pregunta si el perro lo sabe, si Berta le ha contado algo. La tristeza de los ojos del animal quizá se debe al hecho de que Berta le contó todo lo que había pasado. O peor aún, fue testigo de lo que le estaba pasando. Así que Alma se arrodilla y abraza al labrador.

—Lo sé, Gregory, lo sé. Y lo siento tanto...

Gregory suelta un suspiro y Alma entiende que el perro se ha liberado de una pesada carga. O quizá solo quiere que le lleve al bosque a mear. La madre de Berta abre la puerta cuando Alma tiene la cabeza del perro sobre el hombro. Le hace un pequeño gesto con la mano. Alma deja a Gregory.

—Buenos días, cielo —saluda un poco sorprendida por la visita o quizá es el corte de pelo nuevo o a lo mejor la herida que, por consejo médico, lleva al aire y sin gasa para que se cure mejor.

—Hola. —Levanta una mano y sonríe.

—Berta me dijo que os encontrasteis en el hospital. ¿Cómo estás? Te atropelló un coche, ¿verdad?

—Bien. No fue nada. Un susto sin consecuencias. Excepto por este nuevo corte de pelo.

—Te crecerá otra vez. Y te sienta bien. Estás muy guapa.

—Gracias.

Los tres hermanos pequeños de Berta tirados sobre el sofá del salón aún en pijama y con cara de sueño ven una serie de animación en la tele. Sobre la mesa hay tres boles de loza con restos de leche y cereales del desayuno. Alma cae en la cuenta de que es sábado y es muy temprano para hacer una visita. Son las nueve menos cuarto de la mañana.

Sube las escaleras hasta la segunda planta de la casa. La puerta del dormitorio de Berta no tiene picaporte. Donde debería estar el tirador de color dorado hay un agujero redondo a través del que se ve la habitación. Alma empuja suavemente la puerta. Berta no está en su cuarto. Los tiradores también han desaparecido de las puertas de los baños del pasillo y del dormitorio de su madre. Alma sube las escaleras hasta la buhardilla donde está el estudio. Le han quitado la puerta. Directamente.

Berta está tumbada en el suelo con los brazos abiertos y la mirada clavada en el techo. Casi en la misma posición en la que perdió el conocimiento después de ingerir ciento doce pastillas. Sí, una paradoja. Una broma siniestra de las de Berta. Como lo de estar tumbada ahí. La alfombra sobre la que vomitó ha desaparecido. Se incorpora sobre los codos al escucharla entrar.

—¿Cómo estás? —pregunta Alma.

—Casi nueva. Me están dando unas pastillas que son la leche. Es un experimento. Ahora lo veo todo de colorines y tengo unas enormes ganas de vivir.

Berta sonríe y da unas palmaditas sobre el suelo para que se siente con ella. A través de la ventana velux del tejado pueden ver el cielo gris y unas nubes blancas que corren rápidas movidas por vientos en las capas bajas de la atmósfera. Berta lleva un pantalón de pijama blanco, calcetines y una camiseta también de cuello de pico sin ningún dibujo o mensaje, y Alma se pregunta si es la ropa del hospital. Ha estado internada quince días en la planta de Psiquiatría. El día anterior le dieron el alta. Alma le escribió en cuanto se enteró.

—He leído tus mensajes. ¿Qué te pasa? Son las nueve de la mañana.

—Yo estaba allí —dice Alma.

—Ya. Estuvimos hablando. —Arruga la nariz y mira la herida en la cabeza de Alma—. ¿No te acuerdas? ¿Es por el golpe?

—No, hace tres años. En el instituto.

Alma se remonta tres años atrás para comenzar su relato. Ella está en un pasillo del colegio. Han terminado las clases o la han expulsado o quizá ha pedido permiso para ir al baño. El caso es que los pasillos están desiertos y necesita ir al baño. Los baños de la planta de secundaria están cerrados por un problema de fontanería. Están así la mayor parte del tiempo. Decide subir una planta. Sabe que allí hay otros baños que son menos usados y, probablemente, están más limpios y no están atascados. Sube las escaleras, pero antes de llegar al descansillo escucha el sonido de una voz y se detiene. Sube los cuatro últimos escalones con sumo cuidado y se asoma al hueco de la escalera. Berta está vestida de uniforme, como ella. Tiene la espalda apoyada en la pared. El profesor de Historia está frente a ella. Muy cerca. Su respiración mueve un grupo de cabellos sueltos del flequillo de Berta. Le coge la barbilla y la eleva, y aun así ella mantiene la mirada baja, centrada en las zapatillas deportivas que él lleva. Entonces le toma la cara por las mejillas y con gesto brusco y violento hace que le mire directamente a los ojos. Le pregunta algo que Alma no puede oír, pero que hace que Berta asienta con la cabeza. Después abre una puerta y ella entra dentro de una habitación. Él la sigue y la puerta se cierra.

Alma aguardó unos segundos antes de bajar los peldaños de

las escaleras muy despacio sin hacer ningún ruido hasta el piso inferior de nuevo y, después, las ganas de mear le hicieron bajar corriendo las escaleras hasta los baños de la primera planta. No le habló a nadie de lo que había pasado. ¿Qué había visto realmente? Le quedó la conciencia de que se trataba de un acto perverso, pero no supo dar una explicación a qué era lo que pasaba realmente. Adivinó la violencia que se escondía bajo esa imagen, pero ¿podría ser una broma? ¿Qué estaba ocurriendo realmente? Durante esa noche y los días posteriores reflexionó acerca de su significado. A cada instante aparecía un pensamiento nuevo, una explicación diferente para determinado gesto o para darle sentido a la escena completa. Y al final tomó la decisión de no seguir pensando, de no seguir dándole vueltas al asunto, de no contárselo a nadie, de hacer como si aquello no hubiera pasado.

Pero lo cierto es que algo sí cambió. A partir de ese momento se alejó de Berta. Empezó a evitarla en el patio del colegio, en los descansos, ponía excusas para adelantarse o atrasarse y no coger el mismo bus que ella. Trataba de evitar que Berta se acercara a ella. Dejó de llamarla. La sacó de su grupo de amigas. Alma cree que ni siquiera la invitó a su cumpleaños. No está en las fotografías que su padre tomaba en todas las fiestas. En esas fotografías hay un montón de críos y crías, algunos de ellos ya no son sus amigos, con otros ha perdido el contacto, con otros solo se dice hola y adiós, pero Berta no está en las de ese año. De esa misma fiesta de cumpleaños hay otra fotografía en la que Alma y Greta están abrazadas, un brazo por encima del hombro de su amiga, una de ellas ha debido de soltar una broma unos segundos antes de que apretara el disparador y en ese momento estallan en una carcajada. Por alguna razón a Alma le parece que esa carcajada, esa expresión de su cara, tiene algo de fingido, de falso. Durante los días anteriores Alma ha reflexionado sobre ese año, el último año de Greta en el instituto, cuando su amistad se hizo más fuerte y única, cuando estaban solas ellas dos y nadie más podía entrar en ese círculo íntimo. Y se ha preguntado cuánto tiene que ver con lo que vio aquella tarde. Unirse a Greta quizá fue un movimiento de defensa. Y si hizo algo así es porque tenía miedo. Entendió que en el subtexto de esa escena lo que había era una agresión.

—Pero no se lo dije a nadie.

Las lágrimas han empezado a brotar de sus ojos al principio del relato, pero ahora ya son incontables y el nudo de la garganta hace que las palabras salgan entrecortadas y que casi no se entienda lo que dice.

—Yo lo sabía. No hice nada. No dije nada. Soy una puta cobarde.

Berta escucha a Alma. Está sentada con las piernas cruzadas. Esperaba esa confesión desde hace tiempo. Berta no fue consciente de la presencia de Alma en aquella escena, pero ha tenido mucho tiempo para pensar en por qué dejaron de ser amigas, qué sucedió para que también durante aquel curso perdiera su amistad. Al principio pensó que había sido culpa suya. Que su comportamiento se volvió extraño, taciturno, introspectivo, huraño y, de alguna manera, es cierto que huía del contacto de sus compañeros por miedo a que descubrieran lo que estaba pasando. Luego, reflexionó, y se dio cuenta de las coincidencias y de que la explicación más plausible fuera que Alma supiera algo. Quiso hablar de ello cuando estuvieron en esa misma habitación un par de meses antes, pero notó que Alma la rehuía y no tuvo el valor suficiente para exponer el tema; después, en todas esas visitas a la casa de Alma mientras duró su castigo, pensaba que en cualquier momento saldría en la conversación, pero nunca lo abordó directamente. Daba rodeos, círculos, para no llegar a ninguna parte y volver frustrada y angustiada a su casa. En el fondo temía la reacción de Alma. Temía que Alma lo negara. No lo dice, pero piensa que el comportamiento de Alma es responsable, en parte, de su último ataque de pánico. ¿Qué habría ocurrido si Alma hubiera contado lo que vio en el pasillo de la cuarta planta del edificio del instituto aquella mañana? Probablemente ella se habría armado de valor para denunciar al profesor de Historia. Nadie habría podido acusarla de mentir. Quizá el expulsado del instituto hubiera sido el abusador y no la víctima. Quizá se podría haber evitado engordar veinte kilos, el fracaso escolar, la soledad, la depresión, la ansiedad, cortarse la piel con cuchillas, los vómitos, las diarreas y los tres intentos de suicidio.

—Yo recuerdo el día de ese cumpleaños —dice Berta—. Esperé la invitación, pero no llegó. Pensé que tenía que ser un error. Que quizá la mía se había perdido en el fondo de tu mochila o que se la habías dado a otro por error. No querías verme en tu fiesta. Es así de sencillo.

Berta rescata de la memoria una imagen de Alma. Una imagen de una niña de trece años, a punto de cumplir los catorce, que parece mucho más pequeña porque todavía no ha crecido o ha dado el estirón o se ha desarrollado o directamente será más pequeña que los demás. Y tiene que confiar que esa otra niña la salve. Desde la distancia, aunque solo tiene diecisiete años, es posible que ya sea muy vieja, se da cuenta de que no la puede culpabilizar de lo que le pasó, de que no sería justo cargar a aquella pequeña con esa responsabilidad. Berta abraza a Alma. Las lágrimas de las dos forman un solo río de tristeza. Lloran hasta que no pueden llorar más, transformando una pena en otra cosa. Han roto una maldición. Siguen tumbadas en el suelo de madera, una junto a la otra, se dan la mano.

—Tienes que contar lo que pasó —afirma Alma de improviso—. Tienes que denunciarlo.

Berta suelta la mano de Alma y se gira sobre el suelo.

—No, no voy a hacerlo —niega Berta—. Estoy bien. En serio me has ayudado mucho más de lo que crees. Ahora que lo he compartido me he quitado un gran peso de encima o, al menos, me siento menos angustiada.

Alma vuelve la cabeza. Coge a Berta por el hombro y tira de él. Al principio encuentra resistencia, pero insiste y Berta se da la vuelta.

—No se trata solo de ti, Berta —dice Alma—. Estamos a tiempo de evitar que otras chicas sufran lo mismo que te hizo a ti. Puede que ese hijo de puta esté buscando a una nueva víctima o que ya esté abusando de otra chica.

Berta niega con la cabeza. Nota como se despierta un ligero dolor de estómago y luego son las náuseas las que reclaman su atención. Hace un esfuerzo para tragar una saliva que no existe porque su boca está seca. Conoce todos esos síntomas y también sabe que a continuación sentirá una opresión en el pecho como si le faltara el aire. Se dice a sí misma que no pasa nada, que todo está solo dentro de su cabeza. Trata de serenarse.

—No puedo hacerlo —insiste Berta—. No tengo ninguna prueba. ¿Lo recuerdas? Durante esos meses me dediqué a borrar cada prueba, cada prueba que podría inculparlo. Si lo denunciara sería mi palabra contra la suya y todos sabemos que le creerían a él.

—Yo estaba allí —replica Alma.

—Tú me viste hablando en un pasillo del instituto una tarde. Entré en un cuarto con él y ni siquiera sabes lo que pasó ahí dentro.

—Pero yo te creo.

—Eso da igual. Piensa —dice Berta—. Si le denunciara tendría que volver a pasar por todo aquello, estar con él de nuevo, revivir cada día de aquel curso otra vez. No puedo. Y tampoco quiero hacerle eso a mi madre ni a mis hermanos. Me entran ganas de morir solo de pensarlo.

Alma va a decir algo, pero Berta le pone la mano en la boca.

—Por favor, Alma —le suplica—. Respétalo.

47

Dame los nombres de esas chicas que denunciaron a sus violadores. Esas chicas de las que hablaste en casa de Nata. Porfa.

Greta tarda un par de minutos en contestar.

Daisy Coleman. Chanel Miller.
¿Para qué los quieres?

Un trabajo del insti.

Alma teclea «Daisy Coleman» en Google. Lee la historia de una cría de catorce años. Un sótano. Un grupo de jugadores de fútbol. Una violación en grupo. Parece que lo peor ha pasado, pero lo peor está por llegar. Daisy denuncia la violación y a sus violadores. La sociedad la culpabiliza a ella y en días pasa de ser una víctima a una puta. Sufre el acoso de sus vecinos, los medios de comunicación difunden detalles de su vida privada y cuestionan los hechos, y a través de las redes le llegan acusaciones de «haber ido buscando que la violaran». Es sometida al escarnio público. Las consecuencias de denunciar la violación son pasar por un auténtico calvario social. Es obligada a mudarse de ciudad. Una vida truncada. Un alto peaje. Es una historia de pérdida y sufrimiento. Una historia de miedo.

Luego, Alma teclea «Chanel Miller». Otra historia de miedo. Tienen cosas en común. Los violadores sufren un pequeño castigo, rehacen su vidas con el tiempo, sus nombres y rostros desaparecen en el olvido. Nunca hay olvido para las víctimas. Sus caras y sus historias permanecen en la red el resto de sus vidas recordándoles lo que les pasó. Alma entiende los motivos de Berta y también los de Nata para guardar silencio. Es injusto. Pero lo comprende. Escribe en un pósit: «¿Cómo cazar a un depredador sexual?». Lo pega en la pizarra de corcho que tiene en la pared de su dormitorio.

En una esquina de su mesa de estudio hay un sobre de correos. Es de cartón y tiene el remite de una web de fotografía que pasa fotografías de móvil a papel. Alma abre el sobre y sobre la mesa cae un puñado de imágenes con el aspecto de polaroids, aunque no son auténticas polaroids. En una de las fotografías aparece junto a la pancarta que pintó para la manifestación del 8 de marzo con el pelo recién cortado y señalando con un dedo la herida de la cabeza, todavía con los puntos y coloreada por el antiséptico. PELEA COMO UNA CHICA. Le hace gracia. Sonríe. Otra de las instantáneas es un selfi que se hizo en la fiesta de cumpleaños de su hermano Pablo con la camiseta ASSHOLE. BABY Otra, una imagen de la ropa que llevaba la noche en la que se escapó para irse de fiesta tirada en un rincón de su habitación. Otra una imagen provocativa entre las sábanas de la cama de Greta. Un primer plano del nacimiento de su seno y su tatuaje: *Feminist*. Las ordena sobre la mesa de estudio. Esas instantáneas cuentan su historia. La historia de una adolescente. De cualquier adolescente. Cualquier historia de cualquier adolescente.

—Oh, joder, eso es —exclama en voz alta y da una palmada.

Gregory y Cooper juegan en uno de esos pequeños espacios de naturaleza que quedan todavía en mitad de la urbanización, islas salvajes salvadas de la colonización. Alma y Berta han quedado en encontrarse allí como en una de esas películas que le gustan a Pablo padre, en la que dos espías de la guerra fría se citan en un lugar convencional pero discreto, un parque situado junto a la ribera de un río, por ejemplo, y sentados en un banco intercambian secretos.

—¿Crees que eres la única? —pregunta Alma.

Berta se encoge de hombros.

—No lo eres —dice Alma—. Estoy segura de que ha abusado de más chicas a lo largo de su vida.

Alma ha estado observando el comportamiento del profesor de Historia. Nunca había hecho algo así. Nunca le había prestado tanta atención a algo o a alguien. Ahora sabe muchas cosas sobre él. Más de lo que se imaginaba que podía saber dos semanas atrás. Sabe el modelo, el color y la matrícula del coche con el que llega a trabajar cada mañana. Sabe los horarios y los grupos a los que da clase durante toda la semana. Le ha observado con discreción en los pasillos y en el patio del instituto y en el hall de recepción y en la secretaría. Ha visto cómo se relaciona con sus alumnos y con otros profesores. Es alguien muy social, con mucho encanto y carisma. Cuando le toca ser cuidador durante los descansos en el patio interior del colegio le rodea un corro de alumnas de secundaria. Todas esas chicas ríen sus bromas y asienten con la cabeza ante cada uno de sus inteligentísimos comentarios.

Es cercano, es cordial, es accesible. Es atractivo. Tiene un aspecto muy poderoso. La mandíbula cuadrada, los hombros anchos, los brazos fuertes. Vello rizado sobresale por el cuello abierto de sus camisas Oxford. También es muy masculina la manera que tiene de doblar las mangas de las camisas sobre los codos.

Sus dientes son un poco grandes, pero muy blancos y su boca en conjunto es seductora. Tiene éxito con las otras profesoras. Es simpático, agradable, encantador y se hace el interesante. Despierta el deseo de ellas. A veces le piden que líe un cigarrillo de su tabaco para ellas. Y pelean por ser la que más favores recibe. Lo hacen como un juego. Pero hay algo de competición sexual. Él también prefiere la compañía de las mujeres. Alguna vez le ve caminar por el patio con el director o toma café en un bar cercano con otros profesores, pero, en general, es más fácil encontrarle en la secretaría, donde solo hay mujeres, o en el despacho de los departamentos donde las mujeres son más abundantes. Allí le rodean, le lanzan miradas furtivas, buscan el contacto físico. Él procura mantener la distancia con alumnas y profesoras. La puerta de su despacho siempre queda abierta cuando recibe a alumnos o a otros profesores. Sugiere que no tiene nada que ocultar. Es aparentemente inofensivo.

Sin embargo, Alma ha descubierto pequeños indicios del comportamiento de un depredador sexual. Solo hace un par de días le descubrió en uno de los pasillos superiores mirando por los ventanales hacia la parte de atrás del colegio. Se mantuvo muy quieto durante unos minutos y luego se marchó. Alma se acercó a esa misma ventana unos instantes después de que él se hubiera ido y miró a través del cristal. Dos alumnas del último curso de secundaria fumaban pegadas a la pared del edificio, en una esquina, donde pensaban que nadie las podía ver. Acecha desde las sombras y cuando la víctima percibe el peligro que corre ya es demasiado tarde. Alma se preguntó a cuál de esas chicas habría elegido como víctima. Y decidió saber más de ellas. A una la esperaba su madre dentro de un coche a la salida del instituto. La otra, una chica de pelo castaño claro, cara redonda, piel blanca, cogió el bus hasta el CC. En la última planta entró en un restaurante de comida rápida. Eligió un menú con hamburguesa, patatas fritas y refresco. Y se sentó a una mesa con aire abstraído cargada hasta arriba de tristeza y soledad. Alma está segura de que esa chica podría ser su próxima víctima.

A Berta le sobrecoge el relato de Alma. Se siente reconocida y, al mismo tiempo, terriblemente incómoda. Sabe lo que Alma quiere que haga y las palabras le salen con miedo de la garganta. Le aterra la idea de volverse a enfrentar a él, de que los demás conozcan lo que le pasó y de que la juzguen o que lo pongan en duda. Hay demasiadas cosas que le dan pánico.

—No voy a denunciar. No lo haré. No podría soportarlo.

—Lo entiendo. No te preocupes. Yo lo haré por ti.

—¿Cómo? —pregunta con una expresión de incomprensión dibujada en el rostro.

—Crearé un perfil en Instagram bajo una identidad falsa. Será la página de una chica que ha sufrido lo mismo que tú. Una estudiante de secundaria que es agredida sexualmente por uno de sus profesores. Describirá lo que te hizo y cómo lo hizo y las consecuencias que ha tenido.

—¿En Instagram? Pero necesitarás fotos.

—Las fotos serán mías —y se corrige—: Quiero decir que seré yo la que salga en las imágenes.

—Se te va la pinza.

—Tendré cuidado. Nunca se me verá la cara. Nadie me reconocerá.

Alma saca del bolsillo de su Carhartt un puñado escogido de las polaroids. Berta observa las imágenes.

—Tú podrías escribir los textos que irán con cada foto. Es tu historia. Nadie podría escribirla mejor que tú.

Berta le devuelve las fotografías. Alma está entusiasmada. Tiene las mejillas enrojecidas y un brillo febril en la mirada.

—¿Cómo se te ha ocurrido algo así?

—Tú me diste la idea. En mi cuarto la primera vez que viniste a verme cuando estaba castigada dijiste algo así como que debería abrirme un canal de YouTube y contar la experiencia de estar castigada. Que miles de chicos y chicas que estarían pasando por lo mismo en ese momento me seguirían. Esto es lo mismo. Miles de chicas han pasado por una experiencia como la tuya. Se reconocerán en la historia. Y si tenemos la suerte de que una sola de ellas descubra que el hombre que la violó es el mismo que te violó a ti, quizá se anime a denunciarle. Es una posibilidad entre un millón, pero tenemos que intentarlo.

Cansado de correr detrás de Cooper, Gregory se sienta en el suelo al lado de Berta. La larga lengua roja cuelga de su boca abierta. Alza la cabeza y mira a la adolescente con esos grandes ojos tristes. Berta le acaricia la cabeza.

—¿Qué te parece? No lo haré si tú no estás de acuerdo.

Cooper sigue corriendo como si estuviera contagiado de la misma excitación que Alma.

—¿Por qué quieres hacer esto? —pregunta Berta.

—Para evitar que abuse de alguien más —le contesta Alma como si fuera evidente por qué va a hacer todo lo que va a hacer.

—No —replica Berta—. No es eso lo que te pregunto.

—No sé —responde—. Creo que esta es la primera cosa que me importa desde hace mucho tiempo.

—En realidad, no te hace falta mi ayuda —dice Berta.

—Esto es algo de las dos.

Están tumbadas en la cama con la espalda apoyada en el cabecero. Alma se da de alta en Instagram con otra cuenta de correo electrónico. Combina los nombres de Daisy Coleman y Chanel Miller y crea una falsa identidad. Coleman Miller. Ese será el avatar que las representará y bajo el que publicarán su historia. El usuario: @Colemanmiller18. Configuran la información personal y eligen como foto del perfil una imagen de la huella de uno de sus pies en la arena de una playa que se tomó el verano anterior y que está en su biblioteca de imágenes. Discuten sobre el texto que deben incluir en la descripción de la biografía. Deciden que ha de ser lo suficientemente explícito para que todo el mundo sepa de qué va el asunto desde el principio. Alma escribe: «Cómo sobrevivir a un depredador sexual».

Berta le hace una fotografía a Alma. Después diez o doce más. Diferentes planos, diferentes iluminaciones, diferentes posturas. Al final escogen un primer plano de su sonrisa. Berta corrige la foto y le aplica filtros de luz. Pone en práctica algunos de los conocimientos aprendidos en el bachillerato de Artes. Luego escriben el texto para el pie de la fotografía. Se miran. Alma pulsa compartir. Coleman Miller se ha estrenado en la red social.

Es *Instagram 01*

Berta abraza a Alma.
Una luz apagada hace tiempo se vuelve a encender.

48

Un día cualquiera durante las vacaciones de Semana Santa. Alma se baja de la moto de David en la puerta del BIT, uno de los bares del pueblo, sobre las diez y media. Se quitan los cascos. Tienen la cara fría. Se besan. Se separan y se besan de nuevo. Ella se abraza a él como si no quisiera que se marchara. David tiene que bajar a la ciudad y ver a unos clientes. Las vacaciones y las fiestas aumentan el consumo de hierba. Esta semana puede sacarse una pasta. Se besan una última vez. Ella espera a que él se haya ido para entrar dentro del bar.

Al cruzar la puerta recibe una bofetada de calor y otra de trap. En el primer rincón están los Chicos de la Hierba. Jackrussell, Susanita, Lucía B y Lucía R y el Terry beben cerveza y hablan de vídeos de YouTube, zapatillas deportivas, semillas de hierba y cosas por el estilo. Alma reparte besos y abrazos.

—¿Qué hacéis aquí?

En cuanto bajó la presión de la Guardia Civil volvieron a ocupar su viejo lugar de reunión en el parque. Están pendientes de juicio y deberían dejar de vender, pero no saben hacer otra cosa. Alma les echa de menos.

—Ha sido una buena noche y no queríamos volver a casa a por más.

Tienen los bolsillos llenos de billetes procedentes de las pagas de cientos de estudiantes a los que dieron las vacaciones el día anterior. Alma lo sabe.

—Me alegro mucho de veros bien.

Ellos también la echan de menos. Ya no va tanto por el parque como antes. Alma tiene a mano unas pocas excusas para justificar la ausencia: los exámenes, el castigo, las movidas con sus padres, el accidente... Ella les deja asomarse a la cicatriz de la cabeza. Le han quitado las grapas. Conserva el pelo muy corto y la cicatriz se ha convertido en una serpiente que se enrosca sobre sí misma.

—Mola un huevo. Yo me haría una —dice el Terry.

—Tírate debajo del bus —le contesta Lucía B, y todos ríen.

—¿Estás bien para fumarte un piti ahí fuera? —le pregunta Susanita.

Ella siente un poco de mono, echa de menos el ligero mareo, la risa y la sensación de que nada importa, pero se controla y les dice que no puede.

—Tengo que parar durante un tiempo. Mis padres me siguen haciendo los test antidrogas. Un coñazo.

Ni un amago de mueca ni de queja ni de juicio ni de lo que sea. Está en orden, sí, eso es lo que ella quiere.

—¿Qué sabes de Hernán? —inquiere Jackrussell—. Hace semanas que no se pasa por el parque.

Los Chicos de la Hierba saben que ocurrió algo entre ellos. Alguna mala movida, pero tienen la suficiente discreción como para no preguntar. Alma tampoco le ve mucho. No asisten a las mismas clases. Además, pronto comenzará la preparación de la EvAU y eso hará que la gente en general deje de verse. Después llegará el final del curso y se acabó. Aún tiene una conversación pendiente con Hernán.

—Le vi con esos tíos, Kevin y Jota.

—Mal rollo.

—Son gente chunga —sentencia Alma.

Hay un movimiento general de aprobación. Están de acuerdo. El Terry ha sacado un nuevo vídeo en su canal de YouTube y quiere que Alma lo vea. Tiene mil setecientas visualizaciones y está muy contento del resultado. Solo él, porque la música es horrible y las rimas de la letra son peores que en su primera canción. Lo único bueno son el corte de pelo y las Fila que calza.

—Cualquier día te ve un productor y lo petas —dice Alma.

El comentario de Alma levanta una columna de risas como la espuma. Le gusta hacer que se rían. Se despide de ellos. Susanita le coge la mano.

—Estás con David, el hermano de Greta, ¿no?

—Algo así.

—Joder, qué suerte tienes, perra.

Ja. Sí, es una perra con suerte. Alma les deja y avanza hacia el fondo del local. Cruza una puerta y sale a un patio cubierto con una carpa. Estufas altas, sillones y mesas bajas. Greta y Nata la están esperando fumando una sisha. Prestan atención a sus teléfonos móviles hasta que Alma se sienta entre ellas con el rostro enrojecido por el aire frío y la emoción. Efervescente.

—¡Oh, mira la princesa! —exclama Greta con ironía—. Lo realmente satisfecha que se la ve de la vida ahora que tiene novio.

—Hemos salido tres veces. No es mi novio. ¿Qué habéis hecho?

—Dar vueltas por el CC hasta marearnos.

—Hay una oferta nueva de hamburguesa, patatas y una bebida por tres pavos.

—¿Y tú qué? ¿Has follado? —pregunta Nata.

—No —contesta Alma—. Solo nos enrollamos y eso.

—¿Y a qué esperas? En un par de meses estará al otro lado del mundo.

Nata está jodida. Le dijo que ella no soñara con David o que estaba por encima de sus posibilidades y se equivocó absolutamente con la predicción. Y ahora, cada vez que puede, le recuerda cosas como que pronto iniciará ese viaje. Cosas que Alma prefiere no mirar. Lleva un par de semanas muy rara. Como indolente y con mal carácter. Es la puta primavera. Astenia, dice.

—Nata tiene razón —dice Greta—. Y cuando te lo folles por primera vez, si no te mola me lo traes. En mi familia admitimos devoluciones.

Alma suelta una carcajada.

—¿Estás tomando la píldora? —le pregunta Nata.

—No, prefiero hacerlo con condón.

—Eso —comenta Greta—, que se joda.

Otra carcajada. Greta ha bebido demasiado. Tiene un vaso ancho casi vacío de una mezcla de ron y Coca-Cola. El hielo se ha deshecho hace tiempo y la bebida ya debe de estar tibia. Greta le da un par de tragos y sonríe por encima del borde del vaso. Tiene una expresión entre divertida y traviesa que la hace más atractiva de lo normal.

—Tengo ganas de ir a bailar —dice—. Podríamos bajar a la ciudad. Un día.

Los padres de Greta no la castigaron por venderle hierba a una policía. Lo que se le vino encima y su propio sentimiento de culpa ya fue bastante castigo. Convenció a David de que lo había dejado todo en orden, pero su madre se negó a que la plantación volviera a su casa. Se acabó. «Saldremos adelante como podamos», dijo y todos estuvieron de acuerdo. La hierba sigue escondida en la casa de un amigo íntimo de David. Tiene una oferta para vender la plantación completa con el sistema de iluminación, de calor y riego diseñado por David. Está esperando a que llamen a su padre de esa empresa para la que ya ha pasado dos entrevistas. Una transición suave. En eso están.

Alma le da una calada a la sisha. Nata ha escogido el sabor Chai Tea, aunque, en realidad, sabe más a chicle de hierbabuena.

—He visto a Alberto esta mañana en el bus. Iba con cuatro o cinco del equipo de fútbol. Haciendo el idiota como siempre. Colgándose de las barras. Casi los echan.

—Venían de jugar un partido. Han ganado. Lo he visto en Instagram.

—¿Todavía le sigues? Joder, Nata, bórralo.

Terminan discutiendo. Cogen el bus de las doce y diez. A las doce y media está en casa. Se queda despierta hasta muy tarde. Sale del dormitorio y entra en la cocina. Se prepara un tazón de cereales con leche. A través de los cristales ve las luces blancas de los faros de los coches al pasar. Recibe un mensaje. Es David.

Estás despierta?

Sip.

Aquí estoy.

Tengo una sorpresa.

En serio, qué es?

Si te lo digo no es una sorpresa.

Dónde estás?

Por ahí.

Hay alguna modeli rondándote?

Cientos, pero ninguna
me gusta más que tú.

Voy a bajarme el pijama
hasta los tobillos.

Jajajaja.

Es de madrugada cuando por fin dejan de escribirse.

49

Sábado por la tarde. Llueve. Nata mira por la ventana de su dormitorio. Está a punto de anochecer. Ha estado estudiando toda la tarde. Luego se ha tirado en la cama y ha pensado en pintarse las uñas de los pies. Hace unas semanas compró un esmalte en un tono de lila claro. Coge el frasquito y se coloca algodones entre los dedos. Y de repente siente una enorme pereza y abandona la idea. No tiene sentido. No va a ver a nadie. No va a salir. Aunque sea un sábado por la tarde. Hace más de un mes que rompió con Alberto. Esas cuatro semanas han sido las peores de su vida. Los primeros días fueron un auténtico suplicio, una tortura psicológica, tener que verle cada mañana en el instituto, al otro lado de la clase, y no dirigirle la palabra. Se ha apoyado en Alma y en su grupo de estudios. Ahora se mueve con ellos en los descansos entre clases, en el pasillo de la planta de bachillerato, se mantiene a su lado y en el descanso de media mañana salen en grupo y se sientan juntos a una de las mesas y beben café. Esa rutina ha hecho soportable las últimas semanas de instituto. Lo peor son los fines de semana. Sus padres le montaron la bronca cuando descubrieron que le gustaba meterse en casas ajenas y la castigaron sin salir y sin paga una par de semanas. En vacaciones de Semana Santa salió un día con Alma y Greta, pero acabaron discutiendo y estaba en casa a las doce. Alma está muy feminista militante y le carga un poco. No pierde oportunidad de meterse con Alberto y dice cosas horribles de él. Y a Nata no le gusta que le recuerde lo que pasó. Ya lo recuerda ella sola cada día. Luego, entre semana, quedó con un par de chicas y uno de los chicos de su grupo de estudios y se aburrió mortalmente. Estuvieron hablando de asignaturas y exámenes, de páginas de YouTube que te ayudan a estudiar, de gente que estudia delante de una cámara y lo transmite en directo, y sobre páginas donde puedes hacer exámenes de otros años de la EvAU y de lo mal que lo están pasando y de lo peor que lo van a pasar hasta que llegue la hora de hacer los suyos, y de que se tirarán por una ventana si no los aprueban. «Deberían tirarse ya —pensó Nata— y me ahorrarían esta agonía.» Cuando llegó a un límite insoportable de aburrimiento les dijo que tenía una regla doloroso y que necesitaba volver a su casa, tomarse una pastilla que le había dado su ginecóloga y meterse en la cama con la luz apagada.

Y este es el primer fin de semana que no sale desde hace mucho tiempo, si exceptuamos aquellos en los que ha estado castigada o los que coincidían con una semana de exámenes. Baja a la cocina y se sirve un tazón de cereales y leche. Los cereales colorean de marrón la leche cuando su madre entra en la cocina.

—Un sábado y tú aquí a estas horas. ¿Dónde está Alberto?

Nata se encoge de hombros.

—¿Problemas en el paraíso?

—Lo hemos dejado —dice Nata y después corrige—: En realidad, lo dejé yo.

Arrugas de expresividad toman al asalto la frente de la madre de Nata. Es un movimiento exagerado que pretende subrayar la sorpresa ante la noticia. En realidad, diez días antes, una noche de domingo después de un fin de semana familiar, le dijo a su marido que Nata y Alberto no atravesaban por un buen momento. Las largas conversaciones, las risas y las discusiones por móvil a las que estaban acostumbrados habían desaparecido. El sonido de las palomitas explotando en una cacerola con el que Nata tenía marcadas las llamadas de su novio había dejado de escucharse.

—Han roto —afirmó rotunda.

—Quizá eso sea lo mejor —le contestó el padre de Nata—. Necesitará aprobar la EvAU con una buena nota si quiere ir a la universidad que ha elegido.

La madre de Nata no contestó el comentario. No quiso poner de manifiesto su desacuerdo. «No sabe nada de la vida», pensó. Los hombres en general no tienen ni idea de la vida. Una chica está mucho más centrada cuando tiene novio. Y ella lo sabe bien. Tener novio le salvó la vida cuando era una adolescente. La alejó de las malas compañías y de un mundo de drogas. La centró en lo que era importante. Una chica necesita un hombre a su lado.

Se sirve un vaso de agua y se acomoda en uno de los taburetes altos junto a Nata.

—¿Qué es lo que hizo? —pregunta de manera condescendiente.

Nata se mete una cucharada de cereales en la boca. Se plantea contestar: «Él y otros tres chicos del instituto estuvieron a punto de violarme. ¿Cómo te has quedado?».

— Por favor, mamá —dice por fin—. No seas pesada.

—¿Qué? —exclama la madre de Nata—. Venga, cuéntame ese drama. Tenemos confianza para hablar de nuestras cosas. ¿Se trata de otra chica? ¿Es eso?

Nata niega con la cabeza.

—Hace tiempo que no estamos bien. Y era un coñazo seguir así.

Nata deja el bol de los cereales dentro de la pila de la cocina, abre un poco el grifo y lo llena de agua. Su madre se acerca por detrás.

—Oye, no sé qué será lo que ha hecho, a los hombres no se les puede tomar muy en serio. Son muy simples y hay que aprender a vivir con eso. A veces es mejor mirar para otro lado y consentir alguna tontería para conservar el resto del lote.

—No entiendo a dónde quieres llegar.

—Digo que no se te ve muy contenta desde hace semanas. Y que deberías hacerte una pregunta muy sencilla: «¿Es tan grave lo que ha hecho que no puedo perdonarlo?».

Nata observa a su madre en silencio. Es ese momento en el que una se da cuenta de lo turbadora que es la experiencia de descubrir de verdad la clase de persona que es quien te trajo a este mundo.

—Si se trata de otra chica no importa si nadie lo sabe. Incluso si se sabe puedes darle la vuelta y usarlo a tu favor. Puedes hacer cosas que antes no hacías, tener cosas que antes no tenías. Alberto parece la clase de chico que te daría esas cosas. ¿Me entiendes?

Ahora Nata está segura de que está hablando de ella y de su padre, de su propia experiencia, de su puto matrimonio. Joder. Nata recuerda que sus padres pasaron por un momento malo como dos años atrás. Luego la cosa se arregló más o menos y un par de meses después su madre cambió el monovolumen por el Mercedes todoterreno. Joder. Ella también ha exculpado ciertas cosas de su conducta y, aunque cree que Nata aún no es lo bastante adulta para conocer los detalles, debe empezar a recibir ciertas lecciones. Y eso es lo que está tratando de hacer. Le está dando una lección de vida.

—¿Papá te ha puesto los cuernos?

—¿Qué? —exclama sorprendida—. ¡No!

—Parecía que estabas hablando de papá.

—En un matrimonio siempre hay diferencias. Como mujer debes ceder ante algunas cosas. La vida es así. Los hombres son así, Nata. Apréndetelo. Y pregúntate si merece la pena tirarlo todo por la borda porque él ha cometido un pequeño error. Yo no renunciaría a todo lo que me ha costado mucho esfuerzo conseguir porque mi marido hubiera cometido un pequeño error. Lo que haría sería obligarle a comprometerse, cobrarme un peaje y después lo olvidaría.

La madre de Nata bebe un largo trago de su vaso de agua. Como si hubiera pasado por un muy mal momento, uno muy complicado.

—Está bien —dice Nata tratando de ser conciliadora—. No te pongas así. Lo entiendo.

Nata sube las escaleras de la casa hasta su dormitorio y se tumba en la cama. No quiere saber nada más del matrimonio de sus padres. Ya ha tenido suficiente. «No quiero saber nada más, no me interesa su vida. Joder.» Trata de olvidar lo que ha pasado en la cocina, fuera lo que fuese. Entra en wasap y comienza a leer los últimos mensajes que le ha enviado Alberto. Luego comienza a leer los anteriores. Y puede leer hasta un año entero de mensajes antes de dormirse finalmente.

Al día siguiente Nata responde por fin al último de los mensajes de Alberto.

Quedamos en el CC.
A las seis. En la planta de arriba.
Donde los bocadillos.

Los domingos casi no hay nadie en el CC. Todo el mundo está en otra parte. Las tiendas están cerradas. Es como el escenario de una película sobre un apocalipsis zombi. En la tercera planta hay un bar abierto. Una de esas franquicias que tienen un centenar de bocadillos enanos. Un camarero con la cara llena de granos les sirve dos refrescos y unas patatas con beicon y queso fundido. Alberto no deja que paguen a medias. Y eso le gusta a Nata, porque supone una victoria de antemano.

—Ayer estuve leyendo tus mensajes —revela Nata—. Yo quiero perdonarte, pero no me inspiras mucha confianza, la verdad. ¿Cómo sé que no lo intentarás de nuevo?

—Joder, Nata. Tú querías hacerlo. Lo recuerdo perfectamente. Estábamos en la cama...

—Deja de repetir esas mierdas —le interrumpe Nata—. Eres un cerdo.

—Tienes razón, se me cruzaron los cables —admite—, pero no lo intentaré nunca más. Te lo juro.

—Si quieres que volvamos las cosas tienen que cambiar mucho.

Durante la siguiente hora, Alberto no dice otra cosa que «Está bien», «Sí» y «Lo haré». Y se asegura de que no quede duda de la sinceridad de sus intenciones. Necesita volver con Nata. Desde que rompieron duerme mal, apenas si tiene hambre, no disfruta jugando al fútbol y no puede estudiar. Lo que le quitó el sueño aquella primera noche, y cada noche desde entonces, es la posibilidad de que Nata se lo cuente a su madre y a su padre, el abogado, y le denuncien. Alberto sabe que, si eso ocurre, su viaje a Canadá para estudiar en una universidad privada se evaporará como el agua de un experimento de química. El día que Nata rompió con él tecleó en Google: «¿Te dejan entrar en Canadá si tienes antecedentes penales?». La respuesta fue un rotundo «No». Después borró el historial de búsquedas por si el gobierno canadiense era capaz de meterse en su ordenador. Unos días después de que Nata dejara de hablarle en clase, no contestara a sus mensajes de teléfono, le esquivara en el instituto y le ignorara, enfermó. Cogió una especie de resfriado que no se le iba nunca y frente al que los medicamentos que le recetaron dos médicos diferentes no podían hacer nada. Se hizo pruebas de alergia, pero tampoco se trataba de eso.

—Una bajada de defensas puede estar producida por el estrés —le dijo el segundo de los médicos—. ¿Tienes mucho estrés?

Sí tenía mucho estrés. Para dar y tomar. Habló con su amigo Christian.

—Tengo que volver con ella —dijo—. No puedo seguir así. Si volvemos juntos no podrá acusarme de nada. ¿Qué clase de chica volvería a salir con el chico que intentó violarla?

—No sé de qué podría acusarnos. —Christian mueve la cabeza de un lado a otro y después añade—: No borres el vídeo. A malas demuestra que no pasó nada.

Así que cuando ella le escribió ese mensaje y le propuso que se vieran en el CC no lo dudó ni un segundo. Después de que Nata hable durante una hora, Alberto ve por fin la oportunidad de hacer una pregunta que le está dando vueltas a la cabeza, pero no consigue encontrar el momento de expresar.

—Entonces ¿estamos saliendo juntos otra vez?

—Ni de coña —responde Nata ofendida—. Tienes que currártelo un poco más, guapo. Quiero que esta semana seas muy romántico delante de todo el mundo. Quiero regalos, quiero una invitación a cenar, quiero una primera cita otra vez... Pero una primera cita de verdad, no como la mierda que tuvimos hace tres años. ¿Entendido?

—Entendido.

Las clases se reanudan después de las vacaciones de Semana Santa. Y Alberto hace todo lo que Nata le ha pedido. El viernes siguiente todo el instituto sabe que Nata ha aceptado una invitación para cenar.

—¿Vas a ir a cenar con él después de lo que te hizo? —pregunta Alma muy enfadada.

Esa pregunta da inicio a una violenta discusión de amargas

consecuencias. Prácticamente Nata y Alma rompen una amistad de doce años. Nata no puede decir que sea una ruptura fácil. Esa tarde golpea la almohada mientras las lágrimas inundan sus ojos. Aunque en su origen hay más rabia que tristeza.

—¿Qué es lo que no va bien? —pregunta Alberto.

Le ha pedido un préstamo a su padre para pagar esa cena y se ha gastado casi todos sus ahorros en la semana de amor y fantasía. Estuvo a punto de alquilar un poni para llevarlo a la puerta del instituto y una puñetera avioneta que escribiera su nombre en el cielo. Lo hubiera hecho de tener dinero. Y al inicio de la cena, en un restaurante de verdad, nada de franquicias ni de comida rápida, uno bonito de verdad, que encontró en una guía de lugares románticos, le ha dado un pequeño anillo con una piedra semipreciosa porque es a todo lo que le ha llegado el dinero que tenía ahorrado. Y, sin embargo, ella está ahí dando vueltas al anillo, callada y con cara de estar muy enfadada.

—No es por ti —dice Nata mientras sonríe y extiende el brazo por encima de la mesa para darle la mano—. Es que he discutido con Alma. A Alma nunca le has caído muy bien.

Alberto arruga la servilleta mientras Natacha le cuenta lo que Alma piensa de él.

—Esa zorra se merece una lección —afirma cuando su novia ha terminado de hablar.

50

—¿Vas a ir a cenar con él después de lo que te hizo? —pregunta Alma muy enfadada.

—Solo es una cena.

—Con un tipo que te montó una violación en grupo.

—¡Joder, qué exagerada eres! Ya te dije que no pasó nada. Fue una broma. No pensaban hacerme nada. Alberto no les hubiera dejado.

—Alberto fue el que lo montó todo.

Nata se siente molesta. No le gusta que Alma cuestione una decisión que ya ha tomado. Le gustaría que se quedara satisfecha con esa justificación, aunque ambas saben que describir lo que pasó en la casa de piedra como una broma es algo que está muy lejos de la verdad. Y aun así le gustaría que cerrara la boca y se comportara como una buena amiga. Pero Alma no puede soltar el hueso y sigue insistiendo y acosándola. Apuntándola con ese dedo acusador. La trata como si fuera una boba o, aún peor, como si fuera una mala persona. ¿Es una mala persona? No. No ha hecho nada malo. Ha perdonado a Alberto. Perdonar es bueno. Está bien. Y, además, ha hecho un ejercicio de reflexión y ha ampliado su visión sobre lo que ocurrió aquella tarde y ha llegado a ciertas conclusiones. No son agradables, pero son la clase de cosas que te hacen madurar. O eso piensa Nata.

—A lo mejor la culpa fue mía —comenta Nata—. Lo provoqué.

—¿Qué mierda estás diciendo?

—Le conté una fantasía. Él es un poco simple, ya lo sabemos, y se lo tomó al pie de la letra y quiso montar ese número, pero, en realidad, lo hacía por mí. Pensaba que eso era lo que yo quería. Y no es tan raro. Hay tías a las que les mola.

—No me lo creo. ¿Lo estás justificando?

—No todo es negro o blanco, Alma. Hay una gama de grises.

Alma se muerde la lengua. De repente siente un escalofrío que le recorre la espalda del culo al cuello y que es como una especie de augurio de una próxima y cercana enfermedad. Odia que use esas frases hechas que no significan nada y que se comporte como si le estuviera dando alguna clase de lección.

—Oye, ya le he dejado muy claro cómo son las cosas, me ha pedido perdón y no va a volver a intentar nada parecido otra vez. Ya está.

—Vas a volver con él.

—Es lo que quiero hacer, ¿lo entiendes? Tengo planes y no lo voy a echar todo a perder por una tontería que dentro de nada habremos olvidado.

En ese preciso instante, Alma tiene una revelación muy dolorosa: se da cuenta de lo alejada que está de Nata, de que no puede fiarse de ella, de que no es como ella, de que no tiene la misma percepción del mundo que ella. Están lejos. Muy lejos.

—Esa frase es de tu madre. Te estás convirtiendo en una puta fotocopia.

El golpe es inesperado. Nata ni siquiera lo ve venir. La coge por sorpresa. Puede ver a su madre diciendo algo muy parecido una noche en la cocina de su casa. Apenas ha recobrado el aliento cuando Alma la golpea de nuevo.

—Me duele verte jugando a las casitas, a maridos y mujeres, interpretando el mismo papel que ella, pero con diecisiete años. Es patético que te plantees siquiera renunciar a tus estudios o a lo que sea para seguirle a una universidad de Canadá, que es el único sitio donde aceptarán a ese tarado porque es bastante mal estudiante y como deportista tampoco vale una mierda. Nata, despierta. No tienes por qué seguir ese camino. No es lo que hay que hacer.

—Ahora que me has abierto los ojos ya me puedo morir tranquila —dice Nata ofendida—. No necesito para nada tu respeto. Sé quién soy. Tengo mis propias ideas. Puede que no coincidan con las tuyas, pero no por eso son peores.

—Son unas ideas de mierda si piensas que lo que te hizo se puede perdonar.

De repente esa conversación de amigas en la parada del bus, en ese lugar donde han compartido cientos de cigarrillos y se han confesado secretos y han mantenido conversaciones interminables que les han hecho ganarse un montón de broncas por llegar tarde a casa, se convierte en una despedida. Las paradas de autobús, como las estaciones de tren o los aeropuertos, son escenarios de adioses. Es tan obvio que es sea el lugar donde van a romper que hasta se reiría si no tuviera ni puta gracia.

—No te he oído ni una vez decir que le quieres o que estás enamorada de él.

—Vete a la mierda.

Instagram 07

Descripción de la imagen: Una pizarra en el aula de un instituto. Igual a otras miles de pizarras en otras miles de aulas.

Texto: ¿Por qué se fijó en mí? Yo era una chica con problemas. Mala relación con mis padres. Tímida. Vulnerable. Inocente. Con poca autoestima. Se ganó mi confianza. Yo era genial. Yo era muy especial. Yo era diferente a las demás. Yo era realmente extraordinaria. Tenía algo que ninguna otra tenía. Eso es lo que él me decía. Y yo me moría por un poco de atención.

#instituto #unlugarseguro #estabasola #autoestimazero #eresespecial #ymelocreí

51

Segunda semana de abril. Es lunes y a tercera hora Alma tiene clase de Historia. Están estudiando las revoluciones del siglo xx. El profesor hace un comentario sarcástico sobre los Románov, el vodka y los bolcheviques. Los que están atentos se ríen. Cruza una mirada con Alma. Ella le sonríe. Estaba atenta a la explicación. O al menos eso es lo que él piensa.

En el descanso de media mañana Alma sale del instituto cuando la mayoría de los alumnos de bachillerato lo han hecho ya. Delante de ella han salido Nata y Alberto de la mano. Están saliendo juntos otra vez. Nata le perdonó. Y también perdonó a Christian y a sus dos amigos. Ahora todo el grupo y algunos chicos y chicas más se dirigen hacia el pequeño café que está en una de las calles que rodea el instituto. Natacha se ha cambiado de lugar en el aula. Ahora se sienta a cuatro mesas de distancia, en una de las primeras filas, lejos de ella. Alma y Nata ya casi no se hablan. A Alma le da un poco igual: Nata ha dejado de interesarle como persona.

Pierde un poco el tiempo en la entrada del instituto y después comienza a caminar en dirección opuesta al resto de los alumnos. Sube la calle lentamente, ensimismada en sus pensamientos. Se sienta en uno de los bancos de madera que salpican las aceras del paseo principal. Las raíces de un gran castaño han levantado el cemento de la acera y el asfalto ahora tiene el aspecto de una piel surcada por grandes y abultadas cicatrices. De manera inconsciente se lleva la mano a la herida de su cabeza. Ya solo está ahí para ella.

La serpiente que se enrosca en sí misma está casi oculta bajo un par de centímetros de cabello. Aun así, ha cogido esa especie de mal hábito de tocarse con la yema de los dedos. A veces con mucha intensidad. Su madre la reprende cuando la ve hacerlo, igual que cuando se muerde las uñas. Le dice que al final va a conseguir hacerse una calva. Deja en paz la cicatriz y saca su paquete de tabaco de liar del bolsillo de su nueva cazadora Puma. Es una cazadora muy ligera, blanca, con rayas negras, las letras grandes y la pantera americana saltando a un lado del pecho. Regalo de David. Mientras está concentrada en hacer que el filtro no se le caiga del OCB, una sombra alargada se detiene junto a ella. Alza la vista al mismo tiempo que su lengua moja el pegamento del papel del cigarrillo. Guiña un poco los ojos y usa una mano como visera para protegerse del brillo del sol. El profesor de Historia está a un par de metros de ella con las manos metidas en el interior de sus chinos de soldado aliado en las junglas de Asia. Él la ha visto salir del instituto y coger el camino contrario al del resto de los estudiantes. Y la curiosidad le ha hecho seguirla.

—¿Qué haces aquí tan sola? —le pregunta—. ¿Y Natacha?

—Ya ves —le contesta Alma y se encoge de hombros—. Me ha cambiado por su novio.

—¿Hay una historia detrás?

—Rompieron. Luego yo dije algunas cosas feas sobre Alberto y ahora que han vuelto a salir no soy su amiga más querida.

—Un clásico —dice el profesor y se pasa una mano por la nuca—. No es una buena idea intervenir en esos asuntos. Yo también he perdido amigos por cosas como esas.

—Una gran metedura de pata.

—Si yo fuera Natacha no tendría dudas de a quién elegir.

Alma sonríe y baja la mirada en un gesto que puede ser interpretado como timidez. En realidad, no quiere que descubra que para ella esa especie de elogio que le ha dedicado es una victoria. La confirmación de que el profesor se siente un poco atraído por ella. Y eso le gusta. Es una sensación extraña. Algo que le cuesta confesarse incluso a sí misma, pero está disfrutando de ese juego. Hace años que no se levanta con tantas ganas de ir al instituto. Quiere verle, estar cerca de él, hablar con él. Sabiendo que es peligroso. Un depredador sexual que ha abusado de una de sus amigas y quién sabe de cuántas chicas más. Inspira con profundidad una calada de su cigarrillo, lo retiene en sus pulmones y después lo deja escapar controlando el momento. Es lo que Alma piensa que tiene. El control.

—¿Esto es una casualidad o me estabas siguiendo? —pregunta Alma.

—Estás en mi camino —dice él sonriendo y señala con una mano un bar al que suelen ir los profesores y que está a unos cien metros bajando esa misma calle.

El profesor da un par de pasos y al cambiar de posición hace que ella ya no tenga que mirar al sol de cara y puede bajar la mano que le hacía de visera.

—Ayer hablamos de ti en la reunión del claustro.

—Me alegra saber que estoy en vuestros pensamientos —le contesta Alma.

«¿De qué color son los pensamientos del profesor de Historia?», se pregunta Alma. Seguro que oscuros. Alma está segura de que él ya se ha masturbado pensando en ella.

—Hemos observado una gran mejoría en tu actitud. Entregas los trabajos a tiempo, haces los resúmenes, te preparas los temas y has aprobado un par de controles. Algunos profesores han recuperado la esperanza de que apruebes el curso y puedas presentarte a la EvAU.

—Os agradezco la confianza, pero lo más seguro es que me tengáis que soportar otro año más por aquí.

—La última evaluación está a la vuelta de la esquina. ¿Cómo lo llevas?

—Mal. No consigo concentrarme. No me interesan las asignaturas. Y pierdo el tiempo haciendo cualquier cosa menos estudiar.

—¿Cómo van las cosas en casa?

Alma recuerda a Berta o más bien lo que Berta le ha contado. Y decide inventarse una historia triste, una mentira mezclada con unas gotas de verdad, pero al fin y al cabo la historia que él espera escuchar. Una historia que muestre las debilidades de una adolescente.

—Creo que se van a divorciar. —Niega con la cabeza—. Últimamente solo tienen dos posiciones: se gritan o no se hablan. Ahora mismo no es un sitio muy agradable para estar.

—Lo siento —le responde el profesor—. Yo también pasé por ese proceso. Es jodido, pero una vez que se separan la cosa mejora bastante. O al menos así fue en mi caso.

No llega a hacerlo, pero Alma sabe que él está deseando sentarse a su lado, ponerle una mano en el hombro, quizá coger su barbilla y levantarla levemente para mirarla a los ojos.

—No dejes que eso te influya. Tú tienes un futuro independiente de su decisión de estar juntos o no.

—Lo sé. No es culpa suya. Soy yo la que está perdida.

—No lo entiendo, Alma —dice él—. Está fuera de duda que eres una alumna con una enorme capacidad intelectual. Lo demuestras cuando quieres. Entonces ¿por qué no confías en ti misma?

—No soy una buena estudiante —afirma negando levemente con la cabeza—. Todos tienen muy claro lo que quieren ser y los veo esforzarse por conseguirlo, pero yo no... soy como los demás.

—Y yo me alegro de que no seas así. En realidad, eres un tema recurrente en las conversaciones del claustro. Y no solo por las calificaciones. Eres diferente al resto de los alumnos del instituto. Eres especial.

«Especial.» Es la misma palabra que Berta pronunció en la sala de Urgencias la noche del 8 de marzo. Él la convenció de que ella era especial. «Diferente es ser especial», le dijo, y ella creyó en sus palabras. Así se ganó su confianza. Haciendo que ella creyera que era especial.

—¿Qué significa ser especial?

—Nunca vives en lugares comunes como los demás. Y me encanta ese deseo de dejarlo todo y escribir tu propio camino.

—Dices eso porque sabes que estoy triste y quieres subirme el ánimo.

—Tienes razón —conviene—. Tienes baja la autoestima y no te interesa nada de lo que estudias. Quizá ambas cosas están relacionadas. Y lo mismo si te animo esté haciendo algo para que vuelvas a ser la estudiante que eras.

Alma entiende que él también tiene estudiado ese discurso. Ha dirigido toda la conversación para llegar a ese punto. Quizá como ella también ensaya delante del espejo. O quizá no le hace falta ya porque es un adulto lleno de experiencia que ha aprendido qué tiene que decir en cada momento. Ha preparado el terreno para su siguiente paso dentro de su estrategia de depredador, un paso que es tanto físico —avanza hacia ella acortando la distancia que los separa, ahora menos de un metro— como psicológico.

—Quizá podría ayudarte a descubrir tu camino, tu vocación, encontrar la manera de canalizar todo ese talento que, sin duda, tienes hacia un objetivo concreto.

El profesor le propone quedar después del horario de clases un día o dos a la semana. Celebrar una especie de charlas de orientación en el instituto, en un aula o en su despacho, donde podrían hablar tranquilamente ellos dos solos de lo que le gusta a Alma, de lo que la emociona, de lo que la motiva y averiguar lo que ella quiere ser.

—¿Qué te parece?

El corazón le golpea en el pecho como un tambor en una batalla. Nota la garganta seca. Quizá por el tabaco, quizá por el miedo. Puede retirarse o seguirle el juego. Tiene que tomar una decisión. Ese es el momento.

—Me gustaría. Sí.

Se sostienen la mirada durante unos instantes. Él sonríe. Está deseando cubrir la distancia que los separa y posar la palma de su mano derecha sobre la cabeza, dejarla resbalar hasta su nuca rapada, acariciar con sus dedos gruesos de hombre el cabello tan corto, y luego empujar su cabeza y forzar que la boca se pose sobre su entrepierna. Allí mismo. Pero no hace nada de eso. Se contiene.

Ella nota cómo se contiene.

52

Alma hace pis en un vaso de plástico. Uno de los vasos de plástico que forman un juego que Vero compró para que su hijo Pablo aprendiera a beber agua. Aún quedan algunos en el estante superior de la alacena de la cocina. Cada uno de un color. El que usan para los test antidrogas es azul turquesa. Lo llena hasta la mitad de líquido caliente y se lo entrega a su madre.

—¿Qué vas a hacer con el vaso? —pregunta Alma sentada en la taza del váter—. Cuando dejes de hacerme los test, quiero decir. ¿Lo tirarás?

A Alma le da cierta vergüenza mear en el vaso en el que su hermano aprendió a beber agua. También son los vasos en los que beben los amigos de Pablo cuando vienen a jugar a su casa. Alma trata de borrar de su cabeza la imagen de esos niños bebiendo su pis caliente.

—Aún está bien —dice su madre—. El lavavajillas puede con cosas peores.

Vero sumerge la tira reactiva en el vaso. Esperan un minuto: Alma sentada en la taza del váter y Vero en pie junto al lavabo. El test da negativo. Su madre le da un beso en la frente. Alma se lo ha dicho. Ya no fuma hierba. Pero la palabra del test vale más que la suya.

—¿Quieres un café? —pregunta.

El viento agita las ramas de los almendros del jardín. Mientras Vero calienta agua para los cafés instantáneos, Alma se sienta a la mesa de la cocina y se toquetea el pelo corto de la nuca y de los lados de su cabeza. A Vero no le gusta el corte de pelo que se ha hecho. Le endurece las facciones. Tenía sentido después del accidente, pero no entiende que Alma no se lo deje crecer. Estaría mucho más guapa. Se guarda su opinión. Ha decidido limitar los temas en los que entra en conflicto con su hija. Ha decidido relajarse un poco. Hay ciertas señales. La nota más centrada, más madura, como si se estuviera curando del virus de la adolescencia. No es lo que más le importa, pero también ha notado un cambio en su actitud hacia las clases y el instituto. Estudia por las tardes y por las noches. Y le ha asegurado que aprobará al final del año.

Vierte al agua caliente en las dos tazas de porcelana, azúcar moreno y una nube de leche y se sienta frente a ella. Su relación ha cambiado de manera sutil desde que aquella noche, la noche en la que hicieron pancartas para la manifestación del 8 de marzo, hablaron dentro del coche en el jardín.

—Me acosté con un chico —le contó Alma—. Hernán, uno de mi clase. Me quedé a dormir con él. Por eso no volví a casa.

Hernán. Vero conoce a sus padres. De las reuniones del colegio y también de esperar en la puerta para recogerlos cuando eran más pequeños. Es un chico muy guapo.

—En realidad, no quería hacerlo.

—¿Te agredió? —preguntó Vero con la angustia en la garganta.

—No.

Estaba borracha y drogada y en un primer momento le pareció bien meterse con él en la cama. Pero después de hacerlo se dio cuenta de que había cometido un error y se arrepintió. Vero conoce esa sensación porque también se despertó en muchas camas en las que no se debería haber metido.

—Bueno, no vas a ser la primera ni la última.

Vero compartió un par de experiencias con su hija y abrió la puerta a un mundo de feminismo y confidencias. Dos mujeres hablando de sus experiencias sexuales sin temor. Esa noche fue un punto de inflexión. Desde ese día la sinceridad ha transformado su relación. Vero le confesó que había sufrido una gran decepción cuando no apareció en el bus que las llevaba a la ciudad para participar en la manifestación. Y que solo pensaba en ella cuando marchaba por las calles de la ciudad, que no disfrutó de ese 8 de marzo, y que estaba a punto de darse la vuelta cuando recibió la llamada de Pablo. La tierra se abrió bajo sus pies. El miedo a que su hija hubiera sufrido daño, que pudiera estar malherida, que pudiera morir, la partió en dos. Y después, cuando su marido le aseguró que Alma estaba bien, sintió culpa por haber pensado mal de ella y al mismo tiempo alivio al descubrir que su hija no le había fallado. Aún puede sentir su cuerpo temblando entre sus brazos cuando entró en casa al día siguiente y sus lágrimas mojando sus mejillas. Luego compartieron el momento en el que Alma le confesó su encuentro con Berta en el hospital y el intento de suicidio con pastillas. Y lloraron juntas.

Sí, ahora siente mucha más confianza con su hija.

Alma se ha estirado las mangas de la sudadera hasta cubrir sus manos. Tiene las piernas subidas a la mesa y se sostiene las rodillas.

—Me han propuesto unas clases de orientación y refuerzo de algunas materias. Sería en horario de tarde. En el mismo instituto. Las daría mi profesor de Historia.

Vero le da un sorbo a su café.

—Prueba. A lo mejor te vienen bien —contesta pragmática.

—Está bien —dice—. Iré.

Alma se pregunta qué diría su madre si le contara que el profesor de Historia es un violador y un pederasta. «¿En qué coño estás pensando, Alma? ¿Por qué querrías hacer algo así?» La respuesta no es sencilla. Se le forma un nudo en el estómago.

—Voy a pasarme un rato por la casa de Berta —anuncia Alma.

—¿Cómo está? —le pregunta Vero.

—Yo la veo más animada. Ha vuelto a su instituto y está haciendo terapia. A mí no me habla de cortarse las venas.

—Bien.

Alma y Berta están sentadas en el viejo sofá que Berta tiene en su estudio. La alfombra sobre la que vomitó la mezcla de vino blanco y somníferos ha sido sustituida por una veraniega alfombra de fibra de coco. Alma tiene su portátil sobre las rodillas. La página de Coleman Miller tiene siete publicaciones, casi cuatro mil seguidores y sigue a doscientas cincuenta personas. Muchas actrices de Hollywood, periodistas y organizaciones de mujeres que se han significado en la lucha por la igualdad de las mujeres y el #MeToo. A Berta esos cuatro mil seguidores le parecen una pasada. Alma, sin embargo, está decepcionada. Su idea no tiene el éxito que esperaba. Cada post tiene casi mil likes y un montón de comentarios de apoyo, muchos #yosítecreo, #sister #hermana y cosas así, pero no hay mensajes de otras chicas que hayan pasado por experiencias similares a las que narra Coleman Miller. Ninguna que comparta una historia similar o que hable de abusos de un profesor en un colegio o en un instituto. Ni siquiera por privado. Necesita que esa especie de mensaje dentro de una botella llegue hasta alguna chica que pasara por lo mismo que Berta. Encontrar a otras víctimas.

—Necesitamos más seguidores —dice Alma.

Sabe que todo depende de la difusión. Quizá el problema es que sus mensajes se quedan cortos o que les falta fuerza, y eso le hace pensar que debe arriesgar un poco más. Ser más explícita. Apuntar más alto.

Alma cierra el portátil.

—Hoy durante el descanso estaba fumando, sentada en un banco, y me he encontrado con él. Bueno, diría que él me estaba buscando. Me ha propuesto darme unas charlas para orientar mi futuro y descubrir mi vocación —comenta Alma.

—¿Cuándo?

—Después de clase.

—¿Qué le has dicho?

—Que tenía que pensarlo.

Berta se levanta del sofá y camina hasta la mesa de estudio. Coge su paquete de tabaco e intenta liarse un cigarrillo, pero las manos le tiemblan y las hebras saltan del papel y le resbalan de los dedos y caen sobre la mesa.

—No lo hagas —dice Berta—. Es una trampa. A mí me hacía lo mismo. Cuando el instituto está vacío no hay nadie a quien pedir ayuda.

Arruga el papel y lo tira a un cenicero.

—No entiendo qué quieres conseguir —habla sin esperar una respuesta—. ¿Quieres que te pase lo mismo que a mí?

—No, claro que no —y después apunta—: Pero si intentara algo conmigo podría denunciarle quizá.

—A ti se te va la pinza, Alma. Estás idiota. No puedes hacer algo así, ¿me entiendes? No lo vas a hacer. No puedes jugar a ser una víctima. Esto no es un juego.

—No dejaré que me pase nada. Sé cómo manejar esta situación. Me aseguraré de que no pueda hacerme nada. Podemos pensar juntas en algo.

—No te acerques a él, ¿lo entiendes? Ni se te ocurra acercarte a él.

Berta se levanta del taburete de dibujo y grita. Es un grito largo y continuo que no cesa. Es como si su cerebro hubiera perdido la conexión wifi con la estación que controla los gritos y estos no se hubieran enterado de que deben parar. Después aparta el taburete, que cae al suelo, y se mete bajo la mesa de dibujo y se queda allí agarrándose las rodillas con los brazos en posición fetal.

—Berta —la llama Alma asustada.

Pero Berta no contesta. Ahora está ahí en silencio. Con los ojos fijos en algún lugar de esa habitación, aunque puede que estén viendo algo que está muy lejano. En otro lugar o en otro tiempo.

—¿Va todo bien por ahí?

La madre de Berta se asoma al hueco de la escalera desde el primer piso de la casa. Como no obtiene respuesta, sube rápidamente los tres tramos de escaleras hasta llegar a la buhardilla. Ve a Berta bajo la mesa de dibujo. Cierra un instante los ojos. Es un gesto que expresa que eso que temía que ocurriera otra vez ha vuelto a ocurrir. Cuando los abre la expresión de su rostro es serena, tranquilizadora, es como si eso hubiera ocurrido un millón de veces antes y ella supiera qué es lo que debe hacer. A Alma le recuerda a una de las enfermeras de Urgencias del hospital que no se alteraba en ningún momento, que conservaba la calma, que se había enfrentado a situaciones como esas tantas veces que sabía qué hacer con precisión en cada momento. La madre de Berta mira a Alma. Ve que está asustada. Se acerca a ella y le pone una mano en el hombro. Lo aprieta con suavidad. Alma le devuelve una mirada de incomprensión. Es la misma mirada que, mezclada con temor, ha visto en los ojos de otras compañeras de colegio y amigas de su hija. Es la mirada que precede a la huida. Y, probablemente, piensa la madre de Berta, Alma, que estuvo tanto tiempo desaparecida de sus vidas, desaparezca otra vez.

—Será mejor que vuelvas a casa —le dice.

Lo hace con un tono de voz dulce. No es una orden, sino todo lo contrario. Es un «Quizá no te guste lo que viene ahora».

—Sí —acierta a contestar Alma.

Obedece la indicación de la madre de Berta. Mete su ordenador dentro de la mochila y baja las escaleras casi corriendo. Al pasar por el distribuidor de la casa se detiene un segundo en el umbral del salón. Los hermanos de Berta ven un canal de veinticuatro horas de dibujos animados en la televisión. Escucha un llanto que proviene de la buhardilla. Un llanto que vuelve a ser intenso y continuo, como una especie de mantra largo y sin espacios. A Alma le sobrecoge ese llanto.

Uno de los hermanos de Berta coge el mando a distancia y sube el volumen del televisor.

53

Bachillerato es el primer curso en dejar las aulas y Alma espera en la calle desde hace una media hora. Apoyada contra el muro de ladrillo de una de las viviendas de la acera contraria, observa cómo alumnos de todas las edades cruzan la puerta del instituto en un insistente goteo. Una larga fila de coches atasca la calle mientras padres con prisa esperan que sus hijos e hijas suban a la parte de atrás de los vehículos. Les preguntan cómo ha ido el día. Los pequeños de secundaria son expresivos y llenan el camino de vuelta a sus casas de anécdotas, problemas, deberes, invitaciones a fiestas de cumpleaños, trabajos extraescolares, material que hay que comprar de manera inminente y cosas por el estilo. Los adolescentes son herméticos. Contestan con un «Sí», «Bien», «Como siempre» y se sumergen rápidamente en las pantallas de sus teléfonos móviles. Esas escenas han sucedido a su alrededor durante años, pero ese es el primer día en el que presta atención y es consciente de lo que ocurre, y se pregunta si darse cuenta de esas cosas significa que está madurando, que se está convirtiendo en una adulta.

Alma aplasta la colilla de un cigarrillo con la punta de la zapatilla. Es el primer día de sus clases de orientación y refuerzo con el profesor de Historia. Abre la mochila y rescata un bocadillo de jamón y queso que Vero le ha preparado para comer. Le da un bocado. Mastica sin ganas. No tiene hambre. Se siente rara. Nerviosa. Lo vuelve a envolver en el film transparente y lo devuelve al fondo de la mochila. Inspira con fuerza, cruza la calle y entra en el instituto.

Los pasillos se han quedado vacíos y el silencio reina en el edificio principal. A medida que avanza sobre el suelo de baldosas de terrazo la pregunta que lleva haciéndose días vuelve a su cabeza: ¿por qué hace eso? ¿por qué está allí? Podría haberse negado a participar en ese juego. Es consciente del riesgo que corre. Se expone en el área de caza de un depredador sexual. Es una luciérnaga acercándose alegre y curiosa a una corriente de diez mil vatios. Aunque quizá no hay tanto peligro. Está bastante segura de que podría repeler una agresión. De que podría gritar o pelear o salir corriendo antes de que ocurriera nada. Quiere demostrar que él es un depravado sexual, y si la toca o se le insinúa o si la amenaza o trata de intimidarla mínimamente colgará su fotografía en la página de Coleman Miller y la acusación pública atraerá la atención de otras víctimas.

Llega a la puerta del aula. Está vacía. Ese nudo que sentía en la boca del estómago se hace a cada minuto más grande. Pero no se debe al miedo. Lo que siente es alguna clase de excitación. Una especie de borrachera.

La noche en la que Berta le contó lo que le pasó, le habló de la primera vez. Todo comenzó en un aula parecida a esa, aunque en otro piso y en otra planta del instituto, donde están los cursos de secundaria. Un aula con la puerta cerrada. Las clases habían terminado ya, aunque los pequeños, los que se quedan al comedor, todavía jugaban en el patio. La primera vez él la besó y le manoseó el pecho por encima de la camiseta. La empujó contra la pared y puso su cuerpo contra el de ella. Berta notó la erección bajo la tela de sus pantalones. Y eso la asustó. Todo iba demasiado deprisa. Quiso salir de esa situación, apartarle, empujarle, pero él no lo consintió. Usó la fuerza para retenerla y se volvió más agresivo. Berta le suplicó, una, dos, tres veces, que la dejara marcharse antes de que él se metiera bajo sus bragas y forzara su coño con uno de sus gruesos dedos. Berta no gritó, no se defendió, no huyó.

Alma no recuerda exactamente cómo llegó Berta a estar sola en esa aula con el profesor de Historia. Esa noche le contó muchas cosas. A veces era incapaz de procesar toda la información y los sentimientos que le provocaban y se echaba a llorar y dejaba de escuchar el relato de Berta y se concentraba en lo que ella misma sentía. Hace un esfuerzo por recordar, pero hay algunas lagunas. Zonas vacías sin información que Alma trata de unir a otras o rellenar con otros conocimientos. Berta le contó que el profesor de Historia la amenazó con unas fotografías que ella se había hecho, desnuda, en posturas provocativas, y que no sabe por qué le había enviado a él. Le dijo que las distribuiría por todo el instituto. Que las colgaría en páginas de internet. Que sus padres y los amigos de sus padres y su familia y sus compañeros de instituto y todo el mundo sabría que era una pequeña zorra. Que esas fotografías no se borrarían nunca de la red. Hundiría su vida si no hacía lo que le decía. Las lágrimas y los ruegos de Berta le excitaron más de lo que ya estaba. El abuso de su poder es lo que más le ponía. Y entonces se desabrochó el pantalón.

Alma piensa en sus propias fotografías guarras, en las que se hizo en la casa de Greta aquella noche, y piensa si puede ser el profesor de Historia quien le ha enviado esos mensajes. Y de repente, esa opción que hasta ese momento no ha considerado se vuelve tangible, toma cuerpo, se hace física y da miedo. Escucha pasos y un instante después la puerta del aula se abre y él entra en la habitación con una sonrisa amable en el rostro.

—Hola. No sabía que ya estabas aquí. ¿Has comido algo?

—Me hice esta mañana un sándwich.

—Genial.

Deja algunos libros y un par de cuadernos sobre la mesa y después se sienta en un pupitre junto al suyo y hace que ella también se siente. Se comporta de manera amistosa, derribando las barreras que siempre existen entre un profesor y un alumno. Actúa de esa manera en la que, salvando las diferencias de edad, podría comportarse si fueran amigos, de una forma relajada, como si hubiera hecho saltar los corsés sociales que los diferencian. La proximidad del profesor haría que cualquier alumno se relajara porque, de algún modo, estar sentados a dos mesas idénticas los iguala. Cualquiera relajaría la tensión, cualquiera bajaría las defensas, abriría las puertas. Sin embargo, Alma se mantiene alerta. Identifica la actitud del profesor como el primer paso —o quizá es ya el segundo, el tercero o el cuarto— de la estrategia de un depredador sexual.

El profesor habla y ella escucha en silencio. El discurso es conocido. Alma es una persona inteligente y con grandes aptitudes. Podrá ser lo que ella quiera porque tiene el talento y la fuerza para lograrlo. Pero se ha perdido. Él quiere ayudarla a encontrar su camino en la vida. Él sabe cómo es. Entiende su rebeldía. Una vez, hace unos cuantos años, aunque no tantos, él fue igual que ella. Él tampoco quería estudiar. Él también necesitó una mano tendida que le sacara de la niebla en la que estaba perdido. Le gustaría devolver lo mismo que hicieron por él. No obstante, no haría ese esfuerzo por cualquiera de sus alumnos. Lo hace por Alma porque ella es especial, mucho más especial que todos los compañeros de su clase. Ella reúne las cualidades para convertirse en una persona asombrosa, deslumbrante, extraordinaria. Las palabras del profesor son tan reconfortantes como un cálido abrazo en una fría noche de invierno. Alma podría cerrar los ojos y acurrucarse sobre su pecho y dejar que sus brazos la protegieran, que sus manos la acariciaran, que sus labios le susurraran esas palabras al oído.

—¿Quieres intentarlo? —le pregunta el profesor.

—Sí —contesta Alma—. Quiero intentarlo.

—Pues allá vamos.

El profesor apoya sus manos extendidas sobre la mesa. Alma trata de traer a su memoria la imagen de esos dedos dentro de las bragas de Berta.

—Para ayudarte —dice— necesito saber qué es lo que te pasa. Necesito saber por qué has perdido la ilusión.

—No lo sé. —Se encoge de hombros y también extiende sus manos sobre la mesa y baja la mirada.

—Puedes confiar en mí. Necesito saber por qué perdiste la motivación, la ilusión, y qué cosas se interponen en ese camino. ¿Es un problema de drogas? ¿Sexo? ¿Es una cuestión de chicos o de chicas? No me voy a asustar y lo que me cuentes nunca saldrá de esta aula. Yo lo mantendré en secreto. ¿Lo entiendes?

Alma asiente. Las mentiras más creíbles son las que contienen algo de verdad. Alma busca la inspiración, detiene el tiempo unos segundos, aparta las manos de la mesa y las hunde en su regazo, busca un punto de la habitación en el que fijar la mirada, arriba, en la esquina superior derecha.

—Creo que todo empezó cuando perdí a una amiga y yo, bueno, pasé unos muy malos meses. La echaba mucho de menos y cada vez que me acordaba de ella lloraba. Empecé a hacer tonterías, probé las drogas, hierba y otras cosas, y creo que quizá eso tiene algo que ver en por qué perdí la motivación y de repente todo me daba igual, ¿sabes?

—El primer paso es siempre el paso más difícil —dice el profesor satisfecho.

Alma alza la mirada y se encuentra con la de él. Se comporta de una manera dócil, inocente, imitando lo que Berta le ha contado. Tiene que interpretar el papel de víctima propiciatoria. Alma suspira. Él sonríe. Se ha establecido un canal de confianza. El profesor vuelve a sonreír. Alarga su brazo y le hace una caricia cariñosa en la mejilla. El primer contacto entre sus dedos y su piel es eléctrico. Una descarga que recorre su cuerpo y que hace que sus piernas tiemblen un instante. Alma acepta con una sonrisa el gesto del hombre. Su primer contacto la ha hecho temblar. ¿Podría interpretarlo como algún tipo de acercamiento sexual? De ninguna manera.

El profesor se levanta y se acerca hasta la mesa. Coge uno de sus cuadernos de notas y se lo enseña. Lo ha rotulado con el nombre de ella: Alma.

—Este es tu cuaderno —anuncia y después lo abre por la primera página—. He estado hablando con tus profesores y tengo algunas notas. La mayoría de ellos creen que has mejorado mucho en la última evaluación, pero todavía no estás a la altura de tus compañeros. ¿Qué opinas? ¿Crees que puedes aprobar?

—El curso a lo mejor, pero la EvAU no creo.

—La publicidad del centro asegura que tenemos un noventa y nueve por ciento de aprobados en la EvAU. No voy a dejar que tú seas el uno por ciento restante.

—Queda muy poco tiempo.

—Les pediré a todos los profesores que te ayuden para que eso no ocurra. Aprobarás el curso y prepararemos la EvAU con un programa especial.

—No entiendo por qué te vas a tomar tantas molestias por mí.

—Me gustas, Alma —dice el profesor—. Creo que tenemos una conexión especial. Y quiero ayudarte a conseguir lo que quieras hacer.

A continuación da dos pasos hacia delante. Alma le siente

venir mucho antes de que llegue. Es como si una especie de onda magnética le precediera. ¿Es ese el momento?

Unos leves golpes en la puerta del aula preceden el momento en el que la profesora de Filosofía asoma la cabeza por el hueco y sonríe de manera singular.

—Hola —saluda entregada, como es ella—. Perdonad el retraso, pero es que tenía que terminar algunas cosas y hacer unas cuantas llamadas. Lo siento.

Se sienta a una de las mesas contiguas a las de ellos dos.

—Le he pedido a Andrea que nos acompañe en estas sesiones de orientación y estudio. Ella también quiere ayudarte a encontrar el camino.

—¿Te parece bien? —le pregunta la profesora.

—Sí. Fenomenal —contesta Alma.

Sonríe tratando de esconder su desconcierto.

Instagram 08

Descripción de la imagen: El cajón de un escritorio medio abierto. En su interior hay un montón de fotografías tipo polaroid de una chica desnuda en diversas posturas.

Texto: Todas tenemos un secreto. Algo que nos avergüenza. Algo que no deseamos que los demás sepan. Haríamos cualquier cosa para conseguir que siguiera enterrado.

#secreto #enlomásprofundo #nodejesquenadielovea

54

A Alma le ha ido bastante bien en los exámenes de recuperación de la segunda evaluación. Ha aprobado todas las asignaturas sin notas espectaculares, pero mejor de lo que ella y sus padres esperaban. Y, además, tiene buenas calificaciones en los controles parciales de la tercera evaluación. Los profesores han notado que ha mejorado su atención, el nivel de los trabajos presentados y su implicación en las clases. Sin duda una parte de su mejoría se debe a las sesiones de orientación y repaso del profesor de Historia.

—¿Le has hecho una mamada a cambio? —pregunta Greta.

La pregunta hace temblar a Alma. «Joder, Greta.»

—Se lo he comido a la de Filosofía —le contesta Alma.

—Guarra.

Estamos a finales de abril y Greta y Alma hacen cola en el súper 24/7. Alma ha pedido permiso para salir y volver tarde esa noche. Pablo y Vero han recobrado la confianza en que Alma levante el curso y que intente aprobar la EvAU. Lo último que pierden unos padres es la esperanza. Y se lo han concedido.

Hace buena noche. La temperatura es agradable. Se sientan sobre uno de los muretes de piedra que rodean la iglesia. En el hueco que queda entre ellas dejan el pequeño cargamento de bollería industrial que han comprado. Lo miran y sueltan una carcajada. Se dan cuenta de que es demasiado. Antes, cuando fumaban hierba, podían comerse todo ese colesterol casi sin pestañear en un ataque de hambre incontrolable, pero ahora es diferente. Greta también ha dejado la hierba. Después de lo que pasó con la falsa alarma de la policía, los padres de Greta obligaron a David a vender las plantas y toda la instalación.

—Estuvimos tres días limpiando y después mis padres pintaron las paredes. Pero, a veces, cuando abro la puerta todavía huele. ¿No es increíble?

Sí, lo es. Y, además, han sucedido más cosas increíbles en su familia. El padre de Greta ha conseguido ese empleo para el que le entrevistaron.

—Hacía mucho tiempo que no le veía tan feliz —dice Greta—. No se le borra la sonrisa de los labios, joder. Volvemos a ser una familia medio normal. Creí que las cosas nunca serían igual que antes. De verdad.

Alma le da la mano a Greta y se miran a los ojos. Alma sabe lo que Greta ha sufrido con los problemas económicos de su familia y toda la mierda derivada.

—Mi madre quiere vender la casa —continúa Greta—. Quiere comprar una más pequeña y más barata. Algo que se puedan permitir si las cosas van mal.

—¿Os vais a mudar de aquí? —le plantea Alma con cierto temor.

—No —responde arrugando el ceño—. Está buscando por esta zona. No queremos irnos. Ninguno.

Alma mastica con tranquilidad uno de los pequeños bizcochos rellenos de chocolate y mermelada de fresa. No soportaría que Greta se fuera a vivir lejos. Es consciente de que después de ese verano se distanciarán un poco por la universidad y lo que demonios haga ella, pero si Greta se marchara a vivir a la ciudad sería demasiado y eso le da miedo.

—¿Has hablado con Nata? —pregunta Greta.

—No. No quiero hablar con una persona que ha perdonado y sigue follando con un tipo que intentó violarla en grupo. Joder.

Tuvieron una discusión muy fuerte. Alma cargó contra las ideas de Nata y la acusó de ser una muñeca rubia, de estar a favor de los roles tradicionales de las mujeres, de estar a favor de la sumisión, de disculpar ese tipo de comportamientos y, de lo más grave, de encubrir y perdonar a un grupo de agresores sexuales. Nata le dio la espalda y se marchó. Al día siguiente se sentó en el pupitre más alejado de ella que pudo encontrar.

Greta se vio con Nata.

—Se ha vuelto una *feminazi* —le soltó Nata—. Y no quiero volver a hablar de este tema.

Comenzó otra conversación. Como si hubiera olvidado de manera instantánea de lo que estaban hablando un instante antes. Desde entonces se han wasapeado en un par de ocasiones, pero no se han vuelto a ver.

—No sé —comenta Greta—. Sé que hay algo turbio en todo esto, pero también es su vida, es su decisión y no sé si soy la persona más adecuada para juzgarla. No lo veo tan claro como tú. Aunque creo que tienes razón, pero en el fondo me duele que las cosas terminen así.

El rugido de un motor rebota contra las piedras de la fachada de la iglesia, que lo amplifica como en una enorme caja de resonancia. Un grupo de crías sentadas cerca de ellas se vuelven para mirar. Alma distingue el sonido de la moto de David y salta del muro antes de que él aparezca.

—Te dejo —anuncia Alma—. Mis padres piensan que estoy contigo.

—Lo sé. Tranquila. Me lo has dicho como diez veces esta tarde.

Alma y David mantienen en secreto su relación. Ni los padres de él ni los padres de ella saben que se ven o que salen juntos. No es que piensen que hacen nada malo, es solo que no quieren contestar preguntas.

—Eres mi Celestina —dice Alma.

—No digas eso. Y, además, no es verdad. Ni siquiera te has leído el libro.

David detiene la moto cerca de la acera y espera a que Alma y Greta se despidan con un beso. Después Alma camina hasta él y se saludan con un pico en la boca.

—¿Dónde vamos? —pregunta Alma.

—Es una sorpresa —le contesta David.

Greta observa a Alma ponerse el casco que David le ofrece y subirse a la parte de atrás de la moto, agarrarse a su pecho y salir volando de allí. Vuelve su mirada hacia el montón de bollería industrial que todavía queda sobre el murete de la iglesia. Deja escapar un suspiro. Mira la pantalla del teléfono. Está a tiempo de coger un bus que la lleve a la casa de Mer. A tiempo.

—¿Sí? —El sonido metálico de la voz de la mujer a través del telefonillo.

—Soy Greta.

No hay respuesta. El telefonillo deja de emitir ese ruido blanco. Greta empuja la puerta que da al estrecho jardín delantero del adosado, pero permanece cerrada. Duda si darse la vuelta o intentarlo de nuevo cuando escucha unos pasos por el jardín. Mer abre la puerta. Cruzan una mirada.

—Tengo un montón de bollería industrial. No me la puedo comer yo sola.

Mer le da un mordisco a un rollito de bizcocho relleno de nata bañado en chocolate. Un pedazo de la cobertura se queda en la comisura de sus labios. Greta le hace una seña con el dedo y la mujer lo atrapa con la punta de la lengua y se lo mete en la boca como un camaleón en Madagascar. Ríe y, cuando ha terminado de masticar, suspira.

—Está claro que son pura química, una bomba de grasas y azúcares y cien mierdas más que destrozarían las arterias de cualquiera, pero están jodidamente buenos —comenta Mer.

—Deberían estar prohibidos. Son una puta droga.

Greta estalla en una de sus carcajadas. Los envoltorios de plástico de cinco de esos bollitos están abiertos sobre la mesa como cadáveres destripados. Greta recoge un poco de cobertura de chocolate pegada en el interior de uno de esos envoltorios con la punta del dedo y se la lleva a la boca.

—Quiero pedirte perdón por lo que pasó —comienza a decir Greta en voz baja, casi en un susurro—. Tomé una mala decisión. Y no quiero que pienses que fueron mis padres o mi hermano los que me enviaron aquí aquella tarde. Ellos no sabían nada. Si les hubiera contado lo que pensaba hacer no me hubieran dejado venir. Y sería la primera vez que me alegraría de que me prohibieran algo. Así no la hubiera cagado tanto.

—Está bien. No te preocupes. Entiendo que estabas acojonada, que descubriste algo sobre mí que yo no te había contado y entiendo que pensaras mal —y añade—: No hay ninguna investigación sobre tu hermano. Puedes creerme.

—De todas maneras, desmanteló la plantación. Ya no tenemos hierba.

—Era una buena hierba. Mucho mejor que la de tus otros amigos.

—No eran amigos míos.

—¿Has vuelto a verlos? —pregunta Mer.

—No —contesta Greta.

No, la verdad es que no los ha vuelto a ver. Durante la primera semana después del incidente tuvo miedo de que aparecieran en la puerta de su instituto o algo así, pero no ocurrió nada. David tampoco ha sabido nada de ellos.

—Quizá se asustaron —aventura Greta—. De todas maneras, no eran de aquí.

—Mejor.

Mer no le cuenta a Greta que les hizo una visita. Si le llegaba la noticia de que la molestaban o de que simplemente al cruzarse con ella por la calle la miraban mal, iría a por ellos y se los comería vivos. Ahora sabe que la amenaza surtió efecto. No esperaba otra cosa, porque eran apenas unos críos que habían visto demasiadas veces el *Precio del poder*. Estuvo tentada de escribir a Greta, pedirle que fuera a su casa y contarle que ya no debía sentirse amenazada por ellos. Luego se dio cuenta de que estaba escondiendo la verdadera razón por la que quería verla. Y se dijo que era mejor olvidarlo.

—Me gustaría seguir viéndote —dice Greta. Luego agrega—: No tendremos sexo. Ni siquiera nos daremos un beso o nos rozaremos. Cumplo dieciocho dentro de tres meses. Puedo esperar.

—¿Esperar a qué? —Niega con la cabeza—. Tengo veinte años más que tú y dos cicatrices en lugar de dos tetas.

—Me gusta estar contigo. Me gusta venir aquí los sábados por la tarde, hablar, tomarme una cerveza, fumar, pensar que en cualquier momento podrías acercarte a mí y desabrocharme un botón de la camisa.

Greta baja la mirada y traga saliva.

—Iba a pintarme las uñas en el momento en que has llegado.

—Déjame que lo haga yo —se ofrece Greta.

55

En el enorme jardín de una fabulosa casa de arquitectura moderna, sobre una pequeña plataforma construida con listones de madera junto a la piscina, se ha instalado una mesa de mezclas y cuatro enormes altavoces. La DJ, una chica de unos veintitantos años, pelo castaño claro y unos formidables cascos en el cuello, mueve los brazos y agita la cabeza al compás que marca el sonido *deep house*.

—Es Nora En Pure —exclama Alma—. ¡¡Joder!! ¡¡¡No me lo puedo creer!!!

—Te debía una fiesta. Esta es mi forma de compensarte.

A Alma le parece una pasada de compensación. Nora En Pure es su DJ de música electrónica favorita, una chica que viaja por todo el mundo y que es capaz de reunir a miles de personas en un concierto para escuchar sus mezclas, y está ahí y ahora, a unos pasos de ella, en una fiesta privada en la que tirando por lo alto no habrá más de cien invitados. La casa es propiedad del A&R de una compañía de discos, uno de los antiguos clientes de David, que le debe unos cuantos favores. Ha colgado el traje de *dealer*, así que ahora está allí solo como invitado y puede dedicarle a ella cada segundo de la noche. Bailan, se ríen, se abrazan y se besan. Alma se toma un cóctel que está muy bueno y después decide pasarse a la cerveza. No quiere estar muy borracha. Quiere disfrutar de cada minuto y el recuerdo de la otra fiesta, ese recuerdo que le gustaría borrar de su historia como se borra un post en Instagram, tiene el suficiente peso como para hacer que se lo tome con calma. Joder, es una noche guay, ha sido invitada a una fiesta privada en una casa de la leche, Nora En Pure pincha solo para ellos y su chico es el más guapo de toda la fiesta. De lejos. Es el mejor momento de la vida de Alma. Al menos así es como se siente.

La sesión de Nora En Pure dura menos de una hora. Salta y da palmas y los invitados a la fiesta lanzan sus brazos con los puños al cielo, disparan las cámaras de los teléfonos móviles y bailan. La música termina y comienzan los aplausos y los silbidos. Nora En Pure se retira el pelo de la cara y da las gracias. David lleva a Alma de la mano y su antiguo cliente y ahora amigo A&R se la presenta. Alma habla algo de inglés. Lo suficiente para hacerse entender y no pasar demasiada vergüenza. Se beben una cerveza y hablan unos minutos. Se hacen un par de fotografías. Nora En Pure le regala una pulsera. ¡Joder!

El agua de la piscina está todavía demasiado fría para meterse dentro. Podría lanzarse vestida porque está loca por vivir y exprimir esa noche hasta las últimas gotas, pero no quiere avergonzar a David. Sentados con las piernas cruzadas cerca del borde, beben cerveza y observan la superficie en silencio. Las luces del jardín brillan en sus ojos. Alma coge un pellizco de camisa de David y lo atrae hacia ella. Lo besa.

—¿Nos vamos a otro sitio? —le pregunta David—. ¿Quieres?

David conoce a mucha gente y esa noche se ha cobrado muchos favores. Es un apartamento pequeño en el centro. El único dormitorio tiene una ventana en el techo desde la que se ve el cielo nocturno. Sería la bomba que pudieran ver estrellas fugaces, pero el cielo está nublado. Tumbada boca arriba sobre la cama puede observar las nubes iluminadas por la luna y arrastradas por el viento. David a su lado la besa en el cuello y con una mano le acaricia un seno. Ella hace lo mismo con su pelo. Es suave y le gusta la sensación de sus dedos enredándose en él. El aliento caliente en su cuello, su saliva, sus dientes en el lóbulo de la oreja... Siente ganas de gritar. Coge con las dos manos su cabeza. Le mira directamente a los ojos. Le gustaría que pudiera leer lo que piensa, lo que siente, ese complejo cóctel de emociones que en ese momento hierve dentro de su cabeza. Le besa, su lengua se mete dentro de la boca de David, le abraza, le atrae sobre ella. ¡Oh, joder! Sí, él sabe lo que ella quiere.

Es muy diferente a las otras dos veces. Tres veces. No quiere recordar la tercera, pero en las otras dos nunca se sintió tan excitada como en ese momento. No es que no le gustara, pero el deseo no era tan intenso. En ningún momento sintió ganas de gritar o de morder o de arañar, no sintió que le faltara el aliento o que la piel le quemara. No puede decir que no fuera excitante, porque todo lo nuevo lo es cuando lo haces por primera vez, pero desde luego no fue tan excitante como en esa ocasión. Está deseando quitarse la ropa y quitársela a él y frotar su piel contra su cuerpo.

Él tiene la mano dentro de su camiseta, ella le ha sacado la camisa de los pantalones. Desnudarse mutuamente en ese estado es mucho más difícil que en las películas. No hay manera de desabotonar un puto botón cuando tienes la lengua metida en su boca y una mano dentro de sus pantalones. Cruzan una mirada y dejan escapar un suspiro. Y casi como en una carrera a la que da el pistoletazo de salida una carcajada, se separan, saltan a un lado de la cama y comienzan a desnudarse por separado. De espaldas. Alma lanza una mirada sobre el hombro. Él se desnuda más rápido que ella y es necesario, es como si fuera lo más importante del mundo, que ella se meta bajo las sábanas de la cama antes que él. Así que no se quita las bragas ni los calcetines y se lanza dentro de la cama y se cubre. David suelta una carcajada.

Se besan. Una mano de David recorre su espalda, acaricia la piel de su culo y se mete entre sus piernas. Está increíblemente húmeda. Él también está muy excitado. Su erección presiona contra su abdomen y ella lo nota muy duro. Hay una caja de condones sobre la mesilla. Él se vuelve y, de espaldas a ella, se coloca el preservativo.

Alma no ha tenido nunca un orgasmo. Las dos primeras veces sus parejas tuvieron que hacer verdaderos esfuerzos para no correrse en cuanto estuvieron dentro de ella. De la tercera es mejor no hablar. Eso le crea una cierta inseguridad. No estar a la altura. Los hombres, los chicos, prefieren estar con chicas que se corren. Es algo que todo el mundo sabe. Así que si no es capaz de llegar debería fingirlo. Fingir que le gusta mucho. Pero ¿y si no le gusta? y ¿si no lo hace bien? ¿Y si se comporta de una manera torpe o no sabe moverse o lo hace como en una de esas películas porno que ha visto en las que los tíos son como perforadoras del suelo siberiano? Entra sale, entra sale. La imagen la aterra. No dirá nada, pero eso romperá el encanto porque ese momento es el *top of the hill*, el momento en mayúsculas, la culminación de la noche, la puta guinda del pastel. Pero ¿y si es ella la que lo estropea todo? Al mismo tiempo se pregunta si va a estar a la altura. Es verdad, porque ha leído y escuchado que hay chicas que lo hacen mejor que otras. Se trata de cumplir los deseos de ellos. ¿Son esas las que lo hacen mejor? ¡Joder!

David la mira como si dijera «Bueno, vamos allá» y exhala el aire de sus pulmones como si estuviera a punto de lanzarse por una cascada. Se coloca sobre ella. Lo hace con suavidad. Nota cómo su sexo se abre al primer contacto. Lo nota dentro de ella. Poco a poco la llena y, cuando ha llegado hasta lo más profundo, comienza a moverse. Le susurra al oído, le pregunta si es así como le gusta, si le hace daño, si quiere que se lo haga de otra manera. Ella contesta «sí», «no» y «así», y deja de pensar, deja de hacerse preguntas, se abandona a lo que él quiera hacerle, se olvida de lo racional, de los miedos que hasta unos segundos antes la atormentaban. Es suficiente con esos pocos segundos. Le entrega su confianza y con ella su cuerpo. Ya no es capaz de pensar. Gime. Sus respiraciones son cada vez más rápidas y superficiales. Se escucha a sí misma decir: «Oh, Dios», «Así, así» y «Más fuerte». Él se mueve como ella quiere.

Cruza las piernas sobre su espalda. Aprieta fuerte. Muy fuerte. Quiere estar pegada a él. Fundirse. «Oh, joder.»

—Me voy a correr —dice Alma.

Una ola la cubre y se va.

El cielo se ha despejado de nubes. La luz de la ciudad impide que se vean las estrellas. Los dos están tumbados boca arriba. Se dan la mano.

—¿En qué piensas? —le pregunta David.

—En nada.

Alma miente. Está pensando en lo que Greta le ha contado esa tarde, unas horas antes, mientras se paseaban de un lado a otro por la estantería de bollería industrial del súper 24/7. David ha vendido su plantación de hierba a unos amigos. La cosecha completa, plantas, riegos y luces, y todo lo demás. Todo. Podría preguntar a los Chicos de la Hierba para estar segura, pero debe de ser una buena cantidad de pasta. Seguro que David habrá conseguido reunir el dinero para hacer ese viaje que quiere hacer. No es solo un viaje. Realmente es iniciar otra vida en otro sitio a miles de kilómetros de allí. Alma no quiere preguntar abiertamente. No quiere exponerse. Quedarse en campo abierto. Dar la posibilidad de que David piense que ella está interesada en formar con él una pareja estable. Y que eso sería un obstáculo para hacer ese viaje. Eso es a lo único a lo que ella no está dispuesta a exponerse. No quiere ser juzgada de esa manera. No quiere que él sienta temor o se ponga nervioso o piense que una especie de collar invisible se está cerrando en torno a su cuello. Nada más lejos de lo que ella quiere. «Un polvo —se dice a sí misma— es solo un polvo, nada más.» No. No es solo un polvo y Alma sabe que se está mintiendo cuando lo piensa. Por un lado, no quiere ser convencional, pero, por otro, no quiere perder eso. O al menos le gustaría alargarlo durante mucho más tiempo. Y esa bipolaridad la atormenta ya, solo unos minutos después de que él haya salido de ella. Alargar esa bipolaridad en el tiempo puede ser el infierno.

—Greta me ha contado lo de la plantación.

David se vuelve hacia ella. Apoya la cabeza sobre su brazo flexionado. A principios de ese año, esa chica de pelo a lo *buzz cut* que se tapa con las sábanas hasta debajo de las axilas no estaba en sus contactos, ni la consideraba, ni se le hubiera ocurrido que unos meses después estarían los dos así. Siente algo especial por ella. Sí, le gusta mucho. Quizá en unos meses o en unas pocas semanas o en unos días, porque lo que siente es una puta locura, no deseará separarse nunca de ella. Es la chica que le podría alejar de su objetivo. Desde luego. Lo de la plantación. Entiende el sentido de la pregunta, hacia dónde se dirige la conversación.

—Nos ha salido más o menos —dice David—. Mis padres han pagado un par de créditos y ahora están al día. No es la situación ideal con cincuenta y tantos años, pero podría ser peor. Ahora todos tenemos que empezar de cero.

¿Y eso qué significa? ¿Se ha quedado sin dinero y entonces

tendrá que seguir trabajando y ahorrando? ¿Volverá a estudiar? ¿Se marcha o no?

—¿Lo echarás de menos? —pregunta Alma.

—Lo de salir por ahí y vender y tener que ir todo el día con el móvil encendido para atender a un capullo que quiere ponerse a las once de la mañana no. Pero —exhala un profundo suspiro— echaré de menos a las plantas. Echaré de menos cuidarlas y verlas crecer. Mancharme las manos de tierra y mierda.

Y sonríe de esa manera que a Alma le pone tan loca.

—Tengo bastante dinero para irme —revela—. Más de lo que esperaba. Incluso podría estar un año dando vueltas por ahí sin la necesidad de buscarme un trabajo.

—¿Y después?

—Quiero hacer algo con mis manos. Es lo único que sé con seguridad.

David se tiende en la cama y extiende sus manos frente a su cara. Mira las líneas de sus palmas, sus dedos.

—Tengo que volver a casa —dice Alma.

Se sienta en la cama. Recoge sus bragas tiradas sobre la madera del suelo y la camiseta y el resto de su ropa, y entra en el baño. Deja caer todo el montón de tela y se sienta en la taza del váter. De repente la ha tomado al asalto una irremediable tristeza y se pregunta a qué se debe. Y no es exactamente a que David siga con sus planes de irse muy lejos. Planes que, por otra parte, ella dio como válidos cuando empezaron esa especie de relación. No, no tiene que ver con eso. Es algo más profundo y, ahora que lo recuerda, le ha ocurrido también en sus otras relaciones sexuales. Se viene abajo. Se viste frente al espejo, se moja un poco el pelo, bebe agua. Hace tiempo para ver si se le pasa un poco.

Alma sale del baño completamente vestida. David sigue bajo las sábanas. Con la espalda en el cabecero de la cama se mira las manos.

—Tienes que llevarme. Se me está haciendo tarde.

David alza la vista.

—Vente conmigo —dice David—. Lo digo en serio. Puedo esperar hasta que cumplas dieciocho.

Instagram 09

Descripción de la imagen: Unos baños de instituto. Pintadas y dibujos obscenos en el interior de una cabina. En las paredes y en la puerta. El seguro está echado.

Texto: «Chúpame la polla —dijo—. Cómetela entera».

#polla #baño#instituto #recordarlomeponeenferma #agresión #depredadorsexual

56

En el descanso entre asignaturas Alma espera a que una de las cabinas del baño de alumnas quede libre. Guarda turno entre otra media docena de chicas que arman bastante alboroto. Parlotean sobre exámenes, movidas con chicos, menstruaciones y planes para el próximo fin de semana. Lleva el móvil dentro de uno de los bolsillos de los pantalones cortos de deporte muy anchos que tienen el estilo de los que usan los boxeadores. Rojos con tres rayas blancas en el lateral. Outfit completado con unas nuevas Fila falsas que ha conseguido a través del Terry y una camiseta blanca con la imagen de la princesa Leia que David le ha regalado. Aunque a ella le da un poco lo mismo Star Wars —es más de su padre, que es un friki de la saga—, le gusta la imagen de la princesa con ese peinado tan estrambótico y una pistola en la mano. Escucha la cadena y un par de chicas salen de una de las cabinas. Es su turno. Saca el móvil de su bolsillo antes de sentarse en la taza del váter. Una campana avisa a Alma de que ha recibido un mensaje nuevo. Lleva adjunta la fotografía de un pene erecto.

Un día de estos me la vas a comer toda.

Alma ha recibido más mensajes. Fotografías de pollas, vídeos de corridas, insultos y también alguna amenaza de agredirla sexualmente. Ahora está segura de que no es Hernán. Le conoce. Sabe que no llegaría tan lejos.

Guarda su móvil en el bolsillo trasero del pantalón de deporte. Tira de la cadena y sale de la cabina. Tres chicas del otro bachillerato miran sus móviles. Hacen un gesto de asombro.

—¿Qué pasa? —pregunta Alma.

—Nada —le contesta una de las chicas.

Pasa a su lado y entra en la cabina que antes ocupaba ella. Las otras dos entierran sus miradas en las pantallas de sus teléfonos. Alma sale del baño. Escucha un intercambio de frases rematadas por una carcajada. Siente ganas de entrar de nuevo, pero respira profundo y sigue su camino. Recorre el pasillo hasta su aula y se da cuenta de que nunca, ni remotamente, se ha sentido tan sola en el instituto como en ese momento. Aislada. Entonces un idiota al que apenas conoce y al que no ha mirado jamás se planta en su camino.

—¿Te gustaría ser mi muñeca hinchable? —le pregunta.

—¿Qué coño dices, idiota?

Lo aparta de su camino de un empujón. Escucha comentarios ofensivos y burlas. Sabe por las sonrisas de los que tiene enfrente que a sus espaldas el idiota está haciendo algún tipo de gesto obsceno. Haciendo que se masturba o que la monta como un poni o que se corre en su cara. Una mierda. Detiene su paso y se da la vuelta. La primera patada lo dobla por la mitad.

El idiota espera sentado en uno de los bancos en el hall del edificio principal, entre la secretaría y el despacho del director. Un paquete de guisantes congelados oculta el arañazo que le cruza la mejilla y el hematoma del pómulo. Aún no consigue tragar bien por el golpe en la garganta y ha tenido suerte de que la detuvieran antes de que Alma le arrancara los ojos.

El director del instituto tiene los codos apoyados sobre su escritorio y una de sus manos envolviendo el puño cerrado de la otra. Escucha la explicación de Alma. «Muñeca hinchable.»

—Dice que era una broma. Algo sobre un *reality* que emiten no sé dónde.

—No era una broma.

Ha hablado primero con él y quizá ha sido por los balbuceos o por el dolor de garganta, eso es lo que ha creído entender.

—A mí tampoco me ha convencido.

—Estoy cansada de soportar toda esa mierda solo por ser chica. Si no le parto la cara es como si lo estuviera consintiendo y entonces el siguiente paso será tocarme el culo y el siguiente...

—Alma —le interrumpe el director—. No exageremos.

Alma está tentada de enseñarle las fotografías y los mensajes que ha recibido hasta ese momento. Ha creado una carpeta especial de archivos en el móvil que contiene 62 elementos y le falta por guardar la que ha recibido esa mañana. En un buen puñado de ellos se menciona la palabra «violar».

—Puede ser una salida de tono desagradable o de mal gusto, y desde luego no voy a permitir ese tipo de conductas. Pero tampoco puedo justificar una agresión en el descanso entre clases.

—¿Qué?

Alma entra en el aula e interrumpe la explicación de la profesora de Lengua y Literatura. Ha recibido una amonestación grave y la han expulsado tres días. Tiene que recoger sus cosas. Mete sus libros y cuadernos en la mochila entre murmullos. Al salir dirige una mirada a Nata, pero su antigua amiga no desvía ni un centímetro los ojos del libro de texto.

El profesor de Historia la observa cruzar el patio desde una ventana del aula donde está impartiendo clase. Y tras una breve pausa vuelve a su explicación del período republicano.

Hernán salta del bus en la parada más cercana a su calle tras un chaval de doce años y un par de cuidadoras que llevan críos pequeños. Alma le está esperando sentada en el pequeño banco de metal. No ha hablado con ella desde que le hizo borrar aquella pintada en el baño que ni siquiera él había hecho. La ha estado evitando. Ha ido poco al parque y siempre antes se ha cruzado algún mensaje con Jackrussell preguntando si ella estaba por ahí. Y en el instituto ha procurado ser transparente. Y casi lo ha conseguido hasta ese día.

—He recibido otra foto de una polla.

—No tengo nada que ver con lo de esas putas fotos —dice Hernán.

—Ya lo sé —contesta Alma.

Hernán deja la mochila y una bolsa de deportes en el suelo con un gesto de cansancio.

—¿Vas a disculparte? —pregunta.

—No. ¿Por qué?

—Me acusaste —baja la voz— de prácticamente violarte aquella noche. Y no pasó así. Tú querías que lo hiciéramos.

—Vete a la mierda. Te aprovechaste de alguien que estaba borracha y drogada.

—Estabas jodida porque el hermano de Greta te había hecho la cobra y querías follarte a alguien, y aparecí yo. A la segunda oportunidad triunfaste. Te comportaste como una puta.

—Estaba jodidamente triste —replica Alma—. Un buen amigo me habría traído a casa.

Es la primera vez que Hernán advierte que existía otra opción aquella noche. Ella quería follar y él también, pero él tenía una capacidad de decisión que ella no y debería haber hecho lo correcto. Y de repente cae en la cuenta de que no mola protagonizar vídeos porno de chicas borrachas follando.

—Lo siento.

—No tienes ni idea de lo diferente que es para una chica meterse en la cama con alguien.

—Yo nunca te hubiera hecho daño, Alma.

—Lo sé.

Los dos se quedan en silencio.

—Yo no escribí la pintada del baño. Aunque no me creas. La borré porque me parece una mierda que alguien se dedique a escribir esa clase de cosas.

Alma acaricia la mejilla de Hernán. Está suave. Él tuerce ligeramente la cabeza y la palma de la mano de ella queda sobre los labios de él.

—Dime qué está pasando en el instituto.

—Has cabreado a alguien.

Hernán le enseña una de las fotografías que ha recibido esa mañana. Es una de las que Alma se hizo en la casa de Greta unos meses atrás. Alma le está dando un beso al enorme glande de la polla de plástico que Nata le robó a su madre del interior de una caja de zapatos. Además, le han pasado otras tres fotografías en las que Alma posa en actitudes muy sexuales en la cama y en el baño. El envío se ha hecho desde una identidad oculta.

—Joder —exclama Alma—. ¿Cómo ha conseguido esas putas fotografías? ¿Me ha hackeado el móvil?

—Nadie sabe tanto de informática y tampoco eres tan famosa. Es algo más sencillo. ¿Quién te hizo esta foto?

—Nata.

Recuerda la primera fotografía que le enviaron. Ella duerme en una cama, desnuda, boca abajo. Esa cama es la cama de Greta. Esa foto se la hizo Nata.

El número oculto desde el que le han estado enviando mensajes es de Alberto. Nata le enseñó las fotografías guarras que se hicieron en casa de Greta y él se las copió en su móvil. Y lleva pajeándose con Alma y enviándole fotografías de su polla desde entonces. Es un asco.

Natacha comienza a recibir fotos de pollas en el wasap de su móvil. En realidad 63 fotografías de la misma polla. Enviadas por Alma.

> Supongo que la reconoces.
> Es la polla de tu novio.

57

—Quiero verte en mi despacho —dice el profesor de Historia—. Cuando terminen las clases.

Su despacho está en la cuarta planta del edificio. En la última planta no hay aulas. El espacio se reparte entre un cuarto de limpieza y mantenimiento, archivo, una sala de exposiciones y otra de reuniones y los despachos de los departamentos de las diferentes asignaturas. El de Historia es el tercero a la derecha desde la escalera.

Alma no ha subido allí en mucho tiempo. Es posible que aquel día en el que buscaba un baño que no estuviera atascado y subió las escaleras y vio aquella escena entre el profesor y Berta fuera la última vez que estuvo allí. Pero ahora está exactamente en el mismo lugar en el que estaba en aquel momento. Trata de traer otra vez la imagen a su memoria. Berta llevaba el uniforme que todas las chicas vestían en secundaria. Hacía calor. Falda y polo de color blanco. Calcetines en los tobillos. Y coletas.

Nota acelerado el corazón. Siente ansiedad. Se esfuerza por controlar la respiración con inspiraciones profundas y espiraciones largas. No es que sienta miedo, es más bien como si se estuviera acercando el momento definitivo.

La situación es propiciatoria. Ha sido amonestada por la Dirección, ha tenido una pelea que engrosa su historial de mal comportamiento, no tiene amigos a los que recurrir dentro del instituto y está segura de que él sabe lo de las fotografías. Alma ha detectado una extraña intención en la mirada que le ha lanzado cuando ha entrado en el aula esa misma mañana. Alma ha interpretado que sabe lo de las fotografías y que, probablemente, las ha visto. Y que no la haya animado a participar en el debate ni preguntado una sola vez durante la clase se lo ha confirmado de alguna manera. Y después él ha tardado mucho en recoger sus cosas y meterlas en la cartera, y se ha molestado en borrar la pizarra, algo que normalmente no hace, con la única intención de esperar a que se vaciara el aula en el descanso y que ella se quedara sola, o casi sola, en ella. Ha sido en ese momento, cuando ha pasado cerca de su mesa, cuando él la ha llamado y la ha citado en su despacho con un tono grave e imperativo, como si no fuera una recomendación sino una orden. Y después ha salido del aula. Al fondo de esta, junto a los ventanales, cuatro de sus compañeros hacían un corro y charlaban, aunque Alma está segura de que no han oído la frase del profesor ni se han percatado de lo que ha ocurrido.

Llama a la puerta, escucha un «¡Adelante!» y abre. El despacho es un lugar amplio y luminoso. Una ventana. Dos mesas, dos estanterías que ocupan sendas paredes, un sofá de tres plazas y dos dibujos enmarcados en la pared. Una lámpara de pie. Una mesa baja. Él está sentado detrás de su escritorio. Tiene un ordenador portátil abierto. Libros, carpetas y papeles sobre la mesa. Un cenicero con colillas y un paquete de tabaco de liar.

—Siéntate —dice y señala el sofá.

Alma se sienta. Él se levanta de la silla y se apoya sobre el borde del escritorio. Con las manos agarrando el borde de la mesa. Las mangas remangadas de la camisa Oxford de color blanco. Se le marcan los músculos de sus antebrazos. Ha tomado el sol y la piel tiene un color bronceado.

—¿Qué pasó? ¿Puedes contármelo?

Alma duda sobre el papel que debe interpretar. Opta por hacer que él piense que necesita su ayuda y su protección. Se muestra superada por los acontecimientos, confusa y un poco avergonzada.

—Me llamó «muñeca hinchable».

—Reaccionaste con una violencia «desmedida».

—Fue la gota que colmó el vaso. —Respira profundo—. Hay pintadas en los baños de chicos. Dicen que soy una zorra. Me han estado enviando fotos de pollas y mensajes guarros.

—¿El alumno al que pegaste?

—No, no tiene nada que ver. —Se tapa el rostro con las manos—. Y lo peor de todo es que me van a expulsar por culpa de ese idiota.

El director del colegio ha hablado con los padres de Alma. Consideran que ha cometido una falta grave. Va a intervenir el consejo escolar. Se plantean la expulsión como medida disciplinaria. Eso significa que Alma no podrá terminar segundo de bachillerato y tampoco presentarse a la EvAU.

—Con todo lo que me he esforzado... No ha valido para nada.

El profesor abre la ventana y una brisa fría entra en la habitación y mueve los papeles del escritorio. Se sienta en el sofá junto a ella. Alma percibe el olor de su perfume, mezclado con el del tabaco y el de su sudor. —Todo un día de clases no es un esfuerzo físico desdeñable—. Huele a hombre.

—No creo que nadie quiera tomar una decisión como esa a tres semanas de que termine el curso. Yo estoy en ese consejo. Nunca dejaría que te hicieran algo así.

Siente su mano en el hombro. Están más cerca de lo que nunca han estado. A unos pocos centímetros el uno del otro. A pesar de la ventana abierta siente mucho calor. Es posible que se estén formando pequeñas gotas de sudor sobre su labio. Su mano se dirige a recoger un pelo que no existe detrás de la oreja y se siente tonta. Cierra los ojos y trata de sonreír.

—Gracias —dice de forma casi inaudible.

Sus miradas se cruzan. Él retira la mano de su hombro y la deja sobre el sofá al lado de su pierna. La palma ancha, los dedos gruesos, las uñas cuidadas... Inclina el torso hacia ella.

—¿Confías en mí? —le pregunta el profesor.

Alma asiente con una inclinación de la cabeza.

—Entonces ¿por qué no me cuentas toda la verdad?

Alma se encoge de hombros. En realidad, lo que quiere decir es «Cuéntame tu secreto, eso que es tan malo, eso que te avergüenza tanto, eso que no desearías que nadie supiera de ti». Si lo confesara se quedaría en una posición de absoluta debilidad y la haría caer al suelo solo con un soplido. Se refiere a las fotografías que se hizo en la casa de Greta. Él está muy cerca. Si inclinara un poco más su cuerpo podría llegar a rozar el lóbulo de su oreja, sentiría su respiración penetrando dentro de ella. Alma se hace fuerte en su silencio y es él quien debe dar un paso adelante.

—Tengo un *nick* con el que buceo en las redes sociales. Me meto en grupos de estudiantes. Me hago pasar por uno de vosotros. Busco problemas antes de que exploten. Para anticiparme. No tengo ningún interés personal. Lo hago por protegeros.

«Es así como lo hace», piensa Alma. Puede que sea uno de sus amigos en Instagram, puede que incluso sea uno de los seguidores de Coleman Miller, puede que esté al tanto de todo.

—El otro día descubrí a un alumno compartiendo unas fotografías en las que apareces tú.

El profesor tiene sus fotos. Dicho de otra manera: ella lleva tres días chupando una polla de plástico delante de sus ojos.

—¿Por qué te hiciste esas fotografías?

—Estábamos jugando —responde Alma—. Fue una noche en casa de unas amigas.

—¿Tienes más fotografías como esas?

—Sí

Alma le enseña una fotografía más. Ella está tumbada sobre su cama. Se baja los pantalones y las bragas con las dos manos. Su culo al descubierto.

Él también siente calor. Sobre su labio también aparecen gotas de sudor. La punta de su lengua aparece para humedecer unos labios resecos. «Ahora viene«, se dice Alma, va a posar su mano sobre su muslo o sobre su rodilla, la tocará y puede que haga la tontería de caminar sobre dos dedos como un hombrecito dirigiéndose a su entrepierna. Y va a intentar besarla en 3, 2, 1...

—Bórrala —le indica el profesor—. Y también todas las demás.

Se levanta del sofá y vuelve a su escritorio. Alma se pregunta qué ha pasado. ¿Por qué no la ha atacado? ¿Qué ha dicho, qué ha hecho, qué ha provocado esa reacción? Lo que ha sucedido ni siquiera se acerca a lo que ella pensaba que ocurriría. El profesor parece realmente aturdido y, al mismo tiempo, molesto e indignado mientras coge su tabaco y lía un cigarrillo.

—No entiendo qué queréis conseguir haciéndoos ese tipo de fotografías —comenta—. ¿Es una forma de ligar, de parecer enrolladas o lo que queréis es ser muy populares?

Niega con la cabeza como si de verdad no tuviera una respuesta a las preguntas que él mismo se ha hecho. Alma tampoco entiende lo que le está pasando a ella en ese momento. Se siente mareada, intenta recuperar el equilibrio, la posición vertical. Tenía la certeza de saber los pasos que venían a continuación y tenía preparada una respuesta solida y contundente, y de repente todo eso ha volado por los aires. Él se ha retirado, no ha intentado besarla, ni tocarla y no puede imaginarse dónde entra esa acción en la estrategia de un depredador sexual. Y ahí en la ventana, de pronto, ese hombre le parece vulnerable.

El profesor mira a Alma y con un gesto le ofrece el cigarrillo que acaba de liar. Alma lo acepta. Luego lía otro para él.

—Esos modelos que imitáis de chicas famosas, esas imágenes hipersexualizadas de adolescentes son una mierda y solo atraen la mirada de gente mala.

El humo de los cigarrillos sale por la ventana aspirado por una leve corriente.

—¿Sabes quién te está enviando esos mensajes?

Alma le da los nombres de Alberto y Natacha. El profesor hablará con ellos. Hará que dejen de compartir esas fotografías. Podrían estar cometiendo un delito grave, algo de lo que podrían arrepentirse de verdad.

—No te preocupes. Dejarán de molestarte.

Apagan los cigarrillos y ella nota que está incómodo. Se sienta de nuevo detrás del escritorio. Se queda unos instantes con la mirada perdida en el infinito.

—Me voy —dice Alma.

Recoge la mochila del suelo.

—Estos próximos días no podré verte en las clases de la tarde —anuncia él—, pero Andrea seguirá contigo. No puedes venirte abajo, Alma. Ahora es cuando tienes que luchar con más decisión.

Ella asiente con la cabeza.

—Estoy orgulloso de lo que estás haciendo.

Alma sale del despacho. En el interior no se escucha nada. El silencio.

En el bus ocupa uno de los asientos de la parte de atrás junto a una ventanilla. Con la punta de los dedos repasa una y otra vez los bordes ligeramente abultados de la cicatriz de la herida de su cabeza. Obsesivamente. Mientras trata de ordenar sus pensamientos. Aún está en estado de shock por lo que ha pasado dentro del despacho. Aún no es capaz de entender lo que ha sucedido. Busca una explicación lógica. ¿El comportamiento del profesor ha sido una respuesta a algo que ella ha dicho o ha hecho? Le surgen un montón de dudas. ¿Es el profesor de Historia un depredador sexual? ¿Podría ser que Berta se inventara toda la historia? ¿Lo que vio aquel día en secundaria tiene otra interpretación? ¿Ha creado una página en Instagram para denunciar un abuso sexual que nunca existió?

Podría ser una gran cagada.

«Oh, joder.»

58

Se mira en el espejo. Se coge con dos dedos un pequeño pliegue de piel y grasa alrededor de la cintura. Se sube en la báscula del baño de sus padres y descubre que pesa un par de kilos más de lo habitual. Los exámenes de la tercera evaluación comenzarán en doce días. En esa época siempre engorda. Siente una enorme necesidad de atiborrarse de comida basura. Les pide a sus padres que cuando vayan a la compra le traigan bollería industrial, chocolate, patatas fritas, pipas, galletas, helado... cualquier cosa que tenga muchas grasas saturadas, azúcar y colesterol.

—Nunca hay nada de comer —se queja Alma después de abrir la puerta de la nevera, las de los armarios y mirar en cada rincón y bajo cada paquete y detrás de cada tarro de conservas en busca de algo apetecible para llevarse a la boca.

Su madre está empeñada en llevar una alimentación sana y determinados alimentos son anatema en esa cocina.

—Me voy al súper 24/7 —dice con la puerta de la nevera abierta de nuevo.

En la aplicación del móvil ve que un bus está a punto de pasar por la parada que está a cien metros de su casa. Se calza con unas zapatillas de deporte, recoge su chaqueta Puma y un puñado de monedas del bote de cristal donde guarda los restos de la paga semanal, y sale de casa. Llega a la parada casi al mismo tiempo que el autobús. Se sienta en uno de los asientos de la parte de atrás y se coloca unos pequeños cascos. Elige una sesión de Alison Wonderland y mira a través del cristal de la ventanilla. Ni siquiera han cruzado el ecuador de la primavera, pero por la forma en la que todo el mundo viste da la sensación de que el verano ya ha llegado. Unos minutos después Berta sube al bus en la última parada que queda dentro de la urbanización. Se ven casi al mismo tiempo. Berta sonríe y levanta una mano y luego recorre el pasillo hasta el asiento de Alma.

—Hola, bebé —saluda y le da un beso en la mejilla.

El bus va casi vacío. Dos críos con bráquets y aire cansado camino de sus actividades extraescolares. Un grupo de cuidadoras parlotean relajadas después de su jornada laboral. Un chaval escucha música con unos auriculares grandes de color rojo tres o cuatro filas delante de ellas. Un hombre habla en voz alta por su teléfono móvil junto a la puerta de salida. Berta también va al pueblo. Acompañará a Alma al súper 24/7 a cambio de que después ella la acompañe a la papelería. Necesita material para el trabajo final de una asignatura.

—No has subido nada a Insta esta semana —le susurra Berta al oído.

La última imagen que colgó en la página de Coleman Miller tiene más del doble de likes que las anteriores. Alma hizo la fotografía en el interior de una de las cabinas del baño de alumnas de los cursos de secundaria para ilustrar una de las agresiones sexuales sufridas por Berta.

—Me llevó al baño y me dijo que le chupara la polla. Me dijo: «Cómetela entera».

Ese fue el texto que escribió más o menos. En aquel momento le pareció una buena idea. Debía forzar la máquina, explorar los límites, ver si alguna otra adolescente se sentía reconocida en esa imagen y en el texto que la acompañaba. Ahora tiene la sensación de que es posible que haya cometido un error. Lleva tres días pensando sobre lo que no pasó en el despacho del profesor de Historia y también sobre la relación que han mantenido en los últimos meses. Si lo mira objetivamente, no puede encontrar ni una sola insinuación o comportamiento sospechoso. Todo es interpretable y claro que podría decir que aquel gesto o aquella palabra podrían ser cuestionables y atribuibles a un abusador sexual, pero también podría ser que no tuvieran ninguna intención de ese tipo. ¿Y, si en realidad, no es un agresor sexual? Entonces la página de Coleman Miller podría estar acusando a un inocente de algo que no ha hecho. Y ella, en cambio, sería muy culpable. Aquella tarde, después de salir del despacho del profesor de Historia, se sentó frente al portátil y con la página de Instagram abierta pinchó las nueve imágenes una y otra vez. Ocho de esas imágenes podrían pertenecer a cualquier chica del mundo, cualquier adolescente podría haber subido esas fotografías. Pero solo una estudiante de su instituto podría haber tomado la instantánea del baño de alumnas. Podría haber perdido la justificación que le llevó a hacerla y las consecuencias, si alguien del instituto reconoce esas paredes pintadas, serían terribles.

—Se me han ocurrido algunas ideas —dice Berta—. Podríamos hacer una fotografía de su coche y unos pañuelos sucios tirados en el suelo. Como si se hubiera limpiado. Ya me entiendes.

—Creía que todo había pasado dentro del instituto.

—Y así fue —arruga la frente—, pero alguna otra chica podría reconocer el coche.

—No sé.

—¿Qué te pasa? —dice Berta—. De repente es como si tuvieras dudas.

Alma ha pensado en dejar la página en silencio. Ha pensado

incluso en borrar la última fotografía que subieron. Aún no lo ha hecho porque piensa que, honestamente, tendría que consensuarlo con Berta, hablarlo con ella. Eso es lo que debería hacer. Lo que pasa es que lleva dos días retrasando el momento de esa conversación. Ha estado a punto de coger el teléfono en un par de ocasiones y en otra se calzó las zapatillas y salió de casa, pero al final no pasó del parque donde lleva a Cooper. En cualquier caso, no quiere tener esa conversación en un bus regional.

—Podemos hablarlo en otro sitio.

Alma evita el contacto visual. Nota el estómago vacío. Quizá se debe a la ausencia de grasas saturadas y azúcar. ¿Es normal sentir hambre en ese momento? Siente un montón de cosas que no quería sentir. Se siente como una mala persona.

—Te has cansado, ¿verdad? —le suelta Berta—. La página no funciona como tú esperabas, estás decepcionada y quieres dejarlo.

La frustración se refleja en el rostro de Berta como si fuera un óleo pintado. *Autorretrato de artista adolescente defraudada con alguien que creía su amiga*: ese podría ser el título.

—Me has engañado. Me has hecho creer que yo te importaba.

—No —le contesta Alma—. Tú me importas.

Nota la tensión del cuerpo de Berta en el asiento de al lado. Araña con la punta de una uña pintada de color morado el tejido de los pantalones de deporte. Mecánicamente. Desgastándolo. No se da cuenta de lo que está haciendo. Y tampoco puede parar. Unas pequeñas lágrimas redondas comienzan a rodar como bolitas por la piel de sus mejillas abultadas y después caen sobre su pecho. Berta no hace ninguna intención de detenerlas. Alma se queda helada: la está haciendo sufrir. Y, sin embargo, no quiere hacerle daño ni lastimarla. Jura que no.

—Ya no quieres ser mi amiga.

—Claro que sí, Berta. ¿Por qué dices eso? No llores, por favor.

El hombre que habla alto por teléfono eleva la barbilla y les dirige una mirada inquisidora, aunque sigue hablando. Uno de los chavales que va a clases extraescolares vuelve la cabeza. Luego le dice algo al oído a su compañero y entonces es este el que se gira y las observa. Berta se seca la cara con la manga de la sudadera.

—Entonces ¿qué está pasando?

—Creo que deberíamos cerrar la página.

—¿Por qué? Es la única manera de encontrar más víctimas de ese hijo de puta. ¿Qué ha pasado? ¿Por qué has cambiado de opinión?

—No estoy segura de lo que estamos haciendo.

La uña de Berta se clava en el tejido con fuerza. Quiere herirlo. Quiere traspasarlo. Alma siente que ese tejido es su piel. La voz de Berta se transforma en algo duro y frío.

—¿Has hablado con él?

—He estado yendo a esas reuniones de las que te hablé —dice asintiendo con la cabeza.

—Te pedí que no lo hicieras.

—No pasó nada. Ni siquiera ha intentado algo conmigo.

Berta arruga la frente como si estuviera haciendo un ejercicio de concentración extrema, como cuando un crío pequeño prueba a mover un vaso sobre una mesa solo con la fuerza de la mente. Cierra los ojos y sus pestañas se humedecen con otras lágrimas.

—Lo que pasa es que como no ha intentado nada contigo todo lo que te he contado es mentira. Es eso, ¿no?

Berta verbaliza algo de lo que Alma se avergüenza de haber pensado. Y lo ha hecho. Esa idea ha surgido en sus reflexiones, la ha valorado y después se ha sentido muy miserable y la ha querido borrar de su cabeza, pero ya estaba allí. Y a medida que han pasado los días la idea ha ganado fuerza y ha surgido una y otra vez para atormentarla. Alma ha tratado de reconstruir el recuerdo que tiene sobre ese momento turbio en el que creyó ver un instante de esa historia de abusos. Ese momento en el pasillo de la cuarta planta del instituto. Ni siquiera recordaba haber estado allí hasta la noche en la que se encontraron en el hospital. Alma se asusta al pensar que podría haber dado una nueva interpretación sesgada e influida por la historia de Berta a algo que no tenía importancia. O lo que es mucho peor: podría haberse inventado ese recuerdo. La noche del accidente ella estaba muy aturdida, asustada y emocionalmente dispuesta a creer en esa historia por todo lo que había ocurrido.

—¿Le has hablado de mi? —pregunta asustada.

—¡No!

—Pero te has puesto de su parte. —Se lleva las manos a la cara—. ¡Sabía que no debía contártelo!

Berta se levanta del asiento y pulsa el timbre para que el conductor detenga el bus. Se encienden las letras rojas del luminoso de parada solicitada, pero Berta pulsa el timbre de nuevo. De manera sistemática y continua. Haciendo que la campanilla suene una y otra vez.

—Berta —le pide Alma—, siéntate, por favor.

Berta le lanza una mirada de asco. Como si sentarse de nuevo a su lado fuera algo peor que lanzarse sobre un estercolero de comida para cerdos. Camina torpe hasta la puerta de salida agarrándose a los pasamanos.

—¡Para de una puta vez! —grita—. ¡Quiero bajarme!

Los gritos de Berta son los de una persona que sufre un ataque de pánico. El hombre que habla por teléfono deja de hablar, el chico que escucha música se quita los cascos, los dos críos cruzan una mirada asustada, las cuidadoras la observan con languidez. Ellas aguantan ataques de histeria de niñas de familia rica como esa cada lunes y cada jueves. Ya nada las sorprende. El conductor le pide que se siente. Están en la vía de servicio de la autovía. Está prohibido detener el autobús en ese lugar. A Berta le daría igual estar atravesando los campos de Marte.

—¡Para ya, joder! —vuelve a gritar.

El conductor pisa el pedal del acelerador con la intención de llegar lo antes posible a la próxima parada. Toma una curva demasiado rápido y todos los pasajeros se ven empujados violentamente hacia uno de los costados. Berta cae al suelo. Se enfurece. Chilla y comienza a golpear a patadas a la puerta de salida y a los asientos.

—Está loca —comenta una de las cuidadoras—. Déjela donde sea. Se va a lastimar.

El conductor valora los riesgos y decide detener el autobús en la vía de servicio de la autovía. Berta sale del bus casi arrastrándose. Alma baja tras ella. Las puertas se cierran a su espalda. El bus cabecea por el acelerón del conductor. Deja detrás una nube de humo negro y el olor del gasóleo quemado.

—Lo siento —se disculpa Alma.

—¡Déjame en paz! —berrea Berta—. ¡Vete de aquí! ¡Eres una puta traidora!

Berta se mueve de un lado a otro totalmente fuera de control como un animal salvaje herido, camina sobre el arcén en una dirección y después se da la vuelta y camina en la contraria. Alma trata de seguirla, le habla, le dice que debe calmarse y eso enfurece más a Berta, que empuja a Alma, la tira al suelo y cae dentro de una zanja de obras de acondicionamiento al borde de la carretera. Pesa mucho más y tiene mucha más fuerza. Durante un segundo Alma siente miedo de que Berta se lance sobre ella, de que agarre una piedra y la golpee en la cabeza. Le asusta la idea de engrosar la estadística de chicas que mueren en una cuneta. El claxon de un vehículo que pasa junto a ellas saca a Berta de su trance. La expresión de furia desaparece de su rostro, los músculos de su cuerpo se relajan, las lágrimas comienzan a brotar de sus ojos de nuevo.

—Todo es una mierda.

Cruza la vía de servicio a la carrera y salta la mediana de bloques de cemento que la separa de los carriles centrales de la autovía. Alma escucha el ruido de los frenos de un coche y el sonido del impacto. Algo así como si se repitiera la escena de su propio atropello. Aumentada. La colisión entre un objeto en movimiento a más de cien kilómetros de velocidad y otro que se encuentra parado es brutal. Un nuevo impacto.

Se deja caer en la zanja boca arriba. Olor a goma quemada.

59

En el descanso de media mañana los alumnos del último curso de secundaria se agolpan junto a la valla que rodea el instituto y observan con envidia la libertad de los de bachillerato, que pueden salir a la calle, ir a fumar tabaco o hierba o a tomar algo al café cercano. En sus mentes se materializa el deseo de ser como ellos. Casi lo pueden tocar con la punta de los dedos. Apenas quedan unas semanas de curso y al inicio del siguiente, a la vuelta de tres meses, ellos serán idénticos a esos que ahora caminan por la calle con aire de superioridad y se besan agarrados por la cintura. Mientras, ellos asoman la cabeza por los barrotes de la verja y fuman con la cabeza metida entre ellos. Rompiendo las reglas. Técnicamente eso no es fumar en el instituto, piensan.

—Este es nuestro baño —dice una chica con el pelo recogido en dos pequeños moños sobre la cabeza—. El que sale en esta foto de Insta.

Diez o doce adolescentes entran en Instagram en segundos. Después se produce una carrera en grupo hasta el baño de la segunda planta. Comprueban en directo que el baño que aparece en la página de Coleman Miller es ese. Aún no ha terminado el descanso cuando una chica del grupo reconoce la pizarra que aparece en otra de las fotografías. El marco tiene una grieta. No hay duda de que los posts de Coleman Miller hablan de su instituto.

—¡Dios!

—¡Esto es muy fuerte, tía!

Una alumna ha sido violada en el instituto. Una alumna dice que ha sido violada en el instituto. ¿Quién es Coleman Miller? ¿Alguien conoce a alguien que se apellide así? Nadie. Está claro que es un nombre falso. Se buscan con la mirada.

—¿Eres tú Coleman Miller?

—No.

Al comenzar de nuevo las clases todo aquel o aquella que tiene un móvil se ha convertido en seguidor de la página de Coleman Miller y en todas las aulas de secundaria y bachillerato y en los pasillos de las dos plantas de esos cursos del edificio solo hay un tema de conversación. En el baño de las alumnas de secundaria se ha formado una cola para hacerse selfis sentadas en la misma taza del váter en la que se ha sentado la misteriosa Coleman Miller y lo suben a sus propios muros con el hashtag #colemanmillerinstituto.

—¿A qué viene este revuelo? —pregunta una de las profesoras.

La mayoría de las clases se retrasan. La noticia entra en la sala de descanso del profesorado y después llega a la secretaría y, por último, al despacho de la jefa de estudios y del director del centro. La palabra que describe el estado de ánimo es «conmoción».

—No nos dejemos llevar por la histeria. Esto puede ser solo una broma —balbucea el director.

—No se bromea con estas cosas.

La piel de la cara del director enrojece y la boca se le seca. Lo más urgente es averiguar quién se esconde tras ese seudónimo, quién es el autor o autora de esa página.

—Llevemos esto con discreción.

—Despierta —levanta la voz uno de los profesores—. Trescientos alumnos están tuiteando y retuiteando, y haciéndose fotos y escribiendo que una alumna de este instituto ha sufrido abusos sexuales.

—¿Nadie se ha molestado en leer esos posts? Lo que dice es que ha sufrido abusos en este instituto. No es lo mismo. Deberíamos llamar a la Guardia Civil.

—Yo tengo una amiga policía que trabaja en violencia de género —interviene una de las profesoras—. Puedo llamarla.

Antes de que termine el horario de clases de esa mañana, Nata cruza la puerta del despacho de la jefa de estudios. Ella también se ha convertido en seguidora de Coleman Miller.

—Creo que es Alma.

—¿Cómo lo sabes?

—He estado un millón de veces en este dormitorio —dice Nata— y esta camiseta es suya. Se la hizo ella misma.

Nata tiene en su móvil una fotografía de un par de meses atrás en la que Alma lleva la camiseta con la etiqueta Asshole baby. La jefa de estudios asiente.

—¿Han violado a Alma?

—A mí no me ha contado nada.

Y se encoge de hombros.

Es un #yonotecreo

60

La vida se extingue en menos de un suspiro. Alguien que un segundo antes estaba viva ya no lo está. Un cuerpo que hace unos instantes era capaz de realizar un millón de funciones orgánicas de repente ya solo es capaz de descomponerse. Y ahora mismo no recuerda si esa es una de las funciones del cuerpo, porque nunca se le dio bien la biología ni las ciencias de la naturaleza. Lo mismo no.

Se ha quedado fría. Ella. Aunque supone que Berta también lo estará a esas horas. Son dos frialdades diferentes. La de Berta es física; la suya, emocional.

Quiere deshacerse de la imagen de la Berta con sobrepeso, la camiseta demasiado pequeña que deja ver la piel blanca y un poco sonrosada de su vientre, caminando de un lado a otro de la vía de servicio, violenta y loca, con las facciones desfiguradas y la boca enorme como uno de los personajes de sus cuadros, gente pequeña de bocas gigantes y dientes pequeños, escupiendo «Puta, puta, puta». Puta. Quiere deshacerse de la imagen de la uña pintada de color morado, el color de moda que se lleva ese año, escarbando en el tejido del pantalón de deporte y esas lágrimas como perlas redondas resbalando por su cara. Quiere deshacerse de su propia imagen aterrada por la posibilidad de que Berta la golpeara con una piedra y después la enterrara en esa zanja de las obras de acondicionamiento de la carretera.

Y quiere traer otras imágenes felices. Berta en esa fotografía que le regaló y en la que es tan solo una cría de expresión alegre e inocente. Se esfuerza y atrapa esos recuerdos, pero no es capaz de conservarlos porque de nuevo la imagen que se impone dentro de su cabeza es la de la gorda violenta que la arrojó dentro de la zanja de las obras de la vía de servicio.

Pobre Berta. Es lo más triste que le podría pasar. Dicen que alguien no muere mientras queda alguien vivo que le recuerda. Pero qué clase de recuerdo de mierda es este. Pobre Berta. Ahora sí que está a punto de echarse a llorar. Le gustaría llorar. Sabe que después del llanto llega ese estado de calma y total abatimiento que la deja inane y vacía. Se siente muy cansada y le gustaría meterse en su cama y enterrarse bajo el edredón que aún continúa puesto. Cierra con fuerza los ojos tratando de provocar el llanto, pero no derrama ni una sola lágrima. Tampoco lloró en los instantes posteriores al accidente. Se quedó muy quieta en el interior de la zanja entre gruesos terrones de tierra marrón claro. Al cabo de unos minutos temblaba. Se levantó y salió cuando los coches de la Guardia Civil y las ambulancias ya habían llegado. Un agente la vio aparecer de repente con los ojos muy abiertos, como un ser del inframundo.

—¿Dónde vas sin ojos, niña? —le dijo—. ¿Estás bien?

—No.

—¿Era amiga tuya?

Joder, qué pregunta tan difícil de contestar. «Sí.» «No.» «Yo qué sé.»

Han pasado tres horas. Alma está apoyada en la pared blanca del cuartelillo de la Guardia Civil del pueblo. Vero está a su lado. Le pasa un brazo por encima de los hombros al estilo de una gallina que protegiera a uno de sus polluelos. Así la tiene. Le han tomado declaración. Alma les ha contado que se encontraron por casualidad en el bus y que Berta se enfadó con ella, que comenzó a gritar y obligó al conductor a detenerse en la vía de servicio de la autovía. Estaba fuera de control. La empujó al interior de la zanja de las obras en la vía de servicio y luego saltó al carril central de la autovía. Ella no pudo impedirlo.

—Creía que yo la había fallado.

Los agentes de la Guardia Civil han hablado con sus padres. Tienen sus antecedentes psiquiátricos. Saben lo de los anteriores intentos de suicidio, la depresión y los ingresos en dos clínicas diferentes para seguir el mismo tratamiento. Así que no les extraña lo del ataque de furia en el bus. El pensamiento nocivo es una de las características del trastorno de personalidad.

—No es culpa tuya —asevera el hombre que le toma declaración.

Lo mismo sí.

La han dejado salir del cuartel para fumar un cigarrillo. En ese momento están hablando con el conductor del autobús y con una de las cuidadoras a las que han conseguido localizar. En poco tiempo podrá volver a su casa.

Un pequeño todoterreno se detiene en la puerta del cuartel. Del lado del conductor se baja Mer. Viste unos vaqueros muy gastados que han perdido casi todo su color en los muslos, una camisa blanca y su placa cuelga de una cadena en su cuello. Alma y Mer cruzan una mirada. Se conocen de aquella tarde en el súper 24/7. Greta y ella. Bollería industrial. Tiene gracia.

—Eres Alma, ¿verdad?

—Sí.

—Necesito hablar contigo —anuncia Mer.

—Ya le han tomado declaración —contesta Vero.

—No tiene que ver con el accidente. Es sobre una página de Instagram.

¡Joder!

La habitación del cuartel de la Guardia Civil donde están reunidas parece la sala de estar de la casa de una abuela. Un sofá de tapicería muy desgastada está arrinconado en una esquina, una lámpara de pie, un mueble de madera oscura, un puñado de libros, unas placas conmemorativas, dos fotos. En el centro de la habitación, una mesa redonda y cuatro sillas, y sobre sus cabezas una de esas lámparas de falsos cristales con cuatro bombillas. Dos sillas están ocupadas por Alma y Vero. Las otras dos por un investigador de la Guardia Civil desplazado desde la ciudad y por Mer. La inspectora de policía está allí solo como observadora asociada. Sin embargo, el investigador de la Guardia Civil le ha cedido la iniciativa en ese interrogatorio. Mer tiene una larga experiencia en esa clase de delitos. Desde antes de que al hecho de agredir, abusar, violar y matar mujeres solo por ser mujeres se le llamara «violencia de género». Y, además, es mujer. Y el investigador de la Guardia Civil se siente más cómodo si es ella la que pregunta y él quien observa. Los dos se sienten más cómodos en esos roles.

Sonríe. Es una sonrisa que utiliza para dar confianza a las mujeres a las que atiende todas las semanas. Siempre hay un momento en el que el drama pesa mucho y se hace el silencio. Y ella consigue que la comunicación se mantenga con una sonrisa.

—Varios alumnos de tu instituto te han reconocido en alguna de estas imágenes —dice Mer enseñándole en una tableta el muro de la página de Coleman Miller—, pero prefiero preguntarte a ti. ¿Eres tú quien aparece en estas fotografías?

—Soy yo —responde Alma—. Coleman Miller soy yo.

Mer sabe quiénes son Daisy Coleman y Chanel Miller. Así que no le va a preguntar por qué adoptó ese seudónimo. Mer observa a Alma. Sabe cosas de ella porque Greta le ha hablado unas cuantas veces de su amiga. Por contagio a ella también le caía bien y puede que incluso la quisiera antes de entrar en esa habitación. La policía da por hecho que Alma también sabe quién es ella y que Greta también le habrá contado cosas de sus tardes fumando hierba y bebiendo cerveza. Y quizá por eso, a pesar de los formalismos que deben seguir en ese interrogatorio, se ha creado un clima de confianza entre ellas. Mer lee el texto que acompaña la primera fotografía que subió al muro.

—Esta soy yo antes de que me violara. —Hace una pausa—. ¿Lo escribiste tú?

Alma asiente con la cabeza.

—¿Quién te violó?

—Nadie. Nadie me ha violado.

La respuesta de Alma genera un ruido de roce de telas y tejidos en la hasta ese momento silenciosa sala. Vero, que ha conservado la calma, se remueve en su silla y con un suave movimiento coge una mano de su hija. Acude a su memoria la noche en la que Alma se escapó para irse a esa fiesta y también el aspecto que presentaba cuando volvió a casa a la mañana siguiente, y ha reconocido en otra fotografía la ropa tirada en un rincón del dormitorio. Recuerda cómo ella le gritó y cómo Pablo la golpeó. Recuerda las semanas de castigo. Recuerda la confesión que le hizo unas semanas después cuando le habló del chico con el que había dormido. Hernán. Recuerda que su intuición le dijo que debajo de un polvo bajo la influencia de las drogas y el alcohol había algo más. Y tiene que hacer un verdadero esfuerzo para no romper a llorar. Se dice a sí misma que no debe hacerlo. No quiere intimidar a su hija, pero en su rostro se puede leer la angustia como en un libro de primeras palabras .

—En serio, mamá. Nadie me ha violado. Esta historia no habla de mí.

La serenidad y la seguridad con la que Alma habla hace respirar profundamente a su madre y sentir algo de alivio. Está montada en una montaña rusa de emociones. Aprieta su mano con más fuerza. Asiente con la cabeza.

—Entonces ¿de quién habla? —pregunta Mer.

Alma traga saliva, aprieta los labios, guarda silencio. Berta también está sentada a esa mesa. No abre la boca, pero puede hablar con ella.

«Me lo prometiste. Nadie debe saber lo que pasó. Me moriría.»

«Ya estás muerta, Berta.»

Una imagen de Berta atravesando a la carrera la vía de servicio. La camiseta negra demasiado pequeña. Los pliegues de grasa moviéndose arriba y abajo. Escucha el sonido del freno de los coches en la autovía. El ruido brutal del impacto. Una de las cuidadoras del autobús dice: «Está loca». Podría ser. Podría ser que toda la historia que Berta le contó la noche del hospital y los detalles que fue añadiendo durante los siguientes tres meses no fueran otra cosa que el producto de una mente enferma y atormentada. Y hay muchas posibilidades de que así sea. Ella misma tiene un millón de dudas. Y sabe que mencionar el nombre del profesor de Historia en esa habitación decorada con el estilo de la sala de estar de una abuela acarreará problemas. Al menos le investigarán. ¿Y si es inocente? ¿Y si nunca le hizo daño a nadie? Podría decir que se lo ha inventado todo. Sí, eso sería lo mejor.

—Solo quiero ayudarte —dice Mer.

La voz de la policía interrumpe sus pensamientos.

—No sé por dónde empezar —reconoce Alma.

—Por el principio está bien.

—Hace tres meses me atropelló un coche. Esa noche me encontré con Berta en el hospital. Fuimos compañeras en el instituto. Ella me contó cómo un profesor la violó durante casi un año.

Pablo y Vero no han podido conciliar el sueño otra noche más. La inspectora de policía detiene su coche en la puerta de la casa familiar. Ella tampoco ha dormido mucho. El investigador de la Guardia Civil y ella hablaron con los padres de Berta. Contarles que una de las amigas de su hija, fallecida unas horas antes, les ha confesado que sufrió abusos sexuales durante unos meses a manos de un profesor del colegio ha sido una de las peores experiencias de su vida profesional.

La puerta se abre. Cooper sale a recibir a la inspectora de policía moviendo la cola. Es el único ser alegre en esa mañana triste.

—¿Sabías que Berta sufría un trastorno límite de la personalidad y que había estado en tratamiento psiquiátrico con anterioridad? —pregunta Mer.

—Sí —contesta Alma—. Ella me lo contó después de lo del hospital. Me dijo que tenía todo tipo de problemas desde lo de los abusos.

—En realidad, esos trastornos comenzaron un poco antes de que...

Mer se detiene. No sabe cómo continuar la frase y comienza de nuevo:

—A Berta le diagnosticaron trastorno límite de la personalidad con trece años. Con quince años le contó a su psicóloga que uno de sus profesores abusaba de ella. Se abrió una investigación. Al final se retractó de la acusación. Era una fantasía provocada por su enfermedad.

Alma está tumbada en la cama con la espalda apoyada en el cabecero. Berta está sentada en el alféizar de la ventana. Como aquel día en el que la visitó durante su castigo. Vestida con la misma ropa.

—Te dije que no debía salir mi nombre —dice Berta—. Lo siento.

61

Estimados padres:

La dirección del centro ha decidido suspender temporalmente la asistencia de su hija Alma como respuesta a la violación del artículo 19/B del reglamento interno de conducta de los alumnos: «Cuando algún alumno atente directamente contra la integridad física o psicológica de otro de los miembros de la comunidad escolar se procederá a la suspensión de asistencia mientras se busca la responsabilidad debida y se establecen medidas de contención y reparación de la víctima».

Dado que nuestro proyecto educativo está orientado a la formación de individuos con especial relevancia de los valores de respeto, responsabilidad, honestidad y solidaridad, consideramos el comportamiento de su hija como una FALTA GRAVE.

La suspensión temporal de asistencia al centro se mantiene hasta que el consejo escolar tome una decisión en firme. Agotados todos los procedimientos formativos y existiendo una condicionalidad, les informamos que la dirección del centro se propone pedir al consejo escolar la expulsión permanente de su hija.

Atentamente,

—La he cagado —declara Alma.

Greta deja la carta sobre la mesa de estudio del dormitorio de Alma.

—Y para rematarme, he acusado de abuso sexual y pederastia a la única persona que estaba dispuesta a defenderme en el consejo escolar. Soy una crack.

Alma está sentada sobre la cama con la espalda apoyada contra el cabecero y con las piernas recogidas apoya la barbilla sobre las rodillas. Greta se sienta a los pies de la cama con las piernas cruzadas. Estira el brazo y coge uno de los dedos de Alma y lo sacude suavemente.

—Ya no te muerdes las uñas —dice Greta.

—No, ya no lo hago. Estoy madurando.

Se dan la mano y Alma sonríe con un cierto aire triste y cansado.

—Tu amiga la inspectora es una tía maja. Se portó bien. Fue muy amable y no me montó el pollo por hacer una página de una violación falsa.

Greta suelta la mano de Alma y mira hacia otro lado.

—Eres una capulla. Te mataría.

—¿Estás enfadada?

—No —y después se corrige a sí misma—: Un poco. Creía que somos las más mejores amigas del mundo. Una cosa así. No sé. Deberías habérmelo contado, ¿no? Yo te lo cuento todo.

—No siempre.

—Es verdad —reconoce Greta y suspira—. Hay momentos y lugares a los que no te puedes llevar a nadie. Tienes que ir sola.

—No me hubieras dejado hacerlo.

—A veces está bien que no te den permiso para hacer determinadas cosas. Eso es algo que he aprendido.

Se tumban sobre la cama y se abrazan.

—Me comería algo.

—En mi casa nunca hay nada rico que comer. Mi madre ha emprendido una cruzada contra las grasas saturadas. Nos tiene a dieta. Dentro de poco solo seremos espíritus.

Alma recuerda que la última vez que salió a comprar esas riquísimas combinaciones de grasas saturadas, colesterol y productos químicos que aumentan el sabor fue la tarde en la que se encontró a Berta en el autobús.

—Estaba un poco mal de la cabeza —dice Greta—. No sé, aquella noche que estuvimos en su casa decía unas cosas rarísimas. Y sus compañeras de curso también pensaban que le faltaba un tornillo. En serio.

Cuarenta y ocho horas después las ideas y las emociones se han ido asentando en su cabeza. Ha buscado en la memoria todos esos pequeños marcadores señalados que podrían haberla advertido de que Berta había construido toda una fantasía sobre una violación. Estaban ahí, pero ella no podía verlos.

—Me convenció de que la historia era real. Lo contaba de una manera que, joder, tendrías que haberla escuchado, era de verdad. Cada uno de los detalles, cada uno de los días... Te juro que no tuve ni una sola duda de que todo era real.

Greta y Alma se abrazan fuerte.

—Debe de ser que yo también estoy loca, Greta.

—No digas eso.

—Ayer vi a Berta sentada en la ventana fumando un cigarrillo y me habló.

—Ya —suspira—. Es normal.

Siente una leve presión de su mano. Le gusta sentir que Greta la sigue cuidando y protegiendo tantos años después. Su presencia la calma. Consigue que su mente crea que nada malo le puede pasar, que las cosas se solucionarán, que nada tiene tanta importancia.

—Y ahora, ¿qué vas a hacer?

—David me ha invitado a irme con él al culo del mundo.

—Hostia, a mi hermanito le ha dado fuerte.

—¿Te enfadas?

—No. Estoy deseando ser hija única —luego añade—: ¿Ya le has contestado o lo estás pensando?

—Lo mismo me conviene alejarme de aquí durante un tiempo.

Alma coge su móvil de la mesilla. Entra en una de sus redes. En el último mensaje que ha recibido T9000 la llama «falsa» y «zorra». En un par de días la historia del falso perfil de Instagram de una chica que ha fingido una violación se ha multiplicado de un modo exponencial. En ese tiempo ha recibido miles de solicitudes de amistad de gente que solo quiere insultarla. La llaman «asquerosa», «puta», «guarra», «perra» y «basura». Muchas chicas la acusan de jugar con algo muy serio: «No tienes perdón». La acusan de ser una «puta que solo quiere llamar la atención». Otros escriben que debería ser castigada por lo que ha hecho. Algunos de los mensajes dan miedo. «Deberían violarte de verdad.» «Ojalá te follen hasta que sangres por todos los agujeros.» Otros quieren romperle el culo, meterle un palo por el coño, aplastarle los pezones.

—¡Joder! Tienes que cerrar la página.

En los grupos del colegio muchos de sus compañeros, alumnos a los que ni siquiera conoce y otros con los que no ha tenido ninguna relación expresan su odio, su desprecio y se burlan de ella. Años de antipatía salen por fin como el agua escapando de una presa. A chorro. Viejos rencores que alimentan conductas crueles. «Rarita.» «Enana.» *«Borderline.»* «Estúpida.» «Falsa.» «Mentirosa.» «Comepollas.» Se comparten pantallazos de la fotografía de graduación de bachillerato en las que la cara de Alma ha sido tachada, coloreada en rojo, arañada. Alguien ha borrado su imagen con Photoshop. «¿No estaríamos mejor así?» Alguien sustituye su cara por la de una cerda. «¿Cómo dejaron matricularse a una cerda en bachillerato?» Sustituyen su cara por la de la protagonista de *The Ring*. Por la bruja de Blancanieves.

—Alimento la creatividad —dice.

Ha vuelto a circular la fotografía en la que besa la punta del consolador de plástico de la madre de Nata.

—¿Te ha llamado?

—No.

Alma sabe que muchos de esos mensajes son de Alberto, Christian y sus colegas. Del grupo de estudios de Nata también. Ella está detrás. En silencio. Alma no quiere seguir hablando de ese tema.

—Tu hermano me ha llamado y me ha escrito media docena de veces. Es genial. Siempre me hace sonreír.

— Le gustaría venir a verte, pero piensa que ahora mismo no es lo mejor —comenta y añade—: Me ha pedido que te dé un beso de su parte.

Greta coge la cara de Alma con las dos manos y la besa en los labios. Abre su boca y le mete suavemente la lengua en la boca. Durante unos segundos se sienten una a la otra. Se separan. Alma aprieta los labios y se pasa el dorso de la mano por la boca. Paladea el sabor de Greta todavía en su boca. Y suspira profundamente.

—¿Qué tal? —pregunta Greta ilusionada.

Alma deja escapar una carcajada. Es muy reconfortante que al menos parte de su mundo no se haya derrumbado, que quede algo en pie entre tanto incendio, polvo y ruinas.

Pablo y Vero han apagado todas las luces y se han asegurado de que todas las puertas quedan cerradas. Vero se ha asomado a su habitación, ha visto el bulto oscuro inmóvil en la cama y ha cerrado la puerta con cuidado. Alma no duerme. Está inmóvil en la cama, pero no puede dormir. Escucha las pequeñas patas de Cooper caminar sobre el suelo de cerámica y acomodarse en la cama del hall bajo la escalera. El ruido de los grifos y de una cadena del baño de sus padres en el piso de arriba. Y después la casa queda en silencio. El viento mueve las hojas de los árboles. Un grupo de aspersores saltan de madrugada. Se pregunta si Berta la volverá a visitar o esa aparición teatral fue todo. No puede dormir. Se incorpora en la cama y enciende la luz de su mesilla. Abre el portátil y entra en el *feed* de Coleman Miller. Lee los últimos mensajes.

> Esta página es falsa. Nadie ha violado a esta chica. Está en mi instituto. Se llama Alma. Y es gilipollas. No os creáis nada de lo que cuenta. Es una mentirosa. Todos saben que miente.

Debería cerrarla. Desconectarse. Pero no lo hace. ¿Por qué? ¿Es masoquista? ¿Le gusta leer cómo la azotan, la humillan y se burlan de ella? No. Es otra cosa.

Sábado por la tarde. Mer y Greta están sentadas en un banco de madera en el pequeño jardín trasero del adosado. Mer le pasa un piti de hierba. Tiene un nuevo *dealer*. Otro inspector de policía.

—¿Crees que Alma se inventaría toda esa historia?

—No —le contesta Greta.

62

No lo hace porque crea que todavía tiene alguna posibilidad de que no la expulsen. Le debe una disculpa. Es lo más honesto. Hablar con él y contarle en primera persona toda la historia. Sin intermediarios.

Se ha levantado a primera hora de la mañana, con la rutina habitual de la casa, ha desayunado y, cuando su hermano y sus padres se han marchado, ella también se ha sentido muy vacía. En la soledad la presencia de Cooper se hace más patente. La mirada del perro le hace recordar a Gregory, el labrador de Berta. La mirada de Cooper quiere decirle algo. Algo sobre ese vacío. Y, entonces, ha pensado que ese sentimiento la acompañará el resto de su vida y no quiere que eso pase. La ha cagado, pero puede despedirse de muchas formas. Tiene que cerrar esa historia de una manera que le permita ir con la cabeza alta y no sentir vergüenza.

Busca en su agenda escolar el horario de tutorías. Se ducha y se viste y coge un bus. Hace el mismo trayecto que todas las mañanas de los últimos seis años, pero ese día todo parece diferente. El ritmo es otro. Se fuma un cigarrillo a un par de calles del instituto para hacer tiempo mientras termina el descanso entre la segunda y la tercera hora de clase. No quiere encontrarse a nadie, no quiere volver a ver sus caras. Y, aunque le gustaría caminar por un pasillo y desafiarlos a que le dijeran a la cara cualquiera de esas cosas que han escrito en las redes, no quiere buscarse más problemas. Se da diez minutos más, se coloca la capucha de la sudadera y entonces inicia el camino hasta el instituto. La puerta de acceso está abierta. Cruza el patio con la cabeza agachada tratando de pasar desapercibida si alguien se asoma casualmente a una ventana. Entra en el edificio principal y pasa por delante de la conserjería del centro sin que nadie se percate de su presencia. Alcanza los primeros escalones de las escaleras y comienza a subir. Cuatro plantas. Escucha lejano el sonido de voces de profesores, explicaciones de los últimos temas de cada curso, notas desordenadas en un aula de música durante el ensayo de una pieza para la fiesta de fin de curso, una puerta que se cierra y los pasos apresurados de alguien que necesita urgentemente usar el baño. Llega a la planta de los bachilleratos, donde están sentados sus todavía compañeros, y se le ocurre la idea de que podría caminar hasta la puerta del aula, entrar y sentarse en un pupitre junto a su antigua amiga Nata.

—Hola, Nata —le diría con una sonrisa—. Tenemos una conversación pendiente.

Eso sería comportarse como una loca. La idea le hace sonreír y se detiene un segundo para respirar con profundidad. Sube el último tramo de escaleras pensando que también podría abrir la puerta de golpe empuñando el palo de una escoba y gritar que va a matarlos a todos. Joder. Imagina sus gritos. Se le escapa un carcajada. ¡Ja!

Llega al último peldaño de la escalera como Edmund Hillary a la última piedra del Everest. Está arriba y ya solo la separan unos metros del despacho de la asignatura de Historia. Se sorprende al descubrir la presencia de otra alumna en el pasillo a un par de pasos de la tercera puerta. La conoce. Es una de las chicas de secundaria que fumaba en la parte de atrás del centro junto a la entrada de la cocina. La chica a la que siguió hasta el CC. La chica que estaba sola en un restaurante de comida rápida. Su pecho sube y baja de manera evidente. Sus brazos están rígidos, pegados a los lados del cuerpo. En su mirada hay terror. No intenta decir una sola palabra. No hace falta. Sus zapatillas de deporte están en medio de un charco. Se ha meado en mitad del pasillo.

—Sal de aquí —dice Alma—. Vete a casa. Corre.

63

Alma tiene siete u ocho años. Corre descalza sobre el césped recién cortado. Se lanza sobre la espalda de su padre. «¿Peleamos?», le pregunta al oído. «Está bien, pero no vale rendirse. Solo pararemos si hay sangre o lágrimas.» A sangre o lágrimas. Alma acepta el trato. Pelean. Ella se lanza sobre su espalda. Ella quiere aplastar su cabeza contra el césped y plantar su culo sobre su cara. Eso le parece extraordinariamente divertido. Él se deja golpear. Ella le tira de las orejas y del pelo. Él contrataca. Usa su peso y su fuerza para tumbarla en el suelo. La inmoviliza. Quiere morderle una oreja. Ella ríe como una loca. Él alivia la presión. La deja escapar. Ella se libera de su abrazo con un movimiento rápido y entonces su cara golpea contra una de las rodillas de su padre. Es un golpe fuerte. Doloroso. Él detiene la pelea. Las lágrimas enturbian su mirada. «No estoy llorando», dice Alma. Se recompone en un instante. Sonríe. «Seguimos.»

Alma ha reunido a sus padres en el salón de la casa.

—Tenemos que hablar.

Pablo y Vero cruzan una mirada con algo de temor. La agresión a ese chico en el instituto, el suicidio de su amiga, la falsa identidad en Instagram, la historia de una violación que nunca ocurrió, la expulsión... Están agotados. Necesitan escuchar el sonido de la campana que anuncia el final del combate, el pitido final.

—Todo lo que me contó Berta es verdad. El profesor abusó de ella. Y no es la única. Estoy segura de que está abusando ahora de otra chica.

—Alma —susurra Vero.

—Por favor, mamá, escúchame.

Pablo y Vero escuchan y cuando un largo rato después Alma guarda silencio a ninguno de los dos les cabe ninguna duda de que su hija dice la verdad y de que ese profesor es un monstruo que abusó de Berta, que abusa de esa otra chica y de quién sabe cuantas otras chicas antes de ellas.

—Deberíamos ir a la Guardia Civil o llamar a la inspectora que te interrogó. He guardado su tarjeta —dice Vero.

—No serviría de nada. Ahora mismo no tengo mucha credibilidad.

—Habla con esa chica. Que le denuncie.

—Está aterrorizada. Lo negará todo.

—¿Qué quieres hacer? —le pregunta su madre.

Vero ha encontrado en una de las cajas del garaje una pieza grande de tela de algodón blanca. La utilizaron como pantalla en una proyección de diapositivas en una fiesta que hicieron una noche de verano en el jardín. Alma revisa los botes de pintura. Los hay de varios colores. Escoge el rojo con el que pintaron las contraventanas y un pincel grueso. Extiende la tela blanca en el suelo del garaje y se sienta de rodillas a un lado. Mide la tela. Hace marcas para centrar cada palabra y luego cada letra. Comienza a escribir.

CUIDADO. AHÍ DENTRO SE ESCONDE UN VIOLADOR.

La luz de la pequeña lámpara de noche que tiene sobre la mesilla proyecta la sombra del vuelo de una polilla en el techo. Se ha colado por la ventana abierta. Alma fuma un cigarrillo apoyada en el alféizar. Tiene prohibido fumar en casa, pero «técnicamente» no está en ella si tiene medio cuerpo fuera. Es el mismo truco que usan los de secundaria. Escucha unos pequeños golpes y deja caer el resto del cigarrillo humeante sobre las piedras blancas del parterre de flores que crece bajo la ventana. Su padre entra en el dormitorio. Mira a su alrededor con curiosidad, como si se hubiera marchado a la guerra hace un millón de años.

—¿Qué haces? ¿No puedes dormir?

—No. —Niega con la cabeza.

—Algún día deberías recoger las colillas de los cigarrillos de las plantas.

Alma asiente. Pillada. Se da cuenta de todo. Joder.

—Voy a hacerlo, papá —afirma Alma—. Si has venido a convencerme de que no lo haga pierdes el tiempo. Entiendo los problemas que me puede traer, pero tengo que hacerlo.

—No lo dudes. Es lo correcto.

Pablo ha entrado en el muro de Coleman Miller muchas veces durante esos pocos días. En realidad, una y otra vez. En casa y en el trabajo. Por el día y por la noche. Desde el móvil y desde el ordenador.

—Lo que has hecho con esa página es increíble —declara—. Y me siento muy orgulloso de ser tu padre.

—Gracias —musita Alma algo conmovida.

—Siempre fuiste una niña muy decidida y muy valiente. A sangre o lágrimas, ¿recuerdas? —La voz se le entrecorta y necesita solo medio instante para continuar—: Yo olvidé quién era mi hija. No sé en qué momento, pero lo hice.

¿Se acostó una noche sabiendo quién era Alma y a la mañana

siguiente ya no lo recordaba? No, no fue así. Fue un proceso continuo que tiene más que ver con su inseguridad, con sus debilidades, sus fracasos y sus miedos que con ella.

—Siento mucho cómo te he tratado durante este tiempo, cómo te he hablado, las cosas que te he dicho. —Toma aire de nuevo—. Siento haberte pegado. Lo siento.

Alma está aturdida y no tiene ni idea de lo que debería decir o cómo debe comportarse. De momento su padre sigue clavado en mitad del dormitorio y ella sentada en el alféizar de la ventana. La distancia parece enorme. Y por primera vez en mucho tiempo Alma siente muchas ganas de cubrir esa distancia.

—Yo tampoco he puesto las cosas fáciles. Alguna vez me lo merecí.

—No es verdad, Alma. Y eso no es lo peor que he hecho.

Su peor crimen fue convertirla en una cría triste. Se enfadó con ella, la regañó, la castigó. Hizo que perdiera las ganas de estar con él. Dejaron de jugar. Dejar de jugar con ella es lo peor que ha hecho en su vida. Alma era una niña alegre, divertida, que disfrutaba de cada paso que daba por el mundo, y un día dejó de escuchar su risa. ¿Cómo es posible que ese silencio no le preocupara?

—Estaba muy equivocado. No tenía ni idea de lo que estaba haciendo. Por favor, perdóname.

Alma deja el alféizar de la ventana. Se acerca a su padre y lo abraza. Ella sigue siendo pequeña a su lado.

—Lo siento, Alma, lo siento.

Ya no hay dolor, ira o miedo.

—Tendré que repetir segundo de bachillerato.

—Claro. Buscaremos otro instituto. Te vendrá bien tener el título. Pero no lo hagas por mí. No vuelvas a hacer nada porque crees que es lo que yo haría. Y a la mierda la universidad. Tienes razón. Nadie tiene ni idea de cómo será el futuro. Estudia lo que quieras o no estudies. Da igual. Eres una persona extraordinaria. Tienes coraje y tienes carácter. Eres una guerrera. Eso es lo más importante.

—Joder, papá, me estás haciendo llorar.

Los ojos de Alma se enturbian. Los de Pablo se aclaran. Estaba ciego. Y por fin puede ver. La abraza aún más fuerte. A su pequeña.

—Quiero que elijas tu propio camino. El que sea me parecerá bien. Si mañana quieres enrolarte en un barco pirata dime a qué muelle tengo que ir a despedirte.

—A sangre o lágrimas.

Se echa a reír y su risa se mezcla en sus labios con las lágrimas que resbalan por su cara. Alma se seca la cara mojada con las mangas de la camiseta larga y él le aparta un mechón largo de cabello de los ojos. Es como ese momento después de una gran tormenta. Se respira paz.

—Una cosa más. Mañana me gustaría llevarte al instituto. Si te parece bien.

—Sí. Gracias.

64

Alma observa la gran tela blanca sobre la que la noche anterior escribió CUIDADO. AHÍ DENTRO SE ESCONDE UN VIOLADOR en grandes letras de color rojo. Tiene miedo, mucho miedo. Pero está decidida a hacer lo que tiene que hacer. Ha vencido todas las dudas en esa madrugada sin sueño. La pintura ya se ha secado. Dobla la tela con cuidado y después hace un rollo con ella y la guarda en la mochila. La casa está en completo silencio. Se ha levantado al amanecer. Ha tomado café. Se ha duchado y se ha vestido con una camiseta Adidas de color azul y gris, unos pantalones cortos de deporte y las Nike con las que ha hecho casi todo el bachillerato, que están muy destrozadas, pero son muy cómodas. Y necesita sentirse cómoda. Se ha despedido de su hermano Pablo y de su madre. Los ha visto marcharse desde la ventana de la cocina. Se ha mirado al espejo del baño y ha pensado que debería pintarse o, al menos, quitarse esas horribles ojeras que llevan ahí varios días con la intención de quedarse para siempre. Ha desechado la idea del maquillaje, pero se ha pintado los labios. También de color rojo. Se tumba en la cama. Por un momento siente sueño. Cierra los ojos.

—¿Estás bien? —le pregunta su padre.

Está en el umbral de la puerta. Ha decidido pedir el día libre en su trabajo para poder llevarla hasta el instituto.

—Sí —responde Alma—. Dame un minuto.

Necesita llenar sus pulmones de oxígeno varias veces hasta que encuentra las fuerzas suficientes para levantarse de la cama. Su padre la espera sentado en el asiento del conductor de su pequeño coche negro con franjas rojas. En el equipo de música suena una pieza de piano. Sube al coche y deja la mochila entre sus piernas. Se sonríen un segundo antes de colocarse el cinturón de seguridad. A Alma le parece que conduce muy despacio. Siempre ha hecho ese trayecto pisando el acelerador. Siempre llegaban tarde. Es una de las cosas que son diferentes de esa mañana de primavera en la que ya hace calor. Tampoco detiene el coche en la puerta del instituto, sino a un par de calles de distancia. Alma le ha pedido que sea así.

—Estaré por aquí por si me necesitas.

Se abrazan. Él usa el mismo perfume desde que ella era pequeña y su olor siempre le evoca momentos felices. El hombro de él es un territorio tan familiar que sería imposible contar las veces que ha apoyado la cabeza allí. A él le gustaría no dejarla ir. Ella tiene que irse.

Ha elegido el momento en el que debe estar en la entrada del instituto. Unos minutos antes del descanso entre segunda y tercera hora de clases. Mira el reloj en la pantalla de su teléfono móvil. Llega un poco tarde. Tiene que darse prisa. Acelera el paso de la marcha caminando sobre la punta de las deportivas. Casi vuela.

Siente el corazón golpeando en el interior del pecho, la respiración acelerada, una gota de sudor resbalando por su espalda bajo la camiseta Adidas de color azul y gris. Extiende su pancarta. Una suave brisa hincha la tela como si fuera una vela.

Escucha el timbre que marca el final de las clases. El sonido de las sillas y las mesas arrastrándose se suma a las voces de críos y adolescentes elevándose por paredes y techos, a los golpes de puertas y a los pasos en las escaleras y carreras por los pasillos, y construyen una única sinfonía. Los primeros rostros aparecen en las ventanas. Miradas de sorpresa y llamadas de atención. Unos segundos después son decenas las caras tras los cristales. En los pasillos y las aulas, decenas de alumnos se empujan por hacerse con un pedazo de espacio en los alféizares. Bocas abiertas. Bráquets brillando al sol de la mañana. Decenas de móviles salen de los bolsillos de uniformes, pantalones y faldas. Se disparan las cámaras y los vídeos.

—Está como una puta cabra —dice alguien en voz baja.

—Antes por lo menos era divertida.

—De esta la expulsan.

—Que se joda.

Alma piensa en él. Recorre con la mirada las hileras de ventanas. El reflejo del sol le impide reconocer los rostros de los que se asoman, pero sabe que está ahí. Eleva la barbilla en una actitud desafiante y acusadora. No quiere que nadie se dé cuenta de que está temblando.

El profesor de Historia la observa desde la cristalera de un aula del segundo piso. Aprieta la mandíbula y niega con la cabeza. Nota el pulso acelerado y cierta sensación de calor, pero es normal. Se ha enfrentado a situaciones como esa y sabe cómo afrontarlas. Se dice a sí mismo que debe tener calma. Está seguro de que tiene el control. Berta ya no puede acusarle. Su testimonio ha quedado aplastado por una furgoneta a ciento treinta kilómetros por hora. Y, de todas maneras, nadie creyó ni una sola de sus palabras. Su relato siempre fue más plausible: adolescente algo obesa, no muy agraciada y con ciertos problemas mentales que atraviesa un momento de gran confusión por el divorcio de sus padres se enamora de su atractivo profesor de Historia y, cuando se siente rechazada, construye una fantasía de abusos sexuales como venganza. Y de esa manera justifica sus propios fracasos emocionales, su soledad, el rechazo de los otros adolescentes, su adicción a las drogas y al alcohol, sus problemas alimentarios... todo. Puede justificarlo todo.

En cuanto a Alma, qué puede decir. Todos la conocen. Su expediente está plagado de conflictos y problemas con la autoridad. Tan dada a enarbolar banderas, tan activista, tan amiga de causas perdidas. No se la puede culpar de dejarse influenciar por el testimonio de otra adolescente con problemas mentales que adopta el papel de víctima. Casi parece lo lógico. Y él ha sido muy cuidadoso con Alma. Sospechó en un principio de la repentina atención que demostró en sus clases al final de la segunda evaluación. Imaginó que algo se traía entre manos. Buscó en los anuarios de secundaria y descubrió a Berta y a ella juntas en todas esas fotografías. Lo de las clases extras después del horario lectivo fue como un juego y le sirvió de testimonio de cargo.

«¿Intentó alguna vez abusar de ti, Alma?»

«Nunca me tocó, nunca se insinuó, nunca me hizo un comentario inapropiado y en casi todos nuestros encuentros estuvo presente la profesora de Filosofía.»

Lo de la profesora de Filosofía fue una buena jugada. Y en su despacho cerró la puerta y se quedaron a solas. Pero él hizo una interpretación tan buena que se merece un premio. Ella podría mentir y decir que él la atacó, pero Alma es de esas crías que no miente en ese tipo de cosas. Se lo impide su honestidad. Nunca pensó en hacer nada con ella, Alma no es su tipo. No es débil, ni sumisa, ni fácilmente manipulable. No le sorprende que después de que la policía y la dirección del centro desacreditara la historia de Berta aún tenga fuerza para plantarse delante de la puerta con esa ridícula pancarta. Es así. Muerde hasta después de muerta. Y lo de ese falso perfil de Instagram. Coleman Miller. Es ingeniosa. Eso debe reconocerlo.

Pero la van a crucificar.

Los alumnos de secundaria del curso al que ha terminado de dar clase se agolpan junto a los cristales con expresión de asombro, extrañeza y confusión. Algunos murmuran. Comparten esos rumores que llevan días circulando por el instituto. Filtrándose desde el piso de los bachilleratos a los niveles inferiores. Fuma hierba y bebe alcohol en el descanso de la mañana y después se duerme en clase. Hay fotografías de ella medio desnuda y adoptando poses muy sexuales. Se lo montó en el baño con otro alumno. O con dos o con tres. Le gusta chupar pollas. Quemó el uniforme de secundaria en la puerta del instituto. Le encanta montar el drama, llamar la atención y este es un numerito más. Pero inventarse lo de la violación es la gota que colma el vaso. La han expulsado del colegio. En el fondo nadie la quiere tener cerca. No tiene amigas y sus propios compañeros de curso hablan mal de ella. «Guarra.» «Falsa.» «Asquerosa.» «Puta.» «Comepollas.» «Basura.» Son cientos los comentarios que se comparten en las redes en los que la insultan y se burlan de ella. Algunos optan por la acción directa. En los pasillos comienzan a escucharse insultos y frases groseras a gritos.

—¡Vete de aquí, zorra!

Pobre.

Alma saca el móvil del bolsillo trasero de su pantalón. Entra en su biblioteca de imágenes y escoge una fotografía del profesor de Historia. Es un primer plano que le hizo en el aula durante una de sus reuniones de orientación. En un descanso de una de sus charlas.

—¿Por qué quieres hacerme una foto? —le preguntó.

—Quiero tener un recuerdo de mi profesor preferido.

Y se dejó hacer. Posa lleno de vanidad. La piel bronceada. Los dientes blancos. Sonríe confiado. Se siente atractivo. Transmite masculinidad y poder.

Alma sube la fotografía al muro de Instagram de Coleman Miller. Escribe un texto. Instagram le pregunta si lo quiere compartir.

Sí, lo quiere compartir.

Instagram 10

Descripción de la imagen: Un primer plano del profesor de Historia.

Texto: Este es el rostro de un violador. Es uno de los profesores del instituto donde estudio. El Liceo Martín B. No me ha violado a mí. Pero agredió a mi amiga Berta y estoy segura de que ahora mismo está abusando de otra chica y también de que hay muchas víctimas más. No parará si no le cazamos. Es un depredador sexual.

#nuncamásguardarsilencio #depredadorsexual #instituto #alerta

65

La mayoría de los alumnos de secundaria han entrado en la página de Coleman Miller y han leído sus publicaciones durante los días anteriores. Algunos se han quedado como seguidores solo para ver qué pasa y esos son los que reciben el mensaje de aviso. Una sucesión de pitidos, timbres y sonidos se dispara y todos los alumnos dejan de prestar atención a Alma y se concentran en la pantalla de sus móviles.

Coleman Miller ha subido una nueva publicación.

Un murmullo y más de una veintena de rostros adolescentes se vuelven hacia el profesor de Historia.

—¿Qué ocurre? —pregunta.

El alumno que tiene más cerca le enseña la pantalla de su móvil. Un primer plano y, debajo, ese texto en el que lo califica de depredador sexual. «Puta.» Nunca pensó que se atrevería a hacer algo así.

La mirada de la alumna de la que lleva abusando más de tres meses lo ha encontrado a él antes que él a ella. En esa mirada encuentra un rastro de miedo. Incomprensión. Dolor. Tragedia. Asco. El profesor no dice ni una sola palabra. Sale del aula. Un par de libros y su cuaderno de calificaciones con tapas de color rojo quedan abandonados sobre la mesa.

En el pasillo cientos de ojos se vuelven hacia él.

La jefa de estudios de bachillerato observa a Alma desde la ventana del despacho del director del centro.

—¿Llamo a sus padres? —pregunta.

—No —le contesta el director—. Esto ya es demasiado. Voy a avisar a la Guardia Civil.

Los gritos han dejado espacio al silencio. La nueva publicación de Coleman Miller les ha cerrado la boca a todos. Dos de las mujeres que trabajan en la secretaría y el conserje la observan desde el umbral de la puerta. No se mueven. No intentan quitarle la pancarta de la puerta de entrada ni echarla a la calle.

Un coche se detiene en la calle frente al instituto. Greta se baja y abre el maletero. Ella también ha fabricado su propia pancarta con una caja de cartón y un listón de madera. Ha escrito: CUIDADO. AHÍ DENTRO SE ESCONDE UN VIOLADOR. Greta abraza a Alma.

—Estoy temblando —confiesa Alma.

—Tranquila. Ya estoy aquí.

Ya son dos las mujeres que alzan la barbilla y miran desafiantes.

—¡Sácala de ahí! —grita el profesor de Historia.

—He llamado a la Guardia Civil.

—Ahora son más —dice la jefa de estudios.

El director y el profesor de Historia se asoman de nuevo a la ventana. Vero y sus amigas y las madres y las hijas de sus amigas cruzan la puerta del instituto.

—¡Oh, mierda! —exclama el director y sale del despacho.

El profesor de Historia siente la mirada directa de la jefa de estudios. Juzgado y condenado.

—¡No soy un violador! —brama.

El director del instituto atraviesa la entrada apartando con ímpetu al personal de secretaría, al conserje y a algunos profesores que también se han reunido allí. Se dirige a la madre de Alma, el único adulto que reconoce.

—Verónica. Os pido por favor que abandonéis el centro.

—No nos vamos a ninguna parte.

—Ya hemos llamado a la Guardia Civil. Esto va a tener consecuencias.

—Eso esperamos.

Hernán también se hace hueco entre el cada vez mayor número de personas que atascan la entrada del edificio. Cruza la entrada y se une a Alma y a Greta.

—Vuelve a tu clase —le ordena el director.

Entonces es la alumna de secundaria la que caminando a paso lento y con sus mejillas convertidas en dos ríos de lágrimas se abraza a Alma mientras su cuerpo se agita por el llanto.

— Ya está —dice Alma—. No te hará daño nunca más.

Ahora son dos docenas o quizá más las chicas que abandonan los pasillos y las aulas y bajan las escaleras y se dirigen a la salida. En sus rostros hay lágrimas. También sonrisas. Hay indignación, pero también confianza. Y, sobre todo, no hay ni un solo rastro de miedo.

—¿Lo que ha publicado en Instagram es verdad? —pregunta un alumno de segundo de bachillerato.

—Una basura —contesta Christian.

—Todos saben que es mentira —añade Alberto.

—¡Cerrad la boca, joder! —dice Nata.

Alberto se vuelve hacia ella con una sonrisa ladeada en la boca. Hace un gesto a sus amigos como si su novia se hubiera vuelto loca y se reafirma en su superioridad masculina pasando su mano por la entrepierna.

—Es una puta mentirosa.

—No es mentira —le responde Nata—. Yo sí la creo.

Nata vuelve al aula. Se deja caer sobre su pupitre con desgana y mete la cabeza entre los brazos. El cabello le tapa el rostro como un velo negro. Siente un sabor desagradable en la boca. Vuelve la mirada atrás y se juzga culpable. Se ha comportado de una manera miserable y su castigo es estar allí, sola y exiliada en el aula, cuando debería estar abajo en la puerta con Alma y Greta. Pero ahora ya no va a bajar. Aún le queda algo de amor propio.

Dos todoterrenos de la Guardia Civil y el coche particular de Mer se detienen en la puerta del instituto. El director del centro sale a recibirles.

—Han venido muy rápido.

—Ya estábamos en camino cuando nos avisaron. Acompáñenos —le contesta Mer.

Tres mujeres han reconocido al profesor de Historia en la página de Coleman Miller. Tenían entre doce y quince años cuando él abusó de ellas.

Instagram 11

Descripción de la imagen: El rostro del profesor de Historia tras la ventanilla del asiento trasero de un vehículo de la Guardia Civil.

Texto: Detenido. Ya no hará daño a nadie más.
#MeToo #justicia #vivirsinmiedo #Niunamás

66

Alma ha cumplido dieciocho años en septiembre. No fue expulsada del instituto. Aprobó sus exámenes finales de bachillerato, pero no hizo la EvAU. No va a ir a ninguna universidad.

Arrastra una gran maleta con ruedas hasta el coche de su padre. Abaten los asientos traseros y, aun así, la puerta casi no cierra.

—¿De verdad necesitas tantas cosas? —protesta Pablo.

—Es un coche muy pequeño —se defiende Alma.

El muro de Coleman Miller alcanzó cierta notoriedad durante el verano de 2018, con casi un millón de seguidores y decenas de miles de comentarios. Desde entonces se ha usado como ejemplo de acción contra las agresiones y los abusos sexuales en foros y reuniones del movimiento feminista. Sin embargo, Alma mantiene la página inactiva desde junio. Activistas y dirigentes del movimiento se han interesado por ella y han querido conocerla. Su madre ha celebrado un par de reuniones en su casa, pero ella ha declinado elegantemente implicarse más de lo que ya lo ha hecho.

—Solo he luchado contra una injusticia que sucedió a mi lado. Eso es todo.

—Podrías ser una voz importante. Representar a las más jóvenes.

—No quiero ser Malala. Gracias, mamá.

Vero se acerca a su hija y la abraza. No va a acompañarla hasta el aeropuerto. Han quedado en que es mejor que se despidan allí.

—Si tienes medio problema, te vuelves.

—Lo haré, mamá, pero no voy a tener ningún problema.

—Oh, lo sé, eres una valiente —afirma y después añade—: Llámame todos los días.

Suelta una carcajada y eso la hace sentirse mejor. La besa una y otra vez, y ella se deja querer. El contacto físico ahora le parece muy agradable.

Nata rompió su relación con Alberto «en plan mal». Se cruzaron unos cuantos mensajes y se han visto alguna vez. Hay cosas que Alma no puede perdonar.

Jackrussell, Susanita, Lucía B y Lucía R y el Terry siguen en el parque con su hierba y sus cosas. Es reconfortante que algo siga tal como era hace unos meses. La quieren y ella los quiere a ellos.

Greta ha cumplido también dieciocho años. Ahora los sábados por la tarde son más divertidos en la casa de Mer.

—Voy a echarte mucho de menos.

—Solo son unos meses. Y tú vas a estar muy ocupada en la uni. Ni siquiera te vas a enterar de que no estoy.

Hablarán, se escribirán y se seguirán por las redes. Será como si estuviera casi allí. Aunque no podrá besarla cuando tenga el día tonto. Greta se abraza a su cuello y le susurra al oído.

—Te vas a hartar a follar. Qué envidia guarra me das.

David se marchó al sudeste asiático en julio. Era su sueño. No el de Alma. Rompieron «en plan bien». Cada semana, más o menos, ha recibido una postal o una llamada por wasap. Ha pensado en hacerle una visita, pero no es el momento. A veces le echa mucho de menos y le debe una. Gracias a David va a trabajar como auxiliar de la jefa de prensa de la gira de una DJ. No es Nora En Pure, pero no está mal. Viajará con ella y le llevará las redes sociales. La han contratado a través del A&R que era cliente de David.

—¿No es tu novia la chica esa de Instagram que ha cazado a un violador? —le preguntó.

—Sí, se llama Alma, la conociste en tu fiesta, pero no es mi novia.

—Ha montado una buena. Tiene casi un millón de seguidores.

—Es una crack.

—Conozco una DJ que está buscando alguien para que le lleve las redes de su gira de este año. Se ha quedado bastante impresionada con lo que ha hecho. Le gustaría conocerla. ¿Sabes si tiene problemas para viajar?

—No, no tiene problemas.

Vero, Greta y el pequeño Pablo se despiden de Alma agitando la mano. Los observa por el cristal del retrovisor hasta que el coche gira en la primera esquina y su reflejo desaparece.

—¿Estás segura de que es esto lo que quieres hacer? —le pregunta su padre.

—Sí, no, no lo sé. Voy a probar. ¿Por qué?

—Pensaba que querías cambiar el mundo.

—Empezaré el año que viene.

Sonríen.

Instagram 12

Descripción de la imagen: Un primer plano de Alma. Sonríe.

Texto: Esta soy yo. Mi nombre es Alma.
#sororidad #queridashermanas #girlpower
#rompeelmurodelsilencio
#cómocazaraundepredadorsexual
#niunamás